NV

運命の強敵

ジャック・コグリン&ドナルド・A・デイヴィス
公手成幸訳

早川書房
7063

DEAD SHOT

by

Jack Coughlin with Donald A. Davis

Translated by

Shigeyuki Kude

First published 2012 in Japan by

HAYAKAWA PUBLISHING, INC.

This book is published in Japan by

arrangement with

ST. MARTIN'S PRESS, LLC

through JAPAN UNI AGENCY, INC., TOKYO.

キャシー、アシュリー、そしてカリンに。

運命の強敵

登場人物

カイル・スワンソン……………………〈タスクフォース・トライデント〉の中心人物

ブラッドリー・ミドルトン……………同指揮官。アメリカ海兵隊少将

シベール・サマーズ……………………同作戦将校。アメリカ海兵隊大尉

ダブル・オー・ドーキンズ……………同メンバー。アメリカ海兵隊上級曹長

ベントン・フリードマン（リザード）……………同メンバー。アメリカ海軍少佐

リック・ニューマン
トラヴィス・ヒューズ
ジョー・ディップ
ダレン・ロールズ
……………アメリカ海兵隊特殊作戦部隊員

ニール・ウィズロウ……………………〈タスクフォース・ハマー〉の指揮官

サー・ジェフリー（ジェフ）・コーンウェル………ハイテク兵器開発会社社長

レディ・パトリシア（パット）………ジェフリーの妻

デラーラ・タブリジ……………………イランの女学校の教師

マームード………………………………デラーラの弟

キンバリー・ドレイク…………………テレビ局のリポーター

トム・レスター…………………………同カメラマン

ケネス・ウェアリング…………………アメリカ国務長官

スティーヴ・ハンソン…………………同大統領首席補佐官

デイヴィッド・ハント…………………FBI特別捜査官

キャロリン・ウォーカー………………国土安全保障省特別捜査官

ユーセフ・アセール……………………アルカイダのフランスの指導者

ユーセフ・アル・シューム……………シリア総合保安庁の作戦部長

サラディン………………………………イスラム学者。元イラク陸軍秘密部隊将校

ジューバ…………………………………スナイパー

1

イラク　バグダッド
グリーン・ゾーン

ひたすら待つ。待つのは得意だ。すべてのスナイパーがそうであるように、ジューバにとっても、忍耐は重要な武器だった。イラクの砂漠の太陽が身を焼き、あぶっていたが、ふたりの〝父〟から授けられた教えと、狩りは続行しているのだという確信によって、苦痛はやわらげられ、心の冷静さは保たれていた。またしても、自分は〝預言者の剣〟となるのだ。「神は偉大なり！」みだりに神聖なことばを口にして、神をほめたたえることに罪悪感をいだきつつ、彼はささやいた。

午後の日ざかりになると、皮膚に火ぶくれができるほど暑く、数本の低木しか影をつくってくれない穴のなかに入りこんでから、もう三日がたつ。顔と首筋がひどく日焼けしていくのは気にせず、糧食の残りを計算して、生きのびるのに必要な量だけ、食べ、飲むようにしてきた。それでも、野戦糧食のチョコレートはすでに食べつくし、慎重に飲んできた数個の水筒の水も前日のうちに底をついていた。飢えと渇きが喉《のど》を絞りあげてくる。なんてことはない。

この隠れ穴にもぐりこんでからこれまでのあいだに、五十メートルしか離れていないところにある道路を車輛が散発的に行き交うのが、見えはしなくても耳には届き、道路の先のどこかで生じる爆発音がときおり聞こえていた。毎朝、アメリカ軍のパトロール隊が通過して、その巨大な車輛の群れがもうもうと砂埃《すなぼこり》を舞いあげた。その気になれば、いつでも助けを得ることができただろう。その気にならなかっただけのことだ。

そして、四日めの朝、太陽が昇り、気温が上昇しはじめたころ、パトロール隊の接近を告げる砂埃が遠方に見てとれた。あれでは、待ち伏せを受けることになっても、なんの不思議もない。彼は穴から這いだし、低木の一本を使って、そこに長くいた痕跡を消し去ってから、よろよろと道路のほうへ歩いていった。もう裸眼でも車輛群がはっきりと見えるようになっていた。つまり、あちらからも、自分の姿が、砂漠をひとりでよろめき歩くこの姿が、見えているということだ。

先頭のブラッドリー歩兵戦闘車が五〇口径機関銃の銃口をこちらに向けて迫ってきたとき、彼は降伏するように両手をあげた。そして、その場につっぷした。イギリス軍兵士に特有の、不規則な迷彩模様の戦闘服とへたったベレー帽を、アメリカ陸軍第一騎兵師団の中尉が識別し、車輌から飛びおりて、助けにくる。アメリカ軍の兵士たちが、巨大な車輌の陰、日の当たらないところへ、彼を運び入れた。

埃だらけの顔に汗の筋がつき、よごれた戦闘服は砂にまみれている。その口に、兵士たちが水をふりかけると、彼は水をむさぼろうと水筒をつかんだ。アメリカ軍兵士が水筒を引き離す。

「あわてるな、相棒。少しずつ、分けて飲むようにするんだ。すぐに元気になるさ」その兵士がまた水筒を口にあてがってきた。

衛生兵《メディック》が、顔と首筋と手の火ぶくれに軟膏《なんこう》を塗っていく。

ジューバはイギリス英語で、ゆっくりとことばを返した。一週間前、自分のスナイパー・チームが敵に発見され、それで生じた戦いのなかで監的手《スポッター》が殺害されたことを、とぎれとぎれに説明した。その後、自分は反政府軍の捜索をかわして逃れ、きょうの夜明け前にこの道路を見つけ、さっき、反政府軍より先に友軍が発見してくれるのを期待して、道路際まで歩いてきたのだと。その戦闘服と、肩からぶらさがっているライフルは、彼がバスラの郊外で殺したイギリス軍兵士から奪ったものだが、アメリカ軍兵士たちはそうとは気づかなかった。

ヘリコプターが到着したときには自力で立てるようになっていたので、ジューバはアメリカ軍兵士たちに礼を言って、そのヘリコプターに乗りこんだ。そして、三十分もしないうちに、バグダッドのグリーン・ゾーン内にある軍事病院の着陸パッドに運びこまれた。ストレッチャーを用意したチームが待ち受けていたが、ジューバが搬送を断わると、チームは涼しい廊下へ彼を導き、そこから、何人もの兵士たちが寝台に横たわっている大部屋へ連れていった。ひとりの看護師が手を貸して、彼の上着を脱がせ、腕に点滴の針を挿入して、ゆっくりと水溶液を注入した。ひどく長いあいだ、野外の熱気のなかにいたせいで、血管に水溶液が直接、注入されたことと、空調が効いていることがあいまって、体の芯《しん》が急に冷えこみ、凍えそうな感じになって、身が震えだす。看護師がその反応を通常のものと判断して、彼の肩に毛布をかけたとき、医師がやってきて、診察を始めた。疲労と、日ざしによるやけど、そして脱水症と診断されたが、外傷はなし。ジューバは寝台に寝そべり、つかのまの休息と空調の効いた涼しさを楽しんだ。

やがて点滴の処置が終わると、アメリカ軍情報部の大尉が礼儀正しく寝台のそばに近寄ってきて、すでにイギリス軍司令部に対し、その部下が救出されたことを通知したと告げた。

「彼らは、きみは死亡したものと見なしていたんだ」椅子に腰かけながら、大尉が言った。この男はひどい面相になっていると大尉は考えていた。「どういういきさつだったのかね、軍曹？」

ジューバが身を起こし、任務が失敗に終わった経緯を語ると、大尉は短くメモを取った。

「相棒は気の毒に」とアメリカ軍大尉が言って、メモ帳をかたづける。「不運だったな」

「この仕事にはつきものでして」ジューバはそう応じて、ため息を漏らし、金属フレームの寝台に掛けられている緑色のシーツに背中をあずけた。

「きみに対する指示は、休養を取り、健康を回復ししだい、本隊に復帰せよというものだった」大尉が言った。

白衣姿の医師が多忙な仕事の合間を縫《ぬ》って、そばにやってきて、最後にもう一度、短く診察をおこない、点滴の針を抜いた。

「すでに退院許可証にサインをしたよ、軍曹。二、三カ所、痛む部分があったり、やけどがあったりするだけで、ほかにはなにも問題はないだろう。水をたっぷりと飲み、きちんと食事をするように。この、やけど用の軟膏を渡しておくから、追加が必要になったら、ここの薬局部に来てくれるだけでいい。今夜、ぐっすり眠れるようにするための薬が入り用かね？」

「いいえ、先生。自分はこれよりひどい状況をくぐりぬけた経験がありますので」

「それなら、けっこう。いつでも退院してよろしい。幸運をな」

大尉はまだその場に残っていた。

「いっしょに来てくれ、きみ。食堂へ案内しよう。そのあとは、来訪者用の施設に、今夜の寝室を用意させてもらう。イギリス軍司令部からのきみに対する命令は、休養を取ったのち、本隊に復帰せよというものだからね。それまでは、きみはアメリカ合衆国《アンクル・サム》の客なんだ」

ジューバはわざとよろけながら寝台から身をおろすと、床にまっすぐに立って、のびをし、体を左右にひねった。贅肉《ぜいにく》のない、筋肉質の肉体だ。上着を身につける。

「ありがとうございます、大尉。ただ、自分はもう少しいい計画を立てておりまして。このあとホテルの部屋を取り、そこのミニ・バーの中身を楽しんでから、ゆっくりとシャワーを浴び、うまい料理をとって、二日ほど眠ってすごしたいと考えているんです」

「話はわかった」と大尉。「必要なものはなんでも用意しよう。危険には近づかないように」

大尉が手をふり、ジューバは戸口を通りぬけた。そのあと、スナイパーは手洗いに行くと、個室に入って鍵をかけ、ズボンをおろして、右足のブーツのすぐ上にあたる場所から、ビニール袋に包まれた文書を取りだして、シャツのポケットに押しこんだ。手洗いを出て、臨時の武器庫におもむき、サインをして、自分のライフルをひきとってから、病院をあとにした。狩りの再開だ。以前より、獲物に近づいている。

彼はバグダッドのアメリカ軍管理区域、グリーン・ゾーンをゆっくりと移動して、新築のニネヴェ・ホテルに向かった。外国人観光客や外交官、高級ビジネスマンらのために、安全と贅沢《ぜいたく》なサービス、オリンピック級の屋内スイミングプールや食通を満足させるレストランその他の享楽を供与する、四百室の五つ星ホテルだ。トレードマークになっている、屋上に突き立った光輝く尖塔と通信アンテナが、それをバグダッドでもっとも高い建造物にしていた。

外見は商業都市の様相を呈してはいても、バグダッドはいまも軍の管理下にある街であり、ジューバがニネヴェに着いたとき、ビニール袋に入れていた書類を開いて、そこの接客係《コンシェルジェ》に見せる運びとなったのは、さして奇異なことではなかった。その書類は、明示されない〝軍事的必要性〟、すなわち、この都市のいかなる部屋も軍の要請があれば開放されるという規則に基づいて、十二階の角に位置するスイートを使用する許可を彼に与えるものだった。民間人のコンシェルジェはそのスイートへ彼を案内し、その階へ昇るエレベーターのなかで、街の状況が改善されていることをジョークまじりに語った。心地よい音楽が背景に流れていた。

ジューバは彼に礼を言って、ひきとらせてから、ドアをロックし、装備と衣類を脱ぎ捨てた。シャワーを浴びて、ひげを剃《そ》り、軍服のしわをのばして、ふたたび身につける。ベッドから三個の枕を取りあげて、スイートの中央にある小ぶりなダイニング・テーブルの上に積みあげ、その上に自分のバックパックをのせて、長距離ライフル射撃のための安定した射撃台に仕立てた。四つん這いになり、つぎに腹這いになって、バルコニーに通じるガラスのスライディング・ドアに近寄り、それを少し滑らせて、六インチほど開く。そしてまた這いずって、七フィートほどあとずさり、室内の影になった部分に立つと、灌漑《かんがい》の水が緑豊かな芝生を育《はぐく》んでいる、よく手入れされた前庭を見おろした。

ジューバは、L115A1長距離《ロングレンジ》ライフルを持ちあげた。アキュラシー・インターナショナルUKの製造になる、イギリス軍スナイパーの制式銃だ。338ラプア・マグナム弾を発射して、最長千百メートルにおよぶ精密射撃をおこなうことができるそのライフルは、銃口にサプレッサーが装着され、二脚《バイポッド》が取りつけられていた。二日前に零点規正をすませたばかりなので、きょうの仕事にはじゅうぶんな精度が維持されているだろうという確信があった。

いまの位置からでは、外の世界は見てとれないが、地上にいる人間からもこちらの姿が見てとれるはずはなかった。

ジューバは、標準装備のシュミット＆ベンダーＰＭⅡ望遠照準器《テレスコピック・サイト》を、ドイツ軍が使用している、より高性能のツァイス製スコープに交換しており、それを通して、周辺街路の歩行者の状況を観察した。羊の群れを狙う狼の目だ。鮮明な光学装置のおかげで、眼下を行き交うひとびとが驚くほど間近に見えた。ひとつめの潜在的ターゲットは、こちらのキル・ゾーンにぶらぶらと入りこんできた、ど派手なアロハシャツとタン色のスラックスという姿の民間人。仕留めるのは、ごくたやすい。だが、あれは外国から来た、なんの価値もない建設作業員であり、きょうの任務はアメリカ人を殺すことではない。仕留めるのは、極秘情報を持つ例の男でなくてはならない。情報が正確であれば、その男は遅かれ早かれ、やってくるはずだ。待とう。待つことにかけては心得たものだ。

彼はライフルを下に置いて、やわらかな椅子に腰かけ、無料でホテルの部屋に届けられていた英字新聞のページをくって、マンチェスター・ユナイテッドが勝利したかどうかをたしかめようと、サッカーの試合結果をチェックした。

ペットボトルを取りあげて、冷たい水を飲む。焼けつくような外の空気がわずかに開いたドアの隙間から吹きこんで、エアコンから吹きだす空気とぶつかりあっていた。壁際に設置されている薄型カラーテレビがオンになっていたので、彼はその音量を少しあげた。ニュース・アナウンサーが、翌週ロンドンで開催されるロイヤル・ウェディングのことをまくしたてていた。その行事の準備は順調に進んでいるので、来週の火曜日までは、王子とそのフィアンセの婚儀が世界でもっとも重大なニュースでありつづけるだろうと。数百万、数千万のひとびとがテレビを通して、それを観るだろう。彼は英国臣民の一員として、王国の全盛期の伝説を、最初は生徒として、ついで君主を守る兵士として、たたきこまれ、記憶に刻みつけられていた。婚儀の際は、その場におもむく予定だった。

ジューバは、身長は六フィートにはわずかにおよばず、体重は百七十ポンドという痩身《そうしん》で、イギリス人の母親譲りの金髪と、アラブ人の父親譲りの黒い目をしている。もともと、ふつうのイングランド人よりは数段、浅黒い肌は、砂漠での任務に従事してきたために、よく日焼けしたカリフォルニア州民のような色を呈していた。その肌の色は、キリスト教徒《クリスチャン》とイスラム教徒《ムスリム》が対峙《たいじ》する、夕暮れの湾岸地帯で動きまわることを容易にしてくれるものだ。ジューバは、その気になればどちらの人間にもなれるし、この数日間はふたたび、イギリス軍スナイパーという演じ慣れた役割をこなしてきた。イギリス軍兵士のだれもが切望する、交差する二挺のライフルの銃身のあいだにSの字が記されたスナイパー徽章を与えられたこともある身だから、それは最高の変装ではあった。

新聞のスポーツ欄を読み終えたところで、彼はスコープに目を戻し、つぎの潜在的ターゲットのことに注意を移した。暑い昼日なかだというのに、ひとりの兵士が、ヘルメットに防弾チョッキという姿で近づいてきていた。この一帯は、広大な合衆国大使館のあるインターナショナル・ゾーンであり、イラクでもっとも安全な場所だった。かつてはグリーン・ゾーンとして知られていた地区で、この戦争は多数の国家が関与したものだということで官僚たちがそれによりふさわしい名称に変えたあとも、グリーン・ゾーンという呼び名は残った。ジューバは、防弾チョッキとセラミック製ヘルメットのあいだの狭い隙間に銃弾を撃ちこむという挑戦をつねに楽しんできたから、その兵士に気を惹《ひ》かれた。だが、それは任務ではない。あの兵士はやりすごそう。

日没の一時間前、完全武装した四名の兵士が、小柄なひとりの男を方形陣を組んでエスコートしながら、最初の公式尋問が開かれる予定になっている多国籍軍司令部ビルに近づいてきた。前列左側の兵士が話しかけ、片手を動かして、明らかになにかを説明するしぐさをした。捕虜の移送任務を指揮する将校であるにちがいない。ただし、この場合、その男は捕虜ではなく、多国籍軍にとって重要な客だ。その男は昨日、頭のなかに機密事項を封じこんで、バグダッドに到着した。アメリカとイギリスの当局に情報を伝えようともくろんだ、イラクの物理学者だ。だが、その男はイランの研究所を脱出する際、多すぎるほどのミスをやらかしていた。最大の失策は、同僚たちを信頼していたために、彼らの口から脱走のスケジュールがほぼ分刻みで明らかにされたこと。そしてそのあと、ジューバが呼びだされたのだった。

あの裏切り者が生きて尋問室までたどり着くことがあってはならない。ジューバは冷たい銃床に頰を押しあて、扱い慣れたライフルを指でまさぐって、射撃の準備ができていることを確認した。彼らとの距離は二百ヤード。司令部ビルの国旗を見て、風のぐあいをたしかめる。見積もりでは、風は右から左へ、時速七ないし十マイルで吹いており、これはつまり、発射した弾は二百ヤード先で左へ二インチずれることを意味する。彼はスコープの照準を補正した。湿度はゼロ。

将校にスコープを固定し、弱点を探る。あの動いている腕！　将校はなにかを説明していて、論点を強調すべく右腕をふりまわしている。ジューバは息を吐き、脈拍を停止に近いところまで落とした。あの腕の下、そこが狙いどころだ。

二百ヤードの射程ではあるが、彼は至近距離から発砲するような調子で、ゆっくりと着実に、そしてまっすぐに引き金を引いていき、アメリカ人将校が腕を肩より高くあげた瞬間、引き金を絞りこんだ。でかいライフルが火を噴いたが、サプレッサーが銃声を抑えこみ、銃弾が将校の右腋の下に命中して、肋骨《ろっこつ》を貫通し、胴体の左下部を破裂させ、進路にあるすべての骨と臓器を粉砕した。だれも助けの手をのばすこともできないうちに、将校は絶命していた。

兵士らのグループが愕然《がくぜん》と動きを停止するなか、ジューバは銃の反動をらくらくと受けとめて、次弾を薬室へ送りこんだ。グループの中央にいる小男にスコープを向ける。銃声は聞こえなかったが、将校が撃たれたのはたしかなのだ！　兵士たちがぐるっと身をまわし、周囲に脅威の存在を探したが、ターゲットは無防備なまま残されていた。そのイラク人が反射的にしゃがみこみ、倒れこんだアメリカ人を助けようとそちらへ身を向ける。その動きで首の左後部がむきだしになったとき、ジューバはその中央部に十字線《クロスヘア》を重ねて、ふたたび引き金を絞った。発射された銃弾の軌跡が見え、それが頭蓋骨《ずがいこつ》の底部にもろに命中して、喉笛を引きちぎりつつ反対側から射出していくさまが見えた。二名が即死。

ジューバはライフルを置いて、床にうずくまり、前方へ這い進んで、外のバルコニーに通じるドアに手をのばし、ゆっくりと閉じた。あとずさり、装備とライフルを回収して、枕をベッドに投げもどしてから、部屋を離れる。

歩調を速めてロビーを通りすぎ、銃撃を受けた地点へ駆けつけようと動きだした別の武装した兵士たちや民間警備企業のガードマンたちに混じって、さっさと外に出た。一分としないうちに、緊急対応部隊が到着し、この地域一帯に制服姿の男たちが出現して、だれかれかまわず武器を向ける事態になり、ジューバもまた武装した兵士のひとりにすぎなくなるだろう。彼は群集のあいだを縫い、だれにもじゃまされることなくグリーン・ゾーンから歩み去った。

その晩、ロイヤル・ヨルダン航空の小型機フォッカーが予定どおり、バグダッド国際空港を飛び立った。その乗客名簿には、金髪と黒い目をした物静かなカナダの民間人技術者の名もあった。ジューバはロンドンに向かったのだ。

サダム・フセインが墓場まで持っていった秘密は、安全に守られた。〈死の宮殿《パレス・オヴ・デス》〉の秘密は保持されたのだった。

2

　合衆国海兵隊大尉シベール・サマーズが、トルコ南部に位置するインシルリク空軍基地の警備厳重なブリーフィング・ルームに決然と足を踏み入れる。この任務に携わる海兵隊員の多数が、即座に彼女の入室に気づいた。それ以外の海兵隊員たちも、彼女が〈タスクフォース・トライデント〉として知られる特殊作戦ユニットの作戦将校として名を馳せていることぐらいは知っている。

「うお、〝夜の女王《クイーン・オヴ・ザ・ナイト》〟のお出ましだ」ひとりの伍長がつぶやいた。「われわれも巻きこまれちまったか。〝ドラキュラの花嫁〟が半端仕事に任じられるわけはないしな」

「ドラキュラ伯爵は、彼女が配偶者をひどく虐待してるってことで離婚したそうだぜ」隣にいる男がささやいた。

「シイッ。サマーズに聞きつけられたら、ケツを蹴とばされるぞ」

　海兵隊特殊作戦部隊《MARSOC》に所属する熟練の戦士たちは、女性から命令されるのをいやがるのがふつうだが、相手がサマーズとなれば対応は異なってくる。黒のジャンプスーツを着こみ、タートルネックのセーターに、銀色に輝く二本の線路のような階級章をつけた彼女が、〝むだぐちはいっさい許さない〟気配を全身から発散させながら、演壇へと歩き、書類フォルダーを開いた。ショートカットにした黒髪や濃いブルーの目、そして、そのしなやかな姿態からは想像もつかないが、彼女は武装偵察部隊《フォース・リーコン》の訓練を修了した唯一の女性なのだ。

「静粛に」短く彼女が言い、MARSOCチームが静まりかえる。「今夜、われわれがイラクで襲撃する相手は価値《H》の高い《V》ターゲット《T》であり、諸君のだれであれ、任務をしくじることは許されない。ムスタファ・アルマスリがふたたび浮上して、イラク北部のクルド地区において騒乱を引き起こしており、われわれの軍情報部がその所在をピンポイントで突きとめた。軍情報部は彼を当該地区におけるアルカイダのナンバー・ツーと目しており、そうであるからこそ彼はHVTと認定され、彼を阻止する任務がわれわれに割り当てられた」

彼女が演壇をおりて、その前方へまわりこみ、自分の左のほうへ顔を向けて、うなずきかける。ドアが開き、ひとりの男が室内に足を踏み入れた。やはり黒のジャンプスーツを着こみ、ブルダウン式のマスクで顔を隠している。一同にはどういう種類かはわからないロングレンジ・ライフルを肩からぶらさげていた。スナイパーだ。

「バットマン?」と伍長がつぶやき、

「武装強盗かも」とその相棒がジョークで応じた。

「CIAの男だ。まちがいない」

サマーズが口を開く。

「諸君には、〇五〇〇時に当該の家を襲撃してもらう。あとの詳細は、ほかのブリーファーから説明があるだろう。諸君がそこに到着したころには、この紳士とわたしはすでに地上にいて、裏口に迫っているはずだ。彼がマスクをしている理由は、諸君には彼がなにものであるかを知る必要はないということにほかならない。われわれふたりは、この任務の特殊工作員として付加された。諸君にとって、われわれはこの場に存在しない人間であり、われわれは独力で侵入し、独力で離脱する」

彼女が話を中断すると、別のブリーフィング担当の将校が地図と実行予定表を持って、前に進み出た。照明が薄暗くなっていき、彼女がつづける。

「アルマスリを見つけたら、殺せ。襲撃が開始されると、彼は即座に脱出を図るだろうというのが最善の推測であり、われわれはそれを待ち受けることになる。けっして忘れてはならないのは、これは友好国における任務であり、民間人の犠牲者を出してはならないということだ。もし諸君がへまをやらかして、たんなるまちがいであれ、われわれに発砲すれば、彼が撃ちかえすことになる。それは諸君にとって望ましくない事態であることを、断言しておく。引き金を引くときは、用心に用心を重ねること。おのれのターゲットをよく把握するように。以上。幸運を、そしてよき狩りを。バーンズ大尉があとのブリーフィングを引き継ぐ」

彼女は踵《かかと》を支点にくるっと身をひるがえし、マスクをした男とともに戸口から姿を消した。

ハムヴィーに乗りこみ、一万フィートにおよぶ滑走路のかたわらにしつらえられたヘリコプター・パッドへと走りはじめたところで、カイル・スワンソンはマスクをまくりあげ、防《ウォ》寒帽《ツチキャップ》のように頭に巻きあげた。顔がむずむずしていた。

「まったくきみは、シベール、なんとも単刀直入な言いかたをする女だな」カイルは言った。ブリーフィングにおける彼女の厳粛な口調をまねて、ことばをつづける。「われわれに発砲すれば、彼が撃ちかえすことになる！　あの隊員たち、さぞ身が引き締まったことだろう」

ふたりがそろって笑う。

「彼らの注意を喚起する必要があったから。現地でいかなるへまもやらかしてもらっては困るでしょう」

「あの部屋にいた男たちの半分は、知り合いだった」カイルは言った。「いっしょに仕事をした男も何人かいた。自分の正体を友人たちに知らせずにおくというのは、いつも妙な気分にさせられるもんだ」

彼は幾多の特殊作戦のなかでさまざまな変名を使ってきたが、公式には死者ということで、本名を明かしたことは一度もない。

トルコの夜はすがすがしく、星空が、ゆっくりと移動する月をいだいて輝いていた。空軍の超大型輸送機が着陸アプローチに入って、ごうごうと頭上を飛びすぎていく。イラクにおける戦争に大量の補給をするために、アメリカ本土からインシルリクにさらに物資が送りこまれてきたのだ。百万の住民を擁する近代都市アダナが十マイルたらずのところにあり、すぐに足を運べるほど間近に地中海の波が洗うビーチがあった。特殊作戦に従事する人間にとって、ここは立地がいい。うまいハンバーガーと冷たいビールがいつでもあり、緊急戦闘任務が始まれば、さっとヘリコプターに飛び乗って離陸し、それがすみしだい舞いもどって、熱いシャワーと映画を楽しむことができる。

格納庫のそばに達したところで、カイルがハムヴィーを停め、ふたりは車を降りて、ウェブギア（軍装のベルトや装具袋など）を装着した。いまからふたりは、潜入と暗躍と偽装をむねとする世界、光を反射するものがあってはならない闇の世界へ入りこむというわけで、シベールは光り輝く大尉の階級章をはずした。彼女がこの任務に割り当てられた理由はいくつかあるが、そのひとつは、幼少時に使っていた言語をいまも話すことができるというものだ。もちろん、クルド人の姓は、彼女の父親が死んで、母親がアメリカ人と再婚したときにサマーズに変わったのだが、なんであれ、クルド語を話せるというのは歓迎すべき財産ではあった。

合衆国空軍の中尉が近寄ってきて、敬礼をし、自分がふたりを運んでいく機の操縦士だと自己紹介をした。とはいっても、彼が実際にふたりを乗せていくわけではなかった。その背後に、小さなHTX‐Iヘリコプターが駐機して、すでにバッテリー駆動のローターを回転させていた。それは、通常はTAXIと呼ばれる、戦闘の場から遠く離れた場所からコントロールされるヘリコプターで、今回は、この中尉がそれを離陸させ、その後、はるか高空を飛ぶ電子戦機に乗り組んだ別のコントローラーが操縦を引き継いで、目的地まで飛行させるという段取りだった。

TAXIは、合衆国特殊作戦軍が特定の任務の遂行のために完成させた先進的戦術輸送システムであり、四名の工作員を正確に目的地へ運んだのち、すみやかに離脱し、近辺の無人の地に着陸して、作動を停止し、必要とあらば、ソーラーパネルでバッテリーを充電しながら、何日でも忍耐強く待機することができる。そして、呼び出しがかかると、もとの目的地にひきかえして、工作員を回収する。改良型のオーヴァーヘッド・ローターがついてはいるものの、それはほとんどヘリコプターのようには見えない。パイロットや副操縦士《コ・パイロット》や機上輸《ロードマ》送係《スター》はおらず、巨大な内燃機関もなければ、兵器も装甲もない。このユニークなヘリコプターは、超軽量かつ探知困難《ステルス》で、最新鋭の燃料電池とエレクトロニクス・テクノロジーの産物だ。驚異的な航続距離を有し、乗員たちが空力的に造形された流線型のバブルキャノピー内に並んで着座しているかぎり、捜索レーダーに探知されるおそれはほとんどない。HTX－Iなる呼称に含まれるXは、いまなお実験段階にあって、公式には構想の域を脱していないことを意味している。メディアはまだ、これがすでに実戦に投入されていることを嗅《か》ぎつけてもいないのだ。

カイルとシベールが乗りこんで、各自の装備をチェックし、シートのバックルを留めて、ヘッドセットを装着すると、機関士がハッチを閉じてあとずさり、無線を通じてコントローラーに呼びかけた。反応は即座で、エンジンのうなりなどは聞こえなかった。TAXIがほんのかすかな回転音をローターから響かせただけで、静かなエレベーターのように滑走路からふわりと浮きあがり、定められた針路に乗って、基地の外へと飛んでいく。カイルは、アダナの街の灯が背後へ消えていくさまをながめやった。静謐《せいひつ》な湖面の上空を飛んでいるような感じだった。

ＧＰＳによって正確に測定された地点に達すると、ＴＡＸＩは這うような速度に減速し、地表に接近して、不動のホヴァリングに入った。ふたりはＴＡＸＩを飛びおり、砂漠の砂をブーツで踏みしめて、手近にある木々の陰へ走りこんだ。ムスタファ・アルマスリの存在を通報してきた連絡員《コンタクト》がそこに待ち受けており、シベールがその男にクルド語で話しかけ、自分は連れの男の通訳として同行したにすぎないと釈明をした。

男は、女性隊員は従属者だという説明に満足し、ふたりを村のほうへ案内して、その谷間の地の平らな場所を指さした。彼らのそばを通っている道路は、しばらくまっすぐのびたあと、右へ曲がっていて、その曲がり角のところに、襲撃の対象である民家があった。

シベールとカイルが涸《か》れ谷の土地へ滑りおり、カイルが装備のいくつかをはずして、準備に取りかかる。シベールが案内人に深い謝意を表してから、もう行ってくれてけっこう、あとは村の反対側からやってくる本隊の到着を待つようにと指示を送った。案内人が、夜の闇のなかへ消えていく。

「さあ、移動しましょう」彼女が言った。

カイルはすでに行動の準備を終えていた。土地の人間のよく知る場所にとどまっているつもりは毛頭ない。安心できるのは、遠く離れたところしかない。

「例の家は左側にある。あっちの塀を乗りこえて、それなりの潜伏場所をつくることにしよう。あの塀の上にライフルを据えるのがよさそうだ」

ふたりは静かに移動し、シベールが蜘蛛《くも》のように塀を乗りこえて、音もなく反対側におりる。カイルがゲートのノブをまわすと、あっさりと開いたので、彼は歩いてゲートを通りぬけた。シベールが、なによといった感じで、中指を立ててみせる。

それから一時間ほどをかけて、ふたりは周囲にある材料を使って潜伏場所をしつらえ、カイルは私物である宇宙時代《スペースエイジ》のスナイパー・ライフル、エクスカリバーをしっかりと据えつけた。シベールがスポッター・スコープを準備する。これで、ふたりともが、ターゲットの建物を明瞭に見てとれるようになった。早朝の冷気のなかで待機しながら、ターゲット・エリアの各地点を測距して、射程《レンジ》カードを作成しておく。

夜明けまでわずか一時間となった午前五時、村のあちこちで、この日の活動に取りかかるために男女が動きだした気配があった。襲撃チームが最終アプローチに入ったとの通知がカイルとシベールに無線で伝えられ、その直後、巨大な二機の兵員輸送ヘリコプターの轟音が迫ってきて、襲撃作戦が開始された。ターゲットから東へ一ブロックのサッカー場に二機のヘリコプターが着陸したときには、村のいたるところで灯りが点じられるようになっていた。海兵隊の一部隊が当該の民家へ突撃し、そのスナイパーのひとりが地面が高くなった場所に位置どって、玄関前にいたアルカイダの警備兵を射殺する。家の裏手にいるカイルとシベールは、ターゲット・エリアからけっして目を離さず、ようすをうかがっていた。

「玄関前に動きをとらえた」シベールがささやく。「長身の男。アルマスリの巨漢ボディガードにちがいない」

「おれにも見える」とカイルは応じた。

エクスカリバーのスコープ内に、コンピュータが距離を測定し、弾道を演算して出してくる一連の数字が絶えず表示されていた。これほどの近距離だと、風は考慮しなくてよい。カイルはまだ発砲を控えていた。

「第二のターゲット。アルマスリと確認」

カイルはその人影を観察した。

「確認。ターゲットをサイトに捕捉」

屋内から銃声がとどろき、二名の男たちが身をかがめて、小型自動車へ駆けこんでいく。ボディガードが運転し、ライトを消したまま、車を道路へ発進させた。またしても、アルカイダのリーダーが下っ端兵士たちを殉教者として置き去りにし、自分はさっさと逃げだそうとしているのだ。

「今回はそうはさせない」

カイルはつぶやいて、引き金を引いた。五〇口径ライフルがバーンとすさまじい轟音を発して、反動が肩を打ち、でかい銃弾がエンジン・ブロックに命中、車を跳ねあがらせた。二発めがフロントガラスを貫通して、ボディガードの頭部を砕き、コントロールを失った車が激しく回転して、駐車していたトラックに激突し、金属片とガラス片が飛び散った。

「ターゲット、ダウン。もうひとりは逃げだそうとしている」シベールが、感情を排した冷静そのものの声で言った。

「もうひとりが逃げだそうとしているのを確認」

カイルはその男にドアを開ける時間を与えてやろうと、ゆっくりと三発めを薬室へ送りこんだ。まもなく、アルマスリが、無人の道路にひとりきりで立った。その部下どもは全員が死ぬか捕虜になり、アルマスリは、自分がアメリカ軍スナイパーのスコープに捕捉されていることを自覚していた。もはや、降伏するしかない。アルマスリが地面に膝をつき、頭上に両手を高く掲げた。

カイルはその胸に弾を撃ちこみ、アルカイダの将校の体が横手へ転がる。とどめは、頭部への一発だった。

「両ターゲット、ダウン」シベールが言った。

カイルはライフルとバックパックをつかみ、シベールがスコープと装備を取りあげて、TAXIのコントローラーに回収を要請する信号を送る。ふたりが急いでゲートを通りぬけ、着陸ゾーンにひきかえすと、二分後には小さなヘリコプターがそこに到着した。それに飛び乗って、離脱する。

あの民家の銃撃戦は終息していた。テロリストの根城が最後のひとりまで掃討され、海兵隊がそのエリアに安全をもたらしたのだ。

「彼、降伏しようとしたのかしら？」シベールが、顔に塗っていた迷彩のグリースペイントをぬぐいながら、問いかけた。「もしかしたら、なにがしかの情報を吐かせられたかも」

「武器を所持しているのが見えた」カイルは言った。

「ええ」とシベール。「わたしにも見えたわ」

3

インシルリク基地に帰還すると、ふたりはたっぷり時間をかけてシャワーを浴び、着替えをし、つぎの便《フライト》が出るまでに朝食をとっておくことにした。特殊作戦が完了したとあって、無名のふたりとして兵士の群れにまぎれこむことができる。テーブルに並んですわっている陸軍兵や空軍兵や海兵隊員たちががやがやと会話を交わし、金属や陶器の食器が小さく音を立てていた。よごれた白の上っ張り姿のコックたちが保温テーブルの上へ絶え間なく料理を置いていき、卵やソーセージやベーコンを調理するにおいが漂っている。空軍の食堂は、もちろんバス運転手のような制服姿の空軍兵《フライボーイ》だらけではあるが、ほかのどの軍の食堂よりも質が高いので、カイルは利用できるときはいつも利用させてもらっていた。シベールはブラン・フレーク（ぬかを多く含む、ヘルシーなフレーク）とフルーツを選んだが、カイルはうまい料理をトレイに山盛りにのせた。それと、たっぷりのブラックコーヒー。ふたりは端のほうに小さなテーブルを見つけ、そこに席を取って、トレイを置いた。

「保養休暇《R&R》にはなにをするつもりでいるの、カイル？　二週間というのは長いわよ」

「睡眠をとる。寝てすごすさ。目が覚めたら、また寝る。疲れてるんでね」

カイルはコーヒーをひとくち飲んでから、働きづめだったこの数カ月のことを思い起こした。チェチェンでテロリストを追った二週間は疲れるものだったし、その前は、ブラジルの広大な雨林の奥深くで麻薬密造者を探す任務に就いていた。フィリピン海兵隊の部隊を率いて、ある島に潜伏していたイスラム・テロリストを襲撃した任務は、めちゃくちゃな銃撃戦で幕を閉じた。昨夜のクルド地区への襲撃作戦は、〝スワンソンのオフィス〟としては通常任務のひとつであったにすぎないが、彼のようなプロフェッショナルのハンターでも、疲れきるときはあるということだ。

シベールが食事をしながら、彼をしげしげと見ていた。カイル・スワンソン。伝説の男、死からよみがえったゴースト。大男ではない。身長は五フィート九インチ、体重は百七十五ポンド、筋肉隆々ではなく、しなやかな筋肉のついた瘦身《そうしん》だ。この種の男は、もっと大柄な男たちが屈服したあともずっともちこたえ、一日ぶっとおしで戦えるほど、非凡な持久力を備えている。灰色を帯びたグリーンの目、民間人の基準に照らしても長いと言える砂茶色の髪、角ばった顔。ハンサムでも魅力的でもなく、目立つところはなにもない顔立ち。それこそがまさに、彼が必要としているものなのだ。

書類上は、そして政府のすべてのコンピュータ・バンクにおいても、カイル・スワンソンは死者であり、それを証明する墓碑がアーリントン国立墓地に立てられている。二年前まで、カイルは海兵隊きっての前哨《スカウト》スナイパーであり、しばしば他の政府機関の依頼を受けて特殊作戦に従事する熟練の射手《シューター》だった。そのころ、ブラッドリー・ミドルトン将軍が、合衆国政府をのっとり、ペンタゴンを民間軍事企業の支配下に置こうとする陰謀の一環として、誘拐された。カイルは救出チームの一員としてシリアへ派遣され、チームは全滅したものの、彼だけは生きのびて、シリア軍がほぼ総力をあげて追跡してくるなか、ミドルトンをぶじ救いだした。だが、最後の銃撃戦で、彼は重傷を負い、フィアンセのシャリ・タウンは、合衆国国内で暗躍した工作員どもに殺害されてしまった。

上層部のひとびとは、テロリズムのはびこるこの時代には単独で動ける工作員が重要であることを認識しており、存命する係累のないカイル・スワンソンをこの世から抹消すべきであるとの決定がなされた。彼はその取り引きを、ひとつだけ条件を付けて、受けいれた。彼の重傷が癒《い》えてまもなく、シャリ・タウン殺害の黒幕である、妄想に取りつかれた億万長者がコロラドの山中で頭部を撃たれた死体となって発見され、それは狩りの最中の事故であったとして処理された。

アーリントンに偽装埋葬されたとき、カイルの全アイデンティティと指紋が記録から抹消され、彼を中心として〈タスクフォース・トライデント〉が編成され、ミドルトン将軍が指揮官となり、シベール・サマーズが作戦将校に任じられた。カイルは公には存在しない男であり、どのような任務でも遂行することができる。どこで、だれを殺しても、法に追及されるおそれもなく、立ち去ることができるのだ。

だが、カイルは、花嫁となるはずだったシャリの死から完全に立ちなおったわけではなく、その身体的および精神的状況を評価することもひとつの目的として、シベールがわざわざワシントンを離れ、今回イラクでまたひとつ遂行された通常任務のために現地にやってきたのだった。彼女の見立てでは、カイルはいまもなお冷たい仮面をかぶり、なにものをも内部へは寄せつけない固い殻をまとっている。なにごとも、ろくに気にかけない。カイルのかかえている問題は、死者となったことではなく、生きつづけていることにあるのだ。

「ミドルトンは、あなたがこのあとどうするか報告することを求めてるの、カイル」彼女は、温かいコーヒー・マグを両手で包むように持った。「あなたがいまもちゃんと撃てることはわかってるけど、頭のぐあいはどうなの？」

「おれはクレイジーだと言いたいのか？」

「そうなの？」

「もちろん。こういう仕事をするには、クレイジーになるしかない！」カイルはにやっと笑った。「いや、いまのは冗談。ただ、ときどき、死者であることにうんざりする。それがいらだたしくてね。海兵隊員たちがいる部屋のなかで、黒いマスクをしていなくてはいけないってのが、どんなものかわかるか？　その半分は知り合いなのに、やあ、と声をかけることもできない。毎朝、最新の偽造パスポートをチェックして、その日の自分の名を頭に刻んでおかなくてはいけない。一度は、ドイツ人のパスポート一式を渡されたこともあるんだぞ。おれがドイツ人に見えるかい？」

「タフになるしかないわね」彼女が同意した。なにしろ、究極の孤独を味わっている男なのだ。「はっきり言わせてもらうわ。あなたは見るからに疲労困憊《こんぱい》していて、いまはバッテリーの電力だけで動いているようなもの。だから、R&Rをしっかりとって、休養し、飲んだり、抱いたり、きつい身体コンディショニング・プログラムに汗を流したりすることね。それから、ワシントンに帰り、仕事の量を減らす方策をいっしょに考えましょう。彼らにしても、あなたがひとりで全世界を切りまわせると期待してはいないはずよ」

「将軍がまた、おれに難癖をつけてるのか？」

カイルとミドルトンは、第一次湾岸戦争のときに初めて出会ったあと、長年、別々の道を歩んでいた。その戦争における、とりわけ苛烈な戦闘のあと、スナイパーのカイルが、戦闘のなかで自分が狙撃して殺した相手のイメージを思い起こして身を震わせていたとき、偶然、ミドルトンがやってきた。カイルはいつも戦闘のあと、平常の自分に立ちかえるために何分かひとりきりですごすようにしていたのだが、ミドルトンはその反応を不適格の証拠であると誤解した。そして、カイルを海兵隊からたたきだそうとしたばかりか、公式の報告書のなかで〝シェイキー〟(震えるやつ、頼りにならないやつ、の意味)という呼び名まで用いた。除隊させるもくろみは挫折したが、その〝シェイク〟という皮肉なニックネームは、カイル・スワンソンほど戦闘のなかで頼りになる男はいないことが僚友たちにはわかっていても、そのまま残ることになった。そして、二年前、シリアにおける救出作戦が遂行されたとき、ようやく、ミドルトンとカイルのあいだに相互信頼と友情の道が開けたのだった。

「いいえ。彼は気づかってるだけ。みんなが気づかってるわ。あなたがいなければ、〈タスクフォース・トライデント〉はありえないの」

カイルはトーストの最後の一枚を食べ終えて、皿をわきへ押しやった。

「では、サマーズ大尉、あちらのみんなに、おれはちょっとへたってるだけだと伝えておいてくれ。おれはいまも、われわれの任務を信じている。いまもテロリストを憎んでいるし、きれいに始末する必要があると大統領が判断した人間はだれでも殺してやるさ」

その数時間後には、シベールはワシントンへ向かう軍用機に搭乗し、カイルはシコルスキーS‐76ヘリコプターに乗りこんでいた。そのヘリコプターは、両側面に、ダークブルーの細いストライプと、イギリスの各種ビジネス界における大物、サー・ジェフリー・コーンウェルの持ち株会社である〈エクスカリバー・エンタープライズLtd.〉の社章が描かれている以外は、純白に輝いていた。重要な客を乗せて、どこにでも飛んでいけるヘリコプターだが、その防音のきいた広いキャビンに乗りこんだ人間はカイルだけだった。この機はどの軍にも属さず、この日のフライト日誌には会社の重要人物の通常の移動として記録されるだけだが、秘密工作の世界においては、サー・ジェフは記録に残されない作戦にときおり手を貸す人物として知られている。カイルが快適なレザー・シートに身をおさめてストラップを留めたとき、強力なチュルボメカ・アリエル2S2エンジンが回転をあげ、ものの数分のうちにシコルスキーは高く舞いあがって、地中海をめざしていた。絶え間のないエンジンの低い振動が、ほぼ瞬時に彼を眠りに引きこんでいく。

「まもなく到着します」

インターコムを通したパイロットの声で目覚めたのは、ほんの数分後のように感じられたが、腕時計で時刻をたしかめたところ、離陸してから一時間以上がたっていることがわかった。ヘリコプターのローター・ブレードが空気を打つ音が聞こえ、キャビンの窓ごしに見やると、この機と同じ色彩の塗装が施された豪華なヨットの四角い着陸デッキが目に入った。下降するこの機を迎えるために、光り輝くヴァガボンドが海中から出現したように思えた。

ヘリコプターが、着陸デッキにふわりと着陸する。

「ホーム、スウィート・ホーム」とカイル・スワンソンが言ったとき、外側からヨットの乗員がドアを引き開けた。「送ってくれてありがとう、みんな」

ヘリコプターのエンジンが停止しきらないうちに、彼はデッキに足をおろし、身をかがめて、ローター・ブレードの強烈な下方流《ダウンドラフト》から逃れ出た。キャビン・エリアから、女性がひとり、こちらに歩いてくる。ブルーのシルクのブラウスに暗色のスラックスを合わせ、シルヴァーのネックレスとイヤリングで装った、レディ・パトリシア・コーンウェルだった。

「お帰り、どこかのだれかさん」と彼女が言って、カイルを強くハグし、冷えたビールを手渡してくる。その目は、あらゆる徴候をとらえていた。疲労を漂わせる身のこなし、日焼けした肌、かすかにひきずっている足。彼は二週間近くも、ここを離れていたのだ。質問は不要。「ジェフはNATOの会議を終えて、戻ってくる途中。嵐が来る前に、乗船できるでしょう」

「ここに帰れてよかったです、パット。なにしろ、疲れ果てているので」

水平線に雲が集まりはじめており、制服をぱりっと着こなしたクルーが忙しく動きまわって、迫り来る悪天候に大型ヨットを備えさせるために、ロープを巻いたり、帆を縛ったりしていた。

彼の顎に貼りつけられている小さな傷テープに、パットがそっと手を触れる。

「打撃をよけそこねたの？」

「ひげ剃《そ》りのときに切ってしまっただけですよ」笑いながらカイルは応じた。

「このごろは、よくそれをやっちゃうみたいね」彼の肩を軽く、こぶしでたたく。「立ったまま眠りこんでしまう前に、ちょっと昼寝をしておけば、カイル？　七時のディナーが始まるときに、起こしてあげるわ」

「そうしましょう、マイ・レディ」彼はチーク材のデッキを歩いて、開いたハッチをくぐりぬけ、自分のキャビンに向かった。波のうねりを受けて、足の下でヨットが揺れていた。

パットは、黒い水が灰色の空と出会うあたりをながめ、そよ風に髪と着衣をなぶらせながら考えていた。かわいそうな男。彼は服を着たまま眠りこむだろうし、きっとディナーのときに姿を見かけることにはならないだろう。

船殻を軽くたたく音がカイルの耳に届き、すぐさま、腐敗した悪臭が漂ってくる。ベッドを抜けだし、デッキに出て、手すりから外を見る前から、それがだれかはわかっている。下方、ざわめく海面に、細長い浅いボートをらくらくと操るあの船頭がいて、にやにやとこちらに笑いかけている。三列に並んだベンチに、死んだ人間たちがまっすぐにすわっている。

「忙しかったようだな」それを見て、カイルは言う。

「戦争。革命」乾いた笑い声を小さく漏らして、船頭が肩をすくめる。「いつも、あちらでおおぜいが待ってる」象牙色の骨から成る指を北に向け、そこの細い尾根で燃えさかる炎を指さす。夜の暗黒と海の暗黒のはざまが輝いている。船頭が長いオールを引いて、船を安定させたとき、泥でよごれた黒いローブを風がまくりあげて、肉のないその姿をあらわにし、骨だけの顔に邪悪な笑みが浮かんで、乱杭歯がむきだしになる。

「なら、このうえ、なにがほしい？　ボートはすでに満席だし、おれはまだあんたといっしょに行くつもりはないんだ」

「いまはまだな。だが、あとちょっとだ」

「くそくらえ」

「あんたが殺したばかりのやつをふたつ、受けとった」

「けっこう。そいつらは、死んだらパラダイスに行って、六ダースの処女をものにできると考えてた連中でね」

船頭が乾いた笑い声を漏らす。

「やつらはまちがってたな」長い間。「あんたは、あてになる、いい供給人だ」

カイルは船の外へ唾《つば》を吐く。

「あんたは悪夢以外のなにものでもない。もうすぐ、おれは目が覚めて、あんたは消えてしまうだろうさ」

船頭がヴァガボンドの白い船殻に手をあてて、ひと押しし、オールに体重をあずけると、小さなボートがゆらゆらと離れていく。何度かオールをかいて、距離が離れたころ、亡霊めいた船頭がふりかえって、また口を開く。

「そうか？　まあ、それは真実だろうが、あんたが起きていようが眠っていようが、おれはけっしてそう遠いところにはいない。いずれ、あんたが口に拳銃をつっこんで、自害を遂げたときに、また戻ってくるとしよう。特別な旅になるぞ。あんただけのために、ボートを空けておいてやろう」

死骸を積んだ渡し船が水をかきわけて遠ざかり、船頭が乾いた笑い声を残して、嵐のなかへ没していく。

目覚めたとき、カイルはキャビンの外、揺れ動くヴァガボンドのデッキに素足で立っていて、強風に乗った雨が、着衣のまま眠ってしまった体にたたきつけて、ずぶ濡れにしていた。稲光が海面に照り映え、雷鳴が夜空にとどろくなか、彼は手すりをきつく握りしめた。ただの夢だ。またあのいまいましい夢を見ただけなんだ。

カイルは長年の訓練のおかげで、正確さと自制力が成功と失敗を分かつことが珍しくない任務の最中には、感情を抑えておくことを学んでいた。気をゆるめて、いま起こったできごとをふりかえるのは、狙撃を終えてひとりきりになったときであり、そのプロセスはつねに快いものになるとはかぎらない。いまは、あの船頭が、その心の処理における好ましからぬ一要素と化していた。

世界中の嵐をすべて寄せ集めたところで、自分の真の悩みを吹きとばすことはできないだろう。彼はよろよろとメイン・キャビンへ歩いていき、バーからテキーラのボトルを取りあげて、また外にひきかえした。雨に悩まされることはない。寒さに悩まされることもない。ひとを殺したことに悩まされることもない。

心をさいなんでやまないのは、シャリは死んだのに、自分はまだ生きているという単純な図式だった。ボトルをさかさまにして口にあてがい、たっぷりと飲むと、テキーラが喉を焼くのが感じられた。そのころには、ヨットの上部構造《スーパーストラクチャー》の角に疾風が吹きつけるようになっていたので、彼は風を逃れて、酔いつぶれ、ふたたび眠りについた。午前四時になったころ、ヴァガボンドのクルーのふたりが、デッキの上、ロッカーと救命ボートの隙間にはまりこんで丸くなっているカイルを発見し、彼のキャビンに運び入れて、濡れた服を脱がせ、タオルで荒っぽく体をこすって水気をぬぐってから、寝棚に寝かせ、毛布をかけた。

「新たな任務ができた」ブラッドリー・ミドルトン少将が、ペンタゴンにある自分のオフィスに腰を落ち着けて、デスクの右下の抽斗《ひきだし》を開け、ぴかぴかに磨きあげた靴をその上に置いてから、ネクタイをゆるめて、襟のボタンをはずす。

そこのソファに、海兵隊下士官としては最高の階級であって、総勢でも四十五名しかいない上級曹長のひとり、O・O《ダブル・オー》・ドーキンズがすわって、その大半を占有していた。ダブル・オーは、特殊作戦に関する著作の執筆を手伝っているところだった。そのかたわらに、トルコから飛んできたばかりのシベール・サマーズが腰かけている。

バーガンディ色のレザーチェアには、いつも髪がくしゃくしゃで、ベッドから出てきたところのように見える、アメリカ海軍少佐ベントン・フリードマンがすわっていた。彼は卓越したコンピュータ技術者であり、工学士であって、技術的事柄にかけてはなんでもやってのけられる。海軍兵学校時代には、エレクトロニクスの魔法を駆使し、驚異的な記憶を有するということで、〝魔術師《ウィザード》〟というニックネームがつけられた。〈トライデント〉が編成されたとき、その海兵隊の作戦には不可欠ということで、ミドルトンがこの海軍士官を引きぬいたのだが、そこでは、彼には〝トカゲ《リザード》〟というニックネームがつけられ、ときには略して〝リズ〟と呼ばれたりもするようになった。

チームのもうひとりのメンバー、死者であるスワンソンは、R&Rで不在だった。

前に置かれたフォルダーから、めまぐるしく回転する頭脳に情報を取りこんでいるフリードマンを、ミドルトンが指さした。

「リザード、きみがこれまでにほかの情報源から集めたものと合わせて、それの内容を要約してくれ」

「イエス、サー」フォルダーから目をあげず、フリードマンが応じた。「一九九二年に失踪したと考えられていたイラクの物理学者が、二週間前、バグダッドに姿を現わした。合衆国のある陸軍情報将校と接触して、降伏の手はずをつけ、彼が〈死の宮殿〉と呼ぶ場所で開発された新型の大量破壊兵器《WMD》に関する死活的情報を引き渡すと主張した」

シベールが、赤いマニキュアを塗った爪をながめながら、口をさしはさむ。

「WMD？　あの国の兵器はすべてわれわれが破壊して、とうの昔に埋めてしまったと思うんだけど。全土をしらみつぶしに探しても、だれもなにも発見できなかったでしょう」

「質問とコメントは、あとまわしだ」ミドルトンが言った。「つづけてくれ、リザード」

「その学者は、生物化学物質であると言っただけで、公式に訴追免除が与えられ、自分と家族が保護されるまでは、真に重要な情報を引き渡そうとはしなかった。彼はずっと隠れ家に保護されてきて、昨日、最初の公式事情聴取のために多国籍軍司令部における会議が設定された時点で、武装した四名の兵士にエスコートされてそこに送り届けられた。司令部に入る前に、彼はスナイパーに射殺され、エスコート任務を率いていた将校も殺害された」

「解説してくれ、ダブル・オー」ミドルトンが言った。

「みごとな射撃ですな」死体の写真に目を通しながら、ドーキンズ上級曹長が言う。「一発めは、将校の防弾チョッキで守られていない部分に命中し、右から左へ体内を貫通して、心臓を含む諸器官を粉砕した。二発めは、イラク人の防弾チョッキの襟のすぐ上、首に命中し、頸静脈《けいじょうみゃく》を左から右へ切断した。その弾は喉から出ていった」フォルダーを閉じる。「一発なら、まぐれということもありうる。しかし、二発となると、そうは言えない。このスナイパーは狙った箇所に命中させ、犠牲者はふたりとも、その場で絶命した。これもまたジューバの仕業だというのが、わたしの結論です」

将軍が足で抽斗を閉じて、椅子を前へ滑らせ、デスクに両肘を立てる。

「きみの解釈はどうかね、サマーズ大尉？」

「ダブル・オーと同じです。ジューバの仕業にちがいありません。狙撃し、殺害し、姿をくらます。それをしているのはひとりの男なのか、数名の異なるスナイパーなのか、はたまた、そいつは現実に存在するのか、ジハーディストどもの士気を鼓舞するためにでっちあげられた作り話なのか、そこのところはわかりません。なんであれ、そいつはやつらが得た最高の男であり、今回のこのグリーン・ゾーンにおける暗殺はその名声をさらに高めることになるでしょう」

フリードマンが頭のなかでいくつかの暗算をやってのける。

「推定したところでは、このシューターが狙えたターゲット・エリアは一インチ以内だったでしょう。第一の犠牲者の場合、チョッキの胴と袖のあいだの無防備な隙間はわずか一インチほどであり、スナイパーはそこに弾を撃ちこんだ。第二の狙撃は、静脈に正確に命中しており、これはさらに狭いターゲットだった。お望みなら、その二発の弾道、角度といった要素のすべてを計算できますが」

「必要ない」とミドルトンは応じた。「それは、バグダッドの連中がやっているだろうし、いずれそのデータがこちらに送られてくる。ここで留意すべきは、やつが、狙撃する相手がだれであり、そのターゲットが特定の時間に特定の場所に現われることを、正確につかんでいたということだ。完全な内部情報をな」

「リズ、この情報提供者は、撃ち殺される前に、ほかになにか価値のあることをしゃべっていたのか？」ダブル・オーが右脚を左膝にのせて脚を組み、さらにソファのスペースを大きく占領したので、シベールが彼を押しやった。

「われわれが会議のためにここに集まる直前、情報部から報告が届いていた」ミドルトンが割りこんだ。「この科学者は、イランのある研究所を脱走したと語り、イラクとの国境近くにあるその研究所の大ざっぱな位置を教えたとのことだ」

「彼はその言いまわしをしたのですか、将軍？　脱走したと？」

「そのとおり。だからこそ、みんな、これがわれわれの任務となったのだ。われわれが潜入、捜索をおこなって、その謎の研究所を見つけだす」

ミドルトンが立ちあがって、のびをし、両手を大きくふりまわしてから、その手を腰にあてがった。

「よし、仕事に取りかかろう。シベール、きみは今回はここに残り、作戦全体を監督してくれ。潜入チームを編成して、ドーハ基地へ派遣するんだ。ダブル・オー、きみが現地でチームを指揮してくれ。途中で、サー・ジェフリーのヨットに寄って、スワンソンを回収するように。そこのひとたちに事情を説明したら、すぐにふたりでクウェートに急行してくれ。きみらにとって必要な命令はすべて、フリードマン少佐を通じて伝達する」

　リザードが、ふうっと安堵《あんど》のため息を漏らした。デスクを離れて遠くへ旅するというのは、彼の好みではないのだ。

「将軍、この任務にスワンソン一等軍曹《ガニー》を使うのは賢明でしょうか？　サマーズ大尉によれば、彼は休養期間を切実に必要としているとのことですが」

　それには、ダブル・オーが答えた。

「リズ、この仕事の最中にジューバに出くわす可能性が万にひとつでもあるようなら、わたしとしては、自分のケツを守ってくれる最高のシューターを手に入れておきたいね。カイルが疲れていようがいまいが、わたしは彼に賭ける」

「そういうことなら、クウェートへの機中で彼を眠らせておけ」ミドルトン将軍が言った。

「かかってくれ、みんな。その〈死の宮殿〉の写真を撮って、持ち帰ってくれ」

4

スコットランド　エディンバラ

イングランドの未来の王と王妃、ウィリアム王子と美しいバーバラ・セルディンガムのロイヤル・ウェディングは、プレスにとっては最高のネタだ。アフリカからオーストラリアまで、全世界の十億ものひとびとがテレビの前に集まって、その壮麗なイヴェントを観るだろう。十億ものひとびとが！　いや、もっと多いかもしれない。

各テレビ局は、独自の映像を流したいと考えていた。だが、リポーターとクルーをロンドンに派遣することはできても、自局の中継車を国外へ送りこむのはむずかしく、放送に必要な機材についてはリースに頼るしかなかった。近辺にあるその種の会社は何カ月も前にリース契約をおこなっており、それ以外にも、この目的のためにのみ設立された会社もあった。

スコットランドにあるエディンバラ・オールメディアＬｔｄ．は、この膨大な需要を満たすために設立された小さな会社のひとつだ。その会社は必要な書類をすべて提出して、事業開始の許可を得、オフィス兼用の店舗をつくったのち、荷室のコンピュータや編集機材に電力を供給する外部電源も含めて、民間テレビ局の用途に合わせて改造されたヴァンを二台、購入した。その一台は、アーカンソー州リトルロックのテレビ局に即座に貸しだされ、もう一台は、イタリアのケーブルテレビ局にリースされた。二台のヴァンにはいずれも、パープルとホワイトを使った特徴的な塗装が施されていた。

その塗装色に合うジャンプスーツを着こんだジューバは、先頭のヴァンを運転して、市の中心部を離れ、エディンバラ環状道路、すなわちA720に乗り入れた。東へ方向を転じ、朝日が真正面にあるということで、濃いサングラスをかけて、A720を走っていき、オールドクレイグホール・ジャンクションでA1に乗り換える。二台めのヴァンがあとにつづき、二台はそろってランバートンでイングランドに入った。

二台のヴァンは、ロンドンへの曲がりくねった四百二十マイルの道のりをわずか一日で走破して、首都に入った。そして、多数のテレビ局の業務を支援する物品を積んで参集するトラック群を収容するように指定された場所、周囲の通行が遮断されているケンジントン・パークの奥のはずれへ近づいていった。乗り入れを待つトラックが短い列をなしており、エディンバラ・オールメディアの二台のヴァンはその後尾に並んだ。警察官がやってきて、警備チームが検査をすませるまで車を離れないようにと告げた。三十分ほど待つうちに、並んでいる列が短くなり、ジューバはヴァンをなかへ乗り入れて、爆発物センサーの設置された指定駐車スロットに車を駐めた。そこには四名の警備員と爆発物探知犬がいて、車輛を徹底的に検査したが、なにも見つけられなかった。隔離されたそのエリアにいったん入りこんだ車輔は、ウェディングが終了するまでそこを離れることはできない。

ジューバは、指定駐車スロットに黄色のマーキングペンで印がつけられた地図を渡されていた。そこはいちばん後ろの列で、金網フェンスのすぐそばだった。もう一台のパープルとホワイトのヴァンは、それより多少はましな地点、一列前で、左へ五十ヤードほど離れた場所を指定されていた。イタリアのテレビ局のほうが、アーカンソーのテレビ局よりはいくぶん力があるということだろう。

二台めのヴァンのドライヴァーは深夜の列車に乗ってスコットランドにひきかえし、エディンバラ・オールメディアの小さなオフィス兼店舗をたたむことになっていた。ジューバのほうは、遠くへ行く必要はなかった。このあとは、ウェスト・ミッドランズにある小さな家、少年時代をすごしたその家に行って、二、三日、母と父とともにすごす予定だった。

そのころ、地中海では、スポットライトのようにまばゆい日ざしが舷窓のカーテンの隙間から射しこんで、カイル・スワンソンの顔を照らし、ようやく彼を目覚めさせていた。まもなく正午という時刻だった。外の通路を行き交うひとびとはみな、彼を起こさないように心がけ、キャビンの戸口前を通りかかるときは足音を忍ばせていた。カイルはのびをし、シャワーを浴びて、ひげを剃《そ》った。そのあと、新しいジーンズとポロシャツを着て、ランニングシューズを履《は》くと、なんとか人心地がついた。頭が痛かった。

外に足を踏みだすと、嵐はすでに通過して、穏やかな緑の海と太陽の輝く空がひろがっていて、ヴァガボンドは約二十ノットの速度で、深い水をかきわけながら東へと航行していた。陸地はどこにも見えない。鷗《かもめ》の編隊が白い航跡を追っていて、空気は温かかった。

ひとつ上のデッキにあがり、ヨットのメイン・キャビンに入ると、そこは、一隅に完璧なバーがしつらえられ、ソファとやわらかなチェア、重いアンティークの陶製のテーブルが快適に配された、広大なラウンジだった。隔壁のひとつに、巨大なフラット画面のテレビと、映像および音響エンタテインメント・セットが組みこまれている。サー・ジェフリー・コーンウェルが前かがみになって、ノートPCの画面に表示されているニュース報道を読んでいた。ジェフはイギリス陸軍特殊空挺部隊《SAS》の退役大佐で、いまは巨万の富を築き、最新鋭の兵器システムを開発、販売する企業のオーナーになっている。興奮することはめったになく、戦士というのはさまざまなやりかたでストレスを処理するものであることをよく心得た男だ。戦士たちがときに飲んだくれてストレスを発散することは、べつに秘密でもなんでもない。

ジェフリーが、もじゃもじゃの眉をあげた。

「つらい夜をすごしたのか？」

カウンターの上に、冷えたオレンジジュースを満たした水差《カラフ》しがあったので、カイルはグラスにジュースを注いで、問いに答える前にそれを飲んだ。それから、厚手の陶器マグにコーヒーを注ぎ、カウンターにのっているフルーツの小ぶりなボウルを手に取った。

「酔っぱらいました。いまはしらふです」弁解はなし。

レディ・パトリシアが、通りすぎる海を眺望できる大きな窓のそばで雑誌を読んでいた。

彼女が目をあげ、短い細身の葉巻を一本、優雅に抜きとって、火をつけ、煙を吹きだす。

「まったく、手に負えない子ね、カイル。ゆうべのあなたは、ひどく腕白だったわ。もちろん、もっと行儀の悪いあなたを前に見たことがあるけど、またあんなことをやらかしたら、そのお尻をひっぱたいてやるわよ」

「それは脅しですか、マイ・レディ？」彼は笑みを返した。しゃべると、頭に痛みが走る。

「もう、ケチな不良みたいにふるまわないように。ラッセル先生に頼んで、二日酔いに効く薬をもらってあげましょう」

「だいじょうぶですよ」カイルは言った。

「いかにも戦士らしい話しぶりだな。まったく、きみは強情な男だ、カイル・スワンソン」画面から目を離すことなく、サー・ジェフが言った。

彼らはしばらく口をつぐんで、ゆったりとすわり、カイルはまぶたが閉じるにまかせた。二分としないうちに、彼は頭をソファにあずけて、眠りこんでしまった。パットがジェフリーに目をやると、彼は静かにしておくようにと身ぶりを送って、

「眠らせてやろう」と言った。

ジェフはいま、Eメール・アカウントのひとつをチェックして、ワシントンから暗号化メッセージが来ているのを確認したところだった。面倒な事態が始まろうとしているのなら、カイルを眠れるうちに眠らせてやる必要があると思ったのだ。

ノースカロライナ州の基地にあるガレージのなかで、リック・ニューマン大尉が腋の下までグリースまみれになって、先ごろ手に入れた自動車の修復作業に取り組んでいた。車は、フェンダースカート（主として空力特性向上のためにリア・タイヤを覆うパネル部品）のある、一九五五年型のシェヴィー・ベルエア・2ドア・ハードトップ。年代物の車だが、ボディはまともな形状をとどめていて、たいして錆《さび》ついてはいなかった。オリジナルのベイビー・ブルーとクリーム色の塗装がいまもちゃんと見分けがつき、クロームのトリム類にもへこみはない。内装は大幅な改修が必要だが、それなりの時間とカネをかければ、もとどおりにきれいになるだろう。だが、希少な350V8エンジンのぐあいが悪く、内部に手を入れれば入れるほど、さらにぐあいが悪くなるという始末だった。エンジンをまるごと交換すれば、莫大な費用がかかるだろうし、しかもそのやりかたは、熱心なホビーストでありカー・トレーダーでもあるニューマンのルールにそむくものでもあった。彼はこの車をアラバマ州の遺品競売に参加して九千ドルで購入し、ひとりで修復して、五万ドルで売るつもりでいた。それには何年もかかるだろう。

「ヘイ、大尉《キャップン》！　あんたに電話が入ってますぜ」モータープール管理係の海兵隊員が声をかけた。

リックは両手のグリースをぬぐって、受話器を取りあげた。

「ニューマン大尉です」

「ヘイ、リック。こちらはシベール・サマーズ。ワシントンの〈トライデント〉オフィスからかけてるの」ふだんの声に、ざらついた権威の響きとうれしそうな感じが混じったようなトーンだった。

「やあ、シベール。久しぶり」はっと気を引き締めて、彼は応じた。「なにがあった？」

「あなたにいい仕事を見つけてあげたわ、旧友さん。いますぐ自分のオフィスにとってかえし、盗聴防止機能付きの電話《セキュア・フォン》でかけなおして。最高機密《トップ・シークレット》よ」

「すぐにそうする」彼は言った。「十五分だけ待ってくれ」

電話を切り、シェヴィーのボンネットを閉じてから、急いで体を洗い、自分のデスクにとってかえす。ベルエアには、しばらく待ってもらうことにしよう。ニューマンは海兵隊特殊作戦部隊の一員として、四個小隊を率いる立場だ。四個小隊のうち、一個はイラク、一個はアフガニスタン、一個はノースカロライナにあるこの秘密基地に、そしてあとの一個は、四時間以内にどこへでも遠征できるように、即応態勢をとって待機しているというローテーションだった。

セキュア・フォンでシベール・サマーズと話をすると、彼女の指示はじつに単純明快なものだと判明した。ニューマンはこの極秘任務のために五名の工作員を選抜し、彼らを引き連れてクウェートのドーハ基地へ飛び、そこでO・O・ドーキンズ上級曹長と合流して、彼から完全なブリーフィングを受ける。総勢八名が潜入し、ニューマンのグループは、なにかまずいことが起こった場合に火器支援をおこなう。

シベールは短くあらましを説明して、彼が特殊技能を備えた隊員を選抜するための助言を与え、彼が必要とするであろう偵察要員かスナイパーかなにかがそれに付け加えられるとつづけた。〈トライデント〉が彼らの通常任務を解除し、この臨時任務を割り当てたとのこと。ニューマンは、特殊作戦のための火器支援をおこなうシューターたちが必要になるのだろうと感じた。選抜に適した隊員は山ほどいる。どうせなら、高度な規律を有し、しっかりと訓練され、すでにたがいをよく知っている自分のチームから、人員を選びだして、仕事をしたい。自分のグループは、整備の行き届いた軍用機械のように、一体化してなめらかに動くものにしよう。ヒューズ、ティップ、ロールズの三名なら、信頼できる。あとふたり、そして自分自身。追加の二名を見つけるのは容易だ。自分のグループは、六名。ダブル・オーを加えて、七名。八人めはだれなのか？

ニューマンは、自分のグループを編成するために電話をかけはじめた。

ダレン・ロールズが、右へフェイントをかけて、身を戻し、高く、高く、高く、高くジャンプした。垂直跳び三十一インチを誇るロールズの体がスローモーションで宙に浮いたように見え、その手首が一閃して、トップ・オヴ・ザ・キー（ゴール下の台形の頂点に位置するフリースローサークルが鍵穴のように見えることから、そのエリアの周辺がそう呼ばれるようになった）から、ジャンプシュートが放たれる。そのスニーカーがコンクリートの地面を打ったとき、アーチを描いて飛んだボールがノータッチでバスケットに吸いこまれた。

「ゲーム・オーヴァーだ、ラビット。賭け金をもらおうか」ジョー・ティップに向かって、彼が言った。

ティップはひょろりとした白人の若者で、バスケットよりフットボールのほうが得意なのだ。部外者立入禁止の秘密軍事基地をあぶるノースカロライナの太陽のせいで、彼らはそろって汗まみれになっている。どちらも、脱出逃走訓練任務の指導インストラクターを務めていて、この夜明けに、小隊の若手隊員たちに演習を開始させていた。いちばん速い隊員がフィニッシュ地点に近づくのは、とっぷりと日が暮れてからになるだろう。日が沈むころには、演習に参加した隊員たちは疲れ果てているだろうが、長い距離を逃げのびたという確信はいだいているはずだ。そこを狙って、ロールズとティップが彼らを狩りにかかり、ひとりまたひとりと捕獲していく。そのあと、尋問小屋で楽しいひとときが始まる。それまでは、ボールゲームを楽しんでいても、昼寝をしていてもいいというわけだ。と、そのとき、ふたりのポケットベルが同時に鳴った。

トラヴィス・ヒューズがスズキ・ハヤブサGSX1300Rを駆って、田舎道を猛烈にぶっとばしている。速度制限は六十五マイルだが、彼は日本製の真っ赤なオートバイが六十五マイルを超えるのを気にもとめていなかった。スナイパー・チームのリーダーを務める海兵隊二等軍曹は、ブルーのバンダナを頭に巻き、濃いサングラスをかけ、〝アウトロー〟のステッカーを貼ったしわだらけの黒いレザースーツを着こみ、バイカーブーツを履《は》いていた。その彼が、長い赤髪を風になびかせて、基地にひきかえすべく疾走している。さっきまで、後部にブロンドの女性が乗っていたのだが、彼のベルトに取りつけられたポケットベルが鳴ったとき、別れなくてはいけなくなったことを彼女は知った。彼女は住まいの外までいっしょに歩き、オートバイのエンジンをかけた彼と長いディープキスをした。彼の耳を唇でもてあそびながら、彼女は言った。

「こんどはトラブルに巻きこまれないようにしてね、トラヴィス」

ヒューズはバイクの回転をあげ、

「おれにそんなことができるとは考えてくれるな」と言い残して、バイクを道路へ発進させ、たたきつけてくる疾風のなかへ、笑いながらつっこんでいった。そして、ハンドルバーに低く身をかがめ、快適な百十マイルのスピードで基地へとってかえしはじめたのだった。

ロンドン

テレビ・リポーター、キンバリー・ドレイクは、ジャーナリズム学科を修了してから二年しかたっておらず、アーカンソーの小さなテレビ局にあってすら、まだ小物にすぎなかった。カメラに向かってしゃべるだけのリポーターではなく、本物のジャーナリストと見なされたいと思っているのだが、この美貌はそれにはなんの利点にもならないと感じることがときにあった。どの局も、美人のアンカーや気象予報ガールを起用しているのだから、いまはもう、自分がテレビのニュース番組のキャスターになれるほど魅力的な女だとは考えられなくなっていた。リトルロックの小さなテレビ局から脱出するには大きなネタをものにする必要があるが、それをものして、一挙に名声が跳ねあがれば、もっと大きな局に、いや、少なくともどこかのケーブルテレビ・ネットワークに移ることができるだろう。

そんなとき、どういう風の吹きまわしか、局の上層部が、大手の競争相手と同様、ひとつには広告料獲得戦争に生き残るために、自局の社員をロイヤル・ウェディングに派遣する決定を下した。キンバリーは、その職務を勝ちとるためなら、よろこんで自分のニュース・ディレクターをたらしこんでも殺してもいいと思ったが、どちらをする必要もなかった。ほかのリポート・スタッフは男性ばかり、唯一の女性アンカーは妊娠中で外国への旅はむりとあって、その職務を求める者はほかにはひとりもいなかったのだ！　男性たちにとっては、これはただの婚儀。きらびやかなだけで、スーパーボウルでも戦争でもないというわけだ。

局はキンバリーにこの職務を与えたが、出張費用はごくわずかなものでしかなかった。ヴェテラン・カメラマンのトム・レスターが同行し、カメラに向かってリポートをするのに必要な助手として若手技術員がひとり加えられた。しみったれた予算のせいで、彼らは、最低価格で借りだした、パープルとホワイトのちっぽけなテレビ取材用ヴァンを使って仕事をしなくてはいけなくなった。

キンバリーは気にしなかった。ロンドンのロイヤル・ウェディング指揮統制センター・プレス・オフィスを、ラミネート張りの真新しい許可証を首からぶらさげて離れ、ケンジントン・パークのメディア取材用エリアへ歩きはじめたとき、彼女は生涯で初めて、本物のリポーターになったような気分を味わっていた。

だが、その夜、遅くなったころには、現実を思い知らされることになった。局の地位が低いため、キンバリーのヴァンはパレード・ルートから遠く離れた場所、いちばん後ろの列に、割り当てられたのだ。ヴァンの屋根の上というカメラ・ポジションに就くと、出入りが遮断された広大なメディア・スペースを一望でき、イタリアのケーブル局が同じ会社から借りたもう一台のパープルとホワイトのヴァンが、五十ヤードほど離れた、ここよりは多少はましな地点に駐められているのが見えて、嫉妬を感じた。

彼女はまだ、多種多様なメディア関係者に出会うほどの経験を積んではいない。イギリスのジャーナリストたちは、闘牛のように荒々しかった。その他の何ダースもの国からぞくぞくとやってくるリポーターやテレビ関係者もまた、このイヴェントを取材するために、プレス用の許可証をぶらさげていた。周囲には数百人もの関係者がいて、彼女はその多数を知っていたが、もちろん、彼らは彼女のことを知らない。大手ネットワークの連中が、いちばん前方に陣取っている！　メディアのカネが、いたるところに注ぎこまれていた。住民たちは街を逃げだし、住まいであるアパートの部屋や一戸建ての家を法外な価格でメディアに貸している。取材活動の中心地の周辺では、リポーターたちは必要経費で落とせるだろうという読みで、レストランの料金が倍に跳ねあがっていた。

キンバリー・ドレイクはヴァンの屋根に立って、カップのコーヒーをすすり、メディアの大軍を見渡した。ここでもまた自分は小物なのだと認めるしかなかった。鮫の群れのあいだを泳ぐグッピー。〝いつか見かえしてやる。みんなを見かえしてやるんだ〟

5

地中海

　ドーキンズ上級曹長が、悠揚《ゆうよう》迫らぬようすで、ヴァガボンドの染みひとつないデッキに足をおろす。なにしろ、彼もまた、さまざまな艦艇に乗り組んで海上を、潜水艦に乗り組んで海中を、航空機やヘリコプターに乗り組んで海の上空を行き来することに人生の多大な時間を費やしてきた、海の生きもの《クリーチャー》なのだ。最良の相棒、カイル・スワンソンをふたたび狩りの旅へ連れだすべく、この晴れ渡った月曜日の朝に、ワシントンを離れて、自分が本来あるべき場所に戻ってきたとあって、彼は上機嫌だった。すぐにまた出発するということで、荷物はヘリのなかに残してあった。

　カイルとレディ・パット、そしてサー・ジェフが、ヘリ・パッドのはずれで待っていて、彼を船尾のほうへ連れていった。そこのスイミングプールのかたわらにテーブルが置かれ、陶器や銀器の食器類と白いナプキンが用意されていた。ヘリコプターが到着した五分後には食事が始まって、シェフがまず卵料理を出し、そのあと、白の上っ張りを着た女性のクルー

・メンバーが精選された美味な料理をワゴンにのせて、つぎつぎに運んできた。
ほかの面々はすでに朝食をすませていたので、そのごちそうをつまむ程度だったが、ダブル・オーはそんなことはろくに気にとめず、むさぼるように食べた。彼が食事を終えて、仕事の話が始まるまで、会話は当たり障りのないおしゃべりがつづいた。この四人は、血のつながりこそないものの、さまざまな意味でファミリーだった。特殊作戦に従事する戦士たちの絆は兄弟のように固いものだし、この男たちのつきあいは長い。レディ・パットは、カブスカウトの母親役のようなものだ。

カイルは、まだティーンエイジャーのころに海兵隊に入隊し、当時は二等軍曹だったドーキンズがいち早く、その無骨な少年のなかに、長距離精密射撃というユニークな技能に関わる卓越した能力のみならず、天性の戦闘能力も秘められていることを発見した。その後の年月、両者が軍のなかで昇進していくあいだも、ドーキンズはカイルの導師《メンター》でありつづけ、やがて、カイルは一時的に軍の職務をはずされて、政府の非軍事機関の特殊作戦に就けられるようにもなったのだ。

カイルが就けられたさまざまな職務のなかで特に興味深いものは、戦闘に従事するのではまったくなく、ペンタゴンの特別顧問としてサー・ジェフ・コーンウェルのもとへ派遣され、エクスカリバーと呼ばれる新世代のスナイパー・ライフルの開発に取り組むという仕事だった。カイルは何年か断続的にその仕事に取り組むうちに、つねに周囲のひとびととは感情的に距離を置くようにしていたにもかかわらず、磁石で引かれるように、ジェフとパットの示す友情に応えるようになっていった。そんななか、彼はシャリ・タウンという若い女性を紹介されて、彼女と結婚する計画も立てた。シャリもまた、コーンウェル夫妻の庇護《ひご》の翼のもとにあった。ファミリー。その当時、カイルはほんとうに自分がファミリーを持てるのだと考えていた。が、そのシャリは殺害され、カイルは心が砕けそうになった。その後、パットとジェフ、そしてダブル・オーが時間をかけて、ゆっくりと、彼が自分を取りもどすのを助けてきたのだった。肝要なのは、彼をつねに忙しくさせておくこと。

ドーキンズがようやく食事を終えて、コーヒーのおかわりをした。レディ・パットがクルー・メンバーに身ぶりを送って、テーブルをかたづけさせ、まもなく、地中海のそよ風が吹きわたるヴァガボンドの船尾デッキにいるのは、彼ら四人のみとなった。パットが体を冷やさないようにと、スコティッシュウールのやわらかなショールを肩にかける。

「わたしは今夜、ロンドンへ発《た》って、ロイヤル・ウェディングのレセプションに出席し、そのあと、ジェフのおカネをたっぷり浪費して、新しい服を買い集めるつもり」カイルを見つめて、パットが言った。「男性諸氏が新たな任務の話に取りかかるのはかまわないけど、その前にひとつ、あなたにまじめに言っておかなくてはいけないことがあるの、カイル」

カイルは笑みを返した。

「なんでしょう？」

「あなたはいまも、わたしたちが愛してやまなかったシャリのことを嘆いてる。彼女の死はあなたの心に空洞を残した。あなたは、それは癒《い》えることはけっしてないほど深い空洞と思い、つねにこういった極秘作戦に専念することで自分を守ろうと考えている」彼女が言った。「正気を失って、雨のなかへ出ていくほど、ひどく酔っぱらったりすることが、わたしはいやなの。あなたの行動は、ばかみたいに砂に頭をつっこんでじたばたしているのに、だれにもそれを見られていないと考えている駝鳥《だちょう》のようなもの。それではどうにもならないんじゃないかしら？」

「インスタント心理学者のドクター・パットが、ちんぷんかんぷんなことを並べてらっしゃる？　なんでもわかってるおつもりですか？」彼はすぐさま自己防衛にかかっていた。

彼女が立ちあがり、その目に涙が浮かぶのが見えたと思った瞬間、耳鳴りがするほど痛烈な平手打ちがカイルにたたきつけられてきた。

「よくもまあ、わたしにそんな口がきけたものね、カイル・スワンソン！　シャリを愛していたのはあなただけだと思ってるの？　彼女が亡くなったとき、心が砕けたのはあなただけだと考えてるの？　わたしはいまも、彼女のことを思うと涙がとまらない。彼女がわたしたちの人生の一部となってくれたことを、どれほど感謝していることか」

「じゃあ、あなたは彼女の死をどうやって乗りこえたんですか、パット？　その秘訣《ひけつ》はなんです？」

彼は怒りを募らせた。シャリのことを話題にするのは、相手がジェフやパット、ダブル・オーであってもいやだった。

彼女が片手を腰にあてがって、にらみつけてくる。

「ジェフとわたしが彼女のことを乗りこえたと考えてるの？　思いちがいもはなはだしいわ。こういう喪失感を乗りこえることは、けっしてできない。ただ……いつか……この世には変えられないものがあるということを受けいれるようにはなるわ。朝になれば陽が昇り、時計はつねに時を刻み、シャリはいつまでも死者でありつづける。あなたが彼女の柩《ひつぎ》にいっしょに入ることはできないの」肩にかけたショールをきつく身に巻きつける。「目を覚まして、カイル。シャリが亡くなってから、もう一年以上がたったのだし、いまのあなたは残されたわたしたちとともに生きていく運命なの。わたしは、あなたを、ほんとうのカイル・スワンソンを取りもどしたい。役立たずのアル中に転落しようとしている、戦争ジャンキーなんかであってほしくないの」

彼女は身をひるがえして、首をふってから、メイン・キャビンのほうへ歩み去っていった。

カイルは椅子にもたれこんだ。そうか。彼女はおれのなかのくだらない思いをたたきだそうとしただけなんだ。カイルはこの数カ月、シャリの美しい顔や彼女の香りを思いかえしても、細かい点が思いだせなくなっていることに悩んできた。もちろん、いまも、彼女の感触や笑い声は記憶に残っているのだが。自分は彼女を失いかけている。時が流れるなかで、彼女の記憶が薄らいできているのだ。

「あなたの意見はどうです、ジェフ？」彼は問いかけた。

「彼女の言ったとおりだ」ジェフがコーヒーを飲み、カイルの視線をまばたきせずに受けとめた。

「では、あなたは？」

ドーキンズ上級曹長はブリーフケースを持ちあげて、折りたたんだ地図を取りだした。

「おれはおまえの友人であって、聴罪司祭じゃないからな。なんであれ、時間を要することは時間を要するってこと。もっとも、おまえが酒やヤクでぐだぐだになって、そのせいでおれが殺されるはめになったら、おおいに気にくわないだろうがね。いまはとりあえず、この『オプラ』（アメリカでもっとも成功した黒人女性のひとりとされるオプラ・ウィンフィリーが司会者を務める人気トークショー）めいたひと幕はわきにおいて、今回の任務のことを話しあってはどうだ？」

ダブル・オーが地図をひろげ、その方眼地図《グリッド・マップ》に示されているイラン南西部近辺を指さした。

「ここが、例の脱走者が〈死の宮殿〉と呼んだ施設のある場所だ。国境から、石を投げたら届くほど近い地点にある。衛星写真によれば、そこにはホラムシャハルという港町以外、重要なものはなにもないことがわかっている。その町を離れたら、あとは砂の大地がひろがっているだけだ。で、そこに実際に足を踏み入れて、検分することをボスが要求したというわけでね」

「そのタレコミは、真偽の疑わしい情報と引き換えに、現金を手に入れようとしただけってことはないのか？」カイルは尋ねた。「アメリカにインチキ情報を売りつけるのは、イラクではべつに珍しいことじゃないだろう」

「グリーン・ゾーンで暗殺されるという災難にあった男には、それはあてはまらないだろうな。信じるべき根拠はある」ジェフが言って、成功の代償である、せりだしてきた腹の上で両手を組んだ。彼はもう若くはなく、航空機から飛びおりる任務に就くことはない。「われわれは、ジューバの仕業だと確信している」カイルを見つめて、ダブル・オーが言った。「われわれが彼について知り得たものと一致しているし、その男はほかのことはなんでもやったのに、サインだけはしなかった。つまり、その男がなんらかの関与をしたのはたしかなんだ」

「不明な点が山ほどある」カイルは言った。「それにしても、なぜイランなんだ？　イラクの科学者がシリアから現われたのであれば、以前、サダム・フセインがレバノンのベカー高原のアルバイダ周辺に大型兵器を隠したことがあるから、おおいに信憑性《しんぴょうせい》があるだろう。イランとイラクは、八年間も戦争をして、百万単位の犠牲者を出した過去があるので、憎みあっている。それから長い年月がたったからといって、そういうレベルで協力しているというのは考えられないね」

サー・ジェフが地図を手に取って、検分する。

「ただし……」その脳にスイッチが入って回転しはじめたのが、目に見えるようだった。「あの戦争の終結期、国連が提案した解決策に両国が同意する前に、何カ月か交渉がおこなわれていた。その長い交渉のなかで変更された事項はろくになかったが、占領地に関していくつかの取り引きが成立し、シャッタルアラブ川が共同利用されることになった」

「歴史訓話、その四十二」カイルは言った。「要点はなんです？」

「もし、くだんの〈死の宮殿〉が、国連関係者ですら知らないうちに取り決められた秘密合意のひとつであったとしたら？　フセインとイランの宗教指導者《アヤトラ》たちが意見の相違はあるが長期的視点で見て、将来のために取り引きをおこなったとか」

ダブル・オーが関心を示した。

「わが国を対象にして？」

「その点に話を進めよう。あのイラン・イラク戦争に関して、世間が記憶している大きなできごとはなにか？　イラクが、イラン軍の正面攻撃に対して、化学兵器を使用したことだ。そのあと、クルド人地域に対して生物化学兵器による攻撃もおこなわれた。アラブでは、〝敵の敵は味方〟という言いまわしが使われることは、きみらもよく憶えているだろう。あの両国はいずれも、アメリカは大悪魔であると見なし、両国とも、遅かれ早かれ、どちらかの国がアメリカと交戦することになると予想していた」

カイルはコーヒーを飲みほした。

「つまり、あのクレイジーな連中、ムッラー（イスラム聖職者やモスクでのリーダー格の人物に対して用いられる尊称）やサダムの取り巻きどもが、一九八〇年代になにかの計画を開始したと？　化学兵器工場を、共同で所有し、運営してきたということと？　しかし、その製造物が使用されたことは一度もないでしょう？」

「もし彼らが、かつてない新型の効果的かつ致命的な兵器を開発しようとしていたとしても、おそらくその兵器は、湾岸戦争の時代にはまだ使用できる段階にはなく、現在の戦争が継続しているあいだは厳重に隠匿されているのだろう。合衆国は、イラン・イラク戦争の際、両国に兵器を売りつけて、利益を得たが、現在の戦争では、数えきれないほど膨大な物資やカネが消えたり、盗まれたりしている。合衆国は、ソ連の占領に抵抗したアフガン反乱軍に投入したのに匹敵する膨大な支援をおこなってきたから、新兵器に必要な原料はいくらでも入手でき、開発の時間もたっぷりと取れたと考えるのが道理だろう」

「では、あなたの考えでは、〈死の宮殿〉とかいうやつがほんとうに存在するかもしれないと?」

「名称はあくまで名称、サダムの言った、〝すべての戦争の母〟（サダム・フセインは湾岸戦争をそう呼んだ）と同じようなものさ。とにかく、なんにでも名称はつけなくてはならない。くだんの施設がなんであれ、その正体をあばく必要はある」

「それが、今回の仕事ってわけです。いまから、カイルとわたしがドーハへ飛んで、MARSOCチームを拾いあげ、あす未明に侵入します」ダブル・オーが立ちあがり、地図をかたづける。「ゆっくりさせてもらう時間がなくて申しわけないと、パットに伝えてください。彼女はまたポーカーをやって、わたしの有り金をむしりとる気でいたでしょうからね」

カイルはジェフと握手をした。

「マイ・レディに伝えてください。おれは彼女の言ったことをよく考えるつもりだと……それと、ロンドンで楽しいひとときをすごされるようにと。二、三日したら、また戻ってきます」

サー・ジェフが彼の肩をぴしゃりとやった。

「いいとも。わたしもきみらといっしょに行けたらと思うよ」

彼はふたりに同行してヘリ・パッドまで歩き、ヘリコプターが浮上すると、手をふって別れを告げた。

海兵隊急襲チームが、可能なかぎりすみやかに編成されて、ノースカロライナを飛び立ち、クウェートのドーハ基地に到着した。彼らは晴れた午後、輸送機に搭乗し、夜を徹して飛行し、日ざしにあぶられるクウェートの砂漠に降り立った。待機していたヘリコプターが、クウェート・シティの北にアメリカ軍が設営したドーハ基地の、特殊作戦セクターにある警備された兵舎へ彼らを運んでいった。

チームの全員が、イラクとの戦争の時期に何度かあった遠征に従軍して、ドーハ基地に来た経験がある。そこは、リトル・アメリカだった。アンクルフロスティーズ・オアシス（ピンポン、ビリヤード、ダーツ、テレビゲームなどのある娯楽施設）や、マーブルパレス（ラウンジ、プール、各種スポーツ設備などのある総合娯楽施設）や、ビーチがあり、ラ・パルマ地区にはうまいメキシコ料理を提供する広大なダウンタウンがしつらえられ、駱駝《らくだ》レースが開催され、アイスクリームが販売されている。ドーハは、つらい駐留を強いられる基地ではないのだ。

ではあっても、彼らはまず、その兵舎の戸口そばのテーブルに、危険物から身を守るための汚染防護服《ハズマット・スーツ》が積まれているのを目にして、これはヴァケイション・タイムではないのだと認識した。彼らは積みあげられたものを物色して、各自に合ったサイズのスーツを選びだし、それぞれの寝棚に放り投げてから、食事をとるために、ニューマン大尉が先に立って、食堂のなかにある個室へ足を向けた。食事をすませたあと、大尉はブリーフィングを受けるために姿を消し、あとの面々はあてがわれた小さな兵舎へひきかえしていった。特殊作戦の要員たちは、いざ任務が開始されると、昼間はどこもうろつけなくなるとあって、陽が沈みはじめたことをよろこんでいた。

兵舎の灯りがともされていなかったので、最初に戸口を抜けたトラヴィス・ヒューズがスイッチを手探りした。と、一本のでかくて太い腕がその脚をすくいあげて、彼を床へ放り投げ、なにものかがその胸に膝を押しつけて、ナイフを喉元に突きつけてきた。

つぎに戸口をくぐったダレン・ロールズは、ヒューズがつまずいて倒れたのだと思った。そのとき、拳銃の銃口が顎の下に、頭をのけぞらせるほど強く押しつけられた感触があった。灯りがともった。ドーキンズ上級曹長が、ロールズに押しつけていた拳銃を離し、怒りの形相を見せる。黒いマスクをした男が、トラヴィス・ヒューズを床に押さえこんでいた。

「そこの連中も入ってこい！」ドーキンズが、練兵場で号令をかけるときの大声で吠えた。「きみらはMARSOC小隊の精鋭であるはずなのに、ガールスカウトの一団のようにだらしがない！　待ち伏せのなかへ、まっすぐ飛びこんでくるとは！　きみらはすでに任務に就いているのであり、もしわれわれがテロリストの二人組であったなら、きみらの大半がいまごろは死んでいただろう。この土地には、ドーハ基地のなかにすら、安全な場所というのはないのだ。さあ、いますぐ、その寝ぼけた頭をしゃんとさせろ！」

あとの海兵隊員たちがおずおずと室内に入ってきて、ダブル・オーのまわりに集まった。マスクをした男がナイフを鞘《さや》におさめて、ヒューズに手をさしだす。

「立ってくれ、トラヴ」男が言った。

聞き憶えのある声。マスクの男が寝棚にすわったとき、ニューマン大尉が入ってきて、ドアをロックし、部下たちに合流して、ダブル・オーの前に立った。隊員たちは、プロフェッショナルとしての警戒を怠《おこた》ったことでばつの悪い思いをさせられたとあって、いまは完全に精神を集中していた。

「手順はこうだ」とニューマンが言って、説明に取りかかる。これは秘密潜入任務であり、彼らのなすべきことは、偵察の中心人物であるドーキンズ上級曹長ともうひとりの男が必要とした場合に、火器支援をおこなうことだと。

ドーキンズがあとを引き継いだ。

「銃撃戦の可能性がある任務において、知らない男の後方支援をするのは気が進まないにちがいないから、今夜、ここにかぎって、やむをえずルールを破ることにしよう。きみら全員に、トップ・シークレット事項を知る許可を与えるが、われわれがなにものであるかについては、だれにも、けっして口外してはならない。理解したな?」

彼は周囲へ目をやり、六名の男たちのそれぞれがうなずきを返す。そのあと、彼がうなずきかけると、カイルがマスクをはずした。

「一等軍曹、カイル・スワンソンだ。特殊作戦の目的のため、彼はシリア騒乱のあと、公式には死者と宣言された。われわれはふたりとも、〈タスクフォース・トライデント〉に所属して仕事をしているが、それに関してはきみらが多くを知る必要はない」

「やあやあやあ、シェイク！」とトラヴィス・ヒューズが歓声をあげ、ほかの面々が「すげえ！」だの「なんてこった！」だの「やったぜ！」だのと叫んだ。彼らがカイルと手を打ちあわせ、何人かはハイタッチをした。全員がカイルを、直接または間接的に知っていたのだ。

「静まれ」ダブル・オーが吠えた。「楽しい再会の大騒ぎはあとまわしだ。いまは全員、二時間ばかり睡眠をとっておくように。〇二〇〇時に出発する。準備をしておけ」

ロンドン

ジューバは通行証《パス》を見せ、工具箱を携えて、なにごともなくケンジントン・パークのメディア取材拠点に入りこんでいった。技術者の小集団が無数のケーブルを接続し、照明係がぎらぎらする大きな電球を所定の位置に設置し、音声係がマイクロフォンを準備し、メイクアップ・アーティストがテレビのニュース・アナウンサーにパウダー・パフやアイライナーを使って化粧を施し、ライターが中継用の台本を書きなぐり、プロデューサーがいらいらと髪の毛をひっぱっていた。技術者のひとりにすぎないジューバは、何ダースもの中継ヴァンや、細いポールの上に据えられた衛星アンテナの群れのあいだを、らくらくと通りぬけていった。

そして、特徴的なエディンバラ・オールメディアのヴァンを見つけだし、そちらへ足を運んだ。

きれいな若い女がヴァンのステップに腰かけ、膝にのせたノートPCを操作していた。女が、自分の前にだれかが立ったことに気づいて、はっと顔をあげる。彼はパープルとホワイトの技術者用ジャンプスーツを着て、引き締まったウエストのところに工具ベルトをぶらさげていた。暗いなかでも、ひどく日焼けしたような肌だと見分けがつく。

「なにかご用でしょうか?」彼女は言った。

男が書類を見て、言う。

「あなたがミス・ドレイク?」

「ええ」

「エディンバラ・オールメディアの社員です。あす、なにも問題が起こらないように、このヴァンの最後の点検をするために派遣されまして。そちらの技術員の方はいらっしゃる?」

「もちろん。なかにいます」彼女はヴァンの荷室へ男を案内した。「ハロルド? リース会社の技術者がいらして、なにかまずいことは起きてないかを確認したいってことなんだけど」

ジューバはあとにつづいて荷室に入り、技術員と握手をしてから、キンバリーのほうに向きなおった。

「なにもまずいことはないでしょう、ミス・ドレイク。これはただの予防処置でして。あす、こちらの局がすべてを円滑に運べるようにしておきたいってだけのことです。さて、これまでになにか問題が発生したということはありますか？」彼はハロルドに問いかけた。

「いいや。でも、チェックに来てくれたのはありがたい」テレビ局の技術員はヘッドセットをはめ、点灯された計器盤に向かって作業をしているところだった。「いまは、ライヴ中継のために、アップリンクを準備しているところでね。なにか不足するものが見つかったら、教えてくれないか」

「いいですとも。一分とかからないでしょう」ジューバはデスクの上をチェックしたのち、床に膝をついて、下部の配線のぐあいを確認にかかり、あちこちの隅をフラッシュライトで照らしていった。そのあと、エンジンルームを開き、その内部を点検してから、ヴァンの屋根にのぼり、ふたたび下におりて、車体の下部にもぐりこみ、工具箱からエアロゾル・スプレーの缶を二個、取りだした。どちらの缶にも、デリケートなコンピュータ部品にクリーンなエアを吹きつけるのに広く用いられている市販商品のラベルが貼られていた。ジューバは見せかけの二個の缶をねじって、それぞれからなにかの容器を取りだし、ヴァンのマフラーからのびている排気管の上部にあった小さな締め具に、二個の容器を取りつけた。それぞれの容器の頂部にちっぽけなプラスティック爆薬が装着されており、彼はそれらの爆薬にありふれたコードを取りつけてから、小さな起爆装置につないだ。特定の携帯電話番号が発信されると、これが受信して、起爆し、容器の中身が解放されるという仕掛けだった。

彼が作業をしているあいだ、キンバリー・ドレイクは、母国時間の六時に放映されるイヴニング・ニュースにライヴ映像を送り届けるための準備をつづけていた。宮殿を背景にして立ち、赤い軍服を着て、おかしなかたちの毛皮帽子をかぶった長身の兵士たちがカメラにおさまるようにして、いいリポートをしようという段取りだった。フィルム・テストを終えて、その地点を離れると、どこかの局の報道担当者が自局のリポーターを呼び寄せて、同じことをやらせた。母国のニュース・ディレクターはその映像が気に入り、その設定でイヴニング・ニュースを放映することに決めた。

ジューバが作業を終えたとき、キンバリーはヴァンのミラーを使ってメイクをしていた。

「すみません、ミス・ドレイク。さしつかえなければ、あなたと、カメラマンのハロルドの写真を撮らせてもらえませんか？　面倒をおかけして申しわけないんですが、リース契約が終わったあと、宣伝のために写真を使いたいという会社の意向がありまして。この不景気のなかで、なんとか事業を拡大したいというわけです」

礼儀正しい申し出だったので、相手はそろって承諾し、ジューバはデジタルカメラを取りだした。

「髪の乱れを直すから、ちょっとだけ待って」キンバリーが言った。「ひどいありさまになってるから」

待っているあいだに、彼は調整コンソールに就いているハロルドの写真を何枚か撮った。

キンバリーがライトを消して、足を踏みだしてくる。

「さ、いつでもどうぞ」

「あなたは有名人ですか、ミス・ドレイク?」彼は二枚、写真を撮った。

「いいえ、いまはまだ。そうなろうとがんばってるところ」晴れやかな笑み、両手を腰にあてがったポーズ、ヘアスプレーでヘルメットのように固めた髪。まさしくアメリカン・アイドルだ。

「とても信じられませんね。見ただけで、才能のあるひとだってことがわかります。そうでなければ、ここに派遣されはしなかったでしょう」また二枚、写真を撮る。「ばっちりです。みなさんに感謝します。いい写真が撮れたので、会社がよろこんでくれるでしょう。ここはオーケイだとわかりましたので、いまから、もう一台のヴァンのチェックに行きます。イタリアのどこかの局でしたかね」

彼はイタリアのテレビ局が借りだしたヴァンを訪ね、技術員しかいなかったそこで、同じ手順を反復した。だが、ひとつ、大きなちがいがあった。ジューバはヴァンに乗りこむと、ドライヴァー・シートを前に滑らせて、フロアパネルの扉を開き、その内部にフレッシュなアロマを漂わせる挽《ひ》きたてのコーヒーの粉を詰めこんだのだ。

「いいにおいがする。ポットでコーヒーをたててるのかい?」コンソールに就いている男が問いかけてきた。

ジューバは肩ごしにふりかえり、スコットランドやイングランドでは湿度の高い気候がデリケートな機材に悪影響をおよぼすことがあるので、よけいな湿気を吸収させるために、繊細な電子機器の周辺にコーヒーの粉を詰めておくのが通常なのだと説明した。実際には、強いコーヒーの香りで、導線につながっている小さなボックスに取りつけたC-4爆薬の大きなかたまりが発するにおいをごまかすのが目的だった。探知犬は、最後の警備点検のときに、すでにここを通りすぎている。ジューバはカメラを取りだして、何枚か写真を撮り、そのあと、被覆導線につながっているボックスの内部に手をのばし、大きなエアロゾル・スプレー缶のかたわらにある爆薬に接続された金属スイッチをオンにした。兵器の設置は完了。起爆のバックアップとして、タイマーを設定し、また挽きたてのコーヒーの粉をかけて、覆い隠し、パネルの扉をもとどおりに閉じて、シートを後ろへさげておく。

「よし。これで終わりです。わたしは帰らせてもらいます。幸運を」

立ち去るとき、テレビ局の技術員はなんの注意もはらわなかった。

キンバリー・ドレイクがまばゆいライトを満身に浴び、三脚に据えられたテレビカメラに顔を向けた格好で、ピンクのボタンダウンシャツの上に着こんだネイヴィーブルーのジャケットを撫《な》でて、しわをのばしていた。髪と上半身の装いは完璧だが、カメラがとらえるのは腰から上のみとあって、下半身はジーンズにスニーカーという姿だった。片手にマイクロフォンを持っていた。

リポートのリハーサルをしているらしく、ひとりでなにかをつぶやいている。ジューバがそばを通りかかると、彼女が目を向けてきた。

「来てくださって、ありがとう」とキンバリー。「これからもテレビを観ててね。いつか、リッチで有名になったわたしを見かけることになるかもしれないから」

ジューバは笑みを返した。

「まちがいなくそうなりますよ、ミス・ドレイク。きっと、あすになれば、全世界にあなたの名が知れ渡るでしょう」

「希望はだれでも持てるもんね」彼女が言った。「おやすみ」

6

冷えこむ未明、艶《つや》消しの黒に塗られた特殊作戦用のヘリコプターが、時速百七十五マイルのスピードで飛来して、イランとイラクの国境を越えた。開け放たれたキャビンを、風が吹きぬけていた。左右のサイドドアのそばと後部側方の脱出ハッチのそばに設置された七・六二ミリ・ミニガンの背後に、重武装した三人の男が立ち、一段低くなったリア・デッキには五〇口径機関銃が置かれている。エンジンの排気熱をさげるサプレッサーを備え、危険信号を捕捉するセンサー・パッケージが丸い機首部分に装着された、この巨大なMH－53JⅢ改良型ヘリコプター、ペイヴロウを操縦しているのは、合衆国空軍のパイロットたちだった。

ペイヴロウは高空で国境を越えたが、そのあとは鷹のように夜の闇を急降下していった。パイロットたちは地形追随レーダーを信頼しているので、地上までわずか百フィートの低空へと機を降下させた。ペイヴロウは、空軍の所有するもっとも大型のヘリコプターで、ヴェトナム戦争時代に、敵地の奥深くへのひそかな侵入と回収作戦のために選ばれたシコルスキーHH53、通称スーパージョリー・グリーンジャイアントの直接的後継機だ。二基の巨大なジェネラルエレクトリック製のエンジンによって、装甲を強化された大きなローターを回転させ、いかなる天候においても飛行することができる。このヘリコプターにすれば、八名の海兵隊員というのは超軽量の貨物であって、さらに三十名の人員を穴倉のような貨物室に乗せる余裕がある。荷重が少ないため、ペイヴロウは通常よりもはるかに敏捷《びんしょう》に飛行することができた。

カイル・スワンソンは、かさばるハズマット・スーツに備わっている断熱材と活性炭のライニングによって、多少は身を守りながら、凍りつくような疾風のなかにしゃがみこんでいた。一般にハズマット・スーツと呼ばれる、この任務志向防護態勢《MOPP》スーツは、化学、生物およびエアロゾル兵器から兵士を守るものだが、こんなぶあついゴム手袋とマスクとブーツを着用していると、シロップ液のなかを歩いているような気にさせられる。彼らはそのスーツの上に、二本の水筒と弾薬、そして三日分の糧食を含む、完全な戦闘装備を携行していた。

カイルは、ゆったりと楽に呼吸をしている。目的は偵察のみというわけで、危険な場所に着陸することにはならないはずだった。いわば、たんなる〝かくれんぼ遊び〟であって、交戦はないだろう。実際、もしこんな軽武装の海兵隊チームがイランの軍隊と遭遇する事態になれば、カイルとしては失敗と見なさざるをえない。

クルー・チーフの声がコミュニケイション・リンクを通して、カイルの黒いフライト・ヘルメットのなかへ届き、準備をするようにと伝えてきた。カイルは合図を返した。あと二分。

やがて、ヘリコプターがホヴァリングに入って、高度を落とすと、海兵隊員たちはよろよろと立ちあがって、ハンドホールドを握りしめた。一列に並んだ海兵隊員の先頭にダブル・

オーが立ち、ニューマン大尉が部下たちを率いて、あとにつづく。開いたハッチを通して、下方の地面のようすがいくぶん見てとれるようになってきた。カイルは、全員が降りたことを確認できるよう、列のしんがりに位置どった。クルー・チーフが身ぶりを送ってきたところで、彼らは全員がリア・ランプをくだっていき、ほんの一フィートほどジャンプしただけで地面に降り立った。全員が降りたことをカイルがたしかめて、クルー・チーフに合図を送り、自分もランプの縁から飛びおりたとき、ペイヴロウが機首をさげて、舞いあがり、毎分二千フィートのスピードで、ドーハ基地へ帰還していった。

チームは迅速に周辺へ散開して、地面に伏せると、銃を構えて、周囲三百六十度を警戒する態勢をとった。そこは暗いうえに、ひどく静かで、騒々しいヘリコプターによる侵入の直後とあって、静寂が身に染み入ってくるような感じがした。カイルは、化学および生物兵器検知器をバックパックから取りだして、あたりをスキャンした。疑惑のサイトからたっぷりと距離をおいて、汚染される危険を最小限にとどめるよう、彼らはそこから四キロほど離れた場所に降りていた。漂ってくるそよ風に、危険な物質はなにも混じっていなかった。彼はフードをはずし、マスクだけになって呼吸をしながら、同じことをするようにとほかの面々に身ぶりを送った。急いで偵察地点に行き着かなくてはならないので、海兵隊員たちは敏捷な行動のじゃまになるMOPPスーツをさっさと脱ぎ捨てた。

ニューマンがダブル・オーとともに、赤いレンズのはまったフラッシュライトで地図を照らし、GPSを参照して、現在位置をチェックし、自分たちがしかるべき場所にいることを確認した。もしパラシュートで降下していたら、あたり一帯にばらばらに降りていたところだが、そうはせず、地面の間近でヘリコプターから飛びおりたわけなので、まとまった一団として動くことができた。

「ロールズ」大尉がささやきかけた。「先頭に立ってくれ」

ニューマン大尉がある方角を指さすと、ダレン・ロールズが足を踏みだして、暗視ゴーグルをかけ、地面の盛りあがったところを越えていった。ほかの隊員たちがひとりまたひとりとそれにつづき、銃を構えて、一歩ごとに敵地イランの奥へ入りこんでいった。

心がかき乱されるほど、不気味な静けさだった。たとえ真夜中でも、なにかが動いているのがふつうなのだが、そこには鳥も捕食獣も夜行性の動物もいなかった。無人の小屋がふたつ三つ。いじけた感じの木々はあったが、足を進めていく畑地にひろがっているのは土ばかりで、なにも耕作されておらず、実りの痕跡もなかった。なにもない。大きな水路のそばに、農耕が放棄された土地があるのだ。

カイルは絶えず検知器を目の前に寄せて、その指標を読んでいたが、指標に変化はなく、ずっと安全ゾーンにあった。

「なにか妙なものが使われたらしい」ダブル・オーに向かって、カイルは言った。ここのあらゆる生命を殺したなにかは、すでに消え去ったようだが、その邪悪な痕跡がいたるところに残っていた。彼はニューマン大尉に声をかけた。「〈死の宮殿〉まで、あと半マイルほどだろう。ここに安全な待機場所を設営し、偵察をくりだして、監視地点《OP》を見つけだすことにしよう」

そこは身を隠す場所のない平原であり、夜明けはそう遠くなかった。だが、谷間や低い涸《ワ》れ谷《ジ》に隠れるわけにはいかない。化学物質や生物物質は空気より重く、周辺のもっとも低い場所に溜まる傾向があるので、窪地になっているところにまだ致死物質がいくらか残っているおそれがあるのだ。チームは地面が高くなったところに根拠地を設定するしかないのだが、その用途に合う場所はろくになかった。ほかの面々が小休止して、水分を補給しているあいだに、ジョー・ティップとトラヴィス・ヒューズが目標のエリアの間近に迫り、三十分後、とまどったようすでひきかえしてきた。

「あそこには、ろくすっぽなにもなかったです」トラヴィスが報告した。「フェンスで囲まれた場所があり、そのなかに小さな掩蔽壕《バンカー》のような施設があるのが見えただけで。遺棄されたのは明らかです」

「宮殿はなかった?」カイルは問いかけた。

「まったく」とトラヴィス。「シンデレラ城みたいなものが見つかるだろうと思ってたんだがね。あれは、デトロイトの貧民地区にある小さな駐車場のようにしか見えなかった」

「ほう」うめくようにカイルは言った。

「それと、こんなものも見えた。フェンスは十フィートほどの高さがあって、てっぺんが蛇腹型鉄条網《レーザーワイヤ》になってたが、ゲートは解錠されて、開き、枠からぶらさがってた」

ジョー・ティップが、上々の監視地点が見つかったと報告した。そこは、施設の四百メートルほど南にあたり、もっとも近い人口密集地、ホラムシャハルに通じる唯一の道路の近辺であるとのことだった。

「オーケイ。そういうことなら、ニューマン大尉、そこをOPに設定しよう」カイルは言った。

「了解《ラジャー》。あんたとダブル・オー、そしてティップがそこに陣取り、あとのわれわれはここに残って、良好な支援陣地を設営しよう」ニューマンが言った。

ジョー・ティップが先頭に立ち、カイルが検知器の指標をチェックしながら、それにつづき、ダブル・オーがしんがりを務めることになった。MARSOCチームのほかの隊員たちは、潜伏場所の設営に取りかかり、カムフラージュのために低木の枝葉を集めはじめた。

そのOPは、尾根筋へとのびて、そこからはるか遠方の高みまでつづく、でこぼこ道のとっかかりにあたるエリアに位置していて、平地に盛りあがった小さな塚程度にしか見えず、目立つことはまったくなかった。三名の海兵隊員たちがその頂にのぼると、道路と目当て《ターゲット》の地点《サイト》の両方が明瞭に見てとれたので、彼らはその朽ちかけた低い木々とまばらな草むらのあいだに身をひそめた。そして数分後には、高倍率のスポッター・スコープと双眼鏡、そしてスナイパー・ライフルのスコープが一インチ刻みで施設を点検し、ありとあらゆる可能性を吟味していた。雲が割れて、じゅうぶんな明るさがあった。犬が吠える声すら聞こえない。

「あそこにはだれもいないな、シェイク」半時間ほど監視したのち、ダブル・オーが言った。

「宮殿は崩壊して、無人になってる」

風に運ばれた砂が車輛の痕跡のほとんどを覆《おお》い隠しているのは、最近、そこに出入りした車輛はないことを意味している。足跡もまったく見てとれなかった。

「ああ」とカイルは応じた。「三日間も監視する必要があるようには思えない。あそこは無人のように感じられる」

「薄気味悪い感じもするな」ジョーが言った。「では、昼間はずっとここにとどまって、夜になってから入りこむか？　いや、それより、いますぐ侵入して、仕事をすませちまってもいいんじゃないか？」

カイルは首をふった。

「もう夜明けまで一時間もない。あそこを調べるには、それなりの時間がかかるだろう。忘れるな。ゆっくりはなめらか、なめらかは速い」

「いますぐ動くのは危険すぎる」ダブル・オーがつづけた。「あそこにはだれもいないと思われるが、あのエリア内になんらかの活動があるかもしれない。昼間はずっと監視をつづけ、夜になってから四名のチームで入りこむことにしよう。侵入したわれわれが徹底的な捜索をしているあいだ、あとの四人はここに陣取って、射撃体勢をとっておくんだ」

彼はデ《D》ジタル通《C》信端《T》末を取りだし、キーパッドを使って、ニューマン大尉のDCTに、〝ロールズをよこしてくれ〟とメッセージを送った。

数分後、ダレン・ロールズが重機関銃を携えて姿を現わし、三人はわきによけて、彼のために場所を空けた。ダレンが重機関銃を設置して、ＯＰの火力を増強する。そのあとの数時間、彼らはふたりひと組で、監視と睡眠を交替した。長いイランの一日になりそうだった。

陽が昇ると、周辺のエリアがさらに明瞭に見てとれるようになった。都市からのびるメイン・ハイウェイが北東の方角へ走っており、海兵隊員たちが監視している道路は、ハイウェイから分離して、ターゲット・サイトだけにつづいているように見えた。その全長は、約十マイル。監視所が二カ所あり、一カ所はサイトから一マイルほど離れていて、もう一カ所はワイヤ・フェンスのそばにあったが、どちらも遺棄されていた。この昼間に、その道路をやってくる車輛は一台もなかった。

日が沈みはじめ、リック・ニューマンがＯＰに這ってきたころには、そこにいる四人はすでに、フードとマスクを残して、重いＭＯＰＰスーツを着こんでいた。彼は、任務の予定を一日早めること、あとの海兵隊員たちをこの前方陣地に連れてくること、そして基地との通信を更新することに、同意した。ヘリコプターによる回収は、〇四〇〇時の予定になった。

カイル、ダブル・オー、ジョー、そしてダレンが、開いたままのゲートを急いで通りぬけて、開けっぱなしになっている建物の出入口に集まり、一団となって突入する。彼らは迅速に捜索して、狭い内部の安全性を確認し、カイルは検知器の指標を読んだ。危険性なし。だが、彼らのフラッシュライトが生みだす四つの光の輪が四方の壁を照らすと、最近、そこで火災があったことが明瞭に見てとれた。カイルは手をのばし、厚く積もった煤《すす》を指でかきわけてみた。

外の荷捌場《にさばきじょう》の隅に貨物用エレベーターがあり、同じところから一本の広い階段が下方の闇のなかへつづいていた。海兵隊員たちはふたりひと組になって、階段の両端をおりていき、おりきったところで、ダブル・オーがドアを蹴りつけた。一気に開いたドアの奥には、また無人の部屋、火災で壊滅する前はオフィスであったにちがいない部屋があった。その奥にある別のドアを通りぬけると、下方へ向かう別の階段があり、そこをくだっていくと、かつては研究所であったものがぐしゃぐしゃに崩壊した残骸《ざんがい》が見つかった。

ほかの三人が守備態勢をとって立ち、カイルが棒状の検知器を室内のあちこちに向けて、くまなくセンシングする。これほどの破壊をもたらした大火災は、どうやらここで発生し、終息もここであったように思われた。事故の痕跡は見当たらなかったから、火災は故意に起こされたものだろう。ここにいた連中が、まず引火性の液体をこの内部に満たし、そのあと、焼夷《しょうい》手榴弾かなにかを放りこんだにちがいなかった。化学物質や生物物質は高熱を浴びると瞬時に消滅するから、痕跡を抹消するには火災を起こすのが最善の方策だ。そこの黒い煤は、壊滅した上階の研究室よりも厚く、MOPPスーツのブーツが足首のあたりまで埋まってしまうほどだった。検知器の指標は、あいかわらず安定し、害のないことを示していた。

さらにまたドアがあり、さらにまた階段があった。

彼らはもう地下の奥深くに達していたが、火災は下方より上方へ大きくひろがるものなので、そこの損傷の程度はひとつ上の階ほど甚大ではなかった。カイルは、その階段のてっぺんのところに、アラビア語と朝鮮語の文字が併記されていることを発見した。シリアと同じく、この地下バンカー施設も、北朝鮮の技術者たちによって建設されたのだろう。

中央の四角い部屋を起点に、六方へ通路がのびており、海兵隊員たちはふたりひと組で、それぞれの通路を調べていった。

「なんてこった！」とダブル・オーがつぶやいたのは、彼とカイルが格子檻《おり》の扉の前で立ちどまったときだった。

そこの壁もまた焼け焦げていたが、火災による高熱の痕跡は上階ほどひどくはなく、炎がコンクリートの壁面を伝いおりてきて、そこの酸素をむさぼりつくすまでには、それなりの時間がかかったらしい。檻のなか、扉のそばに、焼け焦げて骨化した人体が、窒息し、体が燃えていく最後の数分に檻を必死に引き開けようとしたかのように、横たわっていた。火災を発生させる前に、檻の内部にも引火性の液体が撒《ま》き散らされたのは明らかだった。囚人は無残にも、生きたまま火に焼かれて、死んだのだ。

すべての檻が、それと同じ、むごたらしい死があったことを物語っていた。それぞれの檻に、ひとつの死体。カイルがそれらをスキャンしていくと、ひとつの死体をスキャンしたときに検知器のランプが光った。彼はあとずさった。

「オーケイ、みんな。ロールズ、あんたが出入口の階段のてっぺんに行って、警備に就いてくれ。その間に、ほかのみんなは散開して、写真撮影と記録作成をおこない、あとで情報部員たちに実態を解明してもらうことにしよう」

あの汚染された死体を運びだしたい気持ちはあったが、それに残っている汚染物質を飛散させないようにするための手段がなかった。死体のそれぞれから検体《サンプル》をいくつか切りとって、二重になったジップロックのビニール袋におさめ、配管用《ダクト》テープでしっかりと縛りつけるようにするしかないだろう。

三名の海兵隊員たちはフードとマスクをはずしたが、バンカー施設の深い地下室で呼吸をするのはひどく困難だったので、またそれらをかぶりなおした。巨大な暖炉のなかに立っているような感じだった。一刻も早く、この建物を出て、基地に帰り、シャワーを浴びたいという思いに駆られ、彼らは急いで作業をおこなった。

「〈死の宮殿〉とは、よく言ったもんだな」ジョー・ティップが言った。「見かけはぜんぜん宮殿じゃないが、この地下室にはその名称がぴったり当てはまるぜ」

そのとき突然、彼らのイヤピースを通してニューマン大尉の声が響き渡った。

「すぐに出てこい！　なにものかが急速に接近している！」

この最下層フロアで、小さな檻とそのなかの死体に関する記録を作成しているときに、その呼びかけがあったのだ。彼らは、MOPPスーツのブーツを履《は》いていても滑りやすい階段を、急いで一階へ駆けあがっていった。間に合うように地上に行き着くのはむりな相談で、ようやく最後の戸口を抜けて、一階のオフィス・エリアにたどり着くと、ダレンが彼らに、身を隠せという合図を送ってきた。二台の車輛が開けっぱなしのゲートを抜けてきて、急ブレーキをかけて停止し、ヘッドライトで建物を照らした。

一台は旧型のレンジローヴァーで、若い男が運転し、助手席に女が乗っていた。もう一台は、イラン革命防衛隊《IRG》の制服を着て武装した一団が乗りこんでいる軍用トラックで、合衆国海兵隊をではなく、レンジローヴァーに乗っているふたりを追いかけてきたものであるらしい。

「発砲するな」インターコムを通して、ニューマン大尉の声が届いた。

海兵隊員たちは、監視にあたっていた者も建物内部にいる者も、こぞって引き金に指をかけたまま、ことの展開を見守ることにした。カイルは、建物の捜索に向かうときに、自分のスナイパー・ライフルをあとに残していたので、代わりに携えてきた小さなM－4カービンの銃口を集団に向けて、スコープの焦点を合わせた。

兵士たちが前方の車を取りかこみ、なかにいるふたりに、出てこいとわめきたてた。ドアが開いて、ドライヴァーが降りてくる。男は即座に殴り倒され、ちょっと離れたところへひきずられていった。まだ、ヘッドライトのまばゆい光のなかにある。そのあと、女がゆっくりと降りてきたが、彼女もまた殴り倒され、腹這いになったドライヴァーのそばへひきずられていった。女が膝立ちになって、懇願する。

「わたしは弟を探してただけなの！」

ベレーをかぶった兵士、おそらくは将校が、どなりつける。

「おまえは裏切り者のスパイだ！　この場所に近づいてはならないと言われていたはずだ。おまえの不信人者の弟は、逃走したんだ」

「ちがう」女が言った。「弟ががそんなことをするはずはないわ。彼はただの学生で、祖国に忠実な子よ」

「こいつも裏切り者だ」将校が拳銃を抜き、ドライヴァーの肋骨《ろっこつ》のあたりを蹴りつけた。男がうめく。「おまえのことも、いやってほどよくわかってるぞ。大学の自治委員会の会長だ。政府への反逆を声高に言いたててる。おまえが、この女の弟を探すためだけにここに来たはずはない」

ドライヴァーがなにも答えなかったので、将校が数名の兵士に、こっちに来いと合図を送った。兵士たちが若い男をこっぴどく殴りつけはじめ、男が胎児のように身を丸める。女が悲鳴をあげて、彼を助けにいこうとしたが、ひっつかまれて制止された。

「ヘリコプターを呼ぼう、大尉」無線を通して、カイルは言った。「あれをやめさせるんだ」

「ネガティヴ、スワンソン。この任務に、交戦は含まれていない。あちらが攻撃をかけてこないかぎり、われわれはなにもしない。ただし、万が一に備えて、ヘリの待機はさせておこう」

笑いながらの殴る蹴るがつづき、そのうちドライヴァーは苦痛のあまり、うめくこともできなくなり、声を失って、気絶した。

「裏切り者め」将校が言った。動かなくなった男のそばに足を運び、拳銃を構えて、頭部に二発をたたきこむ。それから、女のほうへ向きなおった。「おまえは何度も警告を受けただろう。それでも、おまえは指示に従わなかった。ろくでなしの厄介者めが」

将校がこぶしを固めて、頭部を殴りつけ、女が倒れこんだ。

兵士たちが武器を置き、いまもまだ車輛のヘッドライトのただなかにある女のそばに近寄っていく。ひとりが手をのばして、女の頭巾をむしりとり、その顔をあらわにした。長い黒髪の、目が覚めるほど美しい若い女だった。兵士たちが笑い、恥ずかしめのことばを言い放ちながら、女の着衣に手をかける。


カイルは、ダブル・オーに呼びかけた。

「事情聴取のために、彼女を連れ帰る必要があると思うんだが」

「いいアイデアだ」とダブル・オーが応じた。

「本気ですか？」とニューマン大尉の声。

カイルは答えた。

「これはおれの任務、おれが指揮する」

彼らは全員がカイルの指揮下にあって、彼を支援するために同行しただけなのだ。

「ラジャー。ペイヴロウを呼び寄せる」

カイルは呼びかけた。

「全員、傾聴。おれが最初に発砲する。ターゲットは、拳銃を持っているあの将校だ。ダブル・オー、あのすぐ左にいる兵士をターゲットにしてくれ。ロールズ、あんたのターゲットはすぐ右の兵士、ティップは車輛のそばにいるやつを撃ってくれ」いったん口をつぐんで、そのエリアをもう一度、見渡してみる。「ニューマン大尉、あんたとあとの三名は、車輛の背後にいるふたつのターゲットを狙ってくれ。おれの発砲をもって、襲撃を開始する」

将校との距離は、わずか二十五メートル。カイルはその男の頭部にスコープのクロスヘアを重ね、呼吸を整えて、引き金を絞った。乾いた銃声がひとつあがり、将校が一瞬、立ちすくんだのち、頭部の半分とその中身のすべてを失って、後方へ倒れこむ。

ほかの海兵隊員たちがそれぞれのターゲットを狙って発砲し、IRGの兵士たちは監視地点と建物内部の二カ所から交差射撃を浴びることになった。狙いをはずすことはありえないほどの距離であり、イランの兵士たちは女に襲いかかる前に武器を手放していた。

「射撃停止。いまから、われわれが出ていく！」とダブル・オーが叫び、建物の内部から四名の海兵隊員たちが駆けだして、一列になり、銃をしっかりと肩づけした態勢で、残存するIRG兵士のほうへ進んでいった。ものの十秒たらずで、イランの部隊は掃討され、銃撃が停止した。

「行くぞ」カイルはウェブギアから手榴弾を抜きとって、軍用トラックに投げこんだ。ジョーがレンジローヴァーを始末するために、やはり手榴弾を投げつける。

ダブル・オーが銃を肩に吊るして、身をのりだし、でかい両腕で、目が覚めるほど美しい女を楽々とかかえあげた。

「心配するな。もう安全だ。やつらにこれ以上、なにもさせはしない」

ダブル・オーが監視地点のほうへ走りだす。そのとき、オートマティック・ライフルの一連射があった。巨体の上級曹長は、驚きのうめきを漏らして、一瞬、立ちどまったが、すぐにまた走りだし、最後の二、三歩は足をもつれさせて、海兵隊員たちのなかへうつぶせに倒れこんだ。

「ちくしょう！　あのくそったれトラックをやっつけるんだ！」カイルはわめいて、手榴弾を放り投げた。

トラックの背後に数名の兵士がいて、銃撃を浴びることなく生き残っていたのだ。いま、そのトラックに銃弾がハリケーンのようにたたきつけられて、ずたずたにし、最後には、着弾の衝撃で揺れ動く車体を手榴弾が粉砕し、トラックが爆発して、火球に包みこまれた。

カイルは急いで斜面をのぼっていって、ダブル・オーのかたわらに膝をつき、銃創を見つめて、言った。

「おう、くそ」

7

物狂おしい眠りから目覚めたジェレミー・マーク・オズマンド――ジューバ――は、自分がどこにいるかわからず、しばらくのあいだ、落ち着かない気分を味わうことになった。元イギリス海兵隊員は、汗にまみれていた。〝なぜ、いまだにあのことがおれを悩ませるのだ？〟。なじみのある、そして恐ろしい記憶の数かずが、長いいくつもの夜、夢のなかによみがえってくる。そして、息もできないほど重い胸をかかえて、起きあがるのだ。イスラエルのロケット砲で木端微塵《こっぱみじん》にされたパレスチナの子どもたち。チェチェンでも、それと同じことを、ロシア軍のロケット砲がやった。アフガニスタンでは、死んだ母親の胸に抱かれて死んだ赤んぼうの目に、蠅《はえ》がたかっていた。パキスタン、バルカン、コロンビア、エクアドルでも同じような光景を見た。そして、つごう何カ月にもわたって滞在したイラクでも。

やがて、自分は戦地にいるのではなく、イングランドにある安全な両親の家にいて、卵とソーセージを調理するにおいで目覚めたことがわかってきた。自分が早々に出かけることを知っている母が、夜が明ける前に起きだしていたのだ。彼はシャワーを浴びてから、ブルーのアルマーニ・スーツとD&Gのベンガルストライプ（インドのベンガル地方が発祥のカラフルな縞柄）・シャツで装い、細いブルーのネクタイを締めて、コールハーンのソフトな黒の靴を履《は》き、フォーティーズの腕時計をはめた。この高級な身なりは、言うならば〝成功したビジネス・エグゼクティヴ〟を表わすもので、また別の制服であるにすぎない。彼は、青少年期をすごした自分の部屋を見まわした。サッカーのトロフィー、クラブの旗とリボン、若きストライカーがゴールを決めたときの写真。クローゼットを開けると、ポケットにゴールドの飾りがある、かつて通ったプレップ・スクールのジャケットがいまもぶらさがっていた。ありし日のヒーロー。

彼は一階におりた。小さな家だが、整頓は行き届き、つねにそうであったように、あるべきものがきちんと同じ場所にあった。十年前に撮られた写真に写っている家具が、いまも同じ場所にあり、時の変遷を物語るのは、写真に写っているひとびとの顔の変化のみだった。十年前は、みんなが若かった。彼は母親を床から抱きあげ、狭いキッチンのなかでふりまわした。

「こんなときにしないで、ジェレミー」くすくす笑いながら、母親が言う。「料理をしてるのよ！　トーストが焦げちゃうじゃない」

まるで、それがとても重要なことであるかのような。彼は無条件に母を愛しているのだ。マーサ・グッドリング・オズマンドは、息子の出張旅行の多さは度が過ぎると感じていた。もっとも、彼女自身、若いころは、精力的な人権派弁護士として、戦禍にあった各地に出かけていき、悪魔がそこでなした所業を記録に残してきた。そして、ヨルダン川西岸のパレスチナ難民キャンプを訪れていたとき、イスラエル軍の銃弾に膝を砕かれて、思うように旅をすることはできなくなったのだが、志を失うことはなかった。彼女はいま、自宅を本拠として、ムスリムの難民を助けるウェブサイトを主宰している。

そのとき、父親で医師のアレン・オズマンドがキッチンに入ってきて、妻の頰に軽くキスをした。愛情をこめた、朝の挨拶《あいさつ》だ。アレンは、顎ひげをこぎれいにたくわえた細身の男で、ジェレミーと同じく、仕事に出かけるために完璧に装っていた。テーブルをはさんで息子と向かいあう席に、父親がすわる。

「こんなスケジュールをいつまでつづける気なの、ジェレミー？」熱いティーを注ぎながら、母親が小言《こごと》を言った。「いつになったら、イングランドの本社オフィスにずっといられるように、会社に持ちかけるつもりでいるの？　わたしは、歳をとりすぎないうちに、孫と遊べるようになったらと思ってるんだけど」

「ママがそんなことを言うかい？」彼は笑った。「子どものころ、世界中を連れまわして、いろんな言語を学ばせたり、あちこち旅に連れだして、さまざまなひとびとと交流させたりしたのは、ママとパパだよ。なのに、いま、自活するため、そういう経験を活用するようになったら、不平を漏らすとはね」

彼はティーを飲み、トーストを三角にちぎり分けて、卵の黄身に浸した。

「とにかく、一介のセールスマンがつぎの食事をベルリンやパリの五つ星レストランでとれる身分になるためには、がんばって働くしかないし、こうなったのはママとパパのせいだってことさ」彼は腕時計に目をやった。そろそろ、出かける時間だ。「きょうは例のウェディングを観るつもりかい、ママ？　まさか、現地に出かけたりはしないだろう？」

「ええ、あの人だかりに混じりこむなんて、考えたくもないわ。バーバラはとてもきれいで、ウィリアム王子にぴったりだけど、この脚が、ここにいて、テレビで観なさいと言ってくるの。それに、アムネスティ・インターナショナルのボランティアがやってきて、ウェブサイトをちょっと更新する手伝いをしてくれることにもなってるし」

父親が口を開く。

「あのウェディングのおかげで、きょうは病院もその周辺も静かだろうから、わたしはグローヴナー教授とふたりで、研究室にほとんどこもりっきりになるだろうね」

ジェレミーはうなずいた。けっこう。もし必要になったとしたら、それが父の完璧なアリバイになる。

父と息子はティーを飲みほし、そのあとジェレミーは母親とハグをして、車に乗りこみ、旅行バッグを後部シートに放り投げた。父親が車で出かけていくとき、息子はメモを書きつけて、それを手渡した――〝きょうはロンドンから離れているように〟。父親がそれを読んで、理解したしるしに、うなずきながら、彼に返す。息子はメモを細かく引き裂いた。朝のハイウェイを車で走っていくときに、一枚ずつ、窓から外へ捨てるようにしよう。

ジェレミーはシートにもたれて、父親をしげしげと見た。才能ある外科医の確固とした両手が、ハンドルをそっと軽く握っている。生涯を通じて勤勉に働いてきたというのに、けっきょくは夢が破られることになった男。もっといい人生を送れて当然だった男。若き医学生だった彼は、壊滅した祖国レバノンを逃れてイングランドに定住するようになったころ、そこで恋に落ちた。彼は大英帝国の輝かしい歴史に魅了され、その一員になりたいと願って、全土を旅したが、そのかなり浅黒い肌の色、黒い目と髪、そして抜けきらないレバノンなまりのせいで、ついに真のイングリッシュマンにはなれなかった。永遠の外国人。自分と、自分が一員になりたいと願った社会との距離を狭めるために、彼は生を受けた国を棄《す》てるという、人生最大の恥辱に耐えて、イギリスの市民となったのだった。

アジズ・オスマンは、社会的地位の高い患者たちの治療に成功したことで、すばらしい若手医師としての名声を得た。だが、それは、癌《がん》に冒された老婦人、レディ・ワレンダーが彼のメスの下で絶命するまでのことだった。患者は八十代の肥満体で、どのような種類であれ手術には耐えられない容態だったのだが、そんな釈明は受けつけてもらえなかった。彼女を開腹したとき、オスマンは、肝臓、胃、腎臓そして心臓が、ほとんど壊滅状態にあることを見てとった。そのうえ、手術の最中に心筋梗塞までが発生し、開始後二十分ですべては終わった。夫であるワレンダー卿は奇跡を願い、神に祈り、そのために大金を支払っていた。彼はオスマンを非難し、その瞬間、若き外科医は肌の浅黒い《ワグ》藪《やぶ》医者のひとりにすぎないという汚名を着せられることになった。大きく開かれていた上流階級への扉は閉ざされて、オスマンは閉めだされ、その豊かな経験は、そして夢は、泡と消えたのだ。ワグという語が、もともとは〃立派な東方の紳士《ワーシー・オリエンタル・ジェントルマン》〃の略語というのは、きわめつけの皮肉だ。

医師は、自分の子どもたちを同じ障壁に直面させることのないようにと、友人たちの助言を受けいれることに決めた。アジズ・オスマンは裁判所に出向き、正式に、その姓名をイギリス風のものに変えたのだ。アジズはアレンになった。姓には、オスマンの末尾にdの一文字を付け足して、オズマンド医師となった。その翌年、息子が生まれ、ジェレミー・オズマンドは、可能なかぎりイギリスの少年として育っていった。

ジェレミーは、キングズ・クロス駅に隣接するセント・パンクラス国際鉄道駅に車を乗りつけて、バッグを手に取り、駅に入っていった。大陸へ旅することになるので、磁気カードを読み取り装置に通してやると、隠しているものはなにもないとあって、遅滞なく税関とX線検査装置を通過できた。いったん、ここの金属探知検査を通りさえすれば、列車で目的地、ベルギーのブリュッセル南駅《ミディ》に着いたときも、すんなりと税関を通ることができるのだ。高速のユーロスターは午前六時十分に出発し、ジェレミーはファーストクラスの禁煙車輌、九号車の通路側55番シートにゆったりと腰かけて、《インターナショナル・ヘラルドトリビューン》を読んだ。

ユーロスターがスピードをあげて、全長三十一マイルにおよぶ海峡トンネルに入っていき、またたくまに海峡の下を通りぬけて、ヨーロッパ大陸に出た。そして、ロンドンを発《た》って二時間後には、ブリュッセルに着いていた。彼はタクシーを拾って、シャルルマーニュ・アヴェニューにあるシルケン・ベルレモン・ホテルに行き、早めのチェックインをおこなって、自分の部屋に直行した。電子化されたカードをスロットに入れると、把手《とって》の上方にある小さな緑色のランプが点滅し、ドアが開いた。

ジェレミーはテレビをつけ、テレビに向きあって配されたソフトな椅子のかたわらにある、磨きあげられた小さなテーブルの上に携帯電話を置いてから、上着を脱いでハンガーにかけ、小さなキッチネットに入って、ポットでティーを淹《い》れた。また腕時計で時刻をチェックし、変身に取りかかる。愛想のいいイギリス人という当たり障りのない人格が、蛇が脱皮するように、消失していった。感情が遮断される。彼はジューバになったのだ。

このウェディングや王侯貴族たちに害をなす事態はなにひとつ許されないとあって、警備機関は大わらわだった。バッキンガム宮殿とセントポール寺院の周辺は十回以上も点検がおこなわれ、ルート沿いに並んでいる建物のすべてに警察官が送りこまれた。いたるところに監視カメラがあり、その小さな目が探り、詮索《せんさく》していた。国内の各市《バラ》から制服の警察官たちが動員され、スコットランド・ヤードの特別保安部《スペシャル・ブランチ》が群集を縫《ぬ》うように調べあげている。戦闘装備に身を固めたイギリス軍兵士たちが、よく目につく各所に配されていた。

火曜日はイギリス全土が祝日となり、およそ七十万ものひとびとが押し寄せて、彼らが乗ってきた車が宮殿の周辺地区の——ケンジントン、ハイド、グリーン、セントジェイムズといった地区の——駐車場を埋めつくすだろう。そのひとりひとりが、交通遮断線を通過する際に事前検査を受ける。ケンジントン・パークに設置されたロイヤル・ウェディング指揮統制センターは、婚儀が始まる前から、ウィリアム王子とバーバラ妃が一般には公表されない内密のどこかへハネムーンに出発するときまで、まる七十二時間ぶっとおしで活動することになっているのだ。

イギリスの警察官はすべて、まちがった方向に目を向けていた。

ウェディングはとどこおりなく終わり、婚儀ののち、ロイヤル・カップルは婚姻登録簿にサインをして、レッド・カーペットの上をひきかえしていった。もっとも、バーバラは、裾が二十五フィートほどもある、アンティーク・レースで飾られたアイヴォリーのシルクガウンを着用しているので、新婦の付き添い人に手伝ってもらわねばならなかったが。鳴りやまない喝采と歓呼の声のなか、王子と、笑みを浮かべた輝くばかりに美しい花嫁が日ざしの下へ足を踏みだして、特別に編成された一隊によって操られる特製のランドー馬車（前側と後ろ側の幌が別々に開閉する仕組みの、四人が向かいあわせに着座する四輪馬車）に乗りこみ、華麗な近衛騎兵隊にエスコートされて、宮殿への帰途に就いた。

ベルギーでその出発を見ていたジューバは、馬車が熱狂する群衆のあいだを通りぬけはじめてから、三分間の猶予を与えることにした。左右の手に一台ずつ携帯電話を持って、待つ。やがて、彼がひとつの番号を押すと、衛星が信号を中継して、ロンドンに送信した。信号が、二枚の薄い銅板の微視的間隙にパルス電流を生じさせ、イタリアのテレビ局が借りだしたパープルとホワイトのプレス用ヴァンのフロアボード下にある、小さな爆弾を起爆させる回路を形成した。粗雑な装置だが、それがC‐4爆薬を起爆し、鉛製の容器が破壊されて爆発が生じれば、ことは足りる。

その爆発が燃料タンクを起爆させて、第二の爆発が生じた。エディンバラ・オールメディアのヴァンは引き裂かれ、その車体に沿って走った衝撃波が、屋根の上のアンテナ群や、周辺にあった数台のヴァンを転倒させる。飛び散る金属片が致命的な榴散弾片と化して、イタリア・テレビ局の技術員四名すべてと、通りかかった三名の命を奪った。BBCのコメンテーターはその現場から遠く離れた場所にいるので、動揺をみせずにパレードの模様を述べていたが、周囲一帯の数千人が爆発の音を聞きつけたのは明らかであり、そこにはまた多数のテレビ局が陣取っていて、たまたま爆発地点のほうへパンしていたカメラもあったため、ケンジントン・パークのメディア取材本拠の後方であがった噴煙を、主要局のカメラが意図的にそちらへ向けられる前に、何百万ものひとびとがテレビを通して見ていた。

王子とその妃を運んでいる馬車の馬たちが急に速足《トロット》になり、周囲の騎兵たちが馬車を囲むように近づいて、儀式用の剣を鞘《さや》から抜き、鞍に取りつけられているカービンをはずす。

キンバリー・ドレイクは呆然としていた。不意の爆発で、彼女は隣のヴァンにたたきつけられ、地面に転がっていたのだ。息もできず、めまいがしていた。ぼやけた視界を回復しようと頭をゆすったとき、カメラマン、トム・レスターの力強い両手が彼女の体をすくいあげて、立ちあがらせた。

トム・レスターは、フォトジャーナリストとして二十年をこえる経歴を持ち、戦場に二度おもむいて、多数の死体をまたぎこえたこともある。自分を死なせなかった爆発は他人の問題としてすませられる男だが、その彼にしても、アイルランド共和軍《IRA》が武装解除して以後、ロンドンで爆発を目撃したことはなかった。彼はリポーターのようすを見たが、出血は見当たらなかった。たんなるショック。彼は掌《てのひら》に水を注いで、彼女の顔をぬぐい、そのあと水を飲ませた。やさしくいたわるのはもうじゅうぶんというわけで、レスターは彼女の肩をつかんで、揺さぶった。激しく揺さぶった。

「こら、目を覚ませ、キム！　しゃんとしろ！　運よく、そのちっぽけな脳みそにばかでかいネタが転がりこんできたんだぞ！」ヴァンのほうへ目をやると、若い技術員がドアから外をのぞきこんでいるのが見えた。「なかに入ってろ、ハロルド。いますぐ、リトルロックへのライブ中継の準備をするんだ。動きだせ！　われわれは観客としてここに来たんじゃないんだ」

　彼はさっとカメラを取りあげて、状態を点検し、レンズを拭いてから、肩にかついで、アイピースを調整し、火焔《かえん》と残骸、そして死体を映像にとらえた。

キンバリーは、現状を報道するべきか、血を流している犠牲者たちを助けるべきかと迷いながら、カメラの前にひっぱっていかれた。トムが叫ぶ。

「ぐずぐずするな、ドレイク！　当面、このネタはわれわれだけのものだが、すぐにほかの局もこっちにやってくる。いまがきみの時間なんだ。両手でしっかり、チャンスをつかめ」

「でも、このひとたちは、トム……」

「ほっとけ」彼がどなりつけた。「この事件は、だれにとってもチャンスなんだ。これまでは、ほかの局にチャンスがあって、われわれにはなかった。たまに、こういうことが起きるってわけだ。数分後には救命士《メディック》たちが来て、そのひとたちを助けにかかるだろう。われわれの仕事は、この事件を報じることなんだ！　いますぐ、リポーターになるか、フローレンス・ナイチンゲールになるかを決めろ。仕事を放りだして、その気の毒な連中を助けにかかったら、キャリアにおさらばすることになりかねないぞ」

彼としては、キムをしゃんとさせ、つねになにかをさせておくようにするしかなかった。さもないと、彼女はくじけてしまうだろう。どうしようもない新米だ。

ハロルドが駆けつけてきて、ふたりの襟にマイクロフォンを取りつけ、イヤフォンを装着させた。

「局につながった。始めてくれ！」

「キム？　そちらでなにが起こってるんだ？」アーカンソーの本社から、耳になじんだニュース・ディレクターの声が届き、彼女の気持ちを落ち着かせた。

「テレビ局のヴァンのどれかで、爆発のようなものが起きたんです」彼女は言った。「パレード・ルートのそばではなく、おそらくはウェディングとは無関係でしょう。発電機のオーヴァーヒートかなにかかもしれません」

レスターが自分のマイクロフォンを使って、そのやりとりに割りこんでくる。

「冗談じゃない！　あれは、われわれのほぼ間近で爆発したんだ！　ものすごい映像をカメラにおさめたぞ。死体に火焰、その他さまざまなものを。いま現在、これをとらえてるのはわれわれだけだが、長くはつづかないだろう。ライヴ中継に取りかかってくれ！」

彼女の耳のなかに、スタンバイして、ライヴ中継に備えろという声が届いてきた。ニュース・ディレクターと局の管理職との話し合いは、すぐに終わった。火災と破壊は、つねにテレビにとっていいネタであり、それにメディア関係者が関わっていたとなれば、さらにいい。だが、今回はそれどころではなく、最前線からの報道であり、しかも、ロイヤル・ウェディングが進行中に事件が発生して、局のリポーターがそこに居合わせているのだ！

「頭をすっきりさせろ、キム。できるだけ早くネットワークとケーブルテレビにつなぐから、約一分後にはライヴ中継にかかれるだろう」こういう独占中継の映像をネットワークなどに売れば、追加のカネをせしめることができ、キムの派遣に要した予算をじゅうぶんにまかなえるというわけだ。

彼女は心臓がばくばくしていたが、トムが親指を立てて、励ましの笑みを送ってきてくれた。ネットワークが自分のリポートを流してくれるのだ！　ほかのリポーターたちはパレード・ルートに近い地点に行こうとして、ここから遠い場所に移動していたので、いまはまだ煙を噴きあげる現場にはだれも来ていない。キンバリーはヘアブラシと小さな鏡を取りだしたが、トムが彼女の手からそれらをはらいのけて、言った。乱れたブロンドの髪がひたいに垂れ、顔やジャケットが土でよごれているほうが、迫真性が出るのだと。レスターは、彼女のよごれた頰をひと筋の血が伝っているのを、本人が見ないようにしたいとも思っていた。

ブラウスのボタンが一個ちぎれて、その下にある黒いレースのブラがはっきりとのぞいている。たまらなくセクシーだ。

彼女のイヤフォンに、十九秒からのカウントダウンを数える声が届いてくる。カウントダウンが終わり、ネットワークのアンカーマンの威厳に満ちた声が聞こえた。

「……では、爆発の現場にいる、リポーターのキンバリー・ドレイクに伝えてもらいましょう。キンバリー？」

ベルギーのホテルの部屋にいるジューバは、キンバリー・ドレイクの顔がテレビに映しだされたのを見て、笑みを浮かべた。自分が予言したとおり、彼女は機会を得たのだ。彼は携帯電話で別の番号を押し、こんどは、アーカンソーのテレビ局が借りだしたヴァンの下部で、聞きとれないほどかすかな音、爆竹が破裂した程度の小さな音があがった。二個の容器に満たされていた、目には見えない物質が空気中に漂い出て、ヴァンの下部から這いだし、立ち昇り、ひろがっていく。

キンバリーのマイクがつながった。夢が現実となっていく。ネットワークが流すニュースに、自分が登場するのだ！　いったん話しだすと、これまでの訓練の成果が出て、気持ちが落ち着いてきた。気のきいたセリフを言う必要はない。〝だれが、なにを、いつ、どこで、なぜ、どのように、だけを伝え、あとは映像に語らせるのだ〟。それが、ネットワークのニュース・ディレクターにたたきこまれてきた教えだった。

ロンドン消防局隊長ウィリアム・ウォーナーは、百フィートと離れていない場所で最初の爆発が起こったとき、チョコレートとピーナッツのエネルギーバーをぱくついているところだった。婚礼が進行するあいだはチームに完全警戒態勢をとらせていたので、彼を含めて全員がすでに、ぶあついコートとオーヴァーズボンを着用し、消防ブーツを履《は》いていた。そういうわけで、数秒後には、彼の消防車はライトを点滅させ、クラクションとサイレンを鳴らしながら、群集をかきわけて進みだした。乗りこんだ隊員たちが、急いでヘルメットをかぶり、手袋をはめる。

数人の死傷者が出ていたが、被害が甚大だったのはごく狭い範囲にすぎず、消防隊員たちはただちに化学消火剤を用いて消火にあたり、そのあと、消防道具を携えて、黒焦げになった残骸《ざんがい》のなかへ踏みこんでいった。数名が残骸を押しのけて、救急隊員たちのための場所を空ける。そのとき、ウォーカーは、マイクロフォンを手に持った小柄なアメリカ人ニュース・リポーターに出くわした。

キンバリー・ドレイクは第一報を伝え終えたところだったが、消防車の出現とその点滅するライトがさらなる報道の材料をもたらしてくれた。消防隊員たちが業務に着手し、トムがそのようすをカメラにとらえる。〝映像に語らせろ！〟。彼女は、ひどい喉の渇きを覚えた。目がうるみだし、肌がひりひりしてくる。たぶん煙のせい、と彼女は考え、自分の仕事を続行した。

アメリカではリポーターが大柄な消防隊員によってわきへ押しやられるのがふつうなので、自分もそうされるだろうと彼女は予期したが、ここイギリスでは事情が異なり、ひとはだれもが礼儀正しく扱われる。ウィリアム・ウォーナーは、彼女をそこに立たせたまま放置した。どのみち、このあとは大問題が生じることはなさそうだったし、部下たちは仕事のやりかたを心得ているからだ。彼は咳をした。

リポーターのことばに耳を澄ましたウォーナーは、彼女の性急な結論に同感した。彼女いわく、これは事故のように思われる。おそらくは、ヴァンのなかで漏電による出火があって、燃料タンクから漏れたガソリンに引火したのだろう。未熟な観察者による思いつきの仮説にすぎないが、なかなかいい推測ではあった。火災調査官がやってくれば、すぐに原因を突きとめてくれるだろう。ウォーナーはすでに、基本的にはそれと同じ報告を指揮統制センターに伝えていた。そのとき、彼は袖がひっぱられるのを感じた。髪を乱した若いリポーターがマイクロフォンを突きつけてきたので、彼は質問に答えようと、ちょっと身をのりだした。テレビカメラがこちらに向けられていた。

キンバリーはひとつ咳ばらいをしたが、口を開く前にまた咳ばらいをして、喉をすっきりさせなくてはいけなかった。肌の露出した部分が、蜂の群れに襲われたかのようにずきずきし、頭がぼんやりしていた。そんなことぐらいで仕事を放りだすわけにはいかない。

「わたしはいま、ロンドン消防局の隊長のそばに立っています」彼女は言った。「隊長、この爆発はどのようなものであったとお考えでしょう？」

　ウォーナーは、作業はすべて順調であり、これはたんなる事故であったと答えようとし、そこで初めて、リポーターをまじまじと見た。その若い女の顔は、真っ赤に染まっていた。ゼラチンのようなものがへばりついた前腕を、ごしごしとこすっている。そのとき、彼のコートのぶあつい襟に装着されている四角い装置が、鋭い警報音を発した。彼ははっと顔をあげた。部下の消防隊員たちの制服からも警報の音があがり、ショックを受け、警戒心をあらわにした顔がこちらに向けられてくる。数千人もの群集のただなかで、彼らの危険物検知装置が狂ったカナリアのように鳴りだしたのだ。

「酸素吸入器を装着し、コートのボタンを留めろ！」彼は叫んだ。

　リポーターが彼の足もとに倒れ伏し、必死に空気を吸おうとあえぎながら、肌をかきむしっていた。その目が裏返った。カメラマンが地面に膝をついている。

「おう、なんてこった！」ウォーナーは自分もフェイスシールドを閉じ、無線機をつかみあげて、ロイヤル・ウェディング指揮統制センターにつながる周波数に合わせた。「非常事態《レッド・アラート》！　これはダーティ・ボム（放射性物質や有毒な生物・化学物質を撒き散らす爆弾）だ！　くりかえす。ダーティ・ボムだ！」

8

ドーキンズは大柄で、たくましく、内臓を守る筋肉組織をふつうの人間より大量に持ちあわせているうえ、一気に体内に放出されたアドレナリンによってさらなる力がもたらされたので、女性をかかえたまま海兵隊の監視地点までたどり着くことはできた。が、そこで、彼は目を閉じて、激しく地面に倒れこんでしまった。

海兵隊には衛生兵《メディック》はいないが、彼らは戦闘訓練を受けた海軍衛生兵たちと兄弟のような絆を持っている。海軍衛生兵リック・スアレスは、MARSOCの海兵隊員たちとともに訓練を受けた経験があり、破壊工作員としての特殊な任務に就いたこともある。そのスアレスが、カイルが急いで駆けつけてくる前に、負傷したダブル・オーのそばにすっとんできた。

スアレスとカイルがナイフと手術用のメスを使って、ぶあつい装備のハーネスを切断し、MOPPスーツとTシャツを切り裂いて、負傷箇所を露出させる。筋肉隆々の背中の右側に開いた小さな射入口から、大量の出血があった。

「射出口があるかどうかをたしかめたいから、あおむけにするのを手伝ってくれ」スアレスが言った。

射出口はなかったが、射入口から空気が漏れだして、水中から空気の泡が噴きだすときのような音を立てているのが、カイルにもはっきりと聞きとれた。ふたりは彼をかかえあげて、座位にさせた。

ダブル・オーは、生死を分かつ時間、いわゆる〝ゴールデン・アワー〟の状態にあった。被弾後六十分以内に、野戦病院の手術台にのせなくてはならない。その時間のあいだに、生きたままドーハ基地に連れ帰れば、回復の可能性は増す。一分一分が貴重だった。

ニューマン大尉が無線で交信する。

「ウィスキー1－9へ、こちらホテル7。緊急搬送を要する者が一名。負傷者は、四十歳の男性。背中に銃弾を受けた」

「ラジャー、ホテル7」ヘリのパイロットがよどみなく応じた。「そちらへ飛行中、指定回収ゾーンで落ちあおう。あと三分。当機にはPJが乗り組んでいる」PJとは、救急医療処置の特殊訓練を受けた、空軍のパラシュート降下救難員のことだ。

「ラジャー」ニューマンが言った。

「PJに、おそらくは内出血によって肺が押しつぶされていると伝えるように。生命徴候《ヴァイタル・サイン》が低下している」スアレスが肩ごしに呼びかけた。

ニューマンがその情報を無線で反復する。

「手伝ってくれ、シェイク。傷の処置をして、呼吸できるようにしなくてはいけない」

スアレスが言って、救急キットをひっかきまわし、モルヒネを見つけだしたが、意識のない男に用いることはできないので、それはわきへ放り投げた。そのあと、その手が運転免許証サイズの薄いプラスティック・カードをつかみあげた。それを、出血している傷口に押しあてる。その上から加圧包帯をしっかりと貼りつけ、医療テープで接着した。

その間、カイルは意識のない男の体を座位に保ちながら、ふだん言いあっているのと同じ悪たれ口や憎まれ口をまじえて、語りかけていた。ダブル・オーに聞こえているのかどうかはわからないが、どちらにせよ、ふだんと同じ口調で話しかけていれば、友はその声を聞き分け、この負傷はたいしたものではないと考えてくれるかもしれない。そうなれば、希望が吹きこまれる。感傷的なことばはどれもこれも、逆効果になるだけだ。

「今夜はあんたのたわごとに耳を貸してる時間はないんでね。このでかい図体につぎあてをして、病院に放りこみ、失血死するかどうか、ぶらぶらしながら待つことにしよう。たぶん、おれがあんたの墓穴を掘るはめになり、そのあとの葬儀にはペンタゴンのいやったらしい連中が勢ぞろいすることになるだろうさ。あんたは見世物小屋の標的みたいにぼうっとつったって、あのアマチュア野郎に撃たれちまったんだぜ。まったくもう、ドーキンズ、あんたは極秘作戦の世界のスーパーマンみたいに思われてたってのに、だれかにひっぱってもらわないと歩きまわれない目の不自由な犬ころが、歩道の割れ目に蹴つまずいたようなざまになるとはね。あれはわざとやったんじゃないのか？　注目を浴びて、また勲章をせしめてやろう、退役する前にさらに履歴に磨きをかけとこうってわけで。それはそうと、あんたの遺言には、おれになにをやると書いてあるんだ？　まあ、おれがほしいと思うようなものはろくにないだろうが、あのフォードのトラックだったら、もらってやってもいいか。いや、だめだ、もっといいものを買いこむまで、死んでもらっちゃ困る。ちゃんと聞いてるか？」

隠密行動が必要な時はとうに終わっていたので、ニューマン大尉は、ペイヴロウに拾いあげてもらうための回収ゾーンを現在の監視地点に指定していた。都市に通じる道路に車輛は見当たらなかったが、もしイランのパトロール隊が定期的に報告を入れる予定になっていたとしたら、この状態が長くつづくことはないだろう。やがて、接近するヘリコプターの音が大きくなり、そのヘリが着陸するなり、海兵隊員たちはダブル・オーの両腕、両脚をつかんで、開け放たれたドアから内部へ運びこんだ。

その隣に、カイルが、若い女の手首をしっかりと握って乗りこみ、彼女がストラップでシートに身を固定するのを手伝った。彼女は確実な死から救出されたことを心得ており、いまの襲撃で生じた死体の山に最後の一瞥《いちべつ》をくれただけで、なんの抵抗もしなかった。この先になにが待ち受けているにせよ、〈死の宮殿〉の死体のひとつとなるよりはましだと思っているのだろう。ペイヴロウはすぐに離陸し、イラン領空にいた痕跡を残すことなく、飛び去った。

ヘリコプターはツイン・エンジンの出力を全開にして、高度をあげていった。ＰＪがダブル・オーの体に止血用の加圧帯を巻き、顔を寄せて、聴診器で診察してから、パイロットに伝える。

「呼吸は不安定、心拍はいまも安定。生命徴候は弱いが、安定しているので、なんとかもちこたえるだろう。着陸するまで、容態を安定させておくことは可能だ。医師たちに、背中への被弾による重傷に対処するよう、伝えてくれ。肺が破裂している」

ＰＪが点滴の針を消毒し、腕の血管に針を挿入して、水溶液の注入を開始し、そのあと、ダブル・オーの蒼白な顔にかぶせられている酸素マスクを調整した。野戦治療の包帯をはぎとって、傷を消毒し、傷口になにかの薬剤を塗ってから、大きな厚手の無菌包帯で処置をしなおす。

カイルは、手を貸せることがなにもなかったので、任務のことに頭を切り換えた。

「ニューマン大尉、全員が回収されたか？」

「まちがいない。乗りこむ前に人数を数えておいた。全員、プラス一名だ」

プラス一名。この女性。そのかたわらにすわっているカイルは、ふと、彼女の目に、戦闘用の迷彩グリースを顔に塗りたくり、武器を携え、ヘルメットをかぶり、バックパックをかついでいる自分たちがどんなふうに見えていることかと思い至った。彼女はレイプされそうになり、そのあと予期せぬ襲撃があり、そのあとはまた、かっさらわれて、ヘリコプターに乗せられるという事態になったのだ。身も心も打ちのめされたのだろう――彼女は両手で自分を抱きしめて、まっすぐ前を見つめていた。カイルはヘルメットを脱いで、銃をわきに置き、機内に常備されているパウチからペーパータオルのボックスを取りだし、ソフトな紙を使って顔のよごれとグリースをぬぐいとった。それから、そのボックスを彼女に手渡した。

そのささやかな行動が、彼女の心を動かし、ちょっとした決断をさせるきっかけとなった。しばしののち、彼女がボックスから紙を何枚か引きぬき、淡い感謝の笑みを浮かべて、うなずきながら、顔をぬぐった。

「心配しなくていい」アラビア語でカイルは言った。「われわれといっしょにいれば、きみは安全だ」

「やつらはわたしの友だちを殺した」彼女がささやいた。

「彼女を救えなかったことを、われわれも残念に思ってる」

彼女が鼻をすすり、スカーフをはずして、涙をぬぐう。輝くような茶色の目、均整の取れた頬骨、愛らしい顔立ち。彼女が英語で問いかけてきた。

「あなたたちはアメリカ人？」

「ああ。合衆国海兵隊員だ」とカイルは答え、そのあと話題を変えようと、蓋《ふた》を開けた水のボトルを彼女に手渡した。「きみたちふたりは、この未明に、あそこでなにをしようとしていたんだ？」

「わたしの弟を探しに行ってたの。まだ学生なのに、先週、政治犯と見なされて収監され、きのう、あの立入禁止ゾーンに収容されてるって情報をわたしたちがつかんだ。彼を救出したかったのに」彼女の英語には、かすかにイギリス風のアクセントがあった。

「だが、あそこは秘密軍事施設だ」カイルは言った。「きみにもそのことはわかっていたはずだが」

彼女がうなずいた。

「あそこは、なにかの仕事、政府のなにかのプロジェクトのために、周囲が立ち退きをさせられた場所なんだけど、そのプロジェクトはとうに終了したはずなの。あそこにいたひとたちはみんな出ていき、たくさんのトラックが機材を運びだしていったから。わたしたちは、すばやく入りこむようにすれば安全だろうと思ってたの」彼女は泣きだし、気が立ったせいでその体が震えはじめた。「弟は、たんに強情なだけだったのに」

カイルは、ショックが身体症状を生みだしていることに気づいたが、その体に触れようとはしなかった。彼女の国では、未婚の女性が親戚関係にない男女と身体的接触をすることは許されないからだ。

「あの建物のなかでだれかを見かけた？」そっと彼女が問いかけてきた。

「いや、残念ながら、われわれが入りこんだときには、生きた人間はひとりもいなかった」

彼女がむせび泣いて、肩を大きく震わせ、ついには、揺れ動きながら空を飛ぶヘリコプターのなかに身を支えてくれるものを求めて、カイルの肩にもたれこんできた。

「弟は、ほんの子どもだったのに。まだ十六だったのよ」

カイルは、彼女がもたれこんでくるにまかせただけで、ことばは返さなかった。この女性は強力な宗教的、文化的タブーを破ってしまった。人生におけるひとつの重大な決断に達したのにちがいないことが、カイルにはわかっていた。個別の檻《おり》に収容されて死体となっていた不運な囚人たちのひとりが、おそらくは彼女の弟であろうが、そのことは言わずにおこう。

話題を変えて、彼は言った。

「リラックスするように。まもなくクウェートに入って、一件落着となる。きみはもう、だいじょうぶなんだ」

カイルと女のやりとりを注意深く観察していたトラヴィス・ヒューズは、やはりこの男は二面性を持つ複雑な心の持ち主なのだと考えていた。彼ら海兵隊員たちは、シェイクが任務をだいなしにする危険は冒さず、完璧に闇のなかにひそむ冷酷非情なリーダーとして、イランのくそったれどもが女をレイプするにまかせるだろうと予期していたのだ。彼のなかでは、任務がつねに最優先であるはずだからだ。

とはいうものの、完璧に進行する作戦などはどこにもない。遅かれ早かれ、なにか予期せぬものに出くわすに決まっているし、カイルは、ヒューズがいまになってやっと気づいた要素に基づいて、瞬時の決断をなしたのにちがいない。カイルの決断を促したのは、実際にはレイプではなかったということだ。

もしイラン革命防衛隊《IRG》が彼女を殺すにまかせていれば、そのあとおそらくは、あのくそ野郎どもはふたつの死体を建物のなかへ放りこんでいただろう。そして、やつらが兵士のはしくれであれば、やはりおそらくは、少なくとも建物の内部を一瞥《いちべつ》ぐらいはしていただろう。いずれにせよ、侵入が露見していたのはほぼ確実であり、その時点で任務の遂行はあやうくなっていたにちがいない。

つまり、海兵隊としてはどのみち、イランの兵士どもを血祭りにあげざるをえなかったわけだから、カイルがやつらを痛烈、迅速に撃ち倒す決断をしたおかげで、やつらの司令部に無線で情報が伝えられるのを阻止できたということになる。この女があの兵士どもの仲間でないこと、つまり、やつらに敵対する人間であることは明らかだったので、よき情報の源泉となる可能性があったが、それは彼女が生きている場合にかぎられる。カイルはあの場で、そういう要素のすべてをほんの数秒のうちに勘案して、決断し、救出を決行したのだろう。

あれは英雄的行為ではなかったのだ。カイルは、危機にさらされた任務を遂行するための最善の方策を考えつき、同時に、情報というボーナスも獲得したということだ。彼はいま、女の隣にすわって、静かに語りかけ、この奮闘はすべて彼女を救出するために立案されたものであるかのように、女が肩にもたれこんで泣くにまかせている。

トラヴィスは感嘆した。ジョー・ティップのほうへ身を寄せて、身ぶりでカイルを示しながら、彼はささやいた。

「どうやら、われらがシェイクにガールフレンドができたらしいぞ」

ペイヴロウがドーハ基地に帰り着いて、病院のヘリ・パッドに着陸したとき、そこには二種類の人間集団が待ち受けていた。ふたつのグループが、まるで別のチームであるかのように、それぞれの専門分野に基づいて、分離して立っていたのだ。もちろん、同じ制服を着ているというだけで、それぞれが友人どうしだとはかぎらないのだが。

ひとつの小グループは医療関係者から成っていて、彼らはヘリコプターがエンジンを停止させもしないうちに、車輪付きストレッチャーを携えて前に進み出た。そして、衛生兵たちに手を貸してもらいながら、ダブル・オーをストレッチャーに乗せ、一団となって基地病院の救命室へと駆けだしていき、その後方を、トリアージ（負傷兵や被災者などを負傷の程度によって治療の優先順位を決定すること）担当の医師が、携帯無線機で事前指示を伝えながら、小走りに追いかけていった。カイルは腕時計をチェックした。ダブル・オーの搬送は〝ゴールデン・アワー〟の時間内に余裕をもってやり遂げられたし、このあとはその道のプロフェッショナルたちがうまくやってくれるだろう。

もうひとつのグループはもっと堅苦しく、ただならぬ気配を漂わせて行動していた。防弾チョッキを着て、武器を携帯した、いかめしい顔つきの兵士が四名。MARSOCの海兵隊員たちがヘリコプターを降りて、各自の装備を回収にかかると、彼らが近寄ってきた。

「ニューマン大尉？」長身の男が呼びかけた。「わたしは憲兵隊《MP》のザーン中尉です。われわれは、敵戦闘員を尋問するために派遣されました」

リック・ニューマンが驚きを示す。

「なんだって？」

「あなたの捕虜のことです。いまから、われわれがその女を連行します」

ニューマンがカイルのほうに目を向けて、肩をすくめる。帰途、ヘリコプターの機中から彼が送った短い報告が、どういうわけか、チームが貴重な敵兵を捕虜にして帰還することになったと誤解されたらしい。カイルは兵士たちから顔をそむけて、かすかに首をふっただけだった――〝ノー〟

「どうやら、誤解があったようだ、中尉。われわれは、銃撃戦のさなかから民間人の女性を一名、救出したというだけのことでね。きみらは解散してよし。われわれは彼女を伴って事《デブ》後報告《リーフィング》に行くところだ」

女はそのことばのすべてを理解できたから、恐怖を募らせて、さらにカイルに身を寄せてきた。アメリカ軍が捕虜をどのように尋問するかを耳にしたことがあるのだろう。

「あいにく、大尉、わたしはそのようなことはまったく存じあげません。とにかく、その女はテロリストである疑いがあるので、ただちに連行せよとの命令でありまして」中尉は手をふり、男性二名、女性一名から成る三名のMPが足を踏みだす。

将校ふたりが会話を交わしているあいだに、カイルはイランの若い女性をヘリコプターのそばから連れだし、周辺にたむろして、そのやりとりを無関心にながめているように見えるMARSOCの海兵隊員たちの背後へ移動させた。そのため、足を踏みだしたMPたちは、特殊作戦に従事する戦士たちの堅固な壁に面と向かうことになった。ダレン・ロールズ、ジョー・ティップ、そしてトラヴィス・ヒューズが、MPと彼らのターゲットのあいだに立っていた。カイルはそのすぐ背後にいたが、自分の顔を彼らにさらすのは避けたかった。

「オーケイ、諸君、わきへよけてくれ」中尉が命じた。「きみらはこの任務における役割を果たし終えた。いまからは、われわれが捕虜の処置を受け持たなくてはならない」

「あいにく、お役には立てませんな」とトラヴィス・ヒューズ。「サー」

「中尉、きみが望むなら、デブリーフィング・ルームへ案内してもらってもけっこうだが、きみができるのはそれだけだ」ニューマン大尉がぴしりと言い放った。

ザーン中尉は、命令に従わずにすませることには慣れていないらしく、大尉が口調を強める前に、ぴしっと背筋をのばしていた。

「大尉！　これが最後の警告ですぞ。あなた、およびあなたの部下たちがわきへよけて、敵戦闘員をわれわれに引き渡さなければ、あなたは身柄を拘束されることになります」

ダレン・ロールズが中尉の肩をつかんで、顔の前へ引き寄せた。

「彼女がほしいと？　だったら、力づくで連れていくしかないですな。サー」

チームのほかの面々が、女とカイルの周囲に堅固なひとの輪を形成する。そのとき、ダレンが中尉を激しく押しやり、中尉がヘリ・パッドの上にひっくりかえった。

ニューマン大尉が進み出て、倒れた将校に手をのばし、助け起こす。

「ここでは用心を怠らないように、中尉。つまずいて倒れることがよくある場所なのでね。では、そろそろわれわれをデブリーフィング・ルームへ案内してもらおうか？　われわれには彼女を引き渡す気はないから、きみが彼女を連行することはできない。この女性はすでにCIAの保護下にあり、このあとなにがおこなわれるかはきみの知ったことではさらさらないのだから、むだ口をたたくのはやめて、けが人が出たりしないうちに、ことを進めようじゃないか」

ザーンが着衣の乱れを直す。自分を押し倒した、でかい黒人のことを頭のなかでメモし、あとで貸しを取りたててやると決意していた。

「イエス、サー。どうぞ、こちらへ」

ＭＡＲＳＯＣチームは、基地内のほかの場所へ彼らを乗せていくために待機している車輛群のほうへ、一団となって進んでいった。ＭＰたちが、全員を営倉へ連行するような調子で、その集団の前方、後方、そして左右にへばりついていた。

「あなたはＣＩＡ？」ハムヴィー群のほうへ歩きながら、女がそっとカイルに問いかけてきた。

「いや」小声で彼は答えた。「だが、あの連中がそのことを知る必要はないからね。心配するな。ここでは、きみはまっとうに扱ってもらえる」

「じゃあ、あなたはなにものなの？」

「おれ？　だれでもないさ」

外科医であるジム・ライリー少佐が、手を洗い、白衣を着て、準備をすませてから、肘でスウィング・ドアを押し開き、第八五六戦闘支援病院の、ライトが煌々《こうこう》とともされた涼しい手術室に足を踏み入れる。スチール・トレイの上でさまざまな手術器具が輝き、彼の周囲に集まった全員が、やはり手袋とマスクを着用していた。

彼らの前に横たわっているのは、背中に銃弾を受けた巨漢兵士だった。患者はすでに服を脱がされ、消毒され、麻酔で眠らされて、準備は完了していた。血液と水溶液の点滴が施されている。生命徴候が継続的に測定され、モニター群に表示されていた。ライリー医師はこの病院での勤務経験がきわめて長く、ここには川の流れのように絶え間なく患者が送りこまれてくるとあって、どんな容態の患者に向きあっても衝撃を受けることはない。彼は、電光掲示板《ライトボード》に貼りつけられたX線写真をじっくりと見てから、手術台のそばに移動した。

「おおいによろしい。全員、準備はできているね？　では、きょうはこの男の生命を救うことにしよう」

「わたしの名前はデラーラ・タブリジ、ホラムシャハルの女学校で教師をしています」

彼女はいま、明るい照明が施された部屋のなかで、ティー・カップが置かれた小さなテーブルの前にすわっている。テーブルをはさんで座を占めている二名の情報将校は、これはユニークな状況であって、丁重に接するようにと警告を受けていた。ヘリ・パッドでいざこざを起こしたMPたちが再登場して、彼女を不安にさせることのないよう、ダレン・ロールズとトラヴィス・ヒューズが、まだ顔の迷彩ペイントを落とさず、戦闘装備のまま、ドアのそばの椅子に陣取っている。のみこみの悪いやつはどこにでもいるというわけで、ニューマン大尉が、最終決定がなされるまで彼女といっしょにいてやるようにと命令したのだ。デラーラはすでに、彼らのことを〝自分の〟海兵隊員と見なすようになっている。どれほど激しい尋問にあっても、彼らが自分を守ってくれると信じ、将校たちがどんな質問をぶつけてきても答えるつもりでいた。

彼女はすでに、心を決めていたのだ。

「わたしはもう、家族の最後のひとりになりました」彼女は言った。「ほかのみんなは、教育のある中流家庭というだけの理由で、政府とその蛮行によって殺害されました。政治的亡命を認めてもらえるのなら、それと引き換えになんでもお話しします。わたしは、もしイランに帰ったら、殺されるでしょう。でも、帰らなくてはならないんです」

「なぜ？」尋問官が問いかけた。

「わたしは、昨夜のと同じような施設がほかにもあることを知っていて、そこに弟がまだ生きて収容されていると考えているからです」

「その場所を教えてくれさえすれば、われわれが別のチームを派遣しよう」

彼女はきっぱりと首をふった。

「だめです。その施設は、昨夜の場所から北の方角、故郷の村の近くにあり、わたしならそこへ案内することができます。あなたがたが自力で発見するのはむりです」

将校がかすかな笑みを向ける。

「いいですか、ミス・タブリジ、われわれのテクノロジーと衛星を駆使すれば、いかなる場所の、いかなるものも、ほぼまちがいなく発見できると言わせてもらいましょう」

デラーラは陰気な笑みを返した。

「だったら、とうにそれは発見ずみってこと？　まさか。わたしが教えてあげるまで、それが存在することすら知らなかったんでしょう」

将校がまじまじと若い女を見つめる。強情。断固とした態度。イラン軍に捕まったら殺されることがわかっていて、それでもなお、襲撃隊を案内して国に帰ろうと決心している。

「上官と相談して、任務のためのチームを編成する意図があるかどうかをたしかめてみましょう。それがすむまで、あなたには安全な場所にいてもらうことにします。われわれが協議をしているあいだに、休息をとって、身ぎれいにしておいてもらうのがいいでしょう」

「前回と同じチームにしてください」デラーラは言った。

「それはできないでしょうね。おそらくは、準備万全な新しいチームが選択されるでしょう」

「別のチームはいやです」彼女が言い張って、ダレンとトラヴィスに目を向けると、ふたりはそろって同意のうなずきを返してきた。イランで救出されたことだけでなく、ヘリ・パッドのところで対決があったことも、彼女はよく憶えていた。「このひとたちなら、わたしを生きて連れ帰ってくれると信じているんです」

同じ建物の別の部屋で、カイル・スワンソンとリック・ニューマンがデブリーフィングをおこない、段階を追って任務の経緯を説明していた。カイルは、死体から切りとった真新しいサンプルの袋を手渡し、それは生物学的災害《バイオハザード》防止容器のなかに移して、安全に保管された。

現場を撮影したデジタルカメラと記録文書は、複写と分析のために送付された。

「あの施設は焼きつくされていた」とカイルは情報将校たちに告げ、地下の研究施設の構造を詳しく説明した。「ありとあらゆるものが破壊されていた。ガソリンかなにかを注ぎこみ、そのあと焼夷《しょうい》手榴弾を投げこんで、炎上させたように見えた。ものすごい高熱が発生し、あそこで製造された化学もしくは生物物質の痕跡は完全に焼却されたにちがいない」

「そこで囚人を発見したと？」

「彼らの残骸《ざんがい》を。地下通路の突きあたりに、独房が並んでいた。あの連中は哀れにも、おそらくは実験のモルモットにされたあげく、ほかのすべてと同様、処分されてしまったんだろう」

ニューマン大尉が、その地点に突如、敵の兵士たちが出現して、自分たちが襲撃を敢行したこと、そしてドーキンズ上級曹長が負傷したことを、詳細に説明した。カイルは同じ題材を、自分の視点から語った。やがて、質問すべきことが尽き、情報将校のひとりが問いかけた。

「きみたちはどう考える？　なぜ、バグダッドで暗殺された科学者はその施設のことを暴露しようとしたのか？」

カイルは自分の装備を集めにかかった。

「その答えを出すのは、あんたら情報部員の仕事でしょう。ことによると、われわれが連れ帰ったあの女性がちょっとした解明の光を当ててくれるかもしれない。まあ、想像をたくましくするなら、例の科学者は、あの施設に関わったものは、彼自身をも含めて、すべてが抹消されると考えたんだろう。そこで、彼は逃亡した。ただ、逃げ足がじゅうぶんに速くはなかったってことだ」

9

パリ

十九区の静かな街路に面するその地所の大きな鋳鉄のゲートは、ほぼ十年間、開かれたままになっており、葉を茂らせた蔦《つた》が太いロープのように格子にからみついていた。土地の所有者が、それを開け閉めすることにうんざりしてしまったのだ。塀の上に鋭いガラス片を埋めこみ、警報システムを設置していても、盗人どもは塀を乗りこえて侵入するのだから、ゲートになんの意味がある？　そのうち、新たな所有者がそこにやってきたが、やはり、ゲートを閉じる必要性は生じなかった。というのも、こんどは目つきの鋭い男たちが警備に立つようになり、パリの泥棒どものあいだで、命懸けでそこに入りこむよりはほかの獲物を狙ったほうが利口《りこう》だといううわさがひろまっていったからだ。その邸宅はいま、アルカイダの所有にあった。

パリのこの北東地区は、再開発によって、いやおうなく高級街区に変貌しはじめてはいたが、もとは多民族居住区であり、その過去の遺物がそこここに残っていた。そこのレストランからは、異国の料理とスパイスのにおいが混然となって漂いだし、ありとあらゆる国籍のひとびとが街路を行き交う。ジューバもまた、そのひとりにすぎなかった。

ゲートの葉群の影を伝って、彼が古びた前庭に入りこむと、そこには花々の香りと老朽化の悪臭が入り混じったにおいが漂っていた。駐車エリアのコンクリート床は、大地の微妙なずれに一世紀ものあいださらされてきたために、でこぼこになっていたが、そのまんなかに駐車しているのはクリームホワイトのメルセデスだった。そのそばを通りすぎるとき、ジューバはボンネットを撫《な》でてみた。温かさが感じとれるということは、この車はさっきまで使われていたのであり、おそらくは、三階建てのこの邸宅でいま会談中のサラディンを運んできたのだろう。

戸口の陰から、もじゃもじゃ髪でハイエナ面《づら》の神経質そうな若い男が足を踏みだしてきて、止まれ、とジューバに身ぶりを送ってきた。来客の予定はあったが、それでも身体検査はしておかなくてはならないのだ。ジューバはおとなしく両手をあげてから、ごくゆっくりと左手をおろし、プラダのスポーツコートの前を大きく開いて、左の腰のホルスターに携えている拳銃を見せた。若い男が拳銃に目を向ける。来客をなかへ通す前に、それは取りあげておかねばならない。ジューバは、自分の右手から男の注意をそらしておこうと、いかにも相手に協力するように、さらにちょっとコートの前を開きながら、右手を徐々にいっぱいまでのばしていった。その肘を曲げたとき、袖の前腕部内側の仕掛けが作動して、サプレッサーが装着された小さなルーガーの拳銃がジューバの掌《てのひら》におさまった。近寄ってくる警備の男の頭部に、わずか三フィートの距離から二発の弾を撃ちこむと、血と脳漿《のうしょう》が背後の敷石の上に飛散した。ジューバは血を流す死体を、そのシャツをつかんで、階段下の暗く涼しい場所へ放りこんだ。

自分の着衣をチェックして、返り血を浴びていないことを確認してから、勾配の急な曲線状の石造り階段を、自分がやってきたことをふたりめの警備の男にわからせるために、わざと大きな音を立てて小走りに駆けあがった。この朝、掃除の女性が手作業できれいにしたばかりの古びた石段を、彼の足が一定のリズムを刻んでたたいていく。てっぺんに近づいたとき、拳銃は体のわきに隠していた。息切れがしたように、ふうっと息を吐きだしてから、警備の男に声をかける。

「長い階段だな」フランス語で彼は言った。

こんどの男はより大柄で、両手を体の前で組んで立っていた。巨体だが、筋肉より脂肪のほうが多い。両目の上の太い眉がつながって一本眉になっており、しかめつらになって開かれた口の左側に金歯が二、三本、光っていた。ひたいに、ぎざぎざした傷痕が走っている。来客はすでに入口の警備の男によって身体検査をされているというわけで、男は警戒していなかった。ジューバは最後の二、三段をのぼりきって、ルーガーを構え、残りの三発を撃った。しかめつらの男がその場に倒れこむ。

ジューバは小さな拳銃をしまってから、軽蔑しきった目で倒れた男を見やった。やつらはいまだに、手下どもをしっかりと訓練していないのか。フランスにおけるアルカイダの工作の本拠を警備するには、手に入るかぎり最高の、戦闘に熟練した連中を選ぶべきなのに、そうはせず、見かけはこわもてで、バーのけんか程度ならさばけるというだけのことで、波止場にたむろするごろつき連中を雇い入れるとは。このふたりは、愚かであるために死ぬことになったのだ。彼は邸宅の内部に足を踏み入れた。

開かれたドアがあり、そこを入ると、バターミルク色に塗装されたこぎれいなキッチンと、リヴィングルームとの中間にあたるエリアになっていて、リヴィングルームには、別の前庭と、パリのこの密集地に立ちならぶ建物群を見渡せる高い窓があった。沈みゆく太陽がオレンジ色に輝いていた。彼はまばたきをした。目が暗がりに慣れてくると、リヴィングルームに並んでいるふたつのシルエットが、低いテーブルをはさんで向かいあわせに置かれた快適な椅子にすわっている、ふたりの中年男であることが見分けられるようになった。

「わが息子！　よく来た、よく来た」ひとりが言って、立ちあがり、ジューバを出迎えて、ハグをし、伝統に従って頬にキスをした。

ジューバはおじぎをした。

「父よ。またお会いできて、よかったです」

サラディンとして知られる、この霊的な《スピリチュアル》父親《ファーザー》に会ったのは六週間ぶりであり、彼が笑みを浮かべて温かく迎えてくれたのは、このような状況においてはとりわけ、よろこばしいことだった。アルカイダは、新兵器の〝フォーミュラ〟すなわちその分子設計および分子式を引き渡すようにと彼に要求しており、そのため、ジューバが手ずからそれを持ってくることになったのだった。彼らはそろって、この新開発の神経ガスの詳細な情報を手放せば、自分たちの生命があやうくなることを心得ているから、そんな事態になるのを許すわけにはいかないと思っていた。

サラディンは、気を乱しているようには見えなかった。ハンサムな男で、顎ひげはよく手入れされ、鋭いその黒い目には知性のきらめきがある。暗色のビジネススーツを着て、控えめなパールグレーのネクタイを締めていた。ジューバより背が高いのに、体重は少ないという痩身だ。

「元気そうだ。それと、うまくやってくれたな」慈愛をこめてジューバの肩をつかみながら、彼が言った。「おおいに誇らしい。さあ、こっちに来て、われらが客人に会ってくれ」

もうひとりの男が立ちあがる。サラディンとは対照的に、安物のスーツを着ており、しわだらけのベルトの上に腹がせりだしているために、その部分のボタンが留められないというありさまだった。茶色のシャツの襟の先がよごれた翼のように上着の外へ突きだし、もじゃもじゃの胸毛がシャツの第二ボタンの上からはみだしていた。

「新たな友、ユーセフ・アセールを紹介しよう。われらが同志アルカイダの、きわめて重要な指導者のひとりだ」それなりの敬意をこめて、サラディンが言った。

太った男は小さな目でジューバを見つめ、視線をそらそうとしなかった。

「光栄です」とジューバは言って、軽くおじぎをした。腋臭《わきが》と汗のにおいを漂わせている、不潔な太っちょと抱擁を交わす気にはなれなかった。

「いや、よろこぶべきはわたしのほうさ。名だたるジューバに会えたんだからね。ロンドンにおけるきみの働きは、異教徒どもをパニックに突き落とした。神は偉大なり！　よくやってくれた、若者よ」図体の大きい男にしては、声は奇妙に小さかった。

三人が腰かけたところで、サラディンがすぐさま仕事の話に取りかかる。

「今回の呼び出しをきみが意外に感じていることはわかっているが、ジューバ、われわれの計画に変更を強いる、きわめて重大なできごとが生じたのでね。あのロンドン事件のあと、ユーセフ・アセールはアルカイダの指示を受けて、われわれと協力すべきかどうかを確認しようとしてきた。これは、われわれにとっても絶好の機会だ。アルカイダは潤沢な資金を提供し、のみならず、人的資源《マンパワー》――献身的な歩兵、街宣要員、殉教者など――をも提供し、われわれは時宜をはかって、彼らを使うことができる。その見返りに、われわれは〝フォーミュラ〟と、戦場における統率力を提供する。彼らはフランスに攻撃をかけ、この邪悪な国家を情けない子犬のように打ちのめすことを欲しているんだ」

ユーセフ・アセールがくくっと笑う。

「われわれは西欧諸国のなかでは、この国にもっともよく浸透している。あと必要なのは、強力なひと押しのみ！　想像するがいい！　フランスにイスラム政権が樹立されるのだぞ！」

サラディンが両手を打ちあわせる。

「そのとおり、わが友よ」彼はジューバに目を向けてきた。「われらが友、ユーセフは、すでにわれわれの小さな信頼の輪のなかに入っている。きみは彼の言うとおりにすべきなのだ、ジューバ。理解したかね？」

「はい、父よ」ジューバは明白に理解していた。アルカイダがのっとろうとしているのだ。

「よろしい。どうだ、ユーセフ！　困難はなにもないと言っておいただろう。ふたたびアルカイダと協働するのは、すばらしいことになるだろう」サラディンが言った。「きみのリストをジューバに見せてやってくれ」

アルカイダの地域指導者が、小ぶりな封筒を手渡してくる。そのちょっとした行動のなかに、首領が手下に権力を示すような横柄《おうへい》さがみなぎっていた。ここはおのれの根城であり、ボディガードたちは腕が立つ。このふたりの背教徒どもが協力を断われば、殺してしまおうというわけだ。

ジューバは椅子から立ちあがり、テーブルがあるためにふたりのあいだは通れないということで、アルカイダの指導者の背後へまわりこんでいった。

「失礼。窓のそばのほうが明るいので」

窓の外に目をやって、屋根に影を踊らせつつ沈みゆく夕陽をながめてから、封筒の、糊《のり》のついた折り返しをめくって、内側に親指を挿《さ》しこみ、紙片を取りだして、目を通す。三名の人物の姓名、そして住所。すべて、この国の南部にあたっていた。当然だろう。北アフリカからの移民第一波は、まずマルセイユ港に到着したのだ。

ユーセフがにやっと笑う。

「ひとりめは、われわれの兄弟たちに長い懲役刑を科して刑務所送りにした判事、ふたりめは、われわれのグループにもぐりこむ特技を備えた潜入捜査官、三人めは、たんなる無価値な裏切り者だ。ジューバ、きみがその全員を殺害し、預言者の裁きからはだれも逃れられないことを敵に知らしめてもらいたい」

「そして、フランスに攻撃をかける？」

「そちらは、われわれに任せてくれ。きみたちの監督のもと、われわれの配下の化学者と物理学者に兵器を製造させよう」

「あれはまだ完成していない。ロンドンでの実験で、拡散率がまだ高すぎることが証明された」

「あれとまったく同じ物質でも、われわれの目的にはじゅうぶんすぎるほどだ」とユーセフ。

「われわれが時間の許すかぎり改良して、完成させよう」

ジューバはうなずいて、サラディンに顔を向けた。

「いつ開始することをお望みでしょう、父よ？」

「ただちにだ、息子よ。きみがすみやかにかたづけてくれれば、われわれはすみやかに移動できる」

ふたりはどちらも、アルカイダの掌握下にあるかぎり、どこへも移動できないことを心得ていた。

「おおいにけっこうですね」ジューバは紙片を上着の右ポケットに滑りこませた。

自分の椅子へひきかえしはじめたころには、日ざしは薄れ、室内は薄暗くなっていた。ポケットから手を出したとき、その手のなかに、薄れゆく夕暮れの光ではなにとも見てとれないものがあった。ユーセフの真後ろを通ったとき、彼は目にもとまらぬ速さで、アルカイダの男の首にピアノ線を巻きつけ、両端に取りつけられた木の把手《とって》を左右の手で強くひっぱった。ワイヤが剃刀《かみそり》の刃のように首筋を切り裂き、太った男は引き絞られていく絞殺具をつかんだが、すぐに両目がふくれあがって、舌がだらんと垂れた。

ジューバは、その強力な二頭筋と前腕と手にこめた憎悪を、絞殺ワイヤを通してアルカイダの男に送りこみ、命が奪われるのを阻止しようとあがいて爪を立ててくる犠牲者の体を、ゆっくりと椅子の背もたれごしに持ちあげていった。すみやかにかたづけることもできたが、こういうアルカイダの下司《げす》野郎をあっさりと死なせてやる気はなかった。さらにワイヤを引き絞り、男の体を完全に椅子から持ちあげて、ひねりを加え、首に深々と開いた傷から流れ出るのと似たような色合いの、バーガンディ色の絨毯《じゅうたん》の上に放りだす。ユーセフは、ズボンを小便で濡らして死んだ。

サラディンは沈黙を守っていた。息子の働きぶりをわが目で見るのは、背筋が凍りつくほどのよろこびだった。その行動は、バレエ・ダンサーのようにきわめて洗練されていて、むだがなく、完璧であり、多数の人間を殺害してきたその道の熟練者にふさわしい冷血の情熱がみなぎっていた。

「どう思うかね、ジューバ。この愚か者は、われわれが怯《おび》えあがるだろうと本気で信じこんでいたのだろうか」サラディンは死体に唾《つば》を吐きかけた。

「やつらはまた、われわれを狙ってくるでしょう」

「いや、彼らは顧客のひとつになるだけさ。この死は、〝フォーミュラ〟がいまも――第999部隊――ユニット999《クーウァト》――だけの所有物であることを知らしめるものだ。われわれはその改良に二十年を費やしてきた。そして、くりかえし、その所有権を守ってきた。ようやく完成に近づいたいま、相手がだれであれ、じゃまをさせるわけにはいかない」

ジューバがキッチンのシンクで手を洗う。

「この死体はわたしが処理しましょう。二名のガードの死体は、部下たちに処分させます」

「おおいにけっこう、息子よ」サラディンは、カップにストロングコーヒーを注ぎなおした。

「ロンドンでの仕事は非の打ちどころがなかったし、もちろん、きみはささいな失敗もしないであろうと思っていた。通知を発送する準備は整ったと考えてよいな？」

「はい。すでに、ロンドンで撮った写真をディスクにコピーし、あなたのメッセージを添えて、フェデックス便で、北朝鮮、中国、ブルネイおよびイランに発送しました。荷物はほどなく先方に到着し、あちらのだれかがサインをして、受領が確認される運びになるでしょう」

「では、その件は完了したと。その四カ国が源泉となって、話がひろまるだろう。あとは待つのみ」

「あなたは待っていてください、父よ。わたしは一刻もむだにはできません。くつろげるのは、すべてが終わったときになるでしょう」

「イラクに戻って、ターゲットを仕留める練習をするつもりかね？」サラディンは〝暗殺〟をネタにして軽口をとばした。

「いいえ、それにはパリのほうが好都合です。ただ、残念ながら、ここに長居はできません。できれば、あと何日か滞在し、純粋なムスリムのひとりとして、あなたの足もとにすわり、コーランを学びたいものです。わたしは、肉体は健全であっても、魂はうつろな器《うつわ》となっています。これは困難な役割なのです」

「そうであるからこそ、その役割を務められるのはきみしかいないのだ」サラディンは言った。「将来、きみにはたっぷりと時間ができ、敬虔《けいけん》なムスリムのひとりとして堂々と表を歩けるようになり、それだけでなく、メッカやメディナへの巡礼《ハジ》をおこなうこともできるようになると約束しよう。ではあっても、当面は、いまの状態を維持してもらわねばならない。預言者がきみに特殊な才能を授けたもうたのだ、ジューバ。日々の祈りをおこなえないことで、きみが内なる葛藤に悩んでいることはわかっている。だが、しかるべき時が来るまで、きみは現状を維持しなくてはならない。そのことは承知しているね」

「はい。わたしは預言者の道具であるにすぎません。進路が示されれば、それに従うでしょう。なににせよ、わたしは今夜、ふたたびイランへ発《た》って、最終実験を観察します。まだ現地に残存する研究所の所長が、ゲルの持久力改善に関する最終調整がすめば、〝フォーミュラ〟は完成するであろうと考えていますので。ロンドンで用いたガスは、まだ拡散が速すぎました」

サラディンは笑い声をあげて、それまでの深刻な口調を一変させた。

「いいぞ。ついに、最終段階が間近となったというわけだな。きみがこの屑野郎の処理をすませたら、いっしょに外出して、きみが発つ前に、ディナーを楽しむとしよう」

ジューバがドアを開けて、手下の男を二名、呼び寄せ、夕陽がゆっくりと没し、パリの街の灯りが夜を照らしはじめるなか、そのふたりに手伝わせて死体を運びだしていく。サラディンは窓辺に立ち、パリの街が、業務を中心とした昼のリズムから、私的な楽しみにふりむけられる夜のリズムへ切り変わっていく感触を楽しんだ。この邸宅が気に入ったから、しばらく滞在することにしよう。

男たちが死体を動かす音が背後から聞こえていたが、彼はふりかえってそれを見ようとはしなかった。あのアルカイダの愚か者は、パリにイスラム政権を樹立できると本気で信じこんでいた。たしかに、フランスには他の西欧諸国のどこよりも多数のムスリムがいるが、それでも、六千四百万をこえるフランス国民の十パーセントにも達しない。ユーセフ・アセールは、ドイツ陸軍の数個部隊を呼びこめると考えていたのにちがいない。アルカイダは、そういう短期的視点でしか考えられないのだ。

この夜、サラディンがなにか真に重要な問題をかかえていたとするならば、それは、自分の被保護者に対して、さらに膨大なエネルギーをふりむけねばならないという認識であっただろう。無辜《むこ》の多数のひとびとに苦痛に満ちた死をもたらす装置を、躊躇《ちゅうちょ》せずに仕掛けるような人間に関しては、慎重な操縦が必要となるのは明らかだからだ。

彼はいぶかしんだ。ジューバは、おのれの実像を鏡に映して見たことが、あるいは、おのれが陥っている致命的な自家撞着《じかどうちゃく》をじっくりと考えたことが、あるのだろうか。このスナイパーは、かつては祖国イングランドに裏切られたと感じるようになり、つい最近、はるか以前におのれを引きこんだアルカイダに裏切られたと感じるようになった。忠誠心の置きどころを失ってしまったのだ！　サラディンは、ジューバが口に出したイスラムへの強い傾倒に長く耳をかたむけてきたから、彼の夢は、おのれを外界から断ち切り、貧しいひとりの農民のように、預言者に仕えて生きることだと知っていた。だが、真の献身はそこにはなく、その夢はあまりに非現実的なために、満たされることはけっしてないだろう。

ここ当分、ジューバは熟練の暗殺者であり兵士であってもらわねばならないから、彼は心の混乱と宗教的堕落をかかえて動くことになる。彼は瞬間、瞬間を生き、殺戮《さつりく》への渇望が五感をぞくぞくさせる戦闘のなかでこそ、もっともよくその活力を発揮する。スナイパーと化して、戦場におもむく身であることがふさわしいが、その任務は永遠につづくものではない。その合間、任務が中断されている期間には、よき人生を楽しむすべも学んできた。そのように生きることを命じられ、コーランを冒瀆《ぼうとく》する行為をしてもよいという赦免《しゃめん》も与えられたのだ！　五つ星ホテル、豪華な車、しゃれた誂《あつら》えの服、最高級ウィスキー、そしておおぜいの美女がいるトレンディなクラブといったものは、殺人機械が稼働をつづけ、つねに攻撃をかけられるようにしておくための潤滑油だった。西欧流のライフスタイルを選び、それに染まることは、膨大な資金を必要とし、また、困難な障害ともなる。彼がイスラムに復帰するには、心に石の橋を築き、その上にまだ残っている水を流してやるしかないだろう。ジューバは信仰心を、そしておそらくはほかのすべてをも失っているが、そのことをまったくわかっていない。狂信者たちの説く厳格なライフスタイルに戻るには、彼はカネを愛する生きかたに染まりすぎている。

サラディンは、つねに心に手綱をかけて、接するようにしてきた。蛇に魅入られた者は、籠のなかのコブラの扱いに用心しなくてはならない。コブラは、だれに咬《か》みつくかなどは気にかけない。いまのジューバはもう、どんな理由であるかとか、復讐であるかどうかとかにも関係なく、ひとを殺す。彼が殺すのは、殺すのが楽しいからなのだ。

レバノン
二〇〇二年

サラディンは、自分の人生に終止符が打たれるのを、汗ばむ真昼間、サダム・フセインの前に立って、待っていたときのことを思いだしていた。あのときの自分は、イラク陸軍の名もない一中佐にすぎず、サダムの精鋭テロ制圧部隊、ユニット999に属する〝合衆国大隊〟の副官だった。あのユニットは、イラクの指導者が〝特殊状況に用いる特殊兵器〟と呼んだもの、すなわち、恐ろしい大量破壊兵器の開発にあたっていた。総勢九個大隊から構成され、各大隊は、宗教も出身地も多岐にわたる五百名の将兵を擁し、もしイラクが戦争に突入すれば、出身地内においても攻撃をおこなうようにと命じられていた。そんな内部矛盾を看過していたために、アメリカで9・11同時多発テロが発生したあと、それが切迫した問題となり、狂気の独裁者は特殊兵器関係の物材をイラク軍の倉庫から、シリアとレバノンに、はてはイランにまで移送させたのだ！

サラディンとその上官の司令官は、数多いサダムの宮殿のひとつに召喚され、アメリカ合衆国の国内で開発されていた猛毒の生物化学神経ガスの進捗状況を報告させられることになった。その業務は、一九八〇年代に開始されて、徐々に、そして着実に進められてきたが、大きな科学研究プログラムのつねとして、何度となく頓挫と再開がくりかえされていた。研究の大半は、FBIの鼻先にあたる合衆国国内で、ときにはCIAの積極的な関与のもとに、おこなわれてきた。当時、イラクはイランと戦い、アフガニスタンはソ連と戦っていたとあって、合衆国はきわめて協力的だったのだ。

彼らが硬直した気をつけの姿勢をとってサダムの前に立つと、相手は葉巻をふかしながら、こちらを見やった。独裁者のかたわらに、人殺しの息子たち、ウダイとクサイがいて、テーブルの端には、〝ケミカル・アリ〟として知られた男、アリ・ハッサン・アルマジドがいた。その四人がユニット999を創設し、恐るべき物質の開発を彼らだけの秘密としてきたのだった。

兵器の準備はできたか、とサダムが静かに問いかけたとき、サラディンは、その答えに独裁者がどう反応するかに自分の生命が懸かっているのだと悟った。まだ未完成です、と合衆国大隊指揮官は答えた。おそらくは、あと一年あまりの研究開発が必要であろう。ことによると、二年を要するかもしれないと。ウダイとクサイが目を見交わして、にやりとした。サダムが葉巻をとんとたたいて、灰を落とし、開発にはさまざまな困難が伴うことを理解したかのように、うなずいた。

がっしりしたボディガードが音もなく足を踏みだして、長い鉄棒でサラディンの上官の右肩を殴打し、骨を折られた上官が苦痛に身をよじった。さらに二名のボディガードが殴打に加わり、サラディンは、友であり仲間である上官がすぐかたわらで殴り殺されていくあいだ、硬直した気をつけの姿勢を必死に維持していた。いまでもまだ、骨がへし折られていく音と、ひろがっていく血の海、そして絶え間ない悲鳴が思いだされ、殴り殺されていく男ではなく、こちらを平然と見つめていたサダム・フセインのまなざしが記憶に残っている。それが終わったとき、サダムは身をのりだして、言った。

「いま、おまえは大佐に、そしてユニット９９９の合衆国大隊指揮官となった。業務完了のために三カ月の猶予を与える。もう、さがってよし」

サラディンは敬礼をし、踵《かかと》を支点に回れ右をして、行進歩行でその場を離れ、静かな場所を見つけだして、吐いた。

サダム・フセインは狂っていて、あの計画は狂気の沙汰、自分もこの職にとどまっていたら、狂ってしまうだろう。

新任の大佐は、大量破壊兵器開発のためのテクノロジーと機材のうちの、イラクに置かれていたものを分解して、鉄道と改造されたボーイング機でイラク国外へ運びだすのを支援するために、しばらくバグダッドに残ることを要求された。彼はそのいくつかを、ヨルダンのフロント企業を通して、ひそかにアメリカへ送った。

その時期のある夜、バグダッドの静かなカフェで夕食をとっていたとき、彼はジューバと呼ばれるユニークな若い戦士を紹介された。聞いたところでは、その若者はアフガニスタンでワンマン・スナイパー作戦を展開し、異教徒たちの殺害に卓越した成果をあげているという。孤独な魂を感じさせる静かな若者で、兵士であるだけでなくイスラム学者でもあるサラディンは、この迷える男を利用しようと決心した。そうすれば、サダム・フセインの軍に降りかかってくるにちがいない災厄から逃れる道が開けるかもしれないと思った。

いくつもの夜、いくつものモスクで、彼は新たな友をコーランの奥義に導き、その書のことばに秘められた意味と、それがムスリムに対して真に示している概念を学ばせた。会話を戦争の話題に転換するのはたやすく、ジューバはイラクが負けるであろうという予想に完全に同意するようになった。

ジューバはアフガニスタンでの経験をひどく苦々しく感じていたので、ムスリムは十四世紀のみじめな暮らしに再帰するのではなく、もっと高い目標を持つべきだという考えに心服させるのはむずかしいことではなかった。

「植民地時代の国境を撤廃し、無価値な王どもによる統治を排して、イスラム国家連合を再生するというのは、いかなる形態であってもむりなことだ」とサラディンは言った。「それに、そんな方向性では紛争は収拾されない」

ジューバは鼻を鳴らして、ティーを飲んだ。

「われわれは負けるでしょう。イラクは破滅です」

「きみとわたしには預言者に仕えるためのよりよい道があると言ったら、きみはどう答えるかね？」

「そういう約束は以前にも聞かされたことがありますが、あれは無益な話でした」

その部屋にいるのは、コーランを学んでいる彼らふたりだけだった。サラディンは指をひろげた手を、その書の上に置いた。

「いま、わたしはこの書に誓って、言おう。われわれは、サダム・フセインになにが降りかかろうと、戦いを継続することができる。わたしは、〝十字軍〟どもが子を悼《いた》んで泣くことになる兵器を開発しているのだ」サラディンは言った。「それには、信頼のできる強い男が必要であり、わたしがその仕事を完成させるまで、きみにわたしを守ってほしい」

「では、世界を変えるということはしない？」戦士が問いかけてきた。

「うむ。それは不可能だ」イスラム学者は言った。「サダムは敗れるであろうが、われわれはひそかに仕事を継続する。このプロジェクトはすでにわれわれのものであり、きみとわたしが協力して、異教徒どもの諸国にアラーの復讐と怒りを解き放つのだ」

そのあと、イラク軍の大佐は、ユニット999の秘密をジューバに語り聞かせた。そして、自分の正体は秘密にしておくことに決め、広く世に知られた中世の戦士の王——サラディン——の名を用いることにしたのだった。

10

クウェート
ドーハ基地

デブリーフィングのあと、カイル・スワンソンはダブル・オーの容態をたしかめようと病院に立ち寄ってみたが、まだ手術の最中だったので、特殊作戦要員専用エリアにひきかえし、兵舎に入って、シャワーを浴びた。狭い部屋に置かれているテレビが、ロンドンでのテロ攻撃を報じていた。彼は枕を何個か積みあげ、寝棚に横になって、テレビを観たが、しばらくすると眠りこんでしまった。やがて、ドアをノックする音がして、つかのまのくつろぎの時間は打ちどめとなった。

やってきたのは、リック・ニューマン大尉とトラヴィス・ヒューズ軍曹で、どちらも、まだ戦闘服を着て、顔に任務用の迷彩ペイントを施したままだった。彼らの語る、デラーラ・タブリジの風変わりな事情聴取を聞いて、カイルは、再度の国境越え作戦を情報将校に持ちかけたことで、彼女は長いドミノの列の最初の一個を倒したのだと思った。

その情報将校は命令系統を通じて軍上層部へ報告し、作戦立案者たちがさまざまな可能性を検討して、ワシントンに報告し、そこで議論と承認がおこなわれて、だれかがいやおうなく決定を下し、その結果、ある女性が弟を見つけだそうとしているというだけの理由で、合衆国の偵察チームがイランの国内へ送りこまれるという手順になる。だが、第一陣の襲撃ではは化学兵器が製造されていることを示す確証はろくに得られなかったとあって、ワシントンの高給取り連中は、ひとりの外国人の証言に基づいて新たに危険な任務を遂行させる命令書にサインをすることを、おおいにためらうだろう。もしアメリカ軍の兵士が捕虜になれば、深刻な国際問題を引き起こすことになるからだ。

イギリスでのテロ攻撃は、時間がたつにつれ、警察が捜査にあたるべき事件の色合いが濃くなっていき、軍隊は手を引く展開になりそうだった。衛星に疑惑の地点の写真を撮影させるとか、あるいはスパイ機を上空に飛ばすとかといったことはやってもいいが、軍隊が地面を歩きまわる必要はないのでは？　そんな危険を冒すほどの価値はないだろう？

「あんたの意見はどうなんだ、トラヴィス？」カイルは問いかけた。

「彼女は真実を語ってたね」と彼が応じた。「質問をされるつど、彼女は怒りを募らせるだけだった。いまは、ダレンといっしょに食堂にいて、落ち着きと冷静さを取りもどしてる」

カイルはリック・ニューマンに目を向けた。

「二度めの任務が承認されるかどうかは疑わしい」若い大尉が言った。「失敗に終わる可能性がでかすぎるからね」

カイルはすでに制服を着用しており、ロンドンから送られてくる、身の毛もよだつ最新のテレビニュースの映像を見ながら、さまざまな可能性を考えていた。

「ことの全貌をつかめるチャンスは万にひとつ程度かもしれないが、それでもわれわれはこの任務をやらなくてはならない。おれの考えでは、イラン侵入という当初の任務に対する承認はまだ有効であり、われわれは負傷者を後送するためにドーハに戻っただけだ。この基地はやたらと広大で、内部の利害関係がひどく錯綜しているから、われわれはおさらばしなくてはいけない」

トラヴィスが爪を噛《か》んだ。

「彼女の言った村は、イラン西部の、イラクとの国境にごく近い地点、農耕地が山岳地に変わる地点に位置している。イラクのその地点とほぼ同じ緯度にある、バハリア駐屯地を作戦根拠地にできるだろう」

「よし」カイルは言った。「周囲が海兵隊員だけになれば、ことはずっとやりやすくなる。リック、航空機を一機、見つくろって、チームをファルージャへ送りこみ、バハリアを根拠とする作戦の支援面を仕切ってくれ。おれは本国のシベール・サマーズ大尉に連絡をつけ、われわれが軍の命令系統から完全にはずれて、ミドルトン将軍の率いる〈トライデント〉の指揮下に入れるように手を打つ。シベールが到着するころには、すでにことが動いている状態にしておきたい。われわれがその方向に動きつづけているかぎり、事務方の連中はぜったいに追いついてはこられないだろう」

ワシントンDC

シベール・サマーズがその朝、職場に到着したのは午前六時だった。数千、数万にのぼるほかの通勤者たちと同様、ワシントン・メトロでペンタゴン駅に着き、長いエスカレーターに辛抱強く乗って、表口にあがり、サインをして、なかに入った。ばかでかい墓のように見えるその建物の、磨きあげられた広大な通路を歩いていると、合衆国のさまざまな軍事組織に所属する男女が、ほんのわずかな可能性ではあれ、本国への新たなテロ攻撃に備えて、心の高ぶりを抑えきれずにいる気配がひしひしと伝わってくる。彼女は〈トライデント〉のオフィスに直行した。

ミドルトン少将とフリードマン少佐がテレビを観ていて、将軍がチャンネルをあちこちに替えていたが、どのネットワークも通常の番組をすべて中断して、イギリスからのニュースのみを放送していた。きょうは、目覚ましモーニング・ショーの陽気でにこやかなホストたちの顔は映らず、陰惨なニュースが報じられているだけだった。

「ダブル・オーの容態は？」彼女は問いかけた。

「クウェートの医師たちによれば、あの老軍馬《ウォーホース》は生命を取りとめて、また戦えるようになるそうだ」とミドルトンが答え、すぐに話題を切り換えた。「このロンドンのテロ攻撃に関する最新情報はつかんでるな？」

「イエス、サー。自宅で少しテレビを観て、《ポスト》紙と《タイムズ》紙を読みました」

シベールはデスクにバッグを放りだした。「ニュース報道はわれわれの情報源と一致しています？」

「情報はなにも入っていない」ミドルトンが鼻を鳴らした。「何億ドルものカネが注ぎこまれ、活動を縛る法律はほとんどないにもかかわらず、今回もやはり、情報部局はろくな収穫をあげていない。テレビカメラはいつも現場にいるというのに、なんで情報のプロフェッショナルどもはそこにいることができないのか？」

ミドルトン将軍はテレビの音量を落とし、イギリスにおける緊急事態をモニターしているペンタゴン中央指揮所に短い電話をかけた。犠牲者の数を尋ね、うめき声を漏らして、電話を切る。

「ダーティ・ボムの爆発で、これまでのところ、百五十名近くの死者が出て、群集は懸命に避難をしているが、負傷者は多数にのぼるとのことだ。王族たちはぶじ避難して、スコットランドのバルモラル城に移った。リザード、きみが調査してきたことを彼女に見せてやってくれ」

フリードマンが小さなコンピュータ端末の前に椅子をひっぱっていき、何度かキーをたたいて、ニュースを報じていたテレビの画面に地図を表示させる。そのあと、彼は腕を組んで、椅子を揺らした。爆弾で汚染されたエリアの大半に、染みのような赤い楕円形が重ねられ、その周囲は、風向きに応じて、オレンジと黄色に色分けされていた。

「最初の群集のパニックで、しばらく交通麻痺《まひ》が生じたが、各関係当局が機敏に対応して、救急隊を送りこんだ。交通管制、被害者の隔離と洗浄がおこなわれ、安全な地帯へひとびとが移動させられた。消防隊長が警告を送ってきたおかげで、最初に突入した救急隊員たちは防護服を着用して入りこむことができ、おそらくは、失われていたであろう数百人の生命が救われたという結果になるだろう」

「イギリスの9・11」シベールは言った。「第二次大戦の爆撃よりひどい」

ミドルトンが顔をゆがめた。

「やつらは国の選択を誤った。やったのがだれであれ、わが国がでかい兄弟分としてそいつをたたくことになるし、しかも、イギリス人というのはタフな連中だ。彼らはけっして屈しない。ヒトラーにきいてみるがいい」

リザードが椅子から身を起こし、いらいらと室内を歩きまわりながら話しだす。

「テロ攻撃に用いられたのはどういう種類の生物化学物質なのかを解明するためにいくつか統計的分析をおこなったところ、予期しなかった事実が判明した。これを見て」最大の破壊が生じたエリアを示す赤い楕円形を、彼が指さした。「この赤いゾーンの境界がじつに明確であることが見てとれる。この物質はここに強く集中していて、これは予想がつくことではある」その手が、ほかの色で区分けされた地域の全体を指し示す。「だが、そのあとに汚染をもたらした帯域《たいいき》はきわめて狭い」

シベールは、フォース・リーコンの訓練を受けた海兵隊員がみなそうであるように、生物、化学および核兵器についての講習も受けているから、すぐにその意味をのみこんだ。化学兵器攻撃の弱点は大気拡散であり、毒ガスは空中に出た瞬間、拡散を始めて、効力が弱まり、やがて、なんの効果も発揮しなくなってしまう。そのようなわけで、この種の攻撃の主要ターゲットは通常、地下鉄のような、効力を維持できて、倍増させることのできる場所、すなわち地下もしくは封じられた場所となる。

「風で遠くまで運ばれてはいなかったのね！」

リザードが立ちどまり、教師ができのいい生徒に送るような笑みを浮かべて、彼女を見つめた。

「そのとおり」その手がテレビの上部をぴしゃりとたたく。「これは、新たな物質のように思える。空気より重いガスで、それが空気に触れると、どうにかして粘着性の液体に変化する。攻撃中心部の汚染指標は、爆発後数時間が経過した現在もなお強い。この物質は、空気中に出ても、その致死性を長く維持するんだ」

「言い換えれば、その場にとどまって、それが製造された目的に適《かな》うことをする」

ミドルトンがうなずいて、同意を示す。

「そうだ。だからこそ、われわれは今後を案じなくてはならない。わたしは、この攻撃はたんなる実地試験だと考えている。もし巨大な容器に満たされたこの物質が、どこかの大都市のどまんなかで解き放たれたとしたら、どうなるか。膨大な数の死者が出ることになるだろう」

シベールはサイドボードのほうへ歩き、カップにコーヒーを注いでから、首をかしげてミドルトンを見やった。

「これは、世界中の情報機関が取り組まなくてはならない事件でしょうが、最終的な究明はイギリスがしなくてはなりません。あちらから、なにか情報は入っているのですか？」

「まだ、犯行声明は出ていない。要求も出されていない。例によって、ばか者どもがこぞって歓喜しているが、自分たちがやったと手を挙げる連中はいない。そんなことをしたら、組織が掃討されることがわかっているからだ」フリードマン少佐がコンピュータ画面の書きこみを読みながら、言った。「爆発を起こしたのは、プレス・エリアに駐められていたヴァンの一台で、化学物質の容器は、二台めのヴァンに取りつけられていた二台とも、エディンバラ・オールメディアというスコットランドのレンタル会社の所有物であることを、警察が突きとめている」

ミドルトンがペーパークリップをもてあそんで、妙なかたちに折り曲げ、手を離して、ぴょんと宙に飛ばせた。それをわきにやって、彼が言う。

「毎度のことだが、報道関係者には困ったものだ。あの若い女が消防隊長の口もとにマイクロフォンを突きつけ、そのとき、彼が事態の真相を悟ったんだ」

シベールは、彼の怒りには取りあわなかった。

「彼女の責任ではありません、将軍。テロリストどもは事件を可能なかぎり広く世間に知らしめようとし、そのために、ウェディングの取材にあたる報道陣に狙いをつけたのです。そうすれば、居間でテレビを観ている数億もの視聴者に直接、警告を送ることができる。キンバリー・ドレイクは、この大事件の哀れな象徴であるにすぎません」

テレビで観た、そのリポーターのおぞましい死の光景を思いかえして、彼女は身震いした。

将軍が立ちあがって、窓の外へ目をやる。

「わかってる。きみの言うとおりだ。わたしはただ、すべての事柄を頭のなかに刻みつけようとしているだけでね。資料をそろえてくれ。われわれは、三十分後にはホワイトハウスにおもむいて、このテロ攻撃に関するブリーフィングをおこない、それがいまわれわれがイランでおこなっていることに関係しているのかどうかを説明しなくてはならないのだ」

シベールは問いかけた。

「それで、実際のところ、われわれはいまイランでなにをしているのでしょう？」

「すぐにわかるだろう。スワンソンが〈トライデント〉に属さないチームを引きこんでいて、きみがあちらに行って、バハリア駐屯地で作戦を監督することを要求している。リザードがフライトの手配に取りかかっているから、きみは数時間後には現地に到着できるだろう」

「アイ、アイ、サー」と答えて、彼女は考えこんだ。この朝、メリーランドにある自宅のアパートで目覚め、ヴァージニアにあるペンタゴンの職場に来て、会議のためにホワイトハウスにおもむき、最終的な状況説明を受けるためにラングレーのCIAに立ち寄り、それからアンドルーズ空軍基地に行って、超高速の戦闘爆撃機の後部シートに数時間すわり、今夜はイラクで眠る。この仕事が好きになるようにするしかない。

ブルネイ・ダルサラーム国

リチャード・タッフェは外交のプロフェッショナルであって、合衆国政府の信任が厚く、それゆえ、世界でもっとも小さな国のひとつではあっても、もっとも裕福で、もっとも戦略的に重要な国家の大使に任命されていた。これは、どれかの政党の熱烈な支持者であるとか、大統領の友人の友人であるとかの理由で与えられる〝ご褒美《ほうび》〟などではない。外交の世界で長年にわたって業績をあげてきた者だけが就任できる地位だ。ジュルドン・パークのロイヤル・ブルネイ・ゴルフ・アンド・カントリー・クラブで朝のワン・ラウンドをしたあと、タッフェは、汗ばんだオレンジ色のシャツを脱ぎながら、またいつもと同じ結論を頭に浮かべていた。ナイジェリア、バングラデシュ、そしてヨルダンでの長年の勤務が、このすばらしい果実をもたらしてくれたのだ。ブルネイには、気に入らない点はなにひとつないではないか？

プレスのきいた黒シャツに、襟のところでボタンを留めた白のチュニックという姿のマレー人クラブ・ボーイが、新しいタオルの束を持ってきた。大使は顔と胸の汗をぬぐってから、タオルを丸めて、十フィートほど向こうにある大きな籠《かご》に放りこんだ。

「シュート！　ゴール！」この日のゴルフのパートナーである外務貿易省の高官、ズル・ジョック・マタリが声をあげた。「ノータッチ・シュートだ」

これまでのところ、きょうは良き日で、大使はマタリとマッチ・プレイをやって、スリー・アンド・ツーで勝利をおさめていた。いまからいっしょにシャワーを浴びて、服を着替え、クラブのレストランのどれかでランチを楽しみながら、石油の話をすることになるだろう。

ブルネイはマレーシアと地続きだが、その国土の地下には、十三億五千万バレルの原油が埋蔵されていることが明らかになっている。この王国は連日、二十万六千バレルの原油を輸出していて、合衆国にも大量の原油が太平洋を越えて運ばれていく。タッフェの主たる職務は、その黒い黄金の流れを維持することにあった。

タッフェは、魔法のようにかたわらに現われたボトルの、よく冷えた水をひと口飲んだ。このちっぽけな国家には、真の懸案事項はひとつしかない。原油だ。この国には、実際にはだれにも投票権はないが、税金はゼロで、対外債務もゼロ。原油がすべてをまかなってくれるからだ。他のアジア諸国との、移民労働者の仮面をかぶっての人的交流は、実態は奴隷労働であっても、だれも気にとめはしないから、国際問題とはならない。さまざまな人権団体ですら、その動向を追いきれないのだ。現実には、それは大量の奴隷貿易なのだが、その実態に目を向けさせなければすむことだ。この国では麻薬密輸の罪で死刑を科されることも、問題にはならない。ばかなアメリカ人の若者がバックパックに麻薬を隠して入国し、逮捕されたときは、タッフェの部下たちが水面下で処理してしまうからだ。公式の訴追はなされず、ために、裁判にも死刑にもならず、その旅行者はひそかに合衆国大使館に引き渡され、大使館がつぎの便で国へ送りかえす。黒い黄金、原油の流れを維持するために、あらゆる対価が支払われるのだ。

ブルネイにおける真の外交的問題は、イスラムが国家宗教となっていることだ。ときには、憲法の裁定がシャリーア法（イスラムの教義に基づく法律）によってくつがえされる場合があり、国王であるスルタン自身がその宗教の公式の擁護者なのだ。その王族がこの小さな国を六世紀にわたって統治し、大英帝国の保護を受けて独立国家となったあとも、その統治は継続した。統治者たちは聡明な指導力を発揮して、国家の成長に大金を注ぎこみ、読み書きができる人間が大半を占める三十七万五千人の国民の意思に耳をかたむける姿勢だけは示してきた。政情は安定しており、タッフェ大使はその状態がつづくことを願っていた。

とはいえ、アメリカ政界全体に蔓延《まんえん》する反イスラム熱については、彼らの発言がブルネイの政策立案者たちによって吟味されるということで、悩みの種ではあった。また、隣国インドネシアからアルカイダの一党が飛来して、戦闘員をくりだし、この途方もなく豊かな国に災厄をもたらす可能性はつねにあった。だが、これまでのところは、深刻な事態は生じていない。ブルネイの国民たちはアメリカへ行くためのヴィザですら必要としないというわけで、国情はきわめて安定しているのだ。

シャワーを浴びたあと、高官ふたりは二階にあがって、エリートのためのレストランに入り、大きな窓のそばにあって、周囲には無人のテーブルが並んでいる席に案内された。マタリは、スタンフォード大学とハーヴァードのケネディ政治学大学院で学位を取り、なおかつ、ブルネイ陸軍の准将という地位にあるというわけで、たんなる高官以上の存在だ。その職務には、テロ対策も含まれている。

ウエイターたちが注文を受けるために近辺で待っているあいだ、ふたりは当たり障りのない会話を交わした。

「きみは、今夜の日本大使館でのレセプションにマギーを伴って出席する予定かね？」マタリが問いかけた。

「ああ。途中で抜けだして、〈マクドナルド〉に行き、スシじゃなく、ほんものの食べものにありつくことになるかもしれないが」

「わたしはビッグマックを食べるのは願いさげだ。あれは非衛生的な食べものだよ」

「じゃあ、チキンナゲットとフレンチフライにカリーソースをかけて、食えばいいじゃないか」

そのとき、ひとりのウエイターが近寄ってきたので、ジョック・マタリが顔をあげると、ウエイターが大きなクリーム色の封筒を彼に手渡した。

「フロントデスクに紳士がお見えになり、これを直接こちらにお渡しするようにとおっしゃいまして、将軍」

マタリが封筒を開く。

「妙だな」首をふりながらそう言って、手紙と数枚の写真に目を向ける。その黒い目がただならぬ光を浮かべて、ほぼ無人のレストランのなかを見渡した。こちらを見ている者はひとりもいない。

タッフェもまた、周囲のようすをうかがい見た。

「で、どういうことかね？」

マタリが声を低める。

「ロンドン事件がらみの接触。サラディンと名乗る人物が犯行を声明し、取り引きの期間を設定しようとしている」

「おっと、やめてくれ。またもやサラディンか。ちょっと推測させてくれ」タッフェは言った。「虐げられた中東に現われる最近の救世主たちはみな、合衆国大統領との直接の対話を求めてくる。答えはいつも同じだよ、ジョック。われわれはテロリストとは交渉しない」

マタリが首をふって、手をのばし、そのたくましい手をタッフェの前腕にかけた。

「ちがう、わが友よ。そういうものではまったくない。これは、イスラム諸国、テロ組織、そして合衆国に敵対する諸国の財務長官に対して、イギリスで用いられた兵器の〝フォーミュラ〟を対象としたオークションへの応募を呼びかける招待状なんだ」

タッフェはどっと椅子にもたれこんだ。マタリが手紙を渡してきたので、彼はひと組の写真を観ながら、それを読んでいった。読むほどに、血が凍りついていく。

それには、このように記されていた――

ロンドンにおける攻撃は実験の一部である。この兵器の真の実証試験はまもなく、広く世に知られた場所で大々的におこなわれるが、その場所は未定である。オークションに関心のある団体は、あるスイス銀行に一千万ドルの応募供託金を払いこむが、その供託金は、実証試験ののち、この兵器には相応の価値はないと落札可能者が判断した場合に備えて、当該銀行の管理下に置かれる。つまるところ、応募者は、実証試験費用というささいな金額を出資するだけで、みずからは危険を冒すことなく、異教徒どもに対する巨大な攻撃の支援者となることができるのだ。

入札の継続を選択した応募者は、一千万ドルから実証試験のための費用をさしひいた残金を最終入札費として銀行に預け、競りに参加することができる。詳細についてはオークションの勝者とのあいだで協議され、現金と引き換えに〝フォーミュラ〟が引き渡される。

アメリカ合衆国と、そのヨーロッパ、アジア、および中東諸国における主要同盟国は、応募を許されない。

11

ジューバは、パリのシャルル・ド・ゴール国際空港でブリティッシュ・エアウェイズ[A]のボーイング727に搭乗し、二千六百マイルにおよぶテヘランへの長い退屈な空の旅に就いた。兵士として、睡眠は取れるときに取っておくことを学んでいたから、彼はその大半の時間を、薄暗くされたファーストクラス・キャビンで眠ってすごしたが、疑問は絶えず心をつついてやまなかった。あそこの研究所の所長は、〝フォーミュラ〟がようやく完成に至ると確約したが、これまでにも何度となく、そういう約束を聞かされたあと、またなにか不具合が起きて、さらに実験が継続され、資金の追加投入が必要になるという事態がくりかえされてきたのだ。ユニット999が開発に着手し、長年、さまざまな場所で実験がおこなわれてきた、このきわめつけに致死的な化合物は、安定した状態でターゲット・ゾーンへ持ちこめ、風のひと吹きで散乱することなく、一定の範囲内にとどまるという性質を有していなくてはならない。ロンドンの実験は良好ではあったが、まだじゅうぶんとまではいかなかった。こんどこそはほんとうなのか？

ＢＡ機[B]がメフラバード空港に着陸すると、ジューバはタクシーで四つ星ホテルに向かった。

先を急ぎ、イラン・アセマン航空が日に一便だけ運航している国内便をつかまえて、サナンダジへ飛ぶこともできたが、そのやりかたは選ばなかった。研究所に着くには、サナンダジからさらに西へ車で長い移動をしなくてはならないので、到着したころには疲れきっていることになるだろう。それよりは、クルド人地域である現地に長居せずにすむという点を考えても、テヘランに一泊するようにしたほうがいい。クルド人はただでさえ危険な連中だし、その裏庭でなにが開発されているかを彼らが知ったら、危険はさらに増すだろう。

実験は、あすの午後におこなわれることになっている。今夜は、旅に同行させる三人を伴って、ディナーといこう。そして、あす、研究所に行き、実験を観察して、結論を出し、この国を離れる。二度と戻ってくることはないだろう。

ホワイトハウス

ブルネイ時間はワシントン時間より十三時間先行しているとあって、このときワシントンDCは真夜中で、合衆国大統領はホワイトハウスのベッドにもぐりこもうとしているところだった。その職にある者にとっては、毎日が長い一日だ。ようやく休めるようになったことを彼はよろこび、スタッフはそのよろこびを守るべくつとめていた。

国務長官ケネス・ウェアリングも、もちろんそのことがわかっていたが、在ブルネイの大使から急報が入ったとなれば、選択の余地はなかった。ウェアリングは大統領首席補佐官スティーヴ・ハンソンに電話を入れ、その二十分後には、三人が緊急会議のために大統領執務室《オーヴァル・オフィス》に顔をそろえることになった。

大統領が、ゆっくりとメッセージを読んでいく。紙片の端を両手で撫《な》でて、しわをのばしながら。なにも言わない。

スティーヴ・ハンソンは大統領とのつきあいは長く、自分の職務のひとつは、論題がなんであれ、腹蔵なく発言することだと心得ていた。ボスも、そうすることを望んでいる。

「ウェリング長官とわたしは、これは真正の書状であると考えています、大統領」

「サラディンという正体不明の人物からの、典型的な裏ルート通達です」とウェアリング。「ブルネイの警察がその時刻にホテルにいた全員に事情聴取をおこなって、だれが発送したかを突きとめようとしていますが、いまのところ、収穫はなしです」

首席補佐官ハンソンは論点を変えた。

「なぜオークションなのでしょう？　大破壊をもたらす秘密ということなら、コカコーラの処方《フォーミュラ》のように、自分が独占しておけばよいのでは？　あるいは、アルカイダなどの狂信者集団の求めに応じて、製造物を一単位ずつ売りつけるとか？」

大統領が、巨大な合衆国国璽《こくじ》が描かれた染みひとつない絨毯の上を歩いていき、暖炉の炉棚に肘をあずけた。

「生産率だね、スティーヴ。われわれがビジネスの世界で純益を得るにはどうするかを考えてみたまえ。ガレージに自前の製造装置を設置することもできるが、一度に少量を製造しているのでは真の成功は達成できない。それには大規模な製造工場が必要であり、それこそがまさに、われわれが最終的に到達したやりかたなんだ」

ハンソンが同意を示す。

「つまり、この狂った人物は、超致死的生物化学兵器の魔法の〝フォーミュラ〟を所有していると主張してはいるが、実際には限定した量しか撒《ま》き散らすことはできないということですね。もしその男がどこかの国、たとえば北朝鮮やイランに〝フォーミュラ〟を売りつけたとすれば、その国は大量に製造して、どこにでも撒き散らせることになる」

「恐ろしい想像だ」とウェアリング国務長官が言い、目を閉じて、まぶたをこする。「つぎに打つべき手は？」

ハンソンもそれについて考えていた。

「標準的方策は、全閣僚を緊急会議に招集し、軍とＣＩＡに行動を開始させることだろう」

大統領がまじまじと彼を見つめた。

「きみは、その方策を採るべきではないと考えている？　これほど重大な事柄を内々で処理したことはかつてないぞ」

国務長官が腕を組んで、言う。

「その男がいくつもの相手に競りを持ちかけているとすれば、長く秘密を保持しておくのは不可能でしょう」

ハンソンは気を高ぶらせた。

「秘密はすでに外に出ているんだ、国務長官。だが、火に油を注ぐようなことをしてはならない。当面、大統領は背後にとどまり、プレスの質問はすべて国務長官であるきみに向けられるようにしておくのがいい。きみの声明は、未知の新たなテロリストがなにかを要求してきたことは聞きおよんでいるが、われわれはまだ直接の接触はしていないという方向で出すのがよかろう。われわれはすべてのテロリストの脅迫を真摯《しんし》に受けとめはしても、わが国の治安維持能力はいかなる新たな挑戦にも対処できるとの確信は揺るぎのないものであり、今後も、この国を守るのに必要なあらゆる方策を講じると、再度、確約するんだ」

ふたりが話しあっているあいだ、大統領は、かつて世界最大のエレクトロニクス・アンド・コンピュータ・カンパニーの経営にあたっていたときと同様、情報の分析に専念していた。

ようやく、彼が口を開く。

「思うに、このサラディンなる人物は、ひとつ過ちを犯した。このオークションに応じる期限が示されていない。入札に応じる可能性のある国や集団が、行動方針を定めるのに時間を必要とするだろうということがわかっていたからだ」

国務長官が口をさしはさむ。

「たしかに。しかし、この猶予期間のあいだに、われわれはなにをすべきなのでしょう？」

「この男を見つけだし、殺し、葬る」スティーヴ・ハンソンは、五フィート六インチしかない短身を精いっぱい直立させて、両手をポケットにつっこんだ。

「国家元首を暗殺するわけにはいかない」ウェアリングが怒りをあらわにした。

「この男は国家元首じゃない、ケン！」ハンソンは言った。「こいつはテロリストであり、すでにロンドンに攻撃をかけ、こんどはわれわれに狙いをつけているんだ！　なんにせよ、やつをつかまえようとするのはわれわれだけとはならないだろう。アルカイダが、そしてその他の大きなテロ集団が、その〝フォーミュラ〟をただでせしめようと動きだす。彼らは、サラディンのような脇役に実権を奪いとられるのをよしとはしない」

大統領が手をふって、議論を中断させる。

「そこまでだ。気を静めろ、スティーヴ。国務長官が正しい。アメリカ合衆国はだれをも暗殺はしない。わたしは二階にあがって、ひげ剃《そ》りと着替えをしてくるから、きみたちはそのあいだに行動を開始してくれ。一時間後に国家安全保障会議《NSC》にブリーフィングがおこなえるようにしてもらいたい」彼は国務長官と握手をし、悪い知らせを持ちこんでくれたことに対して礼を言った。

そのあと、ウェアリングがオーヴァル・オフィスを出ていくなり、大統領は首席補佐官に向きなおった。

「ただちにミドルトン将軍をここに呼び寄せてくれ、スティーヴ。遠からず、カイル・スワンソンを必要とする事態が訪れるだろう」

イラク
ババリア駐屯地

トラヴィス・ヒューズとジョー・ティップを伴って特殊作戦のブリーフィング・ルームに入ったとき、デラーラ・タブリジの顔に驚きの色が浮かんだのを見て、カイルは思わず顔をほころばせてしまった。彼らはここに来る前に着替えをすませていて、いまはアメリカ軍の兵士ではなく、イランの農民のように見えるのだ。だぶだぶのズボン、長いチュニック、頭部を覆《おお》う布切れ。全員が、ぶあつい羊革のコートを携えていた。

「新たな情報をもたらしてくれてありがとう、ミス・タブリジ。しかし、きみが実際にわれわれといっしょに侵入する必要はないんだ。というより、ここに残ってもらったほうがいいだろう」

彼女がじっと見つめてくる。

「いいえ。わたしは行かなくてはいけない」

「きみの弟は、もしそこにいるものなら、われわれが見つけだして、連れ帰るよ」

「あなたがたはあの国のことをよく知らないのよ」と彼女が言って、壁にぶらさげられた地図のほうへ歩いていく。指をひろげた手を、赤い線で囲まれたエリアにあてた。「ここが、わたしの村、カムヴェーで、わたしは子どものころから、羊や山羊《やぎ》の世話をして、ここの山地を歩きまわってた。イランのひとびとが拷問されたり殺されたりしている、このもうひとつのおぞましい施設のおおよその位置はわかってるし、そこへたどり着くための経路もわかってるの」

「危険なことになるぞ」

彼女は肩をすくめた。

「わたしたちには、毎日の暮らしが危険なの。いっしょに行くわ」

「じゃあ、ついてこられるようにがんばってくれ」

見くだしたような言いかたをされて、デラーラが気色ばんだ。

黒い目に決意の光を浮かべて、彼女が見あげてくる。頭部を覆うエメラルドグリーンのスカーフの下から、黒いほつれ髪がいく筋か、顔に垂れかかっていた。美しい女性だ、とカイルはあらためて思った。歳のころは三十前、身長は五フィート五インチほどしかなく、体重は百十五ポンドにも達しないだろうが、男たちと宗教警察によって統治される国で懸命に生きぬいてきたことによって磨きあげられた自負心が、全身にみなぎっていた。

この前年、彼女は、授業をおこなうときはイスラムの女性にふさわしい身なりを心がけるようにと宗教警察から警告を受けていた。同世代の女性の多数がそうであるように、彼女もいまなお、肩から足首まですっぽりと隠すシャルワール・カミーズ（シャルワールはパジャマのようなゆったりとしたズボン、カミーズはゆったりとしたシャツまたはチュニック）を着用するようにという規則に従おうとはしていなかった。いま着ているコートは、くすんだベージュ色で、着丈は膝までしかなく、やはりゆったりはしていて、袖丈は手首のところまであったが、それなりに身にフィットしていた。だぶっとしたパンタロン風のズボンではなく、ジーンズを穿《は》き、色褪《いろあ》せたTシャツを着ている。

「あと必要なのは、丈夫なブーツだけ。それがもらえたら、いつでも出発できるわ。マカロフかなにか、小さな拳銃を一挺、いただけるかしら。またわたしの救出をしなくてもいいように」彼女が言った。

「いいんじゃないか」シェイクとデラーラのやりあいをおもしろがって見ていたトラヴィス・ヒューズが、笑いながら言った。「撃ちかたは知ってるんだな？」

「わたしは山育ちよ。山の民は、家畜の群れを守るために銃の撃ちかたを憶えなきゃいけないの」

「銃が撃てる女の子とはね。クールだ」ダレン・ロールズがカイルのかたわらにやってきて、言った。「ガニー、おれもいっしょに行きたくなったぜ」

「おまえはだめだ。肌が黒い。そうだろう？　あそこの山地に黒人はいないんだ」ジョー・ティップが言った。

「くそ」とダレン。

「あんたとダレンは兵器庫に行って、必要な武器一式をそろえてくれ。ことによると、武器の使用を強いられるはめになるかもしれないから、アメリカ製だとわかる空薬莢《からやっきょう》を残さないようにしておきたい。おれはAK-47と、ドラグノフ・スナイパー・ライフルを持っていく。RPK軽機関銃と、携帯式対戦車榴弾発射器《RPG》も用意してくれ。それと、大量の爆薬、水、双眼鏡、そして三日分の糧食を。トラヴィス、ミス・タブリジがなにかの装備をほしいと言ったら、なんでも用意してやってくれ。おれは、ニューマン大尉と最終協議をして、兵站《ロジスティクス》のチェックをしておく。三十分後、ヘリ・パッドで落ちあおう。夜が明ける前に、なんとしても予定の地点に到着しておかなくてはいけない」

バグダッドの街の灯りが数条、そのはるか南へとつづく雲層の底面を照らしていて、そんな夜の闇のなかをペイヴロウに乗って飛んでいると、一マイルを行くのに永遠の時間がかかっているようにカイルには感じられた。陽が昇ってくるまでに良好な場所を発見できなければ、とりあえずはどこかに身をひそめて、昼間はずっと待機せざるをえなくなるだろう。だが、なにもせずに、十二時間をむだに費やすわけにはいかなかった。第一の研究所は完全に破壊されていたのだから、第二の研究所は、同じ運命をたどってしまう前に発見しておきたい。時間が切迫しているという感触があった。開発計画を推進しているのがだれであれ、そいつは痕跡を完全に消し去ろうとしていて、ロンドンでのテロ攻撃をもって、計画は最終的な仕上げの段階に至ったのだろう。いらだちと戦いながら、彼は騒々しいペイヴロウ・ヘリコプターのシートに身をおさめていた。このヘリをもっと速く飛ばすことができたら。

耳のなかで、無線のつながるブツッという音がした。

「バウンティ・ハンターへ、バウンティ・ハンターへ、こちらスライダー・ベース。応答を求める」シベールの声だ！

「スライダー・ベースへ、こちらバウンティ・ハンター」

彼女の声にはプロフェッショナルらしいきびきびした感じがあって、心地よかった。

「〈トライデント〉の出番となったことを確認。これはあなたの任務よ」

すばらしい！　イランへの再侵入という場あたり的特殊作戦が、バハリアにシベール・サマーズが到着して指揮を引き継ぐまで、リック・ニューマンが頑強にもちこたえてくれたおかげで、みごとに正規の任務となったのだ。これまでは、自分のもくろんでいることをどこやらの大佐が突きとめて、任務の遂行を中止させる命令を出すとか、もっとまずいことに、任務にちょっかいを出してくるとかのおそれがあったのだが、もうそんな心配をする必要はない。いまからは、自分がシベールに報告し、彼女がミドルトンに報告し、彼が合衆国大統領に報告するだけでいい。ことがすっきりした。

「スライダー・ベースへ、〈トライデント〉の件、ラジャー。交信終了《アウト》」

詳しい説明は不要だった。支援のための諸要素はすべて、ニューマン大尉とシベールのふたりが用意してくれるだろうし、手元にないものは大至急、取り寄せることができるはずだ。最善の攻撃はいまなお完全な隠密性に懸かってはいるが、いざという場合にこのヘリコプターの撤収を掩護するために、海兵隊のハリアー・ジャンプジェットが二機、コブラ・ガンシップの数機とともに、いつでも飛び立てるように国境の近辺に待機していることがわかったのは、心強いことだった。

イラン北西部を走るザグロス山脈は天然の要害であり、その尾根や峰々を越えていこうとする者の気持ちを萎《な》えさせる。その荒涼とした大地のひろがりに足を踏み入れるのは、確固とした目的を持つ者のみであり、人口密集地はほとんどない。そこは周囲から孤立しているのに加え、イラン革命防衛隊のパトロール隊がうろつきまわり、パトロール隊は、重要な場所ということで政府が部外者立入禁止に指定しているそのエリアを凶暴なまでの非情さで守っている。そのエリアに迷いこんだ者は、二度と姿を目撃されることはない。

だが、その山脈は、不規則きわまる地形の土地をイラン軍が完全に統制するのは不可能とあって、ひそかな侵入者にとっては逆に利点となる。道路はしだいに狭まって山道と化し、通信は困難になり、村人たちは無愛想を通りこして敵対的で、武力で威圧されないかぎり、政府の言うことをきかない。山脈はまた、パトロール隊を待ち伏せして、その装備品を略奪する、小規模な山賊たちの根城でもある。その結果、イラン軍部隊は、夜間はそこに点在する小さな基地のなかに閉じこもってしまうのだ。

基地への物資補給は軍が常時かかえている問題というわけで、カンヴェーの村人たちは、夜中に一機のヘリコプターがつかのまの騒音を残して飛びすぎていっても、ろくに注意をはらわなかった。このエリアには、基地の兵士たちに物資を輸送するヘリコプターが低空で飛来することがよくあるのだ。もっとも、村の農民たちはいまでも、ゆっくりでも信頼のおけるラバで荷物を運ぶほうを好む。ラバは、どこへ行くかを定めるのに、レーダーを必要とはしないからだ。

ペイヴロウは高速で飛行し、起伏する大地に接近して、予定された着陸ゾーンの上空に到に到達した。そこは、生物化学兵器の開発施設と目される地点《サイト》とカンヴェー村のどちらからも三キロメートルほど離れた中間地点にあたる、地面がむきだしになった丘の頂だった。ヘリがほんの短時間、停止し、三名の海兵隊員とデラーラ・タブリジが、左右のドアからふたりひと組になって飛びおりるあいだだけホヴァリングしたのち、すぐに方向を転換して、そのエリアを離れ、衛星マッピング・システムに無害な経路を選ばせながら、高速で国境を越え、イラク側へひきかえしていく。そこに燃料補給機が待ち受けていて、補給を受けたヘリはのんびりとバハリアへ帰投する。特殊作戦に従事するヘリのクルーは、そこでようやく楽に息がつけるようになるのだ。

地面に降り立った者は、全員がその場にうずくまり、近辺のエリアになんらかの脅威があるかどうかを確認するために一分ほど待機してから、トラヴィス・ヒューズを先頭に、高木限界に沿って北へ進みはじめた。カイル・スワンソンがその後ろにつづき、そのあとをデラーラとジョー・ティップが追う。やがて、木立のなかに入りこむと、彼らは足をとめて、方位の確認に取りかかり、カイルはビニール張りの地図を開いた。彼が赤いレンズのはまったフラッシュライトをウェブギアから抜きだしたとき、腕にだれかが軽く手を触れたのがわかった。

「この場所には憶えがあるわ」小声でデラーラが言った。「左のほうに浅い小川があって、右手には草地がひろがってる。木立に隠れて進んだら、草地は迂回できるけど、その先にある道路を横断しなくてはいけない」

たやすいことだろう、とカイルは思ったが、それでもトラヴィスを指さして、彼に地形をチェックさせることにした。トラヴィスは音もなく木立のなかを行き来して、五分後にはひきかえしてきた。彼が無言でうなずき、月明かりに照らされた静かな草地のはずれへ三人を導いていく。草丈から判断するに、そこは牧草地であり、夜間とあって家畜の群れは村に連れもどされていたが、湿気《しけ》た羊毛のにおいと羊たちの排泄物《はいせつぶつ》の悪臭がいまもあたりに漂っていた。どうやら、この女性の方向感覚は半端ではないらしい。

丘をくだっていくと、下方がよく見渡せる地点に行き着き、そのあと、細い道路がもっとも高くなっている箇所にたどり着いたところで、彼らはふたたび足をとめた。トラヴィスとジョーが左右ふた手に分かれ、土の道路に沿ってつづく岩だらけの窪《くぼ》みを這っていく。暗視ゴーグルを装着した偵察員ふたりは、やはり音も姿もなくひきかえしてきた。彼らはそろって前進を再開した。

「半キロほどは、この道路に沿って北へ進めるけど、そのあとは道路を横断して、また谷底を進まなくてはいけなくなるわ」デラーラが言った。

その声は、興奮の気配をにじませてはいても、平静だった。少女時代から歩きまわっていた、このごつごつした土地を、確信を持って案内しているのだ。こういう土地は十年や二十年で大きく地形を変えることはないから、彼女は岩の露頭や鋭角的な大地の屈曲部を再確認し、そのなじみのある道しるべを縫《ぬ》ってつづく道を見つけだして、自信たっぷりに前方を指さしてみせた。

デラーラの的確な道案内があっても、カイルは速足での前進はさせず、失敗をしでかすことのないよう、全員を一定のペースで歩かせた。スピードと同様、安全も重要なことなのだ。だが、彼女の見つけだしたルートは、ときおり夜行動物の立てる物音が聞こえた以外は、なんの障害にも出くわさなかった。なにごともなく谷底にたどり着いたところで、彼らは息を継いで、水を飲み、つぎの山越えに取りかかった。

上りは下りよりきついものだが、時の経過とともに闇の様相が変じてきたのを察知したトラヴィス・ヒューズは、容赦のないペースを設定した。途中、彼が背後に目をやると、ほかの三人は、デラーラが民間人の教師で、体調を最高に維持するための訓練を受けた戦士ではないために、その登坂ペースについてくることができず、三十メートルほど後方にいることに気がついた。デラーラ以外の三名は、もっとも遅いメンバーである彼女にスピードを合わせるしかない。トラヴィスはこぶしを握った右手を掲げ、あとの三人が足をとめると、そちらへ斜面をくだっていった。

「おれにどうしてほしい、シェイク？」彼が尋ねた。

「そのペースを保って、先を急いでくれ。尾根筋にのぼり、もし必要となった場合は身を隠せるように、潜伏場所を見つけておいてくれ」

小柄だが精力的なトラヴィスが身を転じ、山登りスプリント競争をするつもりなのかと思えるような駆け足になって、強力な両脚をピストンのように動かしつつ、音を立てずに茂みのなかをすり抜けていく。

カイルとデラーラ、そしてジョー・ディップは、距離を置いてあとにつづき、しっかりとした足がかりを見つけてブーツで踏みしめ、植物の根や岩をつかんで、息を切らしながら、谷間の斜面に生えている密な下生えのなかを抜けていった。デラーラは、胸が苦しくなり、酷使された筋肉が痛みを訴えてきても、休ませてほしいとは言わなかった。一度、彼女が足をとめると、その背中をジョーのでかい手がぐいと押して、「のぼれ、こら！」とささやきかけてきた。彼女はのぼった。

トラヴィスが尾根の少し手前にあたる地点に達してから十分後、ほかの三人がそのかたわらに這いのぼってきて、あえぎながら大きく息を継いだ。

「あそこが絶好の地点だ」とトラヴィスが言って、尾根のあたりを指さす。

五十メートルほど先に、密生した木々と下生えのなかから、ひとかたまりの岩が突きだしている場所があった。彼らは、朝日が空を明るい灰色に染める前にそこにたどり着いて、昼間はずっと身を隠しておけるようにするために、懸命に這い進んだ。そこに着くと、デラーラがあおむけに身を転がし、深呼吸をくりかえして、疲労と戦った。

カイルは双眼鏡を取りだし、尾根へ這っていって、向こう側を見おろした。

「おう、なんと」

眼下に目当ての研究所があり、そこに並んでいる小さな有刺鉄線の檻《おり》のなかに、怯《おび》えたようすのひとびとがいくつかのグループに分けて収容されていたのだ。

ジューバはロシア製のUAZ-469ジープを運転して、山道に設置された軍の検問所へと進んでいき、道路を封鎖して、一二・七七ミリ機関銃を来訪者のほうへ向けているラクシュ装甲兵員輸送車と安全な距離をとって、ゆっくりと車を停止させた。すぐ背後で、もう一台のジープが停止し、総勢四名の男たちが両手を高くあげた格好で、ジープを降りた。

「われわれの来訪は通達されているはずだ」ジューバは若い軍曹にそう告げて、身分証明書《ID》を手渡した。

軍曹がIDを持って監視小屋にひきかえし、二マイル先にある施設と無線で連絡をとる。許可が出ると、彼は大きなラクシュを道路から出して、書類をジューバに返し、ぴしっと敬礼を送った。ほかの警備兵たちが気をつけの姿勢をとり、まもなくUAZ-469は道路の先へと進みはじめた。

「出るときもまた、あの連中にわずらわされるはめになるのかい?」ジューバのかたわら、助手席にすわっている大男が問いかけた。

ジューバは笑って、首をふった。

「いや。イランの連中は、入れるときだけチェックすれば統制できるという、誤った考えかたをしてるからな。彼らは受け入れ役兼スポンサーとしては秀逸だが、そろそろおさらばすべき時期に来ている。われわれが出るときは、あの研究所に置いてある小型ヘリコプターを使えばいいんだ」

二台のジープに積んでいる特殊な装置が、この研究所の職員や研究員たちに疑惑の目で見られるおそれがあったので、ヘリコプターに乗ってくるわけにはいかなかったのだ。ジューバに同行した三人の男たちは全員が、もとは旧ソ連軍の屈強な兵士で、いまは傭兵をしている。そんな男たちにとっても、これは危険な仕事ではあった。

「だまされたと知ったら、ＭＯＩＳが激怒するだろうぜ」男が言った。

ＭＯＩＳと略称されるイラン情報治安省は、きわめて悪名高く、冷酷非情であり、そこに選抜された工作員たちは、殺人や拷問を実行して能力を証明しなければ昇進することはできない。秘密警察にとって国境などはなんの意味もないし、高給取りの傭兵たちはみな、ＭＯＩＳはどこまでも追ってくることを認識しているのだ。

「そっちはとうに手配ずみでね。大臣を買収したんだ」

ジューバが最後のカーブをまわりこんだとき、前方に建物が見えた。その手前に並んでいる高い檻の前を通りかかると、それぞれに、苦悩の表情を浮かべた男女が三名ずつ収容されていたのがわかった。そこの大地に建っているのは小さな管理オフィスのみで、そこから白衣姿の男がひとり出てきて、ジープを迎えた。

「当面、武器と装置は車のなかに残しておけ。いつ持ちだすかは、あとで知らせる」ジューバは車を降り、研究所の所長のほうへ歩いていき、握手をした。

12

ジョー・ティップとトラヴィス・ヒューズが並んで寝そべり、下方の研究サイトと建物のさまざまな地点を調べて、レンジ・カードに記入していた。ジョーがMLR‐40携帯レーザー・レンジファインダーの焦点を特定の地点に合わせて、そのデジタル指標を知らせ、トラヴィスがその数字をカードに書きとめていく。そのレンジファインダーは、ベルギーのOIPセンサーシステムの製造になるもので、世界各国の軍隊が使用している。カイルは、愛用のスナイパー・ライフルに組みこまれているコンピュータ制御のレンジファインダーと比較すれば、それは〝前世紀の恐竜〟みたいなものだと考えていたが、そのライフル、エクスカリバーはこの任務には携行していなかった。

この秘密サイトは、裏手と両側面に、中国製のセンティネル動体検知器《モーション・ディテクター》がずらりと設置されていて、だれであれ探知されずに忍び寄ることはできない。そして、その近辺の安全な場所に小さなボックスが置かれ、それの小型指向性アンテナがサイトのほうへ向けられていた。それは、話し声や電子的通信データを二十チャンネルで記録する、スイス製のグラバーV401盗聴装置だ。それは、下のサイトで交わされることばを十四時間にわたって聴取録音し、のちに分析が必要となった場合に備えて、小さなコンピュータ用ディスクにその記録が保存される。

デラー・タブリジが弟の姿を求めて、双眼鏡の向きを檻《おり》から檻へと移動させ、なかに収容されているひとびとを見ていた。これまでのところ、弟と判断できる人間はいないようだった。

カイルは尾根のこちら側で、木に背中をあずけ、前に地図をひろげてすわりこみ、暗号化電話を使って、バハリア駐屯地のシベール・サマーズと交信をおこなっていた。

「このサイトは動きが活発だ。まもなく、なにかが始まるらしい。二、三分前、四人の男たちが二台のロシア製ジープに分乗してやってきて、白衣姿の男がそいつらを案内してまわってる」

「建物に近づける？」

「むりだ。われわれは七百メートルほど離れた丘の上に良好な場所を見つけて、身をひそめているが、サイトの周囲は広い空き地になっていて、そこにかつて生えていた植物は、第一のサイトで目にしたのと同じように変色して枯死している。昼日なかに探知されずに接近するには、通りぬけなくてはならない距離が長すぎるし、あそこにどれほどの人数がいるのかもわからない。あのエリア内には、赤外線動作検知器《IRG》も設置されている」

「お連れのぐあいはどう？」

「よく、もちこたえてる。もし彼女があの下に弟の姿を発見しても、ひどく取り乱したり、ばかな行動に出たりしないように、全員で監視している」

「オーケイ。必要になったら、いつでも連絡を入れて。スライダー・ベース、アウト」

交信を終了するなり、トラヴィスがそばにやってきた。

「あの上に来てくれ、シェイク。白衣の野郎がこちらを指さしてるんだ」


「風は通常、北の方角、あの高い地点から吹きおろして、谷間を通りぬけていく」アリ・カーザヒー所長が、この研究所がある平地につづく丘陵地のほうへ手をふりながら、説明した。「きょうの天気予報は理想的で、午後には雨が降ってくる。すでに風が吹きはじめているのが、きみにも感じられるだろう。この風はさらに強まって、あの方角から吹いてくるだろう。われわれの配した実験場所が風下側にあたるのは明らかだ」

ジューバは、天気予報に興味はなかった。

「これが最終実験？」彼は傭兵たちをジープに残して、所長に構内を案内させていた。

「そうと信じる」並んでいる檻のほうへ顎をしゃくって、カーザヒーが答えた。「動物実験では完全な結果が得られたので、きょうのこの実験はうまくいくだろうと強く確信している」

彼らは細部を話しあいながら、ぶらぶらと最初の檻のそばへ歩いていった。鉄格子が6×6インチ間隔で組みつけられた檻で、その全体に鉄条網が張りめぐらされている。三名の男が収容されていて、全員が衰弱し、この日になにが起こるのだろうと恐怖に震えていた。ふたりは反体制派の取り締まりによって検挙された男たちで、もうひとりはありふれた犯罪者だが、いまとなっては、どちらでも同じことだ。彼らはみな、自分たちが人間というカテゴリーからはずされて、使い捨ての実験用ラットにされたことを知っていて、カーザヒー所長がジューバに説明する声に、戦慄しながら耳を澄ましていた。

「この地点では、五分以内の致死率が百パーセントになるだろう。まず、ひやっとした感触が来ると同時に、彼らの毛穴に液体が浸透して、呼吸器系を攻撃し、窒息状態に追いこむ。

彼らが肌についた液体をぬぐおうとすると、それが未汚染エリアへひろがっていく。その効果は不可逆性で、激しい苦痛を伴う。検死の結果は、酸素供給が停止したことによる主要臓器の著しい損傷を示していた」

ジューバは、恐怖に襲われた三組の黒い目をのぞきこんだ。怯《おび》えを表わしているのはたしかでも、まだ反抗的な光を宿していた。強情な連中だが、もはや、そんなことは問題ではない。

また五十メートルほど歩いて、第二の檻の前に来ると、こんどは、そのなかに収容されている被験者たちは、成人の男がひとり、十代の少年がひとり、そして長い灰色髪の中年女がひとりとわかった。ジューバの記憶をくすぐるものがあった。政府を痛烈に批判していた、有名な女性作家。顔を確認しただけで、彼はその女を無視した。

「このグループは、最初のグループと同様の反応を示すだろう。完璧な結果が出るものと期待される」

「彼らもまた、数分以内に全員が死ぬ？」

「そうだ」

所長は、その先にやはり五十メートル間隔で並んでいたふたつの檻に関しても、同じ予測を語った。彼らはやがて、最初の檻から二百メートル離れた場所に置かれている、最後の檻に近づいていった。

「ここで、状況は急変する。きょうのようなそよ風程度なら、最後の檻の被験者たちは長い時間、生きつづけるであろうし、適切な医療処置を施せば完全に回復するだろう」

そのことばを聞いて、ジューバは気をよくした。

「それは、カーザヒー所長、好ましい予測だね。実験を開始して、ここに投入した資金に見合う成果が出るかどうか、たしかめてみるとしよう」

彼らがジープのところにひきかえすと、科学者たちが測定装置と、酸素ボンベほどのサイズの金属容器をそろえて待機していた。全員がハズマット・スーツを着用している。そこは風上にあたっていたが、死をもたらす悪霊《ジーニー》がいま解き放たれるとあって、だれもがほんのわずかな危険をも避けようとしていたのだ。

「あそこに弟が！　マームードの姿が見える！」デラーラ・タブリジがカイルの腕を握りしめた。「あの二番めの檻のなかに、灰色の髪の女性といっしょに。彼は生きてた」

カイルが自分の双眼鏡をそちらに向けて、有刺鉄線の内側にいる三人を見つめた。

「いま、あそこに行くのは不可能だ」彼は言った。「待つしかない」

「わたしがひとりで行けばいい。女ひとりなら、やつらは疑わないでしょうし、そのあいだに、あなたたちがここからやつらの全員を射殺して、航空機を呼び寄せてくれたらいいんじゃない」

彼女は立ちあがろうとし、カイルは力をこめて、身を伏せさせた。

「よく聞け！　この任務の指揮官はおれで、きみはただの乗客なんだ。おれがこうしろと言わないかぎり、きみはなにも、なにひとつ、してはならない。わかったな？　そのことは、ヘリコプターに乗りこむ前に、疑問の余地なくはっきりさせておいたはずだ」

その目つきは猛々《たけだけ》しく、ささやき声の命令には激烈な怒りがこめられていた。

「弟が殺されるのをじっと待ってるなんてことはできない！」

「任務がぶち壊しになることをさせるわけにはいかないんだ、ミス・タブリジ」彼は警告した。「われわれの仕事は、あの建物のなかでなにがおこなわれ、やつらがなにをしようとしているのか突きとめることだ。可能ならばあの少年を救うが、いまこのときは、全員が待機をつづける。トラヴィス、もし彼女がどこかへ行こうとしたら、力づくで押さえこんでくれ」

カイルは眼下の光景に目を戻した。やはり、いまは監視をつづける以外、打つ手はなかった。そのとき、下方にいる男たちが生物化学兵器防護服を身に着けはじめたので、彼は背後をふりむいて、小声で指示した。

「全員、MOPPスーツを着用。すぐにだ」

監視者の四人が全員、尾根筋から少し下へ滑りおり、急いで防護服の着用に取りかかる。かさばるMOPPスーツを着こむのにデラーラが手を焼いたので、トラヴィスが力を貸した。いちばん小さいサイズのスーツでも彼女には大きすぎて、だぶだぶだった。

カイルはそれどころではなかった。作戦を立てる必要があった。なにかの作戦を。


マームード・タブリジは、自分がきょう死ぬことになるのを悟っていた。テヘランに別の形態の政府を樹立し、警察国家の方策を緩和し、ムッラーたちの教えに強い疑問を呈するという、政権転覆につながる議論を友人たちと共有することに目覚めてからは、じつのところ、どのみちそんなに長生きはできないだろうと覚悟はしていた。そういう議論は国家への反逆であって、そのことは彼自身も認識していたが、気にはとめず、やがて、革命が論じられる各所でよく知られる男となっていった。そして、十七歳の誕生日まであと三週たらずとなったいま、有刺鉄線で囲われた鉄格子檻に閉じこめられて、地面にすわりこんでいるのだった。こうなったいまも、自分の貢献はたいしたものではなかったにしても、イランの次世代の学生たちに多少の変化はもたらしたにちがいないと信じて。

マームードは、自分をのぞけば家族のなかの唯一の生き残りである姉、デラーラのことを思い、アラーが彼女に大いなる祝福を与えてくれるようにと祈った。女は男より下位であるという教義はナンセンスだと考えていたし、死んだら天国に行けるというおとぎ話を信じて生きるつもりもなかった。大事なのは、生きているあいだになにができるかなのだ。

十代の少年は手をのばし、同じ檻に収容されている女性の手をつかんだ。彼女は反体制活動に貢献した女性だから、いっしょに最期を迎えられるのは光栄だと感じた。いまはみすぼらしい身なりになって、ひどく衰弱してはいるが、彼女はかつて、文章を書くことで支配体制を揺るがしてきた。彼女の詩と物語は国境を越えて世界にひろがり、それを阻止できなかった政府が彼女を逮捕して、拷問したのだ。

「怖がらないで、おばさん」マームードは言った。「あのイヌどもがこれまであなたになにをし、いまからぼくたちになにをしようが、あなたは永遠にぼくたちの真の戦士でありつづけるでしょう」

女性が顔をあげ、うるんだ目で少年を見つめて、その手を握りしめる。

「自由を、若き友、マームード。さあ、自由を求めて、最後のひと呼吸になるまで、ともに叫びましょう」

白いハズマット・スーツを着た技術者が、四輪の全地形対応車《ATV》を、二個の大きな容器がストラップで固定されて積まれているカートを牽引して、最初の檻のところまで運転してきた。囚人たちの手がとどかないぎりぎりのところに車を停め、牽引してきたカートをはずす。二個の容器を正しい方角に向くように固定し、そのあと、弁が開放されたときに内部のガスを噴出させるノズルのぐあいを調整した。ひとつの容器が空《から》になったら、つぎの容器が致死性のガスを解き放つという段取りだ。最初の檻に閉じこめられている三人の男たちは、すでに恐怖を捨て去って、運命を甘受する覚悟を決め、防護服姿の男をにらんで、悪態をついていた。

技術者はヘルメットの内側に無線のヘッドセットをつけており、無線を通じて、準備が整ったことをカーザヒー所長に知らせた。建物内で制御コンソールに就いている男たちが、そちらの準備も整ったことを伝達する。ひと呼吸おいて、カーザヒーの落ち着いた声が命令を送った。

「実験を開始せよ」

ばかでかい警報の音が鳴り響き、それがすさまじいサイレンの音に変じて、谷間と山地を押し渡っていき、つぎのサイレンが鳴るまで、このエリアから離れておくようにとの警告をイランの兵士たちに通達した。各所の検問所とパトロール隊に配されている兵士たちが、不安な目を見交わして、物陰へ駆けこんでいく。

技術者が、ノズルの上部にあるノブを反時計まわりに三度、完全に回転させ、ATVに飛び乗って、そのエリアから走り去った。小さなエンジンの騒音に混じって、ひとびとが叫び、呼びかけ、唱和する声がその耳に届いてくる。

苦悶の死を迎えつつある囚人たちが有刺鉄線の間近に立って、声をかぎりに唱和していた

――**自由を！**

噴出したガスが、目には見えず空中に漂い、休みなく噴きだす圧縮ガスに背後から押されて、ひろがっていく。風はわずかとあって、ガスは長く空中にとどまって、ひろがっていき、しばらくは高く昇ったが、やがて空気より重い各分子が化学反応による結合を始めて、液状の粒となり、重力にひっぱられて、アーチを描きつつ、ゆっくりと大地のほうへ戻ってきた。最初の檻にいる四人たちは、通り雨にあったときのように、冷たい飛沫《しぶき》が降りかかったような感触を覚えた。彼らは服を引きちぎり、布切れで口と鼻を覆《おお》って、目をつむったが、その飛沫は肌にへばりついて、結合し、無色透明のゲル（コロイド溶液が半固体あるいは固体の状態になったもの）となって、毛穴から肌に浸透していった。ふたりが、布切れを顔の前から動かして、肌についたゲル状の粘液をぬぐいとろうとしたが、それはへばりついて離れず、粘着状態を維持しながらひろがって、肌をさらに大きく覆っただけだった。もうひとりの男は、布切れで顔を隠したまま、ほかのふたりが激しく咳きこみはじめるようすを見つめていた。が、その男も、数百万もの小さな熱のドリルで肌をうがたれるような感触に、ついに耐えきれなくなった。そしてすぐ、大きな肉塊を飲みこんで喉を詰まらせたような感触を覚え、呼吸困難に陥った。

胸を引き裂くような最初の悲鳴があがり、そのあと立てつづけに、どれがだれのものともつかない悲鳴があがった。毒素が急速に血流に入って、心臓や肺や脳に達し、その檻にいる全員が苦悶にのたうちまわって、喉や胸をかきむしった。透明なゲル状粘液が口と鼻から侵入して、粘膜を膨張させ、破裂させる。彼らは空気を求めて、激しくあえいだが、はがれ落ちた粘膜組織に気道をふさがれて息が吸えず、その間にも、衰弱しつつある心臓が毒に冒された血液を全身に送りだしていた。空気が来ない、空気が来ない！　もはや、呼吸をするのは不可能だった。

噴出するガスが、透明な粒子の雲となってひろがりながら、移動していく。最初の檻の全員が地に倒れ伏す前に、マームードと女性作家は飛沫の最初の一滴が身に触れるのを感じて、自由を叫ぶのをやめていた。

「あれを深く吸って、おばさん！　たっぷりと吸いこめば、苦しむ時間を短くして、やつらに一矢報いることができるんだ」

少年はそう言って、口を大きく開き、顔をのけぞらせた。そして、舌の上でゲルが結合すると、ミルクのボウルをなめる子猫のようにぴちゃぴちゃやった。彼は咳きこみ、喉を詰まらせたが、それでも女性から手を離しはしなかった。

そのころには、最初の檻の三人はすべて、苦悶にのたうつ状態を過ぎて、肉体が抹殺される最終段階にさしかかっていた。それぞれの意識に最後に残ったものは、純粋な苦痛と、生きたまま食われているような感触だった。

ガスは移動し、見えない粒子の雲がひろがって、第三の、そして第四の檻に閉じこめられている三人を皆殺しにしていく。破壊された人体が檻のなかの地面に倒れこんで、うめき、のたうつさまを、ハズマット・スーツに身を包んだ男たちが冷静に、超然と観察していた。

「さて、ここが興味深い地点だ」カーザヒー所長が言った。

そのとき、二百メートルにわたって抹殺をおこなってきた粘着性のガス雲が、なにかの壁に行き当たったかのように、進行を停止した。最後の檻にいる三人は、確実な死をもたらすものが着々と迫り来るのを感じ、破滅的な最期が待ち受けているのを予期して、泣き叫んでいた。だが、十分が過ぎても、なにも起こらない。彼らはまだ息をしていた。まだ生きていた。

「すばらしい」カーザヒーが歓喜の声をあげた。「まったく非の打ちどころがない。毒物は、空気より重い粒子となって、設定された範囲内にとどまり、完全な致死性を発揮する。その効力は、二十四時間にわたって保持されるはずだ」

所長が、ハズマット・スーツを着用した所員の数名に身ぶりを送ると、彼らは前に進み出て、第四の檻のなかからひとつの死体をひっぱりだし、汚染されていない最後の檻のほうへ運んでいった。死体をその檻のなかに放りこみ、そのあと、最後の檻にいる三名の囚人たちを棍棒で殴り倒し、彼らの手と腕に、死体に付着しているゲルと粘液をなすりつけた。

「攻撃のあと、いわゆる第一対応者、警察と医療関係者が現場に出動する。毒ガスは消散したと見なされ、危険を感じさせる血だまりなどはまったくないので、彼らはおそらく手袋すら着用していないだろう。防護物を着けずに、こういう死体もしくはその着衣に触れた者は、ゲルを自分に付着させることになり、また、ほかのひとびとにもそれを付着させるだろう。設定範囲全体が、死の罠と化すのだ」

ジューバは感銘を受けていた。この兵器は、死をもたらす範囲を明確に限定し、長い時間、その状態を維持するように、分子設計がなされているから、風によって急速に効果を減じる

やってみればいいさ。トラックをアメリカの大都市のなかに走らせて、この毒ガスを空中に撒《ま》いてやったらどうなるだろう。ルートにした街路の、左右二百メートルの範囲にいる人間は全員が死ぬにちがいない。あるいはまた、大都市圏の上空に航空機を飛ばして、散布するという手もある。いずれにせよ、救助のために現場に入った第一対応者たちは、そこにとどまっている粘着性のゲルによって命を落とすことになり、なおかつ、病院や避難所へも被害をひろげるだろう。戦場においては、このガスは特定のキル・ゾーンに用いる標的限定型兵器となって、敵軍を壊滅させるが、自軍に被害をおよぼすことはない。科学者や軍の技術者たちは、もっとさまざまな使用法を夢想することだろう。

「では、完成したと。おめでとうと言わせてもらおう」彼は所長に言った。「これの痕跡は、どうやって抹消するつもりなんだ？」

「ここにあったものはすべて、焼却する。それが唯一の方法だ」

「では、その処理は所員たちに任せて、われわれはあんたのオフィスにひきとるとしよう。この成功を報告する必要があるんでね」

13

監視潜伏場所にいる四人は、檻《おり》に閉じこめられたひとびとの殺害を阻止する手立てはなにもないとあって、無力感に襲われ、戦慄しながら、実験の光景をながめていた。デラーラは、弟が倒れ伏すのを目撃したとき、両手で耳をふさぎ、防護服のぶあつい袖に顔をうずめてしまった。マームードがすさまじい苦痛のなかで死んでいこうとしているのに、彼女は助けてやることができないのだ。

カイルはあれこれと考えをめぐらせて、なにか作戦をひねりだそうとしていた。この任務は人質救出を目的としたものではないが、あの建物に突入して、地下のトンネル網のなかに入りこめば、そこにある文書類を押収できるだろう。その間にも実験は進行し、そのようすを観察しているうちに、あの致命的な兵器をその開発者たちに対して逆用するというアイデアが頭に浮かんだ。

彼はほかの面々を集め、いまからやるつもりでいることを説明した。全員に取りついた無力感を解消するための最高の解毒剤は、攻撃的な行動だ。カイルが、そしてジョーとトラヴィスが、ここから長距離射撃の奇襲をかけて、あの冷血なろくでなしどもを可能なかぎり多数、撃ち殺し、そのあと、やつらの研究成果を奪いとるのだ。

所員たちが平常の一日のような調子で仕事をしているせいで、研究所には切迫感はまったくなかった。実際、所員たちにとっては、そんなものだったのだろう。ATVを運転してきた男がハズマット・スーツ姿のまま、第一の檻のほうへ足を向け、弁を閉じて、ガスの噴出をとめる。そして、死体に目もくれず、カートをATVに取りつけなおし、細長い二個の容器をカートの定められた位置に置くと、建物のそばにある、フェンスで囲まれた狭いエリア、実験の前に容器にガスを満たした充塡場へ、ひきかえしていった。その前に、水のホースとバケツを手に待機していたほかの所員たちが、運転役の所員とATV、カートと二個の容器を洗浄した。

三名のチェチェン人傭兵たちは、ジープのそばにたむろして、煙草《たばこ》を吸いながら、ようすをうかがい、ジューバが合図を送ってくるのを待っていた。合図が出たら、武器をつかみあげ、科学者や助手たち、そして生き残りの囚人たちを皆殺しにする。そのあと、車に積んできた、爆薬と焼夷弾《しょういだん》の詰まった数個のボックスを要所要所に置いて、建物を破壊するのだ。まだ、ジューバは合図を送ってこない。彼らは待った。この屈強な三人の戦士が忠誠を示すのは大枚の報酬に対してのみであり、その半分はすでに支払われ、残りの半分は仕事をすませたときに支払われることになっていた。彼らにすれば、おおいに割りのいい取り引きだ。そこには、忙しく働いている男たちがいるだけで、途方もなく致命的な毒ガスをのぞけば、なんの脅威も存在しない。風が背後から吹いて、散布物の残りを吹きとばし、そのうえ、雨がぱらぱらと降りだしたということで、傭兵たちは上機嫌だった。

アリ・カーザヒー所長は自分のオフィスにいた。このサイトに何ヵ月ものあいだ出入りしてきたが、ようやくこれを最後にここを離れ、仕事を完了することができる。全世界に点在する多数の研究所がこのプロジェクトのさまざまな側面を研究してきたが、すべての側面をひとつにまとめて、研究を完成させたのは、カーザヒーとそのチームなのだ。

カーザヒーは、自分の持つ情報は非常に貴重なものではあっても、いったんこのプロジェクトが終結すれば、イラン政府が自分の有用性は失われたと見なすようになることを認識していた。なにより、テヘランの支配者たちはこのプロジェクトの部分的所有権を持っていると考えているから、おそらくは、このサイトを警備してきた兵士たちに命じて、チームを皆殺しにし、〝フォーミュラ〟の引き渡しを要求してくるだろう。いや、そうはならず、ジューバとそのボディガードたちが自分たちを守り、迅速にヨーロッパに、自分たち全員に新たな人生を用意することを約束したサラディンのもとに、航空機で送りこんでくれるはずだ。

所長は、研究結果がおさめられているノートPCをたたみ、詳細を記したノート類といっしょに黒いブリーフケースに詰めた。最後にもう一度、オフィスのなかを見まわして、すべての抽斗《ひきだし》とファイル・キャビネットのなかをチェックする。なんらかの証拠となるようなものは、なにも残っていなかった。廃棄したノートや実験結果の書類が床に散乱していて、このあと、それらにガソリンがふりまかれることになっていた。ありとあらゆるものが焼却されるのだ。

検問所にいる兵士たちは煙を見て、いぶかしむだろうが、カーザヒーがまだ実験終了のサイレンを鳴らしていないとあって、それが聞こえるまではこのエリアに入りこもうとしないだろう。彼はデスクからプライアを取りだし、警報機につながっている赤と黒と緑のカール・コードを切断した。これで、きょうは実験終了のサイレンが鳴ることはない。

実験で殺害したひとびとのことは眼中になく、科学者としての満足感だけがあった。所長はブリーフケースを手に取って、ドアへ足を向けた。


ジューバは通信室に入って、パリの番号に電話をかけていた。電話に出たのはサラディンだった。

「準備完了です」とジューバは伝えた。「今回の実験には感銘を受けました」

「すばらしい。そのブツはきみの手にあるのかね？」

「所長からもらった封筒に、完全なデータのディスクと、それをそっくりプリントアウトした書類が入っています。それをそちらへ持っていきましょう」

「バックアップ・コピーは？　カーザヒーがそのひと組を持っている？」

「そうであろうと思われます。このブツは貴重きわまりないので、彼の下で働いていた連中に託すわけにはいかないでしょう」

少し間をおいて、サラディンが言う。

「そこは盗聴のおそれがある場所なのか？」

「はい」とジューバは答えた。

「やはりな。そこのスタッフを処理したあと、バックアップのブツをまちがいなく破壊しておくように」

そのとき、カーザヒー所長が通信室に入ってくるのが見えたので、ジューバは彼に笑みを向けた。

「まもなく、全員が離脱します」ジューバはサラディンと話をつづけた。「はい、わかりました。あなたがそう言ったと、彼に伝えましょう」

電話を終えて、所長に声をかける。

「サラディンが、自分からも謝意を伝えておきたいとのことでね、所長。彼の言うには、パリでボーナスがあんたを待ってるだろうと」

この奇襲は、七百メートル離れた安全な高所から、攻撃を予期していない敵に対して圧倒的な銃撃を浴びせるという、完全に意表を衝《つ》いた作戦であり、ぞくぞくするような要素はなにもない。

「建物の内部に侵入できるよう、あのサイトにいる全員を射殺する。やつらが囚人たちになにをしでかしたかは、わかってるな」カイルは決意をこめた小声で、ほかの面々に告げた。

「死んで当然の連中だ。あのくそったれどもを皆殺しにしてやろう」

そのあと、彼は各ターゲットを図示して、発砲手順を説明した。

「おれがボディガードどもを仕留めるから、ジョーは、あのサイトで目にとまったターゲットを片っ端から撃つんだ。トラヴィス、あんたはあの容器の収納エリアにRPG弾を何発か撃ちこんでくれ。やつらが自分たちのつくった毒ガスを浴びたらどうするか、楽しみにしておこう。おれが一発めを撃ったら、全員が攻撃を開始するんだ」

カイルは、ロシア製のSVDドラグノフ・スナイパー・ライフルに関しては、実用的ではあっても、アメリカ軍の同等物の水準には達せず、愛用のエクスカリバーには遠くおよばない銃だと考えていた。それでも、合成樹脂の銃床は心地よく肩づけできたし、右手で握ったピストルグリップの感触もよかった。キャンヴァス地のスリングは古めかしいが、弾倉には十発のSVD七・六二ミリ×五四R弾を装填《そうてん》できる。ボルトアクションではないセミオートマティックで、全長はほぼ五十インチ、スコープは、過酷な環境においてもうまく作動する八倍四十二《8×42》ミリ径のPOSPスナイパー・スコープにアップグレードされていた。ヴェトナム戦争時代にさかのぼる旧式銃だが、この日、イランですることになった仕事に必要な能力は備えているだろう。彼は茂みのなかへゆっくりと銃身をさし入れて、最初のターゲットを探した。

この朝にやってきて、いまはこちらに顔を向けずにジープのボンネットにすわっているボディガードを、カイルは選択した。戦士としての訓練を受けた男のように見えるから、そいつは主要な脅威のひとつと考えていい。スナイパーにとって、背後から撃つのは、それが最後の数呼吸であることをターゲットに気づかせるおそれがないので、絶好の機会だ。カイルはすでにレンジ・カードをチェックしており、風のぐあいや、高い場所から撃った場合の弾道のずれといった、その他の要素の計算も頭のなかですませていた。男の首のすぐ下の部分に照準線《レティクル》を重ね、息を吐き、脈拍を落として、まっすぐに引き金を絞りこむと、ドラグノフが吠え、秒速二千七百フィートで飛翔する銃弾が、なにも勘づいていない男に命中した。

チェチェンの戦士が、でかいハンマーで背中をぶん殴られたかのように前方へつんのめり、驚きで目を見開いたまま、地面にうつぶせに倒れこむ。銃弾は脊椎《せきつい》を砕き、体内で炸裂して、内臓をずたずたにしたのち、体組織の大きなかたまりや血液を押しだしつつ、胸部から射出した。

カイルは銃口をめぐらせ、耳慣れた銃撃の音を聞きつけて身をひるがえした別のチェチェン人に狙いをつけた。急がず、冷静に、なめらかに。あの男はたんに反応しただけであって、どこへも行きはしない。体の中心部を狙って引き金を絞ると、ドラグノフがふたたび強力な銃弾を吐きだして、第二の男の胸部に食いこませた。被弾した男が一瞬、凍りつき、胸に受けた致命傷に手をあてがって、指のあいだから血を噴出させながら、地面に膝をつく。倒れこんだときには、男はすでに死んでいた。

カイルの右側にいるジョー・ティップがRPK軽機関銃の発砲を開始して、おおむねそのエリアを狙っての三点斉射をおこない、バイポッドにのせた長い銃身の先から――パパパン

――パパパンと――立てつづけに銃弾が撃ちだされていった。ジョーはその機関銃用のでかいバナナ弾倉を何個か手近に置いているので、すぐに再装塡をすませることができる。とはいっても、敵の頭をさげさせておくために、やみくもに撃っているわけではなかった。ジョーもまた熟練のスナイパーであって、じゅうぶんに時間を取って狙いをつけ、つぎつぎに敵を殺害していた。潜伏場所のなかに、無煙火薬、コルダイトの燃焼するにおいが立ちこめていく。

カイルの左側で、トラヴィス・ヒューズが膝撃ち姿勢をとって、RPG - 7ランチャーを肩にかついだ。榴弾《りゅうだん》が、バスッと大きな音を伴って、発射筒から発射される。榴弾は、飛行を安定させるための鋭利な四枚のフィンを突きだし、十メートルほど飛翔した時点で、みずから狙いを定めた。そして、灼熱した排気の尾を引いて飛んでいき、貯蔵エリアに落下すると、そこの金属に激突して、弾体に充塡されている高性能爆薬を炸裂させ、毒ガスを盛大に解き放った。

絶妙に調整された奇襲がぬかりなく遂行されているとあって、下方のサイトからの応射はまったくなかった。それどころか、まだだれも武器を手に取ってもいない。

カイルのかたわらで、双眼鏡を通して観察しているデラーラ・タブリジは、燃えたぎる怒りで顔を朱に染めつつ、その破壊の進行をながめていた。

「やつらを殺して」歯ぎしりしながら彼女が言った。「やつらを皆殺しにして！」

建物のなかで、ジューバが銃声を聞きつけ、その三秒後、RPG弾が炸裂して、コンクリートの建造物を揺るがし、床に溜まっていた砂埃《すなぼこり》やがらくたを宙に舞いあげた。攻撃を受けるというのはまったく予期せぬ事態であり、彼は自分の置かれた状況が一変したことを瞬時に悟った。

「なにが起こったんだ?」ドアへ歩きかけていたカーザヒー所長が、途中で足をとめて、ふりかえった。

ジューバはドアのそばに近寄り、戸口から外を見やってから、横手の窓ごしに、ようすをうかがった。男たちが隠れ場所を求めて駆けまわり、構内に煙がひろがり、うっすらとした靄《もや》のようなものが宙に立ち昇っていた。

「イラン軍がここを接収に来たのか、それとも反体制派の山賊どもが襲撃をかけてきたのか。いずれにせよ、われわれにとっては不都合な事態だ」

「ばか者どもが容器の貯蔵エリアを攻撃している! あのガスが充塡されたままの容器がいくつもあるというのに!」

所長がブリーフケースを放りだし、壁のフックにぶらさがっている新品の生物化学兵器防護服に手をのばしたとき、二発めのRPG弾が容器の貯蔵庫に落下して炸裂し、建物を揺り動かした。

毒ガス! パニックに陥ってしまいそうになったのを感じたジューバは、落ち着いて、まともに考え、行動できるようにしろと自分に言い聞かせた。防護服の完全な着用という、手間のかかる作業をしている時間はない。このまま、ここにつったっていれば命を落とすことになるだろう。外に出なくてはならない！

彼は一動作で、ヘッケラー＆コッホ九ミリ拳銃をベルト・ホルスターから抜きだして、カーザヒー所長の頭部に二発の銃弾をたたきこむと、床に落ちていたブリーフケースをつかみあげ、爆発した貯蔵エリアの反対側にあたる横手の壁の窓を突き破って、外へ飛びだした。顎を引き、肩を丸めた格好で地面に落ちて、転がると、とがった破片やガラス片が身を切り裂いてきた。これはイラン政府軍の攻撃ではない、と彼は思った。反政府派の仕業だ。ここを攻め落とし、その秘密を世界に暴露して、テヘランの政府は極悪非道であることを世界に知らしめようとしているのだ。

ジューバは立ちあがり、腰を曲げた姿勢をとると、見えないガスの雲より速く動けることを願いつつ、自分と攻撃者たちとの距離をとるために、小さな涸れ谷《ワジ》をめざして走りだした。涸《か》れ谷は風上側ではないが、風が自分の真後ろにではなく、右の頰に当たるようにしておけば、逃げのびられる可能性は増すだろう。水滴が腕と顔に落ちてくる感触があった。

そのとき、敵の銃撃のリズムに混じって、AK‐47をフルオートマティックで撃つ連続的な銃声が届いてきた。チェチェン人のひとりが応射し、攻撃者たちの注意を引きつけて、ジューバに少しでも距離を稼がせようとしているのだ。雇われのガンマンらしく、おのれの報酬を守るために、クライアントの脱出を掩護しているのだろう。その男が叫んだ。

「ジューバ！　ヘリコプターを始動させてくれ！」

ジューバは腰を曲げるのをやめて、完全に身を起こすと、古めかしいUH－1ヒューイ・ヘリコプターが駐機している平原をめざして、あえぎながら、必死に地面を蹴って、走っていった。水滴が肌を打ちつづけていた。ヘリのローターがゆるゆるとまわりだして、エンジンが咳きこんでいる。息が切れる寸前、彼はヘリにたどり着き、貨物室に飛び乗って、あおむけに転がり、ブリーフケースの把手《とって》を固く握りしめた。

「行け！」彼は叫んだ。「毒ガスが漏れだしているんだ」

かつての国王《シャー》パーレビが失脚する前に、アメリカが旧型のヒューイを多数、売りつけていたので、イランではこの種のヘリコプターはごくあたりまえに見かける。パイロットは、銃撃が始まる前に始業点検をすませていた。ヒューイはヴェトナム戦争で、銃撃を浴びても飛びつづけられることを証明していたから、流れ弾を気にすることはない。脅威は銃弾ではなく、コックピットの外まで迫っているかもしれない致死性ガスの透明な靄なのだ。

ジューバは大きなサイドドアを閉じ、乾いたタオルを見つけて、顔と腕と手をぬぐいながら、まっすぐ前方に目をやり、幅の広いフロントガラスをたたいている大きな水滴を見つめた。〝雨なのか、ガスなのか？〟。判断がつかなかった。

パイロットが緊急離陸に取りかかり、フルスロットルでヘリコプターを上昇させて、機体上部のブレードが生みだす強烈な下降気流《ダウンドラフト》で、迫り来る靄を吹きとばす。このゾーンから脱出しなくてはならない。尾部が持ちあがり、重い機首が地面に正対しそうなほどにさがったとき、着陸脚《スキッド》が大地を離れ、ヒューイは上昇を開始した。最初はゆっくりと、そして徐々に速度を増して、草地の上空を飛行し、炎上するサイトから急速に遠ざかっていく。離陸した平原にやってきた者はほかにはなかったので、パイロットはなにも気にしていなかった。

カイルは、三人めのボディガードがジープの背後に隠れて、AK‐47を乱射しはじめるのを目にとめた。どこを狙って撃てばいいかもわからず、とにかく襲撃者をかがませるか、少なくとも足をとめさせるかができればと思って、やみくもに弾をばらまいているのだろう。銃声に混じって、その男がジューバの名を呼ぶ声がはっきりと聞こえたが、だれに呼びかけているのかを分析しているような時間はなかった。カイルはその男の姿をスコープにとらえたが、引き金を絞りこむ前に、ターゲットの身になにかが起こったのが見えて、指をとめた。

チェチェン人は銃撃をやめただけでなく、銃を放りだして、自分の肌をたたいていた。その顔が驚きでゆがみ、ついで苦痛にゆがんだ。襲撃で解き放たれた毒ガスの粒子雲がそこまで忍び寄り、ボディガードはそれをこすりとろうとしているのだ。すぐに、男は呼吸でガスを吸いこむようになり、立ちあがって、どこかに隠れ場所を求めようとしたのか、息が詰まったように喉をつかんで、走りだした。ゲル化して肌にへばりついた致死性の粒子を洗い流すために、水のホースのところまでたどり着こうとしているのだろうと、カイルは推察した。

そうはいかないぜ、くそったれ。カイルはスコープの焦点を合わせ、男の動きを追って、発砲した。走っているボディガードの背中の下部、腎臓のすぐ下に銃弾が命中し、男が崩れ落ちて、大地を打つ。カイルは、致命傷を与えるのではなく、倒れこむだけにしてやりたかったのだ。スナイパーの観点からして、あのろくでなしを楽に死なせるわけにはいかない。男は這おうとしたが、すぐにあきらめ、ガスがその肺を満たすと、地面の上で身をよじった。横たわったまま、胸を大きく上下させ、顔を紫色に変じつつ、おのれの粘液で窒息していく。

「射撃停止、射撃停止」カイルは、ジョーとトラヴィスに呼びかけた。「ガスがやつらをとらえた。ケチな魔法がやつらの息の根をとめるのを見守るとしよう」

「撃って！」デラーラが強く言った。

「もう必要ない」とカイルは応じた。「やつらがきみの弟にやったことが、こんどはやつら自身に降りかかってるんだ。もし生き残ったやつがいれば、おれが殺す」

「ひとりがヘリコプターで脱出した」ジョー・ティップが指摘した。「仕留めようとしたんだが、そいつは身を低くして、すばやく動いていたんでね」

「そうだな。おれはヒューイを狙って一発撃ったが、このドラグノフには遠すぎた」ジューバか？　これは、妙にこみいった展開になりそうだ。

カイルは立ちあがった。容器貯蔵エリアでは炎が燃えさかっていたが、建物に火が移ってはいなかった。周辺に一ダースほどの人間が倒れていて、そのうちの三人は、毒に全身を冒されてのたうっていた。

「なにはともあれ、ここは無防備になった。少し待って、毒ガスが燃えつきるか、吹きとんでしまうかしたところで、あそこに入りこもう」

三十分がゆっくりと過ぎていくうちに、その一帯には不穏な静寂が訪れ、死に絶えた場所を自然がその手に取りもどそうとしているかのように感じられた。いつの日か、ここにもまたさまざまな生命が生まれてくるだろう。実験終了のサイレンが鳴っていないので、銃声や爆発音をいぶかしんで兵士たちがやってくるということはなかった。

ぱらぱらと降っていた雨が、徐々に本降りになってきた。雨が、毒ガスの残滓《ざんし》を洗い流してくれるだろう。

「弟を葬ってあげたい」デラーラが言った。

カイルは携帯口糧《MRE》を食べているところだった。

「それはできないだろう。死体はまだ汚染されているうえ、それがどういう毒物なのか、われわれにはわからないんだ。はっきり言って、きみは見ないほうがいいだろうし、ぜったいに触れてはいけない」

彼女が立ちあがる。

「わたしは気にしない。弟なのよ。あそこに放置するなんて、そんなことができるわけないでしょ」

「おれもいやでたまらないが、全員をあそこに放置しておくしかない。建物に何分か入りこむだけでも、ひどい危険を冒すことになるんだ」彼は半分残した口糧をバックパックにしまいこんだ。「いいか、ミス・タブリジ、あそこで製造されたしろものは、明らかに、史上もっとも危険な毒ガス兵器なんだ。あれはまぎれもない〝テロリストのカクテル〟であって、われわれにはその正体がわからない――サリンなのか、炭疽菌《たんそきん》なのか、なんなのか。われわれはそれが無慈悲にひとを殺す光景を目撃したし、悪党どもが実際にそれを持っているとなれば、いまや何千、何万もの生命が危機に瀕していることを意味する。きみの弟は、命を懸けてそういう狂人どもと戦ったんだから、きみがそいつらを打倒するためにできるかぎりのことをやってほしいと考えるんじゃないだろうか？」

デラーラが近寄ってくる。彼の言い分が正しいことは、彼女にもわかっていた。「でも、わたしの弟なのよ」そっと彼女がつぶやいた。

彼女はとても小さく見え、その目には涙があふれていた。カイルはそばに歩み寄り、両手で彼女を包みこんだ。

「わかってる。おれも悲しくてしょうがないんだ」

「ヘリが十分ぐらいでここに到着するぞ、シェイク。やることをやっちまおうぜ」トラヴィスはすでにMOPPスーツを着こんでいた。

「よし。ジョー、あんたはここに残って、RPKでわれわれの掩護にあたり、ヘリが到着したら、ミス・タブリジを連れて平原に向かってくれ。指定した着陸ゾーンに行くんだ」

「わたしはあなたといっしょに行きたい！」即座にデラーラが反応した。

「いや、ぜったいに来るな」とカイルは応じたが、戦闘指揮官の口調ではなく、やさしい声になっていた。「きみは、弟の本来の姿をいつまでも憶えておきたいだろう。あんな目にあわされた弟の姿を最後の記憶としてとどめたくはないはずだ。頼むから、デラーラ、ジョーといっしょにここに残ってくれ。トラヴィスとおれがすばやく捜索をやり、それがすんだら、全員がここを離れる。スピードが肝要だし、きみがいっしょに行くと、行動が遅くなって……われわれ全員を危機にさらすことになりかねないんだ」

彼は反論の時間を与えず、トラヴィスを伴って動きだした。デラーラがふたりを見送り、そのあと、双眼鏡でそのエリアを監視しているジョーのほうに顔を向けた。

「彼が正しい。捜索をすませて、さっさとここを離脱しよう」ジョーが言った。「カイルはこういう仕事が得意なんだ。彼を信じろ」

「カイル？　それが彼の名前？」

「あ、しまった」ジョーが言った。「いまおれが口走ったことは忘れてくれ」

カイルとトラヴィスは、どうしても必要とならないかぎり、なににも触れない決意を固め、凍ったガラスの上でスケートをするような用心深い足どりで進んでいった。死体や外部の破壊状況には目もくれず、まだ薄膜のように漂っている煙を分けて、建物のなかへ入りこんでいく。ガスは消え去っていたが、雨はさらに激しくなっていた。

科学者グループのリーダーと思われる男の死体が床に転がっていたが、死因はガスではなく、至近距離から頭部に撃ちこまれた二発の銃弾だった。トラヴィスがカメラで撮影をしているあいだに、カイルは銃を構えて、オフィス・エリアのさらに奥へと進み、捜索をおこなった。書類のひと束が床に投げだされていた。ファイルの抽斗《ひきだし》がすべて、開いたままになっている。デスクのなかは空だった。

奥の突きあたりにあるドアが開け放たれており、海兵隊員ふたりは、その先にあった階段をくだっていった。ライトが点灯したままの、その広大な地下エリアには、実験装置や電子機器がぎっしりと置かれた部屋がいくつもあった。すべてのコンピュータが破壊され、モニター類もたたき割られ、ハードディスクは取りはずされるか壊されるかしていた。蓋《ふた》を閉めた容器の並ぶ棚が多数あり、壁面のひとつに、機密ドアを通ってでないと入りこめないようになっているらしい無菌室があった。そこもまた無人で、作業台や科学装置があるだけだった。

カイルには、この前に侵入したイラン南部の研究所にそっくりであるように見えたが、ここはまだ焼却されていない点がちがっていた。この場所でおこなわれていた実験のことを考えて、彼は身を震わせた。別のドアを通りぬけると、また階段があった。それをくだると、物資貯蔵室があり、それよりは狭いエリアに、食事と健康管理のために設けられたと思われる部屋がいくつか並んでいた。地下に多数の部屋があり、地上は狭まって管理室があるだけなので、そこは地底部分が大半を占めるピラミッドのように感じられた。実際に悪辣《あくらつ》な秘密研究がおこなわれていたのは地下だ。彼はトラヴィスをあとに従えて、慎重に最下層フロアまでおりていき、ようやくそこに見つかった、中心から枝分かれしたトンネルに入りこんだ。地下牢が並んでいたが、どれも無人なのがわかって、息をするのが楽になった。四人は全員がこの朝に外へ連れだされ、処刑されたのだろう。そのとき、ひとつの檻《おり》の端に、だれかが石を使ってコンクリートの壁に刻みこんだ数字が目にとまった――999。トラヴィスがそれを写真に撮る。

「地下にはもう探すものはない、トラヴィス。地上に戻って、書類を回収し、ここを離れよう」

カイルは、地下の暗い影が自分を引きもどして、檻に放りこみ、錠をかけようとしているような感覚にとらわれながら、先に立って地上へひきかえした。建物の外に出て、そんな感覚をふりはらう。

トラヴィスが表口へ足を運び、ジョーのほうへ手をふってみせた。離脱すべき時だった。

「危険なし」ジョーが無線で伝えてきた。「ヘリがやってくる」

カイルは、壁にぶらさがっていた白い防護服を二着、取りはずし、一着をトラヴィスに放り投げた。ふたりして、その服のなかに書類を詰めこんでいく。科学的記録、ノートブック、コンピュータ・ディスク、事務書類、手紙やメモ類なども詰めこんだが、それらがお宝なのか、ただのゴミなのかはわからない。カイルが所長の死体を探ると、ようやく携帯電話と財布が見つかった。そのふたつも、間に合わせの袋に放りこむ。

「行くぞ」と彼は声をかけた。

MOPPスーツに付着したものがあれば、雨がそれを洗い流してくれるようにと、降雨のなかを小走りに抜けていく。ジョーが開けた場所に出て、ヘリコプターの着陸を誘導し、デラーラがそのかたわらに立っていた。

カイルとトラヴィスは、強力なローターの疾風がたたきつけてくる範囲のすぐ手前で足をとめて、防護服を脱ぎ、それは地面に置き去りにして、ペイヴロウに乗りこんだ。

「なにが見つかったんだ？」ふくらんだ白い防護服がフロアに置かれたのを見て、ジョーが問いかけた。

防護服の袖と裾の部分はしっかりと縛られているが、首の開口部から、ばらけた書類が顔をのぞかせていた。

「わからんね。おれは科学者じゃないから」とトラヴィス。「とにかく、なんであるにせよ、これから何カ月か、情報部の連中が夢にうなされることになるだろうさ」

14

パリ

　ジューバがこれほど震えあがったことは、かつてない。生まれてこのかた、こんなことは一度もなかった。汚染された生物化学兵器研究サイトを脱出したあと、二十四時間のあいだに五度もシャワーを浴びたが、それでもなお、自分がほんとうにきれいになることはけっしてないだろうという不安に駆られて、気が狂いそうだった。

　脱出に使ったヘリコプターが着陸したのは小さな飛行場で、彼はまず、そこでシャワーを浴びて、新品の服に着替え、ヘリコプターは放棄した。ヘリコプターのパイロットは殺され、その死体は資材小屋に隠された。それをすませたあと、ジューバは小型機を雇って、テヘランに舞いもどった。そして、航空券が入手できた最初の国際便に乗って、イランを離れた。

　ようやく楽に息ができるようになったのは、カタールのフォーシーズンズ・ホテルにチェックインしたときだった。彼はそこのスイートに入るとすぐ、いまもまだ自分の体に致死性のゲル粒子がへばりついていて、肌から体内に浸透し、臓器や脳に達しようとしているように思え、耐えられる限界まで熱くしたシャワーを浴びた。

何度も全身にソープとシャンプーを塗りたくり、焼けるように熱い湯を浴びながら、赤むけになりそうなほど肌をごしごしやって、泡を洗い流した。降りそそぐ熱い湯に顔を向けて、肌が煮えそうなほど浴びた。足の指のあいだや足の裏、耳の奥や股間、爪の内側や鼻孔など、ありとあらゆる部分を激しくこすった。眉毛や腋毛を、そして陰毛や尻の毛までシャンプーで洗った。

シャワーをとめると、全身から湯気があがった。彼はバスタブから冷たいタイルの上に足をおろし、厚手の白いタオルを体に巻いた。待てよ――もしあれが少しでも口に入っていたとしたら？　彼は歯茎《はぐき》から血が出るまで歯を磨き、殺菌効果のある口内洗浄剤《マウスウォッシュ》で口のなかをゆすいだ。歯ブラシに血がついているのが見えたので、それは捨てた。

寝室に入ると、姿見があることに気づいた。彼はタオルを床に落として、その前に立ち、発疹《はっしん》や病班が生じていないだろうかと、ゆっくりと体をまわしながら、時間をかけて全身を点検した。そして、ベッドにもぐりこんだが、ふたたび途方もないパニックに陥って、汗が噴きだしてきただけだった。彼はまたバスルームに駆けこんで、シャワーを浴びた。狭い檻《おり》に閉じこめられ、毒ガスに襲われて死んでいった囚人たちの記憶が、心に居すわっていた。ちょっとしたかゆみが一千倍に増幅し、自分が開発に手を貸した極悪非道なガスがいま自分をむさぼろうとしているのだと考えてしまうために、取りついて離れない恐怖はいや増した。どんな敵にも怯《おび》えたことのないジューバにとって、恐怖は目新しいものだった。だが、この見えない惨殺者は、これまでの敵とはわけがちがう。そいつは殺しを渇望し、だれが正しく、だれがまちがっているかなどは気にかけず、おのれの創造者に従うこともないのだ。

また何度かシャワーを浴びて、数時間が過ぎたころ、ようやく気持ちが落ち着いてきたので、彼はコンシェルジェに依頼して、近くのモールに新しい衣類を買いに行かせ、そのあと、ペルシャ湾を一望できるテーブルでしゃれたディナーを楽しんだ。それから自室にひきかえし、マッサージ師を呼んで、きれいなシーツのあいだに身を横たえ、プレッシャーと苦悩で凝り固まっていた筋肉と節々《ふしぶし》をマッサージさせて、ほぐした。そのあと、ジューバは灯りを消して、確実な死をもたらす見えないガスと雨滴のような飛沫《しぶき》のことは考えないようにし、この日、この場所に自分を配することになった、長い錯綜した人生行路に思いを馳せた。

ジェレミー・マーク・オズマンドであった少年のころ、彼はイギリスの学校で、父が外国人のムスリムだったために、よくいじめにあった。もっとも、成長して体が大きくなり、家族をばかにしたやつを打ち負かすほど強くなるにつれ、そういういじめはなくなっていったが、ラグビーやサッカーで卓越した能力を発揮するようになってもまだ、クラスメートの多くがうわべの愛想のよさのすぐ裏に嘲笑をひそませているのが感じとれた。

一九八八年の夏、彼は両親に連れられて、パキスタンの北西辺境州にあるペシャワールを訪れ、そこで、父は赤十字病院の外科スタッフに加わって治療にあたり、一方、母は難民センターの仕事を手伝った。その間、一家はユーカリの木々が立ちならぶ大学街の民家で暮らし、ジェレミーは連日、隣国アフガニスタンへのソ連の侵攻によって難民が流入して、人口が急増したその都市の探索に出かけていった。スパイやジャーナリストがおおぜいいて、上空をソ連の航空機が飛び、遠くから爆発の音が届き、密輸品市場の喧騒が聞こえ、ひとや動物、そしてありとあらゆる種類と色の車輛が行き交っていた。背中に武器や弾薬が縛りつけられたラバの隊列が、国境へと向かっていた。

その戦争は、少年の内なるイスラム精神を呼び起こし、モスクや若者の集まりのなかで、ジェレミーは、ロンドンが宇宙の中心ではないのだ、ということに気がついた。

彼は、預言者と聖地のことをより詳しく学び、あの強大なオスマン帝国は古代の神話ではなかったことを知って、驚嘆した。建国ははるか昔の一二九九年だが、なんと一九二四年まで存続していたのだ。その始祖は、名君オスマン一世！　自分の家族のもとの名字が、あの偉大なカリフと同じだとは。ジェレミーは父に、品位の劣るイギリス風の名字に変えた理由を尋ねた。

「きょう、いっしょに病院においで。そこで、その答えを教えてあげよう」ある朝、ともに強いブラックコーヒーを飲んでいるときに、父が言った。「同僚の医師のひとりが、おまえに会いたがっているんだ」

その一時間後、ジェレミーは、病院の近くにあるコーヒーハウスの奥で小さなテーブルについて、英語での会話に没頭していた。会話の相手は、アイマン・アル・ザワヒリ。エジプト大統領のアンワル・サダトが暗殺されたあと、投獄され、拷問にあった、ムスリムの扇動的指導者だった。彼は、自由を求めて戦うイスラム聖戦士《ムジャヒディン》を支援するためにペシャワールに来ていて、ジェレミーは、厳格で容赦のない宗教的、政治的展望を論理的に語る、大きなサングラスをかけた情熱的な男に魅了された。

しばらくして、そのグループに別の人物、膨大な富を所有しているのに、ありふれた長衣をまとった背の高い痩《や》せた男、サウジアラビア出身のオサマ・ビンラディンが合流した。その男は、イスラムの陰惨な展望に彩られた説を流布することで名を馳せていた。彼の説くところでは、異教徒を殺すことは、許されるだけでなく、コーランによれば、それはムスリムの義務でもあるという。ビンラディンが片手をさしだして、小声で挨拶《あいさつ》のことばを言い、そのあと少年を促して、しゃべらせた。ジェレミーは、復讐と憎悪に満ちあふれる新たな夢をいだくようになり、自分は真のムスリムであって、イスラムのために、必要なら、きょうにでも死ぬ覚悟はあると誓った。

長身のサウジ人が、少年の前腕に手を触れた。

「いや、きょうではない。だが、そう遠いことではないだろう」男がオズマンド医師に目をやった。「きみは、お父さんがずっと前からわれわれの一員であったことを知っているのかね？」

その賛辞を受けて、父がおじぎをしたのを見て、ジェレミーは目をしばたいた。

「彼が恥辱にまみれつつ異教徒のなかで生きているのは、われわれの要請に従ってのものであって、預言者が彼をたたえてくださるだろう」

「父さん？　わけがわからない。彼はなんの話をしてるの？」

「われわれの名字さ、ジェレミー」と父が応じた。「おまえは、わたしが姓を変えたのは、イギリス社会でより有利な立場になるためだったと考えてるだろう。じつは、そういうことではなかったんだ」

ザワヒリが口をはさんできた。

「何年も前、わたしはエジプトでムスリム同胞団を組織化して、イスラムの聖戦《ジハード》を開始させ、その組織がいまアルカイダに合流した。われわれの初期の仕事の一部には、諸外国に浸透して、攻撃が必要となった時期に備える、潜入工作部門の創設も含まれていて、その工作員は〝モール〟と呼ばれている。きみのお父さんはその目的を支援することを志願し、自動的にイスラムにつながってしまう元の姓を変えることを求められた。それによって、きみは、ジェレミー・オズマンドという真のイギリス姓を持ち、生まれつきのイギリス人のように話し、ふるまうことができるようになった。きみのお父さんは忠実な兵士なのだ」その黒い目が、突き刺すようにジェレミーを見つめた。「そしていま、きみがそれを引き継ぐ時が来た」

「つまり、若者よ、きみはきょう、殉教者とはならないということだ」オサマ・ビンラディンがことばを足した。「アラーをほめたたえよ。そのはからいによって、われわれの組織には、死を賭した仕事をなす覚悟のある志願者がおおぜいいる。きみの仕事は、達成に長い年月を要する特別な務めなのだ」

ジェレミーは、イスラム武装集団のなかでもっとも過激な組織を率いるリーダーのふたりを、じっと見つめた。彼らが自分を求めている！

　ザワヒリの口調が変わった。儀礼的なおしゃべりや説明は終わり、命令の奔流となった。ジェレミーは、できるかぎりイギリス人として生き、イギリス軍に入隊し、その訓練のなかで腕を磨いて、軍が彼に可能なかぎりの特殊訓練を施すように仕向けること。

　オサマ・ビンラディンが言った。

「イスラムの痕跡は消し去らねばならない。きみがいま有するコーランの知識を、固く胸に刻んでおくように。なぜなら、きみはこれから長い年月、コーランを読むことも持つことも許されないからだ。きみは、穢《けが》れた動物の肉を食い、アルコールをたしなみ、ひげはたくわえず、冒瀆《ぼうとく》的行為をなし、彼らの女たちと姦淫《かんいん》をなす。ときには、ムスリムたちと戦わねばならない場合も生じようが、国家への忠誠を問われることになってはならないから、きみは能力の最善を尽くして戦う。やがて時が至れば、われわれがきみに命を下すだろう」

「イスラムの道からはずれる？　そんなことができるかどうか、ぼくにはよくわかりません」

「その答えは予期していた、ジェレミー。心の迷いを解くため、聖者たちの評議会が、きみが将来、手を染めねばならない数多くの罪に対して特別な赦《ゆる》しを与えてくださっている」ビンラディンが身をのりだしてきた。「われわれに従うように、若者よ。天国で預言者とともにあることができるようになるとはいえ、いまこの地上でその教えを捨てることを要求するのは、われわれとしても心苦しい。きみが――われわれの敵であるかのように――身を偽って、生きねばならないのは、悲しいことだ。すでにアフガニスタンにおいて預言者の軍勢が無神論者のソ連軍を打ち負かそうとしているが、われわれはもっと先の計画を立てねばならない。やがて、ユダヤと〝十字軍〟を向こうにまわしての偉大な戦争が勃発し、われわれが最後の勝利をおさめるだろう。イスラムの擁護者であるわれわれを、きみは助けてくれるかね？」

「はい。もちろん、そうします」とジェレミーは答え、父が十六歳になった息子の肩を握りしめた。

「では、きみに新たな名を与えよう。他のひとびとに対しては、きみは今後もジェレミーでありつづける。だが、われわれの命を受けたときは、きみはジューバとなる。これは、はるか昔、狂暴な戦士たちがアフリカの白ナイルのそばに村をつくったとき、そこにつけた名だ。きみは、われわれの狂暴な戦士となるのだ」

ジェレミーは学業を終えた翌年、イギリス海兵隊に入隊した。そこで彼は、ライフルの腕前を射撃インストラクターに認められて、スナイパー・スクールに送りこまれ、その後、特殊作戦のための高度な訓練課程に進み、その訓練には、激しいしごきや、アメリカのペンドルトン基地にある海兵隊スカウト・スナイパー・スクールでの教練も含まれていた。フィットネス報告書のすべてに輝かしい賛辞が記され、訓練を担当した上級曹長たちがこぞって、これほど献身的に取り組む兵士はかつてなかったと述べた。彼は同期の僚友たちに先んじて上級軍曹《カラー・サージャント》に昇進し、さまざまな勲章や感状とともに、マスター・スナイパーの徽章をも勝ち得た。

天才だ、とほかの兵士たちは言った。彼は戦場での最高の追跡者であり、シューターであって、銃撃戦では、第四二コマンドのロヴァット・スカウト（イギリス軍高山連隊の狙撃兵部隊の名称）に所属するカラー・オズマンドの緑色のヘルメットをそばで見たいもんだ、と。

二〇〇一年の早春、ザワヒリ医師がメッセージを送ってきた。ジューバの出番が来たのだ。彼はイギリス海兵隊を除隊し、世間から姿を消して、九月の一日にはペシャワールに入っていた。

そして、そこで、テレビが絶え間なく報じる、ワールド・トレード・センターとペンタゴンへの攻撃を見た。何千ものムスリムが街路に出て、狂喜乱舞した。楽しめるあいだに楽しんでおけ、とジューバは思った。タリバンは、ただのならず者集団であって、本物の軍隊ではないから、寄せ集めの北部同盟にすら勝てるわけがない。まもなくプロフェッショナルの多国籍軍が侵攻してきて、タリバンを制圧するだろう。おまえらは、同胞たちよ、もうすぐ負け犬になるのであって、そうなるのを防ぐ手立てはまったくないのだ。

戦うために生まれつき、その能力を磨きあげた男として、彼はいつでも立ちあがる用意ができていたが、命じられた任務は、アフガニスタンやパキスタンで訓練キャンプを設営することではなかった。来るべき侵攻軍と戦おうとして志願者がぞくぞくと押し寄せていたが、彼らを訓練している時間がなかったのだ。おまけに、彼らは訓練を受けたがらなかった。彼らが欲していたのは、敵軍と対決して、ふっとばされ、殉教者となることだった。ジューバは彼らを説き伏せようとした。そんなやりかたでは、おそらくアメリカ兵に肉薄することすらできないだろう。規律も、組織も、戦術も、射撃能力もなく、むやみに弾をばらまくだけでは、むりだと。見せしめのために、ばかなやつを何人か殺しもしたが、それでもほかの連中に思い知らせることはできなかった。ほかの土地で別の任務に就きたいと要請したが、いま割り当てられている仕事をつづけろと命じられただけだった。

やがて、雷雨のように猛烈な空爆が始まり、卓越したマンハント・ヘリコプターのアパッチはもとより、FA-18ホーネット戦闘攻撃機や、総重量が七トン半におよぶデイジーカッター爆弾（地表の構造物をなぎはらうように吹き飛ばす爆弾）、とてつもなく大量の弾丸や砲弾をばらまくAC-130ガンシップに至るまで、ありとあらゆる航空戦力が投入されて、タリバンを粉砕した。敵は一機の損失も出さず、ブリキ缶を開けるようにあっさりとタリバンの前線を崩壊させたのだ。

それほどの大敗を喫してもなお、信じがたいことに、タリバンのリーダーは、状況はまちがいなく良い方向に進むと、辛抱強くジューバに説明した。その戦略は、アメリカ陸軍を誘いこみ、打ち負かすのではなく、何年もかけて徐々に疲弊《ひへい》させるというものだった。いずれワシントンは、ヴェトナムでそうしたように、そしてソ連がアフガニスタンでそうしたように、戦争の遂行をあきらめるだろう。

ジューバは、今回はそんなふうにはならないだろうと反論し、アメリカ軍の弱点を衝《つ》く特殊な攻撃部隊の創設を許可してくれるようにと申し出た。自分はこの敵を知りつくしている！　が、彼の申し出は無視された。

アフガニスタンの首都カブールは、９・11のわずか二カ月後に陥落し、その後に追加投入された地上戦力が全土にわたってタリバン軍を掃討し、ついにタリバンは、パキスタンとの国境に沿ってつづくトラボラおよびホワイト山地に安全な逃げ場を求め、そこで守備態勢をとった。

ようやくジューバは、敵の補給線と、遭遇したターゲットを攻撃するゲリラ集団の編成を許可されたが、その小規模のチームはすぐ、圧倒的な攻勢にあって押しかえされ、ジューバは、自分の指揮する部隊の兵士たちには本物の戦闘に挑む度胸はなく、ほんのわずかなプレッシャーを受けただけで撤退するという現実を思い知らされることになった。あの土地には、潜伏できる洞穴がいくらでもあったのだ。

挫折を味わったジューバは、オサマ・ビンラディンとザワヒリ医師に出会った日を呪うようになった。彼らが描いた壮大な計画は破綻《はたん》した。ジューバは、９・11のあと、合衆国がまだ混乱して、決断ができず、無防備に近い状態にあるうちに、一連の総攻撃と反撃をおこなう準備ができているにちがいないと信じていた。アメリカ国内と全世界の都市で爆破を決行して、敵を動揺させつづければいいのに、なぜそうしないのか？　攻撃だ！　ぜったいに、合衆国軍に息を継ぐ暇を与えるべきではない。虚言。アルカイダの連中は、虚言で自分を釣ったのだ。自分は、軍事目標を達成するのは継続的攻撃だと信じているが、ビンラディンとザワヒリは……なにを信じているか？

過酷なアフガニスタンの冬を、クルーズ・ミサイルが頭上に落ちてくるのを待ちながら、凍りつくトラボラの洞穴にもぐりこんですごす気はなかった。この戦争は超大規模な〝かくれんぼ遊び〟に変じていたから、元イギリス海兵隊のマスター・スナイパーであり、上級軍曹のジェレミー・オズマンドなら、単独で行動したほうがうまくいくはずだ。こんな烏合《うごう》の衆といっしょにいたくはないし、そんな必要もない。そこで彼は、ひとりで敵の心臓部に切りこむ、非情で血なまぐさいやりかたを選択したのだった。

イランの生物化学兵器研究サイトで災厄にあったあと、ジューバはカタールのフォーシーズンズ・ホテルに二泊して、贅沢《ぜいたく》な時間をのんびりとすごし、致死性ゲルの恐怖が意識の表面から退いていくのを待った。死を予期していたが、そうはならなかった。

彼は、ドイツのフランクフルトに一時着陸をするルフトハンザ便に乗って、パリに向かい、そこに着くと、タクシーをつかまえて、十九区の邸宅に直行した。

ジューバの姿を見たサラディンが、一瞬、気づかわしげな顔になった。絶望の淵から這い出てきた男のように見えたのだろう。

「詳しく話してくれ、わが息子よ」彼が言った。「なにがあったのだ?」

ジューバはブリーフケースを手渡した。

「実験は成功しました。正直、あれを見ているのはつらかったです。そのあと、われわれは攻撃を受け、ガスが充塡《じゅうてん》されたいくつもの容器が爆発しました。わたしは命からがら逃げのびました」

「攻撃をかけたのはなにものだ？」

「わかりません。反政府集団のどれかが、あの実験の被験者たちを解放しようとしてやったものか」彼は掌《てのひら》で目をこすった。「生きのびたのは、わたしとヘリコプターのパイロットだけでした。ただ、パイロットを生かしておくのは、あまりに危険だったので」

サラディンが窓辺に歩いて、外に目をやる。よく晴れた、快適な日だった。

「つづけられるかね？」

「もちろんです」ジューバは言った。「ガスにやられるのではないかと考えて、ちょっとぶるっていただけで。もう準備はできています」

サラディンがブリーフケースを開く。

「ここに、〝フォーミュラ〟に関するすべてがおさめられている？」

ジューバはうなずいた。

「はい。あのサイトにはほとんどなにも残っておらず、コンピュータや書類のたぐいはすべて、攻撃を受けているあいだに処分しました。計画を進め、このデータをメキシコの施設へ伝送してはどうでしょう。実証試験のためのガスをじゅうぶんに準備できるように」

「では、きみには、スケジュールどおりに進められる確信があるということか？」

「疑問の余地なく」とジューバは応じた。「今週末には、合衆国に入りこめるでしょう」

それを聞いて、サラディンが笑みを浮かべた。この男は、やはり強い。だれもが、ときにはつまずくものなのだが。

「それに関しては、そう急ぐ必要はないから、しばらくここに滞在してはどうかね。ともに研究し、話しあって、きみが今後の任務に備えられるようにしよう。〝フォーミュラ〟のデータはきょう伝送するが、メキシコにあるわれわれの研究所がガスを製造し、輸送するには、まだいくぶんの時間を要するだろう」

「ありがとうございます、父よ」

「それと、きみは、息子よ、なにか良き知らせを聞かせたほうがよさそうな顔をしているから、そのいくつかを話しておこう。すでに、オークションに六件の応募があった。ほんとうの競りが始まりもしないうちに、六千万ドルが入金され、その金額はさらに増えるだろうと予想される」

「彼らはこぞって、われわれを追ってくるでしょう」

「試みることはできよう」サラディンが笑った。「たしかに試みることはできようが、きみが安全を守ってくれているかぎり、彼らはまちがいなく失敗する。この数日のうちに、われわれはこの邸宅を離れて、アメリカにひきかえすから、もし敵がわれわれをつかまえようとすれば、まず厳戒態勢をとっている合衆国に入国しなくてはならない。そして、われわれは、アメリカでカネを回収したのち、姿をくらましてしまうのだ」

15

イラク
ババリア駐屯地

ファルージャ郊外にある海兵隊駐屯地に帰還すると、捕獲してきたものを、ヘリコプターの帰りを待ち受けていた情報将校にカイルが引き渡した。ヘリ・パッドには、シベール・サマーズも、ダークグリーンのセーターにブラックジーンズ、黒革のウエスト・ホルスターに小型拳銃という格好で、待機していた。彼女は、ヘリから飛びおりてくる海兵隊員たちに目を向けた。全員、元気そうに見えた。デラーラ・タブリジに目をとめたシベールは、思わず顔をほころばせた。重武装の特殊部隊員たちに混じっている彼女が子どものように見えたからだが、その足どりに乱れはなく、落ち着いていた。ほんの数時間前までは民間の教師だった女性が、二度の大がかりな襲撃をくぐりぬけ、友と弟の惨殺を目撃したのだ。それでも、彼女はしっかりともちこたえた。シベールは決めた。彼女は姉妹のようなものだと。

デラーラを伴って、カイルとジョー、そしてトラヴィスがやってきたところで、シベールは、任務支援用に使っている小さなオフィスへ彼らを導いた。

「わたしは気にしてないけど、お偉がた連中がこの無認可の任務に文句を言いたててる」デスクの後ろの椅子に腰をおろし、ブーツを履《は》いた両脚をデスクの上に放りだして、彼女は言った。「捺印だの許可だのなんだかんだの書類がちょっと不足してるってわけ」

カイルが装備を床に投げだす。

「かまうもんか。われわれが発見して、持ち帰ったものが、うるさがたの口を封じる以上の結果を出してくれるさ。音声記録、書類にメモ、コンピュータ・ディスクに写真と、収穫はたっぷりある。それに、この新種の毒ガスがどのように作用するかの目撃証言もあるんだからな」

「デブリーフィングはジョーとトラヴィスのふたりに任せてもいい？」

「いいとも。彼らもおれと同じものを目撃したし、トラヴィスは写真も撮ったんだ」

「よかった」シベールは言った。「というのも、あなたとわたしはここを離れなくてはいけないから」

カイルは同意した。彼は正体を隠し通す必要があり、海兵隊員だらけのこの駐屯地ではそれがむずかしいからだ。

「だったら、ミス・タブリジをいっしょに連れていきたい。ここの組織に彼女の身柄を引き渡すのは避けたいんだ。事情聴取となったら、情報部の連中は彼女を政治犯タイプとして扱うようになるだろうし、そうなれば、彼女の先行きがどうなるかは知れたもんじゃない。彼女はたっぷりと力を貸してくれた。われわれは彼女に借りがあるんだ」

デラーラが椅子に腰かけ、そのやりとりをながめて、思っていた。この女性は重要人物なのは明らかで、海兵隊員と対等に口をきいているが、彼らが話題にしているのはこの自分の運命だ。

「イランに帰るわけにはいかないわ！」彼女が言った。「あんな毒ガスをつくった連中を殺してやりたい！」

シベールが小さく笑って、カイルに目を向ける。

「じゃあ、彼女を船へいっしょに連れていき、あとの方策はジェフに任せることにしましょう。彼は外交関係のコネを山ほど持ってて、その手の問題を処理するのが得意だから」

「ジェフというのはだれ？」デラーラが問いかけた。「わたしをどうするつもりなの？」

カイルがその肩に手を触れると、彼女はすぐにリラックスした。

「ジェフは良き友でね。彼がお得意の魔法をかけ終えたら、きみはほしいものはほとんどなんでも手に入れられるようになるだろう。新たな国籍、新たな未来。きみは生まれ変わるんだ」

シベールは立ちあがった。

「ジョーとトラヴィス、あなたたちはここに残ってもらう。いい仕事をしてくれたわ。支援してくれてありがとう」

「どういたしまして、大尉」ジョーが言った。「また、いつでも」

「デラーラはおれたちの仲間なんだから、大事にしてやってくれよ」トラヴィスが声をかけた。「おれがとっくに、海兵隊のモットー、〝つねに忠誠を《センパーファイ》〟の言いかたを彼女に教えてあるんだ」

外にハムヴィーが待機しており、三人はそれに乗りこんで、シベールがハンドルを握った。

「あそこでは言いにくかったけど、ヴァガボンドに戻らなくてはいけない理由がほかにもあって」

彼女は後部シートのデラーラに目をやったが、その目はすでに閉じられていた。

「船でわたしたちと落ちあうために、リザードがワシントンを発《た》ったわ。あなたが任務を遂行するための完全な許可《グリーンライト》が出たの」

「おれはまず、ちょっと眠りたいね」

「わたしはちょっと痩せたいけど」シベールは言った。「どっちも叶いそうにないわね」

カイルとシベール、そしてデラーラが空路、ヴァガボンドに到着したときには、リザードことフリードマン少佐はとうに準備を完了していた。デラーラはレディ・パットにあずけられ、その間に、シベールとカイルは、リザードが待っているサー・ジェフの専用オフィスに行って、彼らに合流した。リザードのかたわらに、大きな文書ファイルが置かれており、彼のコンピュータはすでに稼働し、安全な回線を通じてネットに接続されていた。

「これは、アルカイダの工作員として知られるアーマド・ヒクマト・アセールの声で、別のアルカイダのリーダーと会話をしているところだ。傍受したのは、国家安全保障局《NSA》の巨大傍受《ビッグ・イア》システム。電話をかけたほうの男は逆上していて、通常の安全処置をないがしろにし、自宅の電話を使ってコンタクトした」

　リザードがキーボードをたたいて、音量をあげる。怒りと威嚇《いかく》をみなぎらせたフランス語の声がスピーカーから流れだしたが、ひどく早口なせいで、カイルにはことばを追いきれなかった。激怒のあまり、口角泡を飛ばすありさまになっているといった感じだ。

　リザードが、それを翻訳した文書をシベールとカイルに手渡してきた。

「どうやら、アーマドにはユーセフという兄がいて、そいつがフランスにおけるアルカイダの工作を統括してきたらしい。そのユーセフの死体が数日前、パリの運河に浮かんでいるのが発見された。そのとき、アーマドがこの電話をかけたといういきさつだ」

　カイルは丹念に翻訳文を読んだ。アーマドは、兄の生きた姿を最後に見かけたのは、彼が自宅で、サラディンという組織外の男とそのボディガードであるジューバとの重要な会議を持つ前のことだと言っていた。

〝そいつらが、兄とその警備員らを自宅で殺害したんだ！〟とアーマド・ヒクマト・アセールはつづけていた。〝それだけじゃない。その傲慢《ごうまん》なブタどもはその家に居すわってやがるんだ！〟

　彼は復讐を求め、処刑チームを派遣してくれとアルカイダに要求した。そのとき、相手の男がその電話の危険性を悟り、安全処置を講じた電話に切り換えろとアーマドをたしなめて、電話を切った。

「そのときには、すでに手遅れで、ビッグ・イアが傍受していた。ＮＳＡはその記録をＣＩＡに送り、ＣＩＡが、死んだユーセフ・アセールの住所を突きとめた」

「それで、なぜわれわれにグリーン・ライトが出たの？　ＣＩＡに任せればよさそうなものなのに」シベールが訳文を読みなおしながら、言った。

「そこのところはわからない。わたしの給料等級より、ずっと上のほうで決定されたことなんでね。推測するならば、もしＣＩＡがサラディンの身柄拘束をどじると、ワシントンが赤っ恥をかくことになるからだろう。なんにせよ、ミドルトン将軍がわたしにきみらへのブリーフィング役を割り当て、きみらはそこへ行くことになったというわけだ。港に軍用ジェットを待たせてある。きみらはパリに飛ぶんだ」

「わたしもいっしょに？」とシベール。

「わたしも含めてね。ただし、別に設定した支援地点に行く。カイルは、仕事をかたづけたら、そこに戻ってくるんだ」

「出発はいつ？」

「いまだ」とリザードは言った。

パリ

リザードはカイルのために、変哲のないビジネススーツと、出張費用が潤沢でない企業の役員たちがよく宿泊する目立たないホテルを用意していた。安上がりのパリ旅行というわけだ。カイルは、なんの面倒もなくチェックインした。そして、ルームサービスに、ステーキとサラダと水のボトルを持ってくるようにと頼んだ。まもなく日が暮れて、動きだせるようになる。彼は服を脱いで、湯と水を交互に切り換えながら、シャワーを浴びた。

たっぷり五分間、湯と水を浴びる。そのあと、体を拭きながら、明るく照らされたバスルームの鏡をのぞきこむと、だれもわざわざふりかえって見ようとはしない、無個性な顔が映っていた。疲れを宿した精気のない目、不機嫌に引き結んだ唇。そのブルーグレイの目が、こちらを凝視していた。日焼けした体は傷痕だらけで、銃創の癒《い》えた痕跡があちこちにあった。サーフィンの日焼けでまだらなブロンドになっていた髪は、本来の色である茶色に戻っていた。カイルはもう一度、顔を洗ってから、ベッドのそばにひきかえした。かたわらのナイトテーブルの上に、グロック17拳銃が置かれていた。いまも武器はただの道具で、自分の拡張部分なのか、それとも、自分が武器の拡張部分なのか？　どっちにしても、くだらない問いだ。彼は頭の後ろで両手を組んで、ふわっとした枕に頭をのせた。精神科医に診断させれば、あなたは重度の鬱《うつ》状態にあると言うだろう。これは、どんな精神科医にも見通せないほど重い鬱なのにちがいない。おれは発狂の一歩手前にいるんだ、と思った。これを脱するには、ふつうの人間なら小さな一歩ですむが、おれには大きな跳躍が必要だ。

ドアをノックする音が聞こえたので、彼はローブをはおり、グロックを取りあげて、それに答えた。ウエイターが、料理のカートを押して入ってくる。カイルは、ローブのポケットのなかで握っていたグロックから手を離し、勘定書きにサインをして、チップをはずんだ。ウエイターがひきとると、彼は外側の電子キー・スロットに、〈DO NOT DISTURB〉のプラスティック・カードを押しこんでから、ドアを閉じた。

ステーキを食べながら、テレビのチャンネル・サーフィンをし、イギリスの各局、CNN、FOX、そしてフランス語に翻訳されて送られてくるアメリカの衛星放送を観た。収穫なし。カイルは料理のカートを押しやって、ふたたび手を洗い、房飾りのあるベッドスプレッドの上に白いタオルをひろげた。そこに、愛用の武器を並べていく。軍用機で入国し、税関を通らずにすんだので、私的な武器を持ちこむことができたのだ。

拳銃はグロックとルーガー、ナイフはガーバー。拳銃は二挺とも、中東に向かう前に、海兵隊の武器係が特別に専門的な撃発機構検査をしてくれていたが、そのあとイランでの襲撃に使用したので、手入れ《クリーニング》をしておく必要があった。彼は小さなガン・クリーニング・キットを開き、歯ブラシ、銃腔《ボア》ブラシ、綿棒、オイル瓶、そしてやわらかな布を取りだした。

グロックの引き金の前にあるテイクダウン・レヴァーを押しさげると、スライドがはずれて、拳銃が、銃身部と銃把部のふたつに分離した。スライドからスプリングを取りだして、磨滅や断裂のないことを入念にチェックする。銃腔をのぞきこむと、窪《くぼ》みや歪みのないことが確認できた。銃床部に関しては、精密な引き金機構を適切に調整するのは武器係の仕事というわけで、よごれをぬぐうだけにしておいた。五分間でクリーニングをすませて、グロックを組みつけなおし、機構がきちんと働くことを確認するために、作動チェックをしておく。彼は、ドアの内側についている鏡に銃口を向けた。引き金を引くと、弾をこめていないので、空撃ちの音がしただけだった。

十五発の実包をこめた弾倉が四個あり、カイルは弾倉から実包を抜いて、不良品が混じっていないかどうか、一個ずつ自分の目で調べていった。白いタオルの上に並べた真鍮《しんちゅう》の実包が、頭上のライトを浴びて輝いていた。そのそれぞれが、九ミリ拳銃の銃口にフィットするように、ベレッタの工場が正確に製造した、小さな奇跡の産物だ。すべてが、屋内で跳弾にならないように設計された、ソフト・ポイント弾だった。この種の銃弾は、小銭程度の小さな射入口しかつくらないが、内部の骨に当たると、やわらかな先端部がひしゃげて、小榴弾のような衝撃を生みだし、その周囲にある全組織を破壊する。人体を貫通しないようになっているのだ。映画のなかでは、シューターが弾頭部にX状の切れ目を入れて、弾が破裂するように細工をするシーンが出てくるが、あれは笑わせてくれる。ファンタジーだ。もともと、そうなるように設計された弾があるというのに。最初に弾の扱いをしくじれば、銃身に関しても、そして銃全体の精度に関しても、しくじりをやらかすことになる。そして、そのしくじりは自分に跳ねかえってくるのだ。カイルは弾倉に実包を装塡《そうてん》しなおした。

小さなルーガー五連発リボルバーの扱いはもっと容易だが、手入れは同じ注意深さでしなくてはならない。シリンダーを開いて、内部を目で点検し、クリーニングをし、弾をこめ、狙いをつけてみる。完了。ガーバーのナイフは、はるかに容易だった。全体をきれいにぬぐってやるだけで、武器係が磨きあげた直後と同じように、刃がまばゆく輝いた。すべての武器の、手入れと作動チェックがすんだ。準備万全。

私的武器庫の状態に満足したところで、カイルは夜間用の衣類を身に着けていった。ブラックジーンズ、黒のスニーカーにソックス、長袖の黒いタートルネックのTシャツ、そして黒のウィンドブレーカー。ウールの目だし帽《バラクラバ・マスク》で顔を隠してから、縁なし帽《ウォッチ・キャップ》をかぶり、ものがちゃんと見えるように目と穴の位置を調整する。ガーバーはポケットのひとつに入れ、ルーガーは足首のホルスターに、グロックはショルダーホルスターにおさめた。灯りを消し、深まりつつある闇に目を慣らすために、ベッドに寝そべった。

目を閉じて、呼吸をゆるやかにし、今夜、仕事をしなくてはならないので眠りこまないように心がけて、三十分ほど横になっておく。意識の隅に、シャリ・タウンの姿がちらついていた。彼女は海軍少佐だった。国家の英雄として、アーリントン墓地でその葬儀がおこなわれ、彼女の柩《ひつぎ》が馬車に引かれて、墓所に運ばれていった。銃撃と二個の手榴弾の爆発で彼女の体はばらばらになってしまったので、実際にはその柩は空《から》だった。葬儀に参列した家族はいなかった。彼女の父親は何年も前に死に、美しかった母親も、シャリの命を奪ったその同じ攻撃を受けて、死んだ。シャリはファミリーの最後のひとりだったのだ。

カイルもまた、銃創からの回復のために国外の秘密治療施設に入院させられていたので、葬儀に参列することはなかった。自分とシャリはどちらも、公式にはアーリントン墓地に葬られたことになっているのに、実際にはどちらもそこに埋められてはいないというのは、あらためて考えれば、ひどく皮肉なことではある。自分たちはいまもいっしょにいるような感じがあり、ときおり夢のなかに出てくる彼女の姿は、そのときに着ているものを正確に描写できそうなほど鮮明だった。会話を交わすことも、触れあうこともできないが、それでも、脈がひとつ打つほどもつづかない、その現実めいたひとときには、彼女はいつもあの晴れやかな笑みを浮かべていたものだ。それがいま、別の顔が、招かれてもいないのに、自分の思いのなかに現われてくるようになっていた。デラーラ・タブリジの顔が。

やめろ。彼は自分に命じた。そんなことを考えていても、どうにもならない。任務に傾注していれば、ほかのことはすべて、ひとりでに心のなかから消えていくだろう。くそ、それでも多少の休息は必要だ。

グリーン・ライト。この命令は、トップからじきじきにもたらされたものだ。サラディンとして知られる男の居どころをつかめる機会はごくわずかなものでしかなかったが、なんとも思いがけないなりゆきで、その所在が判明した。ロンドンにおける毒ガス攻撃の首謀者はその男であり、そいつはいま、世界中に不吉な手紙を送りつけている。そいつをこの世から排除し、チャンスがあれば、毒ガス兵器の〝フォーミュラ〟と使用計画を入手するというのが、トップの決定だった。アメリカ合衆国はだれをも暗殺はしないという大統領のことばは、完全に正しい。だが、かつてカイル・スワンソンであった死者は、暗殺をするのだ。

やがて闇が落ち、窓を開けてみると、雨が降りはじめていた。顔に細かな霧を浴びるのと濡れタオルをあてられるのとの中間ぐらいの、好適なフランスの雨だ。もし監視しているやつがいても、そいつは上を見るのを避けるだろうし、アマチュアは屋根の下に入りこむだろう。すでに灯りは消しているから、自分は眠っていると想定されるはずだ。三階から下に目をやると、ホテルの裏手に横丁があるのが見えた。無人。そこここにある暗がりに、それより黒い影がひそんでいることはなかった。

カイルは、ホテルのタオルをウィンドブレーカーの内側に押しこんでから、窓を乗りこえて、壁面の出っ張りに足を踏みだし、壁のほうに向きなおって、窓を閉じた。

リザードが、衛星写真とこの建物の設計コピーをもとに、地図と内部レイアウトを作成し、外装補修のために壁面に設置されているスチール格子の足場に近いということで、この部屋を選んだのだった。カイルは濡れた出っ張りを用心深く移動していき、足場をつかんで、ものの数秒のうちに横丁に降り立った。大きなゴミ缶の陰に入りこみ、タオルで水気をぬぐって、投げ捨てる。

街路に背を向け、光が漏れないように手で覆《おお》いながら、腕時計のボタンとダイヤルを操作すると、ほのかな青い光が点灯した。予定どおり、ほぼ二二〇〇時。真夜中までは、まだ二時間あるというわけで、パリの街はにぎわっている。

カイルはタクシーと地下鉄の組み合わせ方式を使い、尾行の有無をチェックするために、頻繁にひきかえしたり店舗のなかを通りぬけたりして移動し、街の北東地区のはずれに達したときになってようやく、だれにもつけられていない確信が持てたので、十九区に入りこんでいった。

最初にその邸宅の前を通りすぎるときは、タクシーを使って、十分ほど周辺をあてもなく走らせ、その狭い多民族居住区を通りすぎるときも徐行をさせないようにした。そして、邸宅から四ブロック離れたところでタクシーを捨て、そこにある小さなレストランに入って、グラスで赤ワインを注文し、携帯電話で連絡を入れた。

シベールが二十分とかけず到着し、水気をぬぐって、ガールフレンドの役割を演じにかかる。

「ハイ」と彼女が言って、カイルの腕に手を触れた。

彼女がテーブルの椅子に腰をおろし、同じくグラスでワインを注文したところで、カイルは自分たちがやらなくてはいけないことを説明した。市街戦というのは、そこには潜伏場所に設定するための窓と建物とフェンスが山ほどあるため、スナイパーにとっては得意な分野だし、カイルには来《きた》るべき戦いをフェアにやる気は毛頭なかった。シベールとともに、カップルをよそおいながら、その場所をチェックすれば、疑惑を招くおそれはない。彼らは、そこをカイルにとって好都合な戦場にするための方策を見つけだそうとしていたのだ。

カイルが代金をテーブルに残し、連れだって外に出ると、ふたりはシベールの小さな黒い傘の下に身を置いた。北から、目当ての邸宅をめざし、カイルが彼女の腰に腕をまわした格好で、古びた歩道をゆっくりと歩いていく。彼女がさらに身を押しつけて、くすっと笑い、ふたりはカップルのふりをつづけながら、目と耳を働かせて、その地区を詳しく調べていった。

サラディンは、強力な警備態勢を敷いていた。前庭に二名の護衛が立ち、すべての角に真新しいカメラが設置されて、周囲の街路と内部の地所を監視している。屋根にも警備の人間がいた。男がひとり、ボトルからなにかを飲みながら、ふたりのそばをよろよろと通りすぎていった。あれは外部監視だ。内部には何人の人間がいるのか。おそらくは、警報システムも設置されている。十全とまではいかないが、相当な警備態勢だ、とカイルは思った。まるで、だれかの来訪を予期しているような。おれの？

シベールとカイルはさっきのレストランにとってかえし、そこで彼女が暗視ゴーグルと小さな双眼鏡を取りだして、カイルに手渡してきた。このあと、影のなかからより綿密な偵察をおこなうために、彼がひとりで、雨に濡れて滑りやすい街路をひきかえすことになる。

「コーヒーを用意し、あなたが支援を必要とした場合に備えて、近辺にいられるようにしておくわ」彼女が言った。

「おれのやることはなんでもお見通しらしい」とカイルは言って、問いかけるような表情をつくった。「それはさておき、あそこには、妙なふうに感じられるものがあったことに気づかなかったか？」

彼女が腕を組んで、考える。

「角の建物の窓で、光がちらついてた。だれかがあの場所を監視している」

「当たり」カイルは言った。「この街でゲームをしているのは、われわれだけじゃないんだ」

16

カイルは、暗殺にもっともらしい理屈をつけるつもりはなかった。自分は、この仕事をやれと命じられ、それを遂行するための自由裁量権を与えられたのだ。それに、あのろくでなしは、ロンドンで罪のない群集にテロ攻撃をかける工作を組織し、おぞましい実験のなかで囚人たちを惨殺させたのだから、その代償を支払わせるのは当然だと思えた。唯一の問題は、いつ引き金を引き、あの狂人の根城に踏みこんで、毒ガスのデータを入手できるかだった。

イランではまんまと逃げられてしまったから、こんどこそは失敗したくない。

偵察任務を終えた翌朝、カイルは攻撃作戦を決定し、それに必要なものがいくつかあることが判明した。そこで、コーヒーと温かいクロワッサンと新鮮なフルーツの朝食を手早くすませ、ダウンタウンにおもむいて、登山装備を専門とする目当てのスポーツ用品店を見つけだした。そして、これからちょっと山に登るつもりなんだと説明して、登山用のピッケルと上質の手袋、ポケットサイズのツァイスの双眼鏡と厚手のダウンジャケット、そしてバッテリー式のランプが付属する黒いヘルメットを買いこんだ。

サラディンの根城に近い地区にひきかえし、静かな狭い街路を偵察すると、ほんの三ブロック向こうに、自分の用途にぴったりのものが見つかった。ふたつの倉庫が背中合わせに建っていて、そろって窓のない裏側の壁面のあいだを、影の多い横丁が通っている。カイルはそこに行き、新たに購入したピッケルの、湾曲した鋭い先端を下水用マンホールの蓋《ふた》にひっかけて、持ちあげると、マンホールにもぐりこんで、蓋をもとの位置に戻し、ヘルメットをかぶって、まばゆいライトを点灯した。暗い穴を光の筋が明るく照らしたところで、カイルは歩きはじめた。

パリには総延長が千四百マイルにおよぶ下水道が走っており、これまでの軍務のなかで潜伏したいくつかの場所にくらべれば、そのなかは快適と感じられるほどだった。下水道は通常、上を走っている街路と同じ幅があり、その中央部に下水を流す水路がしつらえられている。壁面と天井に沿って、ひとまとめにされたケーブル類が設置され、電線および飲用水のパイプが通っていた。トンネル内にも、上の街路の道路標識と同じ標識が掲げられている。

彼はらくらくと進路を見つけて、トンネルのなかを数ブロック進んでいき、サラディンの根城の前庭から真正面にあたる歩道に設置された格子蓋の下で足をとめた。蓋の下にある出っ張りにのぼり、ツァイスの双眼鏡を目にあてて、根城の監視に取りかかり、レンジ・カードを作成する。

午前十一時三十分きっかりに、二名の屈強な警備員が前庭に姿を現わして、あたりを見まわし、そこに駐車しているセダンの下を、先端に鏡の付いたポールで調べて、爆弾が仕掛けられていないのを確認してから、ようやくその車のドア・ロックを解いた。ひとりが運転席に乗りこみ、もうひとりが邸宅にとってかえし、ぱりっと装った肌の浅黒い痩身の男を伴って、ふたたび外に出てきた。サラディンか？　あの男はランチに出かけようとしているのだろう。カイルは、その日はずっと監視をつづけ、午後のなかばになったころ、チーズとアップルを添えてバゲットを食べた。そして、夜の闇が落ちたときになってやっとホテルにひきかえし、シャワーで悪臭を洗い流した。つぎのステップには多少の助けが必要なので、シベールとリザードに会いに行くことにしよう。迅速に仕事を進めなくてはならない。

フリードマン少佐が、なんでも見通す彼のノートPCの前に置いた椅子の上で、のびをした。

「インターポールが、あの電話でしゃべっていたアルカイダの二名を含む、いくつかの情報源をもとに、サラディンと信じられる男のスケッチを作成した。その二名は、きのう身柄を拘束されている」

カイルはしばらく、そのスケッチから目を離すことができなかった。

「おれがあそこの前庭で目撃した男だ」彼は断言した。「あの細い顔と、よく手入れされた顎ひげは、そうめったにあるもんじゃない。あれはやつだ」

「フランスの警察はあの邸宅に踏みこむつもり？」

「いや、いまのところは」とリザード。「まだ全機関が遠巻きに立って、うまい作戦を練りあげようとしているところでね。フランスとしては、本気で身柄拘束をしたいとは考えないだろう。政治的問題を引き起こす男として、国外退去をさせたいだけじゃないか」

「そうだろうな」

ほかの機関が動きだす準備にかかっているとすれば、時間の余裕はさらになくなっていく。各関係当局が状況を把握して、準備を完了する前に、仕事をすませなくてはならない。カイルは、リザードがプリントアウトした地図を使って、作戦の概略を説明し、それを終えたところで、ふたりに任務を割り当てた。

「ほかの機関の手間を省いてやろう。あす、サラディンがランチを外でとるために顔を出した時点で、彼らはもう、やつに気をもむ必要はなくなるさ。リザード、小型のSUVを一台、みつくろってくれるか?」

「とうに、下の駐車場に置いてあるよ。グレイのプジョー4007だ」

「オーケイ。シベール、ホテルまで車で送ってくれ。そのあと、きみはきみの仕事をすませて、こっちに戻る。あすの正午、航空宇宙博物館の前で落ちあって、この国におさらばするとしよう」

ホテルの自室にひきかえすと、カイルはシャワーを浴びてから、少し時間を取って、イランから持ってきたドラグノフ・スナイパー・ライフルのクリーニングをした。グリーン・ライトが出たことを聞かされるなり、いつでも廃棄できて、出どころをたどられることのない武器が入り用だと思ったのだ。そのあと、彼は横になり、二時間後、夜が明ける前に目を覚ませと自分に命じて、眠りに就いた。

シベール・サマーズは終夜営業の整備工場に電話を入れ、怒りをみなぎらせたフランス語でまくしたてた。自分の割り当て駐車スペースに、また隣人が、こちらは何度もやめてくれと頼んだのに、ブルーのミニを駐車しているので、その車を牽引し、どこかの空いた駐車スペースに放りこんで、思い知らせてやりたい。

整備士は乗り気にならず、それは不法行為だとも言った。自分は車泥棒じゃないんだと。彼女は、百ユーロではどうか、領収書はいらないから、それはあなたのものになると持ちかけた。相手は一蹴したが、二百ユーロに金額をあげると、気を変えた。夜の取り引きというのは、時間がかかるものだ。

まもなく、指定した場所に牽引トラックが到着し、彼女は手をふって、迎えた。運転してきた整備士は、女はまだ怒ってるようだと思いながら、カネを受けとり、彼女が指さした、トラブルを生みだしている小型車をながめやった。隣人ね、と肩をすくめて、彼は仕事に取りかかり、牽引トラックのでかいフックにちっぽけなミニを引っかけて、街路の先へ姿を消した。シベールはレンタカーのプジョー4007SUVを動かして、その空いたスペースに入れると、車を降りて、ドアをロックし、歩み去った。そのSUVは、後輪が下水道の格子蓋のすぐ前方になる格好で駐車されたので、その蓋が開いても、高い車体の後部がそれを隠して、真正面にあたるサラディンの根城の前庭に通じるゲートから見られることはないだろう。リア・バンパーに結びつけられた暗色の長いリボンがそよ風を受けて、リズミカルに揺れていた。

陽が昇る直前、カイルは別のマンホールを使って、ふたたび下水道にもぐりこむと、ヘルメットのライトを点灯し、今回は背中にドラグノフをかついで、しかるべき格子蓋のところへ進んでいった。街路の向こうにいる護衛に発見されないよう、ライトを消して、暗くしたのち、排水口の格子の隙間から外を見やる。上方からの視線に対しては守られ、こちらから前庭はよく見通せることがわかって、彼は満足した。

問題は、タイミングになるだろう。ターゲットが姿をさらすのは、邸宅を出て自動車に乗りこむまでの、わずか数秒間しかないからだ。前日の観察に基づくなら、先にボディガードたちが前庭に出てきて、その場所の安全を確認するという事前警戒処置がなされるだろう。その処置がすめば、こちらはライフルを構えていいが、それ以前にやってはいけない。潜伏場所の開口部からスナイパー・ライフルの銃口を突きだすのは、旗をふって合図をしているようなものであって、映画のなかでしかありえない。そんなことをしたら、どんなにうまく隠れていても、見とがめられてしまうのがおちだ。

射程は、これ以上の好条件はありえないほどに短く、照星と照門しかない通常のライフルでもじゅうぶんに用を足せそうだった。まもなく、ターゲットが現われて、ドラグノフのスコープのなかに大きく、近く、その姿が見えるようになる。カイルは、持ってきた大きなジャケットを丸めて、格子蓋のすぐ内側にある出っ張りの上に置き、射撃台としての安定度が増すようにした。風のぐあいは、プジョーのバンパーに結ばれて揺れているリボンを、片目で見ているようにすればいい。

考えたくもない展開だが、もしかすると、きょうはサラディンがランチに出かけず、仕事のやりかたが変わってしまう可能性もあった。その場合は、外にいる護衛の全員をライフルで仕留め、要塞のように堅固な邸宅へ突入しなくてはいけなくなる。それはあまりに騒々しく、骨が折れ、危険の大きい仕事になるだろう。とはいえ、こんなにうららかな日に、パリのカフェでうまいランチを楽しむという誘惑に抵抗できるやつがいるだろうか？

カイルは少しフルーツジュースを飲んでから、双眼鏡を取りあげて、闇の奥に立った。疲労や退屈で注意力が緩慢になっているときに、ターゲットが現われたら、それが消える前に行動することはできなくなるので、強く集中して、双眼鏡で前庭を監視する。乗用車やトラックが、砂や石ころを背後にふりまきながら、街路を行き交っていた。ときおり、急ぎ足で歩道を歩く人間が現われると、塀の隅に設置されているカメラがその動きを追った。カイルは、いくぶん両脚を開いて、そのどまんなかに重心を置くという、かりに途方もない時間がかかっても維持できる姿勢をとって、広い下水道の闇の奥に身じろぎもせず立っていた。心を空《くう》にしたなか、分が着々と刻まれていく。それから二時間、彼はときどき筋肉をストレッチする場合をのぞいて、じっと動かずにいた。そのあと、位置を変えて、狭い四角形の排水口に近寄り、コンクリート造りの小さな出っ張りに両肘を置いて身をのりだした格好で、監視をつづけた。

午前十一時二十八分、ひとりめのボディガードが出てきた。プレスしたジーンズに、白のシャツ、前を開けたスポーツジャケットという姿の、たくましい若者だ。そいつが街路に足を運んで、周囲を見渡してから、駐車してある車を点検する。ドアのロックを解いて、乗りこんだ。エンジンをかけた。

カイルは双眼鏡をさげて、ドラグノフを持ちあげると、排水口内側の出っ張りにのせてある、やわらかく巻いたジャケットの上に銃身の先端部を置いた。プジョー4007SUVが、上方からの視線をさえぎっている。リボンはごくかすかに揺れているだけで、弾道を変えるほどの風は吹いていないことが推察された。呼吸と脈拍をゆるやかにし、ライフルのスリングが左腕に食いこんでくるのを感じとる。

ふたりめのボディガードが現われた。安っぽいスーツを着た大男で、やはりネクタイはしていない。片手を背後にまわして、ジャケットの内側に入れているということは、おそらくその手に拳銃を握っているのだろう。そいつが前庭から外に出て、街路の左右をチェックした。邸宅の玄関へ足を戻し、なにかを言ったが、カイルにはその声は聞きとれなかった。

サラディンが前庭に出てきて、自動車までの、十歩ぶんもなさそうな短い距離を歩きはじめる。ボディガードがその前を歩いていき、ドアを開いた。カイルとの距離はわずか四十メートルで、サラディンは歩きながら、携帯電話で通話をしており、カイルは、これは単純な射撃だと見てとった。五歩、六歩と足を運んだところで、引き金を絞ると、サラディンは七歩めを地面におろすことができずじまいになった。やや下方から撃ちあげられた銃弾がその体を持ちあげて、糸を切られた操り人形のように後方へ投げだし、サラディンは地面に落ちる前に絶命した。ボディガードが愕然《がくぜん》となって、かなり長いあいだその死体をながめていたので、カイルはスコープの向きをそいつに移して、頭部に一発たたきこんだ。

運転役のボディガードがドアを開け、拳銃を抜きだして、地面に身を転がしたが、ターゲットを見つけることはできなかった。ゲートの外はすべて異常なしと見えたので、当然のごとく、その目は屋根の上や高い窓を見あげて、スナイパーの姿を探した。そいつが撃ちかえす相手を探しているあいだに、カイルはスコープの中央にその姿をとらえ、やはりなめらかに引き金を絞りこんだ。こんどのボディガードは身を伏せていたので、水平に飛んだ弾が肩に当たり、胸から胴体をつらぬいて、臀部《でんぶ》から射出した。着弾の衝撃でその体が跳ねあがり、貫通した弾が心臓と肺を破壊していた。

ぐずぐずしている時間はない。カイルはドラグノフを内側へ引きもどして、そこを離れ、背後を流れる深い排水路のなかに放りこんだ。すぐ真上にマンホールがあったので、その蓋を押しあげて、横へ動かし、マンホールの縁をつかんで身を持ちあげ、外に出て、低い姿勢を保ったままプジョーの後ろへ移動する。腰に携えているサプレッサー付きのグロックを抜きだして、街路を駆け渡り、ゲートを通りぬけて、陽光の踊る前庭に入った。仕留めた三つのターゲットの頭部に一発ずつ銃弾を撃ちこんで、とどめを刺してから、彼は邸宅の内部をめざした。

「いまのを見たか？　あれはいったいどういうことだ？」双眼鏡を強く目に押しあてたまま、大男が言った。「あいつ、われわれの被疑者を撃ちやがった！」

その大男、連邦捜査局《FBI》特別捜査官デイヴィッド・ハントが予期せぬ襲撃に驚いて身をのけぞらせ、信じられないという顔つきになって、国土安全保障省《DHS》特別捜査官キャロリン・ウォーカーのほうに向きなおった。彼女は椅子に腰かけて、小さなテレビの画面をながめていた。この二日間、焦点調節が可能な望遠レンズ付きのカメラで、その前庭のあらゆる動きをとらえ、テレビで観察し、記録してきたのだ。ロンドンにおける神経ガス攻撃の首謀者と目される男、サラディンを監視するために、ＦＢＩはＣＩＡとの合同特捜班を編成しており、これはその任務の一環だった。ワシントンから指令が来れば、彼らはサラディンを逮捕することになっていた。合同特捜班の部屋は、街路の角にあって、サラディンの根城を見渡せるアパートの四階にあり、彼らはそこからなら、当該エリアの全体を監視できると考えていたのだ。

だが、あの暗殺者は、だれにも見られず、なんの前触れもなく、降って湧いたように出現した。ではあっても、いまはウォーカーがその男をカメラにとらえて、記録をしている。彼女はレンズの焦点をその男――カイル――の顔に合わせ、その映像をＵＳＢで接続したコンピュータのハードディスクに送った。

「男の映像をとらえた」彼女は言った。「あの男、いったいなにをもくろんでるのかしら？　あそこに行って、身柄を拘束しましょう」

デイヴィッド・ハントが高倍率の双眼鏡を放りだす。まったく見知らぬ男が自分たちの作戦に割りこんできて、フランスの首都のどまんなかで、すべてをおじゃんにしてしまったのだ。

「それはできない、キャロリン。十分もしないうちに、フランスの警察がこの一帯に押し寄せてくるだろうし、もし彼らがここでわれわれを発見したら、大変な混乱が生じることになってしまう」

彼はジッパー式の大きなバッグにそこの備品を詰めこんでいき、ウォーカーは、アメリカ大使館内に設置された合同特捜班オフィスに無線を入れて、いま起こっていることを通報した。ハントとウォーカーは裏階段を駆けおりて、暗色のSUVに乗りこみ、そのころには、通報を受けての電話があちこちにかけられ、エージェントたちが、じっとオフィスにすわっているだけではなく、自分たちにもなすべき仕事ができたことをよろこびながら、行動を起こした。

ジューバは、最初の銃声が聞こえた瞬間、動きだしていた。あのバーンという音は、どういう銃かを自分は知りつくしている、ドラグノフ・スナイパー・ライフルの銃声だ。彼は拳銃を片手に、表側の壁に身を押しつけて、窓の端から下方の前庭をのぞきこんだ。敷石の上、そこに大きくひろがった赤黒い血だまりのなかに、サラディンがあおむけに倒れていた。ジューバが見つめるなか、二発めの銃声がとどろいて、規律と経験を有した選り抜きのボディガードのひとりが頭部に銃弾をくらい、その頭蓋《ずがい》を貫通した弾が血と脳漿《のうしょう》を撒《ま》き散らした。ジューバはあたりに目をやったが、スナイパーの姿は見つからなかった。

時間がない！　撃ったのはだれでもありえるし、ことによると、フランスのテロ対策エージェントがこの邸宅に襲撃をかけているのかもしれない。やつらがこの住所やサラディンの名をどうやってつかんだかは、もはや問題ではない。とにかく、やつらはそれをつかんだのであり、こうなったら自分を救うまでのことだ。ジューバは拳銃をスラックスのウエストバンドにつっこみ、ペルシャ絨毯の上を歩いて、リヴィングルームのテーブルに近寄った。

ノートPCのプリンター・ケーブルと電源コードを抜き、PCをたたんで、黒のキャリングケースに押しこむ。致死ガスの情報はすべて、この小さなコンピュータのなかに入っているのだから、敵対者の手が届かないところへこれを移さなくてはならない。外で三発めの銃声がとどろき、わざわざ見に行かなくても、もうひとりのボディガードが撃ち殺されたことがわかった。どちらのボディガードも撃ちかえさなかったというのは、彼らがスナイパーを見つけられなかったことを意味する。

テーブルのそばにバーガンディ色の革製ブリーフケースがあったので、彼はそれを取りあげて開き、旅行用の書類とゴムバンドでひとまとめにされた数枚のパスポート、そして隅に詰められていたアメリカの百ドル札の束を残して、中身を放りだした。ケースに入れた小さなPCを押しこんで、ブリーフケースを閉じる。

部屋に散乱した書類やコンピュータ用の機器を破壊する必要があったが、それらを個別に破いたり燃やしたりしている時間はなかった。邸宅をまるごと、処分してしまおう。こういう非常事態が生じるかもしれないからと、ジューバは先にかなりの時間を割《さ》いて計画を立て、この建物を支えている要所要所に爆薬のかたまりを埋めこみ、それに取りつけた信管を壁に設置したタイマーにつないでおいたのだ。ためらわず、そのスイッチを入れる。爆発まで五分の猶予があるから、その間にこの邸宅から逃げだせばいい。

くぐもった銃声が三発、前庭から聞こえてきた。ジューバは左手でブリーフケースを持ち、右手で拳銃を携えた。上階にあがって、階段をのぼりきったところで立ちどまり、侵入者の足をとめさせるために、下方へすばやく何発か撃ちこんでおく。

ジューバは身をひるがえし、邸宅の前にいるやつと自分とのあいだに堅固な壁がつねにあるようにしながら、裏手の階段をめざした。あと三十秒もしないうちに、この地所におさらばし、角をまわったところに駐めてある自分の車に乗りこめるだろう。運がよければ、午後五時五十五分に出発する、ワシントンのダラス国際空港行きのブリティッシュ・エアウェイズ便に間に合うかもしれない。彼は肩ごしにふりかえって、背後の階段に目をやった。

カイルは、壁の角ごしに拳銃を突きだし、大ざっぱに表階段のあたりを狙って、二度、発砲した。そのとき、別の方角へ走っていく足音が聞えたので、階段を駆けあがった。銃を前方に構え、ターゲットを求めながら、一段とばしでのぼっていく。
リヴィングルームに書類が散乱していることに気づき、そのなかに〝フォーミュラ〟が混じっているのかもしれないと思ったが、ドアを閉じる音が奥のほうから届いてきたので、彼はそちらをめざした。サラディンの殺害だけでなく、例の〝フォーミュラ〟の入手もこの任務の一部ではあったが、それをする前に、ほかの脅威を消しておかなくてはならない。逃げているやつは、いまはもう足をとめさせるための銃撃はしておらず、その足音は遠ざかりつつあった。カイルは裏口のドアを蹴り開け、下方へ逃走中の男に身をさらすことのないよう、階段のてっぺんに身を転がした。あおむけになった体をうつぶせにして、両手でグロックを構え、階段のてっぺんから下方を見渡す。長い手すりの下に並んでいる鋳鉄の支柱が、視野を寸断していた。

そのとき、両者の視線が一瞬からみあい、ジューバとシェイクはいずれも、相手の正体を悟った。

「おまえか！」ジューバが、裏口から外へ姿をくらまそうとする途中で、叫んだ。コンクリート壁に背中を押しつけ、拳銃だけを突きだして、弾倉が空《から》になるまでカイルのほうへ弾を撃ちこんでくる。

「この野郎！」とカイルは叫び、驚きつつも、飛来する弾を無視して、自分も銃撃を始めた。だが、角度が悪いうえに、ターゲットはすでに視界から消えてしまっていた。

大理石の壁面に銃弾が食いこんで、細かく砕けた石粒が裏階段の上に散乱した。どちらも、敵の能力をよく知っているとあって、もはや軽率な行動には出られなかった。突撃は自殺行為になるからだ。

ジューバが小さなゲートを抜けて、敷地の外へ駆けだし、角をまわって姿を消した。

カイルは、遠ざかる足音を聞きつけても、それは偽装かもしれず、この邸宅にはまだほかにも危険がひそんでいるおそれがあったので、じりじりと階段をくだっていった。ジューバを追いかけて仕留めたいという衝動は、抑えこむしかなかった。まだ任務は完了していないのだ。一階の主室に散乱していた書類を調べなくてはいけないし、警察がやってくるまでに自分は姿をくらましておかなくてはならない。悪態をつきながら、彼は拳銃をホルスターに戻した。絶好の機会を取り逃がしてしまったのだ。

カイルは急いで、主室にとってかえした。家具類の上やあいだに書類がめちゃくちゃに散乱し、だれかが大急ぎでそこを離れたことを示していた。秘密につながる書類とあって、カイルはシベールに連絡を入れて、フリードマンのSUVをこちらへまわさせようと思ったが、そのとき、視野の隅に、小さな赤い光が壁面で点滅しているのが見えた。彼は動きをとめた。

タイマーを見ると、起爆時間まで、あと二分しかなく、カウントダウンは着実に進んでいた。無力化にはそれ以上の時間がかかるだろうし、ジューバならおそらく、起爆までの過程にじゃまが入った場合に備えて、別の点火装置を仕掛けているにちがいない。

カイルは駆けだした。階段下のドアをめざし、そこまでの距離が一マイルほどもあるように感じながら、頭のなかで秒を数えて、走っていく。あと一分三十秒。遠くから、フランスの警察がやってくることを告げるサイレンの音がきれぎれに届いてきた。サラディンの死体を飛びこえ、ゲートから外に出て、街路を横断し、マンホールのなかへ這いもどる。あと一分。悪臭のする下水道が、いまは友と化していた。地下にいれば、爆風をもろに受けることはないだろうし、警察がマンホールの蓋《ふた》が開けっぱなしになっていることに気づくには多少の時間がかかるだろう。足を一歩踏みだすごとに、爆発ゾーンから遠ざかることができる。

あと四十秒、あと三十秒。

あと十五秒となったとき、下水道の側面に、作業員が道具を収納しておくための小部屋が見つかったので、グロックでそのドアのロックを撃って、破壊した。ドアはぐらぐらで動きにくかったが、彼はありったけの力をこめて、ぶあつい木の板でできたドアをひっぱり開けると、なかにもぐりこんで、ひざまずき、爆風で鼓膜が破れないように大きく口を開いた。警察がまだ到着していなければいいのだが。

まもなく、地をどよもす轟音があがり、ジューバの仕掛けた痕跡抹消手順に従って、つぎつぎに爆発が生じ、大邸宅が粉々《こなごな》に崩壊した。爆風が、前庭を囲む古い塀を倒壊させ、近隣にある煉瓦《れんが》造りの建物に襲いかかり、連なって駐車していた車を破壊していく。衝撃波が下水道の開口部から地下へくだってきて、下水道の本線を、途中にあるすべてを引き裂きながら駆けぬけていき、カイルがもぐりこんでいる部屋のドアにもたたきつけてきた。体が横手へ投げだされ、なにかの大きな備品に激突する。

それが通りすぎたあと、カイルは、めまいを覚え、息を継ごうとあがきながら、闇のなかで三分ほど横たわっていた。なんとか立ちあがって、ドアを開けると、砂と埃《ほこり》の雲がぶあついカーテンのようにトンネルのなかに立ちこめているのが見えた。口にハンカチをあてて、小部屋を出ようとしたとき、さっき激突した物体は、じつはコンクリートの壁面に設置された、上方へ通じるスチールの梯子《はしご》だったことに気がついた。それをのぼると、別のドア、作業用トンネルへの出入口があった。なぜ、自分は先にこれを見つけられなかったのか？　日ざしの下に出て、肩ごしにふりかえると、背後に火球と煙が立ち昇っているのが見えた。

彼は歩いて、そこを離れた。一歩ごとに、自分は無傷ですんだのだという確信が深まっていく。地下鉄のフォール・ドーベルヴィリエ駅に着いたころには、ふつうに歩けるようになっていた。メトロ七号線の列車に乗って、北へ五分ほど行けば、つぎのラ・クールヌーヴ－ユイ・メ・ミルヌフサンキャラントサンク駅に着く。その近辺にあって、観光客においに人気のある広大な航空宇宙博物館の前を、シベールとリザードが車でゆっくりと行ったり来たりしているはずだ。

彼らがその男を見つけたのは、列車が耳をつんざくブレーキの音を立て、前方の空気を猛烈に押し分けて、ごうごうとプラットフォームに入ってきたときだった。おおぜいの人間がほぼいっせいにドアへ押し寄せ、体が触れあうのを避けようとしながら、いい場所に立とうと乗りこんでいく。

そのとき、テーザー銃（ワイヤでつながった針状の電極を発射する制圧用の銃で、外観は拳銃に似ている）X26の二本のニードルが、カイルの上着とシャツをつらぬいて突き刺さり、数千ボルトにも達する電流の多重パルスが襲いかかって、その体の運動系機能を麻痺《まひ》させた。カイルは、駅のよごれたフロアにうつぶせに倒れこみ、自分の左側にしゃがみこんだ男が英語でだれかに呼びかける声を聞いていた。

「おーい、この男、心臓麻痺を起したようだぞ！」

地下鉄の列車がドアを閉じて、走り去ったとき、二名の救急隊員が階段を駆けおりてきた。カイルはストレッチャーにのせられ、救急隊員のひとりが彼の腕に注射をしているあいだに、もうひとりが、麻痺状態を持続させるために、ふたたびテーザー銃を撃った。

列車待ちのひとびとは、救急隊員たちがストレッチャーに男を縛りつけて、救急車の待つ街路に通じる出入口をめざすと、左右に分かれて、道を開けた。

17

ジューバは、すべての目が爆発という大事故に向けられるだろうから、自分が尾行されるおそれはないと確信していた。煙を噴きあげる残骸のなかに、カイル・スワンソンがうもれていればいいのだが。スワンソンは死んだと思いたかったし、階段の上と下で撃ちあって、あの角張った顔を見たとき、そこに恐怖の色がまったくうかがえなかったのはたしかだ。たぶん、シェイクはほんとうに死んだのだろう。そう考えて、ジューバは笑みを浮かべた。かつて自分を打ち負かした唯一の男を殺したのだ。

少しのんびりとすごしてから、アメリカに飛ぶことにしよう。空港に近いエグゼクティヴ・ホテルが乗り継ぎ客用の休息室を用意していたので、ジューバはオランダ人のパスポートを使って部屋を取り、体をきれいにした。それから、下におりて、さっぱりとひげを剃《そ》らせ、女性スタイリストに頼んで、企業の重役室に迎え入れられるのがふさわしいところまで、きっちりと髪の手入れをさせた。肌を少し明るい色に変えさせ、勤務先の金融企業で新たな副社長の座をめぐっての競争が始まったので、若く見えるようにしたいのだとジョークをとばした。そのあと、紳士服の店に行って、新しいスラックスとシャツ、下着とソックス、そして金ボタンの付いたブルーのスポーツジャケットを買いこんだ。すぐには着ない衣類は、大きなブリーフケースのなかにうまく押しこめた。残念なことに、武器を携行することはできなかったが、空路で向かうあの国には多数の銃が待ち受けている。最後に、使い捨ての携帯電話と、通話時間がたっぷりとあるプリペイドカードを購入した。

持ちものは、ブリーフケースとコンピュータ・ケースだけなので、ジューバは問題なくセキュリティ検査を通過し、ワシントン行きのブリティッシュ・エアウェイズの便に搭乗して、ファーストクラス区画のシートに身をおさめた。あとの乗客たちの搭乗が完了する前に、フライトアテンダントが冷えた水のグラスを運んできた。やがて、飛行機が動きだして、スピードをあげ、車輪を滑走路から浮きあがらせて、離陸をすると、ジューバはようやくひと息ついた。もう危険はないということで、シートを倒して、体をのばし、少し眠っておけと自分に命じた。エンジンの発する、絶え間のない小さなハム音が、リラックスする助けになった。彼はスコットランドの夢を見た。

あるとき、アメリカ海兵隊の特殊作戦チームが、それと同様の性質を持つイギリス海兵隊チームを敵に想定しての合同演習のために、そこへ派遣されてきて、上級軍曹オズマンドもその演習に参加することになった。彼は二度、〝模擬殺害〟に成功し、そのあと、演習をもっと高度な水準に引きあげることにした。

まる一日、彼とスポッターはアメリカのブルー・チームを追跡したのち、彼らの歩哨網と監視ポストをくぐりぬけて、敵司令部と、アメリカ軍が翌朝に使うにちがいない道路を見おろす低い尾根に、見えない潜伏場所を設定した。だれでもいいから将軍がひとり、こちらの視野に姿を現わすことを彼は期待していた。スポッターとともに作業して、そこまでの経路の痕跡をすべて消し去り、潜伏場所の状態を改善し、そのあと、夜の闇があたりを包んで、星空が見えてくるなか、ブリキ皿に盛ったコールドミートを分けて食べ、水を飲んだ。

雨が降っていたが、スコットランドでは、いつも雨が降っているか降りかけているかなので、そんなものは任務にとってなんの意味もなかった。未明のころ、ジューバはスポッターに睡眠をとらせて、自分は監視に就いた。雨が降っているうえに寒く、あたりは静まりかえっていた。火を熾《おこ》して手を温めるというのは、もちろん論外だ。

彼はそんなことはせず、凝固を維持した。ギリースーツ（スナイパーやハンターが周囲の環境に溶けこむために身にまとう迷彩服）のスリットから突きだしている薊《あざみ》や雑草が、彼をごつごつしたスコットランドの風景の一部をなす藪《やぶ》のひとつに変じていた。二時間後には夜が明けて、アメリカ海兵隊員たちが動きまわりはじめるだろう。上級軍曹オズマンドは、可能なかぎり多数を〝殺害〟し、できるならば、敵司令部をも陥れようと思っていた。誉《ほま》れ高いアメリカ合衆国海兵隊を出しぬいてやれば、その手柄は永遠にたたえられることになるだろう。

そのとき、夜の寒気より冷たい拳銃の銃口が、彼の耳のすぐ下、首筋に押しつけられ、静かにささやきかける声が聞こえた。

「バン、でおしまいだ。あんたは死ぬ。そこですやすやとお休み中の、おまえのパートナーもな」

オズマンドがふりむくと、黒く塗りたくった顔がにやにや笑っているのが見えた。シェイクと呼ばれている一等軍曹、カイル・スワンソンだった。

「あんたらふたりは、じっとしていることができないらしい。二頭の象が足を踏み鳴らして歩きまわってるように聞こえたな。ここに来るとき、あんたはおれにつまずきそうになったんだぞ」アメリカ人はそう言って、あっさりと拳銃をわきへやった。「行こうぜ。下について、暖を取り、なにか食いものにありつくとしよう」

大西洋の上空を飛行するブリティッシュ・エアウェイズ機に乗務中のフライトアテンダントが、ファーストクラスの乗客のひとりが眠りこんで身を震わせていることに気がついた。夢を見ているのだろう。彼女はその体にそっと毛布をかけた。

その夢が、ほんの数時間前にパリで発生したできごとに変わっていく。またもやスワンソンがジューバのうわてをいき、その鼻先でサラディンを急襲、殺害したのだ。鮮明に、銃声が聞こえ、前庭の敷石の上に倒れた霊的な父親の死体が見え、悲しみと怒りの炎が湧きあがってくる。〝つぎはなんだ?〟。心がその疑問を探りはじめたところで、ジューバは目を覚ました。

いまの時点なら、自分は姿をくらますことができる。〝フォーミュラ〟をほしがる八件の応募者のそれぞれが、返却不要の一千万ドルを銀行に振りこんでいるのだ。その全額が、すでに別の銀行へ移され、多数の偽名口座に分散して預金されており、自分はそれらの口座番号とアクセス・コードを知っている。それ以外にも、自分の個人的資産が五百万ドルほどはあり、サラディンが蓄えてきた予備費と工作費の合計は約一千万ドルにのぼる。総計すれば、一億ドルに近い金額、人生を変えるのにじゅうぶんなカネを、ジューバは手にしたことになるのだ。

これほどの大金があれば、プロフェッショナルの殺し屋や、大量殺人の仕掛け人としての人生をつづける必要はない。世界のどこにでも行け、ほしいものはなんでも買える。サラディンの死によって、計画全体が支障をきたし、その遂行に伴う危険ははるかに増大した。オークションの応募者たちはいまも〝フォーミュラ〟をほしがっているだろうが、これからは小切手帳ではなく銃を使って、それを手に入れようとするだろう。それだけでなく、寄託金も取りもどそうとするにちがいない。

いまとなっては、カネを確保して、どこかに消えてしまうのが最善の生きかただろう。中東は、イスラム狂信者たちが十字軍どもとの戦いを遂行する戦乱の地と化している。単独で狂暴な戦士としての戦いを続行すべき理由は、実際のところなにもない。

だが、彼は最終的に、続行すべき理由が三つあると判断した。第一に、自分はいまもあのガスの〝フォーミュラ〟と、それを製造することのできるいくつかの工場を所有している。攻撃を支援させる潜入工作員たちを手ずから選びだし、各種の武器の供給や、テロ組織細胞との連絡も自分がやってきた。ロンドンでテロ攻撃がおこなわれ、オークションが持ちかけられるまで、サラディンの名を耳にしたことのある人間はほとんどいないはずだ。配下の連中はずっと自分の指示で動いてきたし、いまもやはり自分の命令に従うだろう。第二に、カイル・スワンソンがあの爆発で死んだと本気で信じるわけにはいかず、これはつまり、両者が衝突針路に乗っていて、いつかは対決することを意味する。もしスワンソンがこちらを追う気になれば、あの男のことだから、けっして追跡を断念しないだろう。あのアメリカ人は、執念深い疫病神みたいなやつだ。第三に、自分は、なにもせずにごろごろするような生活には退屈してしまうだろう。

あれを使えばいいじゃないか？　合衆国への攻撃は華々しく、すさまじいものになるだろうし、そのあと何年にもわたって、全世界にそれと同じ攻撃をかけることができる。サラディンが通知した実証試験をやってのければ、応募者たちをおとなしくさせて、競りを続行させることができるだろう。

残るはスワンソン。ジューバは、自分があのスナイパーを殺したくてたまらない気分になっていることに気がついた。あの男の脅威は今後も、招かざる影のように存在しつづけるだろう。スワンソンが生きているかぎり、自分はどこに行っても、心からくつろぐことはできないにちがいない。そして、なによりも、あの海兵隊員は、自分をほんとうに理解してくれた唯一の人物を殺したのだ。サラディンを殺した男への復讐をせずにすませるわけにはいかない。カイル・スワンソンには死んでもらわねばならない。

ジューバはシートを調節し、足もとに置いていたノートPCを取りあげて、かたわらの通路側シートの上にのせた。ファーストクラス区画は、半分ほどしかシートが埋まっていなかった。さっきと同じフライトアテンダントが戻ってきて、食事はいかがでしょうと尋ねてきた。彼はヴェジタリアンの食事を頼んで、ヘッドセットをつけ、考えをめぐらせるのに好都合なクラシック音楽を見つけて、再生した。攻撃計画がひとつ、浮かんできた。すでにメキシコで兵器の準備が進められているから、きょう、このあと電話を入れて、その仕事を進めるようにと念を押しておこう。あと必要なのはターゲットだけであり、それを迅速に決定する必要があった。

ラスヴェガスは、ターゲットとするのにふさわしい。全世界の社会に腐敗を蔓延《まんえん》させるその罪深い街が、ごてごてと着飾った娼婦のようにジューバを呼び招いていた。その穢《けが》れた街に、そこのギャンブルと娼婦に引き寄せられて、身を持ちくずしたムスリムの男が無数にいる。ジューバは、砂漠の夜をカーニヴァルのように明るく染める、むかつくほど安っぽいラスヴェガスの光景を思い起こして、あそこを破壊したら個人的なよろこびを覚えるだろうと考えた。だが、あの街のことを心から案じる人間はそう多くはないから、満足はできても、効果はたいしたものにはならないにちがいない。けばい女や、カードプレイヤーや、金遣いの荒い田舎者どもであふれかえる街を破壊したのでは、たいした同情は寄せられず、翌週には新聞の見出しから消えてしまうのがおちだ。ホテル経営者たちはさっさと死者を葬って、すぐにまた、汚染が残るゾーンのすぐ外側、観光客たちが小銭を払って強力な望遠鏡を借りて破壊の跡を見物できるところに、カジノを新築するだろう。

無意味な人殺しのために、あの兵器をむだ使いするわけにはいかない。いろいろと考えたあげく、彼はニューオーリンズに目をつけた。だが、ハリケーンによってあの大都市が破壊されたとき、合衆国大統領はわずか数カ月後には関心を失った。ニューオーリンズは政治力のない貧乏人がおおぜいいる都市なので、アメリカ人たちは、なにごともなかったように、そのあともショッピングモールや映画館に出かけていた。あの街は、いまも再建の途上にあるのだ。

ジューバは食事をすませ、小さなテーブルにコンピュータを置いて、あちこちのニュース・サイトを見ていった。パリに関するニュースはまだたいしてないが、ロンドン関係のニュースはいまも継続していた。しかるべき街で多数の死者を出さなくてはならない！　彼は国際ニュースのチェックにかかり、バングラデシュが台風に蹂躙《じゅうりん》されたことを報じるトップ記事に目を通したあと、いまもまだサッカー愛好者とあって、スポーツ関係のニュースを見ていった。

三月にドイツのスタジアムでおこなわれた試合で激しい暴力行為が発生したという記事を読んで、ジューバは興味を引かれ、観客たちがフィールドに殺到したり、出口を求めて逃げたり、つったって周囲を見ていたりする光景をとらえた映像をながめて、あるアイデアを思いついた。何千、何万ものひとびと。何千、何万ものターゲット。

スポーツの競技場というのは、ガス攻撃に理想的な場所ではないか。ガスは混乱と破壊をもたらし、テレビがその騒乱を報じるからだ。合衆国はベースボール・シーズンに入っているから、どれかのビッグ・ゲームを悪夢に変じてやればいい。ジューバはインターネットで検索し、合衆国にあるメジャーリーグの全球場の詳しい情報と、今後の試合スケジュールを把握した。あのスポーツのことはよく知らないが、有望な球場がいくつもありそうだった。

彼はそのままインターネットを使って、航空券を予約した。

アメリカ合衆国に到着すると、ジューバは税関の手前でしばらく立ちどまって、ようすをうかがい、シャツのボタンを襟のところまできっちり留めて、ネクタイをしていない、肌の浅黒いトルコ人を見つけだし、その前に位置どって列に並んだ。税関職員たちの目は、イスタンブールから来た陶器商に集中し、その前にいるヨーロッパ人ビジネスマンには向けられなかった。そのトルコ人がテロリストじみて見えたからだ。ジューバは使い慣れたパスポートを見せて、税関職員に温かく迎えられ、驚くほどやすやすと通関をすませた。もちろん、カメラが彼の入国をとらえてはいたが。

最後の障壁を通過すると、ジューバは、到着した飛行機から降りてくるひとびとを待ち受ける家族や友人、そしてビジネス関係者たちで混みあう待合エリアへ、ぶらぶらと歩いていった。レンタル・リムジンのドライヴァーたちがさまざまな姓を手書きで記した看板を持って立っていたが、その連中は無視して、外の歩道へ足を運び、タクシーをつかまえる。

メトロの駅でタクシーを降り、地下鉄に乗ってレーガン国際空港に行き、そこのロビーにあるコンピュータのひとつを使って、デルタ航空のワシントン発フロリダ行きの国内便e航空券を、アメリカンエキスプレス・カードで購入した。メジャーリーグのベースボール・ゲームを観戦したことは一度もないので、新たな経験ができるのが楽しみだった。

大西洋上空

薬物の効果が薄れていくにつれ、カイル・スワンソンは徐々に意識を回復していった。どれくらいの時間がたったのか見当もつかず、最後の記憶は、地下鉄に乗りこもうとしていたときのものだった。その直後……突然、苦痛に襲われ、ひとびとが叫び、そのあと完全に意識が途絶えたのだ。夢はまったく見なかった。カイルは、自動的に生じてくる未知への恐怖をしっかりと抑えこめるようになるまで、動かず、目を閉じたままにしていた。

やがて、わずかにまぶたを開いてみると、そこは真っ暗闇ではないことがわかった。どこかからそこにライトが射しこんでいて、物体の輪郭《りんかく》は見てとれたが、見たものがなにかはまったくわからない状態だったので、ほかの感覚を総動員して、集められるかぎりの情報を集め、状況を判断しようとした。麻酔薬の副作用らしい頭痛が少しはあったが、負傷したような感じはなかった。

まず明らかになってきたのは、絶え間なく響くかすかなジェット・エンジンの音と、わずかに揺れているような感触で、それらをもとに、自分は航空機のなかにいるようだと判断がついた。そばに隔壁があるようなにおいがし、エアコンのような音が聞こえ、それにそぐわ

しい風が肌をなぶっていた。刑務所の房ではなく、管理の行き届いた環境に置かれているらしい。自分を拘束したやつは、小型のモダンなジェット機でどこかへ連れていこうとしているのだろう。

体に伝わる感触をもとに、さらなる情報を得ようとしたが、やってみるなり、小さなベッドに縛りつけられていることがわかっただけだった。指先の感触から、自分は裸にされ、毛布をかけられているらしいと判断がついた。異常だ。外国で捕まえた人間に、通常、こんな処置はしない。コンドームのような器具、携帯排尿器《モーターマンズ・フレンド》が、ペニスに装着されて、チューブにつながっていた。細いワイヤが数本、肌に触れている。脈拍や血圧といった、心臓の状態をモニターする電子機器に接続されているのだろう。

目が覚めてからしばらくは、自分はテロリストどもに拉致《らち》されたのだろう、だとすれば、きわめて不愉快な展開が待ち受けているにちがいないと考えていた。だが、やわらかなマットレスの上に横たわって、耳を澄ましていると、近くの区画からくぐもった話し声が聞こえてきた。英語だ。どうやら合衆国政府に身柄を拘束されたらしい、とカイルは結論した。それなら殺されることにはならないだろうし、当面、自分にできることはなにもない。そのとき、カシャッと、かろうじて聞きとれる程度の音がして、また麻酔薬が点滴で血管に送りこまれてきた。彼は呼吸を整え、薬が自分を眠りに引きもどすにまかせた。

「この男は、まさにゴーストだ」FBI特別捜査官デイヴィッド・ハントが言った。パリで、スワンソンの動きを双眼鏡で監視していた男だ。彼は眼鏡をはずして、目をごしごしとこすった。

国土安全保障省《DHS》の捜査官キャロリン・ウォーカーは、ガルフストリームの機中で、彼とさしむかいに腰かけ、あいだのテーブルに置かれた書類を読んでいた。暗殺犯を捕獲してからすでに四時間以上がたっているのに、その身元が確認できるものはなにも見つからない。

麻酔で眠らせて、リア・キャビンのシートに縛りつけてある男は、古びた黒い財布を持っていたが、そのなかには五百ドルほどの現金と、偽造されたアリゾナ州の運転免許証があっただけで、クレジットカードのたぐいはなにも入っていなかった。社会保障番号カードもなし。ポケットは空《から》。正面と両側面からの顔写真を撮って、デジタル補正をし、指紋のデータとともにワシントンに送信して、政府の全コンピュータ・データベースと照合させている。これまでのところ、コンピュータはなにも掘りあててはいなかった。まったくなにもだ。

ウォーカーは、眠らせてあるあいだに撮った、被疑者のデジタル写真をひろげた。

「身体を調べても、見てわかる以上の情報はなにも得られない。タトゥーだのなんだのといった、身元に結びつくようなものはなにもなく、銃傷や刃物傷、そして手術の痕があるだけ。これは戦闘で受けた傷の痕ね」

「となると、軍人か」ハントがうろうろ歩きまわりはじめる。「よし。では、現役か、退役か？　それとも傭兵？　くそ、キャロリン、まだアメリカ人なのかどうかもわかっちゃいないんだぞ」

彼女は爪を噛《か》んだ。

「わたしの感触としては、彼はわれわれの同胞ね。合衆国政府のデータベースからこれほど完全に身元を抹消するというのは、内部の協力がなければできないから。そして、それが真の問題を提起してくるというわけ。われわれの撮影した映像には、彼が拳銃でサラディンの頭部を撃つところが記録されていて、それは、その前にライフルで射殺をしたのもやはり彼であることを裏づけている。彼はあの男を暗殺し、わが国は暗殺を容認していない。となれば、われわれとしては、彼を国に連れ帰るしかない。そこで答えが出るでしょう」

「どうも筋が通らない」ハントが言った。「かりに彼がわれわれの仲間であったとしても、パリであちこちを嗅《か》ぎまわっていれば、われわれが事前に知るところとなっていたはずなんだが。それにしても、まったくなんの手がかりもないとは。これが偶然であるわけがない」

その晩、合衆国政府の別のガルフストリームが、同じくワシントンをめざして飛んでいた。乗客はシベール・サマーズ大尉とベントン・フリードマン少佐だけで、彼らはそろって気をもんでいた。スワンソンが指定の合流地点に姿を見せず、彼らは予定の時刻から十五分待ったあと、規定に従って、計画を放棄したのだった。

煙が立ち昇るのが見えたので、彼らはそちらへ車を走らせ、例の邸宅が破壊された光景を目にして、カイルの死体がその残骸《ざんがい》のなかにあるのではないかと危惧《きぐ》した。建物が真下へ崩壊して、二階が一階を押しつぶしたかたちになったため、残骸の大半は敷地内にあったが、周辺の建物も被害をこうむっていることが見てとれた。窓ガラスが割れ、煉瓦《れんが》片が歩道に散乱していた。

シベールは車から飛びだして、プジョーのそばへ走り、開け放たれたマンホールのなかに入った。〝メイン・アトラクション〟は街路の反対側でくりひろげられていたので、集まってきた群集はだれも彼女に注意を向けなかった。彼女は下水道の両方向を百メートルほど歩いてみたが、カイルはいなかった。

彼らの受けた命令は、もし任務の遂行があやうくなれば、外国で身柄を拘束されるという、事態をさらに悪化させるにすぎない危険は冒さず、撤収せよというものだった。彼らはしぶしぶ命令に従ったが、スワンソンがどこにいるのかも、彼になにが降りかかったのかも、わからずじまいとなった。

そのあと、彼らはリザードの運転で軍用飛行場に行き、そこに待機していたガルフストリームに搭乗した。離陸するとすぐ、リザードが、ワシントンにいるミドルトン将軍に暗号通信で短い報告を送った。メッセージを受領したという通知が来ただけで、それ以外の知らせはなにもなかった。

いま彼らにできるのは、可能なかぎり速く、国に帰ることだけだった。

18

メリーランド州

　救急車の待ち受けるアンドルーズ空軍基地に、ＦＢＩのガルフストリームが着陸し、遠い格納庫へタキシングした。そこで、意識のない男が救急車に搬送され、救急車は通常のスピードを保って、ワシントンの朝の混雑のなかにまぎれこんでいった。ＦＢＩ特別捜査官ハントと国土安全保障省《DHS》捜査官ウォーカーは、黒のＳＵＶに乗りこんで、そのあとにつづいた。

　救急車はしばらくベルトウェイを走ったのち、それほど混みあっていないハイウェイに移り、最後に、とある町の街路に出て、大西洋に突きだした岩だらけの岬にある沿岸警備隊詰所跡に通じる、さらに細い道路を走っていった。暴風雨をもたらす前線が接近中とあって、ＳＵＶのフロントガラスに雨が激しくたたきつけていた。運転しているデイヴィッド・ハントは、ワイパーをハイにしていたが、それでも前のめりになって、色とりどりの岩が積まれた腰ほどの高さの塀に沿う狭い道を、ゆっくりと走っていくしかなかった。二台の車輛が、くたびれた古い建物の前にある駐車エリアに乗り入れていく。二階建ての建物で、コンクリートがむきだしの壁は、半世紀ものあいだ砂《さ》塵《じん》や石粒、そして塩水に打たれてきたせいで、よごれがひどかった。屋根に設置された垂直アンテナとそのアンテナ線は周囲の岩にしっかりとつながれてはいるものの、巨大な垂直アンテナに吹きつける強風に押されて、支えのワイヤがぴんと張りつめていた。この建物は、一九六〇年代に沿岸警備隊が近辺のもっと良好な場所に移転したときに放棄され、いまはいくつかの政府機関が共同で隠《セー》れ家《フハウス》として使っている。

車を駐車し、ハントとウォーカーが雨のなかを駆けぬけて、家に飛びこむと、CIAエージェントのチームが、救急隊員たちに搬送されてきた眠れる男の管理を引き継いで待っていた。

「どう考える、キャロリン？　彼を目覚めさせて、話をさせるべきなんだろうか？」

ウォーカー捜査官は首をふった。

「まだよ。われわれは疲れてるから、ちょっと休息をとらなくては。当面、このまま放置しましょう。そのうち自然に目が覚めて、わが人生になにが起こったのかと首をひねることになるわ」エージェント・チームのひとりに指示を出す。「エアコンを切り、ヒーターのスイッチを入れて。尿の検査をさせるように。三時間後、彼にライトを当て、エアコンを、温度を二度だけさげて、つけなおして。一時間ごとに、ライトとエアコンをつけたし消したりし、そのあと二時間ほど、ノイズを出したり消したりするように。水を飲ませるのは、暗いときに限定して。飢えと渇きを覚えさせて、見当識を失わせたいの」彼女はのびをした。「彼をやきもき、じりじりさせ、そのあいだに、われわれは二階で少し睡眠をとって、元気を取りもどし、彼をたたきにかかる。そのころまでには、おそらくコンピュータが身元を割りだしていて、仕事をずっと楽にさせてくれるでしょう」

フロリダ州セントピーターズバーグ

その午後、ジューバは、フロリダ州セントピーターズバーグのトロピカーナ・フィールドでおこなわれる、タンパベイ・レイズとトロント・ブルージェイズのベースボール・ゲームを観戦に行った。そこの気候は暑かったが、メキシコ湾からのそよ風のおかげで焼けつくほどにはならず、寒冷地で人生を送ってきたひとびとが現役を退いたのち、この街に居を構える理由が容易に理解できた。セントピーターズバーグに雪が降ることはけっしてなく、土地の住民たちはこの街を〝神の国への待合室〟と呼んでいる。

快適な気候であるにもかかわらず、貧乏球団の本拠であるそのスタジアムは妙なことにドーム球場になっていて、この日のゲームを観戦に来ている、どちらかというと数少ないファンの大半が年配の男女だった。シートのほとんどが空いていた。ジューバは戦術的に考えて、ここはひとがおおぜい集まる場所ではなく、攻撃をかけることによって世間の注意を引くことになる場所ではないので、適切ではないと判断した。それどころか、トロピカーナに攻撃をかけるのは、時間とエネルギーのむだでしかないだろう。意味のない殺しをするわけにはいかない。

その晩、空路フロリダを発《た》ち、大草原地帯《グレートプレインズ》の上空を飛んでいるとき、ジューバはまたスワンソンのことを考えていた。あの男は死んで、アーリントン墓地に葬られたことになっている。軍歴の長いジューバには、名誉勲章の死後授与だのなんだのを含む葬儀の全体が、仕組まれた秘密工作行事であったのだろうと推測することができた。つまり、スワンソンはまちがいなく生きていて、完全に正体を隠したのだ。そういうことなら、ひとつのボーナスとして、自分の優越性を立証するためのチャンスがふたたび訪れる可能性があるのだろうか？　なんといっても、スワンソンはあの日、上級軍曹オズマンドの名声に泥を塗ったのだ。あの男に冷酷な復讐をしてやりたい。この計画のなかに、スワンソンとの一対一の対決を付け加えてもいいのではないか？　たとえ、あとを追う手がかりになるパン屑を、敵に残すようなことになったとしてもだ。おもしろい対決になるだろう。

デンヴァー国際空港に着陸するためにロッキー山脈に近づき、山岳地上空の乱流で機体が揺さぶられるようになったころには、ジューバは心をすでに決めていた。

シベールとリザードはようやくペンタゴンに到着したが、あいにくミドルトン将軍は、海兵隊幹部将校たちの緊急会議に出席するためにクァンティコへ発ったあとだった。大統領は、全土警戒態勢をオレンジの水準にあげていた。

フリードマンは自分のデスクに行って、大型汎用コンピュータ《メインフレーム》にログインし、シベールはポットでコーヒーを淹《い》れながら、未開封メールのチェックに取りかかった。このあとミドルトンが戻ってきたら、彼らは簡潔な説明をおこなわなくてはならない。

「いい知らせがあるぞ」フリードマンが声をかけた。「ダブル・オーの容態が〝良好〟の水準にあがり、二、三日後にはこちらに帰ってこられることになった」画面に目を戻す。「それと、サー・ジェフリーからもEメールが来ていて、デラーラ・タブリジは元気にやっているが、カイルのことを案じているそうだ」

「それは、われわれも同じ」シベールは自分のデスクに足を運んで、《ニューヨーク・タイムズ》紙と《ワシントン・ポスト》紙をぱらぱらやった。

「ワオ！　シベール、こっちに来てくれるか？」

フリードマンのコンピュータがチャイム音を断続的に鳴らし、右上の隅に小さな赤い四角形を点滅させていた。彼がプログラムしておいた、〈トライデント〉のメンバーに関する照会があった場合に自動的にそのことを警告するシステムに、だれかが到達《ピング》したのだ。

彼がいくつかのキーをたたくと、〝犯罪情報センター《NCIC》／インターポール〟アイコンが現われ、詳細なデータが表示された。

「だれかがFBIのNCICシステムでカイルの指紋を照合した！　身元不明の〝未知の被疑者〟として、指紋の照合が依頼されたんだ」

「未知の被疑者？　だったら、彼は生きていて、身柄を拘束されているということね。だれが、どこに、彼の身柄を確保したかは記されている？」

リザードが猛烈な勢いでデータをスクロールさせ、別の情報を画面に表示させる。

「いや。だが、高度な機密事項として取り扱われてもいないね。やったぞ。このリンクを見てみろ。だれかの写真が、政府の顔認識ソフトウェアを使って調べられている。まちがいなく、カイルだ」

「ミドルトンに電話するわ」シベールは暗号化電話に手をのばした。将軍は、車でペンタゴンにひきかえしてくる途中で、最初の呼出音で電話に出てきた。「ガニー・スワンソンは生きています、将軍。なにものかが彼の指紋を照合しているんです」

ひと呼吸おいて、ミドルトンが答える。

「スワンソンのばかたれが。彼はどこにいて、だれが彼のチェックをしているんだ？」

リザードがキーボードをたたく音を将軍が聞きつけ、シベールは全員が会話をできるように、電話を会議モードに切り換えた。

「オリジナルのピングはFBIからのようですが、そのデータベースはいま、国土安全保障省の旗振りによって、世界中からアクセスできるようになっています。そのピングが記録されたのは正午前後ですので、われわれは数時間の遅れをとっていることになります」フリードマンが鉛筆でデスクをとんとたたいた。

「作業をつづけてくれ、リズ」ミドルトンが言った。「システムに入りこんで、可能なかぎりの妨害をするんだ。彼らの仕事を遅らせるために、できるかぎりのことをやってくれ。わたしはフーヴァー・ビルに立ち寄って、FBI《フィーブ》の連中との話をすませたら、ただちにオフィスに帰る」

「イエス、サー。了解です」

電話を切ると、ミドルトンは暗号化電話を置いて、周囲の車に目をやった。ワシントンのラッシュアワーは延々とつづき、数千台もの乗用車とトラックがバンパーとバンパーを接して、這うように進んでいた。

「ジョンソン軍曹！」彼は大声でドライヴァーに呼びかけた。

「はい！」

「派手な回転灯を点灯し、サイレンを鳴らして、この渋滞から抜けだし、FBI本部に急行するんだ」

シートベルトを締めるなり、将軍はシートに身を押しつけられた。ジョンソンが、ぎっしりと並んでいる車列を抜けて、緊急車輛専用のレーンに乗り入れるために、大型セダンのハンドルを大きく切って、急発進したのだ。セダンがうなりをあげ、必要となればバンパーをぶつけて、ほかの車を追いこし、車線を横断していく。ミドルトンは身を固くし、ぶじに目的地までたどり着けることを願いながら、さっきと同じことばをくりかえした。

「スワンソンのばかたれが」

キャロリン・ウォーカーが、尋問室に隣接するオフィスの壁に取りつけられた大きな時計を見て、時刻を確認した。午後五時十分。もっぱらディスカウントストアを通して販売されている時計とあって、正しい時刻を表示させるために、特別捜査官のだれかが毎日二度、修正をしなくてはいけなかった。なぜ、もっとましな時計を買わないのか？　彼女は目をしばたいてから、マジックミラーごしに隣室をのぞきこみ、椅子に縛りつけられている男に注意を戻した。

「収穫なし。ゼロ《ナーダ》。ぜんぜん。もう三時間がたったのに、彼はひとこともしゃべらない」

「それはいささか正確性に欠けるよ、キャロリン。彼は少なくとも十回あまり、さまざまな言語でもって、くそくらえとわれわれに言ってのけたからね」

「素っ裸にされ、身動きできないように拘束されて、あの部屋にひとりきりで閉じこめられてから何時間もたったというのに、彼は怯《おび》えているようにはまったく見えない」

監視されていることがわかっているかのように、カイル・スワンソンがあくびをした。もっとも、頭部も椅子に縛りつけられているので、大きく口を開いて、顎の筋肉をのばしただけのことだったが。

「われわれは早急に報告を入れなくてはいけない。なのに、現行犯で捕まえた男にばかにされるなんて、とても信じられないわ」

ふたりは男の身元確認を急いでいたが、その切迫感は法執行機関の全員に共有されているわけではなかった。ほかの面々は、いたずらに波風を立たせて、国際社会の怒りを買うことになるのは避けたいと考えて、ひどく慎重になっていたからだ。フランス政府は、ふたりがその国にいて、そこの公道で犯人を逮捕したことすら把握していない。そして、首尾よく帰国したいまはいまで、ふたりは〝石の壁〟にぶつかってしまっているのだ。本土警戒レベルが引きあげられたために、コンピュータの通信回線が混雑し、ふたりは、いくらがんばっても、どこにも話がつながらないような気分に陥っていた。すでに、被疑者の血液採取という通常の手続きをおこなって、DNAサンプルを準備してあるのだが、未処理分がひどく多いので、彼らのサンプルが検査されるのは早くても一週間後になるだろうという、そっけない返事があっただけだった。ほかのさまざまな要請も同様に処理が遅れているため、組織全体の動きが緩慢になり、コンピュータのメモリは役立たずデータの王国と化しているように感じられた。

いらだったキャロリンは、縁なし眼鏡を頭に押しあげ、垂れてきた茶色の髪をはらいのけた。彼女は、歳のころは四十代前半、ずっと情報のプロフェッショナルとして仕事をしてきて、9・11同時多発テロのあとの大規模な組織改編の際に、CIAから国土安全保障省《DHS》へ移動してきた。心理学の博士号を持ち、長年、実際に尋問をおこなってきたから、自分はどんな被疑者でも口を割らせることができると信じていたのだ。彼女はため息をついた。

「まだ名前すらわからないのよ」

「そうとも。いまなおミスターXだ」

「もっといろいろとやらなくては、デイヴ。ことばでは怯えさせられないってことなら、なにか肉体的ストレスを加えるしかない。レベル・ツーの技法を用いることを推奨するわ」

「同感。命令系統を上にたどって、許可を得たほうがいい？」

「それはまだよ。いまはまだ。レベル・ツーなら、わたしの独断で命令を出せる。あの男の口を割らせましょう」

「危険なゲームだぞ、キャロリン」ハントが警告した。「いまにも特別委員会の査問の声が聞こえてきそうだ。少なくとも、あの身元不明者はテロリスト監視リストに記載されている可能性があるという、概要説明を作成しておくべきだろう。そして、われわれの立場を守れるように時刻を記録に残しておくんだ」

「あまり大きな権力を持っていなかったころのほうが、人生は楽だったわね」細目は気にかけない機関にいた時代を思いかえして、彼女は言った。「オーケイ。いちおう概要は提出するけど、時間を稼ぐために、細目はあいまいなままにしておくわ」

国土安全保障省の捜査官エヴァン・ブラウンとケアロハ・ケポーは、いずれも大男で、たんなる威嚇《いかく》から、傷を残さないで痛めつけることに至るまで、高度な尋問技法の専門的訓練を受けている。ブラウンはフロリダ州立大、ケポーはハワイ州立大で、アメリカン・フットボールをしていた経歴を持ち、そのたくましい肉体が尋問の一要素ともなっていた。彼らがふらりと尋問室に入っていくだけで、威嚇的な雰囲気が醸《かも》しだされるからだ。そして、相手は即座に、お手やわらかな質問の時間は終わったことを悟る。

なにからなにまで、台本に沿って進めねばならない。彼らは暴漢ではなく、国土安全保障省の捜査官であり、その職務は収監者を説得して、質問に答えさせることなのだ。ウォーカーとハントが彼らに丹念な事前説明をし、これまでの質問内容を記した文書に目を通させた。彼らがマジックミラーごしにその男を観察し、つぎの手を決定した。

身元不詳の収監者は、寒暖の切り換え、睡眠剝奪《はくだつ》、まぶしいライト、そして何時間もの尋問によって、ようやく見当識を失ったように見えた。歌詞をがなりたてるラップにつづいて、クラシックのメロディをかろうじて聞きとれる程度に静かに流すという手法も、やはり効果があったようだ。いまは、ウォーカーが、心を癒《いや》すフルートとヴァイオリンのコンチェルトに音楽を切り換えて、部屋を暗くし、室温を通常よりほんのわずか高めに設定していた。安らぐ環境だ。五分もしないうちに、男の首が前に垂れた。その瞬間、彼女はカメラと音楽のスイッチを切って、まぶしいライトを灯し、二名の巨漢捜査官が尋問室に足を踏み入れた。

カイルは長年、手足や筋肉、そして脳に血液がうまく流れるようにするための等尺運動《アイソメトリック》のエクササイズを、軽く汗ばんでしまうほど強く力をこめるやりかたで、つづけてきた。意識の回復が速いので、目が覚めて、椅子に拘束されていることがわかるとすぐ、自分もかつて二度、別の場所、別の時代に、男を縛りつけた経験があることもあいまって、いま置かれている状況が把握できた。椅子の丸みを帯びた金属フレームの基部に刻印があって、その刻印はおそらく〈合衆国政府所有物〉となっているだろう。どうせ赤外線カメラでモニターされているにちがいないので、カイルはしばらく身動きせず、自分を尋問してきた男と女になにもさせないようにした。殺されるはめにはならないだろうから、騎兵隊が救援に駆けつけてくるまで、もちこたえるだけのことだ。

　自分がひどく非協力的な態度をしてきたので、相手がつぎにどう出るかも、やはり予想がついたから、それにどう対処するかだけに気持ちを向ける。肉体的苦痛が加えられるだろうし、その標準的手法は、レベル・ツーの尋問として、このでかぶつふたりがこづきまわせるように、収監者を椅子から解放するというものだろう。

　捜査官ケポーが五ガロン・バケツに満たした冷水をカイルに浴びせかけたが、彼は縮みあがりはしなかった。リラックスし、警戒は万全だったからだ。機会を待とう。

　ブラウンが腰に両手をあてた格好でかたわらに立つと、カイルはその捜査官が左手首にはめているダイヴァーウォッチに目をやった。針がほぼ六時を指していたが、小さなダイヤルに軍事時間も表示されていた。ほぼ一八〇〇時、つまり午後の六時。ただの情報をありがとよ、でかいの。

「われわれは、これまで尋問をしてきた特別捜査官に協力する最後の機会を、おまえに与えるようにと要請された」ブラウンが言った。「そこで、わたしはそれを了承したってわけだ、このくそったれ」

　痛烈な平手打ちが来て、カイルの首がねじれた。

　その顔の反対側に、ケポーが、バレーボール・サイズのこぶしをたたきこむ。一発めのパンチでカイルの唇が裂け、血がにじんできた。カイルは痛みを無視した。

「いまから、おまえを椅子からひっぱりだし、協力する気になるまで、その貧相なケツを蹴とばしてやる」

ブラウンがカイルの右腕のストラップを、巨漢のハワイアンが左腕のストラップを荒っぽくはずしていく。そのあと、ブラウンが胸を縛っていたロープを解いて、頭を拘束していたマジックテープをはずした。

その捜査官が身を起こす前に、カイルはそいつの首を両手でぐいと押さえこみ、流れるような一動作で身を躍らせた。そして、ブラウンがバランスを崩した瞬間、その頭部を強く引きつけながら、膝を蹴りあげた。捜査官が、つぶれた鼻と折れた眼窩《がんか》を押さえて、倒れこむ。

そのときにはもう、カイルはケポーのほうに身を向けていた。意表を衝《つ》かれたケポーが、すぐに気を取りなおして、迫り寄ってきたので、カイルはほんの少しだけ身をそらして、相手に蹴りを放つような構えをとった。二百七十五ポンドはありそうなハワイアンが、そのわずかな姿勢の変化に目をとめ、腹部と股間を守ろうと両腕をさげた。が、カイルはそこを狙うのではなく、瞬時にくるっと身を回転させて、相手のさがった両腕の上方、こめかみに、強烈な後ろ回し蹴りをたたきこんだ。まったく予想もしていなかった箇所に蹴りをくらったケアロハ・ケポーが、派手に床に転倒する。カイルは近寄って、倒れた男の無防備な睾丸に痛烈な蹴りを入れた。

「さっきのパンチのお返しだ」

そのあと、カイルが険悪な顔をマジックミラーに向けて、椅子にすわると、キャロリンとハントが二名の捜査官を従え、銃を抜きだして、部屋に入ってきた。カイルは抵抗せず、また椅子に拘束されるにまかせた。

「オーケイ、タフガイだってことはよくわかった。そろそろ、自発的にしゃべってくれてはどうかしら？」キャロリンが問いかけた。

カイルは相手を見据えた。

「いやだね。どいつもこいつも、くそくらえだ。もう六時だろう。ディナーを運んできてもらえるかい？」

「とことん逆らう気なんだな？」

うなるように言ったハントが、踵《きびす》を返して、部屋を出ていき、負傷した捜査官たちの処置をさせるために、救命士チームをなかに通した。この被疑者は、二匹の蝿をたたき落とすような調子で、エヴァン・ブラウンとケアロハ・ケポーをのしてしまったのだ。

「レベル・フォーに進もう、キャロリン」

「レベル・スリーはとばして？」

「また拘束を解いて、箒《ほうき》の柄の上にすわらせたり、重りをつけて両腕をのばさせたりするのは、愚の骨頂だ。失敗をするわけにはいかないから、スリーは省いて、水責めにする。そのあとは、おそらくバッテリーと電極の出番になるだろう。あんなろくでなし野郎には、ベースボール・バットや肉切り包丁を使ってもいいんだ！　それにしても、あの男、どうしていまの時刻を知ったんだろう？」

「落ち着いて、ディヴ。許可を得るという話はどうなったの？」

ハントがため息をつく。この調子では、仕事が通常の手順を大きく逸脱《いつだつ》して、エスカレートするだけであり、そうなれば、上層部に知られずにはすまなくなる。上司たちは、二名の捜査官が負傷をした経緯と、ことの進行ぐあいを知りたがるだろうし、ワシントンにいる幹部たちが水責めを許可する書類にサインをしてくれる見込みはないだろう。そのような処置に許可を出して、自分の名を記すような人間はめったにいないのだ。

うんざりしている点では、キャロリンも同じだった。

「何時間か待たされるでしょうけど、それだけの価値はあるわ。あなたもわたしも、こんなことで身を滅ぼすような結果になってはいけないから」

彼女は少し時間を取り、法律用語を使って、慎重に要請メッセージを作成し、それにサインをした。

19

ワシントンDC

ブラッドリー・ミドルトン将軍は、FBI長官の広大な執務室にいた。暗色の家具で統一された室内。フレームにおさめて壁にずらりと掲げられた、握手の写真。いたるところに、FBIの紋章。それは無言のうちに権力を物語るものであり、デスクをはさんで彼に向かいあってすわっている温和で有能な男もまたそうだった。男は椅子に腰かけているあいだも、ダークスーツの上着を脱ごうとはしなかった。

「それはどういう意味です、長官？　国民のひとりが行方知れずになっているというのに、その男の居どころはもとより、身柄を確保したのかどうかすら、話せないというのは？　どういった事情がおありで？」

サミュエル・バンクス長官が、掌《てのひら》を上に向けて両腕をひろげた。

「いま言ったことをくりかえすしかないですな、将軍。いまのところ、身元不詳の被疑者が昨日、拘束されたとの報告はなにも入っておりません」

「われわれへの警告は、そちらのＦＢＩコンピュータから直接、入ってきたのですよ、長官。そちらの機械がこちらの機械に呼びかけ、われわれの人員のひとりの指紋セットが照会されたと告げた。そのリンクは、そういう特殊な事態にのみ作動するようになっているのです」

長官がうなずいて、そのことを肯定する。

「たしかに、われわれのシステムは一件の照会がおこなわれたことを示しており、われわれはそれに対して、ＮＣＩＣのデータベースにはそのような指紋の記録はないと答えた。しかし、その照会をおこなったのは、うちの職員ではない！　そもそも、あなたは軍人だ。あなたの部下の指紋が記録に残されていないなどということがありうるのか？」

「遺憾ながら、長官、その件は機密事項となっておりまして」

「わたしはＦＢＩ長官だぞ！」

「申しわけないが、その件に関する疑問はホワイトハウスに問いあわせていただくのがよろしいかと。わたしはそのことを口に出す許可を与えられておりませんので。仕事の話に戻しましょう。昨夜、ＦＢＩのシステムにピングがあったのが事実とすれば、ＦＢＩ以外のどこから照会があったというのか？　そこらのハッカーか、地元の警官がやったとか？　それとも、国家安全保障局《NSA》か、どこかの国の政府が痕跡を残さずにやってのけた？」

「いや、もちろん、そういうことはありえない。あのシステムには高度なセキュリティ・プロトコルとファイアウォールが組みこまれているうえに、パスワードが必要なんだ。そこのところは、あなたに話すわけにはいかない。機密事項なんでね」

いつもながらの、ワシントンのゲーム。おれの一物《ディック》はおまえのと同じくらい長いんだぞ。

ミドルトンは笑みを向け、長官がにやっと笑いかえしてくる。

「長官、そちらのコンピュータやデータベースの内部構造に関しては、それにアクセスする許可がわれわれに与えられているかぎり、わたしは気にかけない。うちの工作員を取りもどせれば、それでいいんです」

「その気持ちはよくわかるよ、将軍。ひとつ、提案をしよう。わたしはその照会を詳しく調査させる。もしなにかが出てきたら、あなたに私的な電話をかけることにしよう」長官が名刺の裏側になにかを書きつけて、ミドルトンに手渡す。「私用電話の番号でね。もし直接、わたしに連絡をつける必要が生じたら、それにかけてくれ」

将軍はそれに目をやった。電話番号は記されていなかった。たんにDHSとは？

ミドルトンは名刺を上着のポケットに押しこんで、立ちあがり、握手をすると、立ち去った。なぜバンクスはこんな妙な情報の伝えかたを選んだのだろうといぶかしみながら。FBI長官は、自分の執務室が盗聴されているかもしれないと懸念していた？　いや、もっと単純な理由だろう。バンクスは、そこでの会話が記録されることを知っている。なにしろ、当の本人が記録をさせているのだ。あとあと、疑問が投げかけられることのないようにしたのだろう。〝われわれは奇妙な世界に住んでいるものだ〟と思いながら、ミドルトンは待たせていた車に乗りこんだ。

「ジョンソン軍曹！」

「イエス、サー！」

「このいやったらしい街にある国土安全保障省《DHS》のオフィスは、どこに行けば見つかるかわかるか？」

「イエス、サー！　国土安全保障省。ええと、たしか、モールのいちばん奥に建っている、先端のとがった細くて長い建物では？」

「それはワシントン記念塔《モニュメント》だ、軍曹。いいか、今夜はきみと気のきいたジョークを飛ばしあってる時間はないんだ」

すでに午後六時を過ぎていることに、ミドルトンは気がついた。FBI長官と私的な短い会談を持って、そこの命令系統をたどらせようとしたのは、時間のむだにすぎなかった。同じプロセスをくりかえすのは避けたかったし、かりに国土安全保障省に出向いても、そこの玄関先で、本日はもう全職員が帰宅しましたと受付がしゃべりだすのがおちだろう。

「よし、川を渡って、ペンタゴンにひきかえそう。もし裏面工作をすることになったら、全海兵隊員を周囲に集めたいからな。ペンタゴンの場所はわかってるな、ジョンソン軍曹？」

「アイ、アイ、サー」

メリーランド州

水責め手順に取りかかる前に、尋問椅子にすわらせている身元不詳の男の体がすっかり冷えきっているようにと、彼らはエアコンの温度をさげていた。拘束を解くのは、さっきそれを試みたときにまずい事態が生じたということで、こんどはやらないつもりだった。

特別捜査官キャロリン・ウォーカーは、あのろくでなしは嘘をつきとおして凍死するのではないかと懸念していた。マジックミラーごしにそちらへ侮蔑のまなざしを送ってから、彼女は椅子をまわして、デイヴィッド・ハントに向きあった。

「いいこと、わたしはもう待ちきれないの。われわれが責任を回避することはできない。官僚たちはいまも、われわれがアメリカ市民かもしれないと考えている人間に、アメリカ本土においてレベル・フォーの尋問を遂行するのは是か非かと議論をしているでしょう。あの男はテロリスト組織に属する人間を暗殺したわけだから、それがもっともありそうな話よね」

「やはり危険な前例をつくることになるぞ、キャロリン」

キャロリンは鋭い目つきになって、唇を固く引き締めた。

「もうこれ以上は待てないわ、デイヴ。これをやらないわけにはいかない。あの男がどういうことに関わっているのかを突きとめなくては。わたしのキャリアがどうなろうが、かまいはしない。あのろくでなしに、知っていることを洗いざらいしゃべらせたいの！　第一段階に着手し、それをつづけながら許可を待ちましょう。わたしが全責任をかぶるわ」

「わたしは、やりたくないとは一度も言っていないよ、キャロリン」彼女を落ち着かせようと、ハントが静かな口調で言った。「限界が守られ、状況が管理されているかぎりは、わたしも同調する。こうなったのは、あの男がしゃべるのを拒否し、われわれの同僚を二名、救命室へ送りこむ行為をしたからであって、自業自得なんだ」

その部屋は寒かった。キャロリンとハントは、そろってダークブルーのウィンドブレーカーを着こみ、ほかの捜査官たちが手順を設定していくのを見守っていた。被疑者は目隠しをされて、エアコンの吹きだす冷風に身を震わせている。椅子の背もたれが倒され、その頭部の下の床に、大きな平たいブリキの桶が置かれていた。これはほんの手はじめで、話しかけや問いかけはいっさい抜きで、進められる。

あおむけになった被疑者の顔に、ぶあついタオルがかけられた。キャロリンはストップウォッチを取りだして、椅子のかたわらに立っている捜査官にうなずきかけ、彼が最初のバケツの水を浴びせかけるのを見計らって、タイマーをスタートさせた。

カイルはすでに寒さで身を震わせているのに加え、目隠しをされているために、ほかの感覚を頼りにことの進行を追うしか手がなかった。タイル張りのフロアにバケツが当たる金属的な音をもとに、そろそろ水責めが始まる時間だろうと予想していたので、彼はあらかじめ、息づかいのリズムは変えずに深呼吸をしておいた。やがて、タオルが鼻と口をふさぐと、それをはらいのけようとするのはエネルギーと空気の浪費だとわかっていたので、そうはせず、さらに深呼吸をして空気を吸いこんだ。捜査官のだれかが重いバケツを持ちあげる音が聞こえ、バランスを失わないようにと、タイルのフロアをこするように歩いて近づいてくる足音が届いてきた。水音を立てながら、バケツが近づいてくる。最後にまたひとつ深く息を吸いこんだとき、ストップウォッチのスイッチを入れる音が聞こえ、それと同時に、五ガロンの水が一気にタオルに浴びせかけられた。カイルは身じろぎせず、頭のなかで秒を数えた。十五秒がたったところで、わざと身をよじってみせたが、まだ苦痛はほとんどなかった。

キャロリンは、自分のやっていることに嫌悪を覚えていた。わずか十五秒しかたっていないのに、被疑者はもう身をよじって、酸素欠乏の徴候を示しはじめているのだ。それでも、彼女は個人的感情はわきに押しやって、手順を進め、待機している捜査官に、二杯めのバケツの水を濡れたタオルに浴びせかけるようにと合図を送った。

水が滝のように降りそそいでくると、カイルはストラップが張りつめるほど激しくもがいた。タオルが完全に濡れそぼり、水が流れ去ったあとも、息を吸いこむことができなかった。頭のなかで三十秒を数えたとき、彼はさっきより激しくもがいて、ストラップをぴんと張りつめさせた。

〝この男は溺れかけている〟。キャロリンは人さし指を立てて、合図を送った。三杯めのバケツの水が浴びせかけられ、被疑者はストラップが腕や足首に食いこむほど猛烈に身もだえた。ストップ。ストップウォッチが一分経過を示したとき、キャロリンは握りこぶしを掲げてみせた――ストップ。バケツ係の捜査官がタオルをはぎとり、キャロリンが被疑者を見おろすと、男は咳きこみ、唾《つば》を吐き散らしながら、空気をむさぼっていた。まる一分、水中にいたのと同じことなのだ。協力を拒否すれば、このあとなにが待ち受けているかを、わからせることにしよう。少しのあいだ、ひとりにさせて、考える時間を与えるのがいい。息がしやすい座位になるように、椅子が起こされ、被疑者がつぎに来るものを恐れるようになるまで放置しておこうと、全捜査官が部屋を出ていった。

カイルはびしょ濡れになって、震えていた。目を開き、まばたきをしながら、呼吸が平常に復するのを待つ。濡れタオルに顔を覆《おお》われていた時間は、たったの一分。なんてことはない。サーファーなら、だれでもそう思うだろう。びしょ濡れで、寒い？　ニューポート・ビーチのザ・ウェッジ（有名な大波《スポット》）で、凍えるほど冷たい波にでかいサーフボードで乗っていたときのことを思いだす。あそこでは、暖かな日でも、たいていはウェットスーツとブーツを着けなくてはいけなかった。

びしょ濡れ？　こんなものは、カリフォルニアの波打ち際で大波にひっくりかえされて、海底の砂にこすりつけられたときにくらべれば、ものの数ではない。あのときは、海面に戻りつくだけでも、ゆうに一分以上かかったのだ。それに、海兵隊の訓練演習では、水が半分満たされたドラム缶に押しこまれて、斜面を転がされたこともある。寒い？　ブリザードが吹き荒れ、こちらを殺そうとする敵がうようよいる、氷雪に覆われた山中を踏破してみたらどうだ。この部屋での水責めは、これではいずれ溺《おぼ》れ死ぬと思わせて協力を無理強いする心理戦《マインドゲーム》であるにすぎない。こちらはたくみに役柄を演じきり、そろそろこの男を落とせそうだと彼らに信じこませるだけのこと。とはいうものの、寒くて、腹が減っているのはたしかだし、時はいたずらに過ぎていくばかりだ。おれの騎兵隊はいったいどこにいる？

ペンタゴン

コンピュータ・エイジの申し子であるリザードは、この仕事に伴う困難を承知しつつ、情報スーパーハイウェイを流れる無用なデータの屑のなかから、最初にカイル・スワンソンのことを照会した未知のコンピュータを突きとめるべく奮闘していた。二時間がかりで再プログラミングをおこなって、このコンピュータの能力を限定し、自分がなにもしなくても各所のコンピュータにアクセスできるように手を施したのだ。

そしてようやく、国家安全保障局《NSA》の友人の助けもあって、該当する通信回線を半ダースほどに絞りこめ、そのすべてが発信者側で暗号化されていたが、いまはそれが、だれにでも読める英語で画面に表示されていた。

国土安全保障省《DHS》のコンピュータをつつくのは、法律を一ダース以上も破ることになるが、ミドルトン将軍が明確な命令を出していた――〝シェイクを見つけだせ〟

レベル・フォーの許可を要請するメッセージが出てきた。サラディン事件に関与した、テロリストとおぼしき身元不詳の被疑者が、デルタ・ツー・ワン・シグマと呼ばれる場所に拘留されている。身元も、指紋も、確認できず。DNA検査は未了。おそらくは元軍人。被疑者は、毒ガス攻撃に関する情報を持つ可能性がある。きわめて非協力的で、二名の国土安全保障省捜査官が負傷して、入院した。レベル・フォーの尋問を遂行する許可を至急要請する。

国土安全保障省特別捜査官キャロリン・ウォーカーのサインがあり、IDコードが付されていた。

レベル・フォーがどういうものなのか、なにもわからなかったが、その語には不吉な響きがあるように感じられた。リザードは将軍のオフィスに行って、ドアをノックした。

「ガニー・スワンソンの所在がつかめました、将軍。国土安全保障省に身柄を拘束され、メリーランド州にある、かつて沿岸警備隊の詰所だった隠れ家《セーフハウス》に拘留されています」

ミドルトンが立ちあがり、オフィスの戸口に歩いて、呼びかける。

「サマーズ大尉！」

「はい、将軍」

シベールが入室した。

「海兵隊チームを編成し、あの男の救出に向かってくれ」ミドルトンが言った。「リザードが詳細を説明し、ここから現地へ飛ぶためのヘリコプターを手配するように」

ミドルトンが彼専用の金庫に近寄って、それのダイヤルをまわす。扉を開き、特別な書状がおさめられた封筒を取りだした。

「われわれには特権があることは知っているな。これがその認可書だ。あちらの責任者にこれを見せ、だれにもじゃまをさせないようにするんだ。わかったな？　彼を連れ帰ってこい」

その隠れ家《セーフハウス》では、ハントとキャロリンが許可を待っていたが、一時間たってもそれはやってこなかったので、彼らはスワンソンの尋問を再開した。

「おまえがその気になれば、いますぐこれをやめられる。さあ、しゃべるんだ」特別捜査官デイヴィッド・ハントが言った。「名前はなんだ？」

カイルは沈黙を守った。いまは寒いが、そのうち暖かくなるだろう。これは一時的なものにすぎない。彼はなにも言わなかった。

「こんちくしょう」ハントがつぶやいた。「われわれは答えがほしい——すぐにだ！　理解したか？　これはささいな事柄ではない。おまえは、税金の滞納や駐車違反などでその椅子に拘束されているわけじゃないんだ。わが国の安全保障が危険にさらされているんだからな」

キャロリン・ウォーカーが彼の前に足を踏みだし、ある男の写真を掲げてみせる。

「これはサラディン。おまえは彼をパリで殺害した。かりに、最初に彼を撃ち倒したスナイパーではなかったとしても、おまえが至近距離からその頭部に銃弾を撃ちこむ映像はビデオに残されている。当時、われわれはその街路の近辺から、サラディンを厳重に監視していたのだ」

彼女はその写真を小さな写真束の底に押しこんで、また別の、肩から上を撮影した顔写真を掲げた。

「これは、第二の犠牲者であるボディガード」そしてまた、別の写真を見せる。「第三の犠牲者、ドライヴァー。おまえは三人を殺害したのち、邸宅内に駆けこみ、そのあと、銃声がとどろき、大爆発が起こった」

彼女は最後の写真を掲げた。

「これもまた、内部にいた別のボディガードで、おまえは脱出し、この男はそうではなかったから、この男もおまえが殺害したと推定される」キャロリン・ウォーカーが話をやめて、カイルを見つめる。最後の写真を見せたとき、彼がまばたきをしたのだ。「どういうこと？この男を知っている？」

カイルはなにも言わなかった。〝ああ、そうとも。こいつなら、よくよく知ってるさ〟。

彼は、つぎの水責めが来ることがわかっていたから、さっきの拷問が終わってからずっと、たっぷりと酸素を取りこむために深呼吸をくりかえすことに時間をふりむけてきた。スナイパーとして、生体機能を生死の境まで落とす訓練を受けてきたから、ストレスを受けても正常に呼吸ができるし、なにより、パニックに陥ることはけっしてない。だが、最後の写真が彼の呼吸のリズムに乱れを生じさせていた。

「さあ、しゃべって」ウォーカーが言った。「遅かれ早かれ、だれもがしゃべるんだから」

彼女が合図を出し、ふたたび彼の顔に濡れタオルがかぶせられる。

バケツが持ちあげられる水音が聞こえたので、カイルは大きく息を吸いこみ、こんどは抵抗するのではなく、リラックスしろと自分に命じた。〝一時的なもの、一時的なもの〟。バケツが空になるまで水が浴びせられて、床に置かれたブリキの桶に流れ落ちたとき、脳が秒を数えはじめた。濡れタオルは窒息に似た感覚を生じさせるものだが、彼の場合は、鼻孔から肺へと水が流入するのを食いとめる助けになっていた。すべてが聞こえ、感じとれたが、最初の一分が過ぎたとき、彼はしばらく音を閉めだして、頭のなかだけを生かしておくことに決めた。

ハワイのものすごいパイプライン（筒状になった大波）でワイプアウト（波にあおられてサーフボードから放りだされること）したのは、楽しい思い出のひとつだ。頭上からまばゆい日ざしが降りそそぐなか、うまいぐあいにボードの上に立って、乗られている波がかき鳴らす不平の声を聞いていたつぎの瞬間、カールした波にさらわれて、海に投げだされたのだった。海中に没すると、こんどは渦に巻きこまれ、強い底流に押されて岩のほうへ流されていった。緑色の海水が自分を殺そうとして追いこんだ、この岩の穴から海面に上昇するのは不可能だろうと思った。二分がたった。胸が押しつぶされそうになり、彼は肺に残っていた空気をいくらか吐きだして、その圧力を解放した。二分半。

そのとき、タオルがはがされ、彼は現実に立ちかえるためのスイッチを入れた。呼吸をする自由が回復しただけで、なにも変わっていなかった。顔から水が流れ落ちていくなか、カイルは捜査官たちを見あげて、挑発的な高笑いの声をあげた。窮地に追いこまれたことで、彼のなかの防衛機制のひとつが、これをひとつのゲームに、あまり深刻ではない状況に、変えようと働きだしたのだ。

「さあ来い、いくじなしども！　もっとましな手はないのか？　それとも、容疑者が気の毒になったか？　どうしようもないアマチュア連中だ」

ハントとキャロリンがあわただしく部屋を出ていく。

「今回は、彼は身じろぎもしなかったことに気づいただろう？　最初のセッションでは、弱々しくもがいていたというに」ハントが言った。

キャロリンがウィンドブレーカーを脱いで、椅子の背もたれにかける。

「われわれをからかってたのよ」彼女は言った。「医師を来させて、蘇生処置のために救命用カートを用意させるわ。こんどは、必要となれば、あのろくでなしを溺死《できし》させてやる」

「ちょっと考えたんだが、キャロリン。われわれはほぼまる一日、拘束をつづけてきたのに、彼は弁護士を呼べとは一度も言わなかった。ふつうのアメリカ人なら、もうとっくに弁護士を呼べとどなりたてているところだろう」

「ふつうの人間なら、もうとっくに折れてる。あれは、圧力や苦痛に耐えるための厳しい訓練を受けた男よ。しゃべるより死を選ぶんじゃないかしら」

「では、そのやりかたを選択しよう。水責めがうまくいかず、蘇生させる結果になったら、薬物を用いて意識を朦朧《もうろう》とさせ、強固な心の防御を押し破る」

「死に至るかもしれない」

「かもしれない」

「許可が取れればいいんだけど」

その三十分後、彼らは尋問室に、今回は数名の白衣の男を引き連れて、入っていった。医療関係者だな、とカイルは見てとった。もう用心深くやる必要はなくなったので、彼はおおっぴらに息を吸って吐きをくりかえした。医師のひとりが、鎮静剤プロポフォールを注射器に満たした。その透明な液体は、カイルが意識を失う前の数分間の記憶を消し去るだろう。意識が失われるなり、その〝忘却ミルク〟が効きはじめ、溺《おぼ》れていたあいだになにが起こったかをあとで思いだすことができなくなるのだ。

今回は、乾いた薄いタオルが顔にかけられた。水が注がれはじめると、カイルは目を閉じて、リラックスにつとめたが、今回は、ほとんど休みなく、バケツの水がつぎつぎに浴びせかけられてきた。彼は心のなかで、ひそかに怒りをかきたてた。〝やれよ、くそったれども！　どんどんやるがいい！〟

一分。二分。三分。彼は、バハ半島の、アメリカとの国境まで五十七キロを示す標識のある海岸から数マイル沖に出て、サーフボードの上で熱い日ざしを浴びていた。スキューバダイヴィングの装備をして、オーストラリアの〝海のワンダーランド〟、グレートバリアリーフの海に潜っていた。完全な潜水装備をして、夜間に船の船殻に爆薬を仕掛ける訓練をしていた。そのときに切実に必要としていたのと同じく、いまも空気が必要だった。〝体が燃料切れになってきたぜ、みんな〟。あぶく。喉がごろごろ言っている。水が勝利に近づき、肺に侵入しようとしていた。四分。〝もちこたえろ〟。そのとき、体が防御を解いて、死を受けいれ、肺が自動的に空気を吸いこもうとした。〝一時的なものだぞ〟。五分が過ぎ、秒が刻まれていく。もう限界だ。彼はあえぎながら口を開いて、酸素を吸おうとし、水が流れこんできた。溺れてしまう。

意識が失われかけたとき、室内に物音と叫び声が響くのが聞こえ、さっとタオルがはぎとられた。〝空気だ！〟。椅子の背もたれが座位に起こされ、白衣の男のひとりがやってきて、カイルが肺に流入した水を吐きもどすのに手を貸した。五感がひとつひとつ、スイッチがつぎつぎに入れられるような調子で、回復してくる。彼は拘束された体を激しく震わせて、水を吐きだし、生命をよみがえらせてくれる酸素を吸った。

さらに多数の人間が部屋に入ってきて、重々しいブーツの足音と叫び声を伴って、影のように動いていた。彼はほっそりとした人影に目の焦点を合わせた。ショートヘアの女で、ブラックジーンズを穿《は》き、黒いセーターを着ている。シベールだ！

彼女は片手に封筒、片手に拳銃を持って、目を険悪にぎらつかせていた。尋問者たちは、バケツ担当だったと思われる二名の捜査官と一名の白衣姿の男とともに、両手をあげた格好で奥の壁際に並ばされ、完全な戦闘装備をした四名の海兵隊員たちの監視下にあった。シベールが圧倒的な戦力を率いて、救援に駆けつけてきたのだ。

「ヘイ、そこの死人さん」彼女が呼びかけた。「ほら、あなたの〝刑務所釈放カード〟（モノポリー・ゲームで使われるカードの一種）を持ってきてあげたわ。これを、キャロリン・ウォーカーという名の女に渡すことになってるの。このくそ野郎どもをぶちのめして、あなたに服を着せたら、彼女を見つけに行ってくれる？」

「わたしが、そのウォーカーという捜査官よ」キャロリンが、自制を取りもどそうと、声の調子を高めて言った。「これはどういうこと？　アメリカの国内に軍の部隊が出動するはずはないんだけど」

シベールが彼女のほうへ封筒を投げつけ、壁際から離れずにそれを拾えと指示した。彼らに突きつけた銃口は揺るぎもしない。

「医師たちはいますぐ、この男の拘束を解いて、体を温めるように。毛布でも、タオルでも、おまえたちの服でもなんでもいいから、かけてやるんだ。動け！」その声には、怒りと医療チームに対する威嚇《いかく》が強くこめられていた。

キャロリンは、完全に意表を衝かれた顔をしていた。

「デイヴ、これは大統領からの直接命令で、法務長官の署名もあり、合衆国全省庁が無条件に彼女を支援せよとなってるわ」

「なんだって」ハントが言って、その書状に目を通し、キャロリンに返した。「なるほど、きみはある種の潜入エージェントということか。とはいうものの、きみがわれわれの縄張りに入りこんでくるのであれば、事前にそのことが知らされてしかるべきだったと思う。それに、そのたぐいの人間ということなら、なぜきみはそうとはっきり言わなかったのだ？」

カイルは、むきだしの膝にジャケットをかけられてすわり、医師のひとりがその肩を勢いよくマッサージして、血行の回復につとめていた。やっと声が出せるようになったところで、彼は一連の命令を出した。

「パリでの監視業務と、おれの尋問に関わるすべての記録物を——書類も、映像も、録音物もだ——こちらによこせ。コピーやバックアップなども、なにひとつ残してはならない」シベールにうなずきかける。「われわれは特殊作戦の工作員なので、いまも名前は教えられないし、ことの詳細はいっさい明かせない。あんたらは全員、職場に戻って別の仕事に取りかかり、おれに会ったことは一度もないふりをしておくのがいちばんだろう」

シベールがホルスターに拳銃をおさめ、海兵隊員たちに警戒態勢を解かせて、退出させた。捜査官たちがリラックスしたが、ハントがしゃべりだそうとすると、彼女がぴしっと釘を刺した。

「質問は無用。われわれがさっさと出ていけるように、記録物をまとめて」

キャロリンとハントが部屋を離れたところで、カイルはよろよろと立ちあがった。そして、シベールにささやきかけた。

「ジューバの正体がわかったぞ」

デンヴァー

デンヴァー国際空港と街をつなぐ曲がりくねった長い道を、タクシーが淡々と走っていく。

午後の空は晴れ渡り、紫色を帯びたロッキー山脈のごつごつした峰のなかには頂上に雪をいただくものもあって、それが彼の注意を引きつけていた。あれが問題になるかもしれない。

ホテルにチェックインしたあと、彼は、〝ロードー〟と略されるデンヴァーのローアー・ダウンタウンをぶらついてみた。そこは、メジャーリーグのチーム、コロラド・ロッキーズが本拠を置く前は、衰退していた街区だった。その本拠地球場クアーズ・フィールドは、今夜はロッキーズがほかの街でゲームをしているとあって暗かったが、ジューバはその街区の中心部に位置する巨大球場の周辺を調べていった。近辺に、アメリカンフットボールのチーム、デンヴァー・ブロンコスの本拠地マイルハイ・スタジアムや、エリッチガーデン遊園地があった。そこには再開発の波が押し寄せ、もとは倉庫地区だったところが全面的に高級化していた。いまは、ロードーはファッショナブルになって、ナイトライフを楽しむひとびとでにぎわっている。

ジューバは翌朝、遅い時刻に起きて、昼ごろにクアーズ・フィールドに出かけ、球場めぐりの観光客グループにまぎれこんだ。それをガイドしているカウガール姿のチャーミングな若い女は、情報の泉だった。外野の向こうに旗が並び、それらが山脈からつねに吹き寄せる風を受けてはためいているのが見え、彼のスナイパーの目が、その風速は毎時三十マイルと判定した。ガイドの女の話では、この街では強風は珍しいことではないらしい。

彼は状況を吟味した。左翼席の向こう、山脈の峰々に目をやってみる。ああいう風は毒ガスの雲を……どこへ運んでいくのか？　カンザス？　ニューメキシコ？　どちらも、人口の少ない州だ。それではうまくいかないだろう。こんどもまた、判断を誤ってしまった。デンヴァーは大都市圏《メトロポリタン・エリア》ではあるが、住民の大半は遠い郊外に住み、仕事が終わると、時速七十五マイルでひろびろとしたハイウェイに車を走らせて、はるかに離れた住宅地に帰っていく。

アメリカの西部は、小さな国をいくつも呑みこんでしまえるほど広大で、都市と都市の間隔が開きすぎていて、ジューバの目的にはそぐわなかった。甚大な被害はもたらせるだろうが、新たに手に入れた安定度の高いガスであっても、この山風に吹かれたら、はやばやと消散してしまうだろう。クアーズ・フィールドは正解ではなかった。

別のベースボール・スタジアムを探してみよう――もっと密閉性が高く、逃げ場がないようなやつを。彼はホテルをチェックアウトして、デンヴァー国際空港にひきかえし、カリフォルニアへの航空券を購入した。

20

ホワイトハウス

大統領首席補佐官スティーヴ・ハンソンが、スタッフのオフィス・エリアに通じる左手のドアを抜けてオーヴァル・オフィスに入ってくると、アメリカ合衆国大統領は、縁なしの読書眼鏡の上からそちらを見やった。ほぼ同時に、右手のドアも開き、国務長官ケネス・ウェアリングがその訪問者用入口から入ってきた。大統領は、大きなデスクの上に眼鏡を置いた。

「どういう話であれ、外で聞かせてもらうとしよう」

三人は、大統領デスクの右手に位置する観音開き《フレンチ》のドアを抜けて、石が敷きつめられた細い遊歩道を歩いていき、ローズ・ガーデンに出た。大統領が二、三歩、足を運ぶつど、シークレット・サーヴィスのボディガードたちが、居住区に通じる遊歩道の支柱に沿って持ち場を移動していた。完全な矩形《くけい》をなすその草地に出ると、午前中はずっと屋内ですごした大統領は、顔をあげて、まぶしい日ざしを受けた。大きな両手を頭の後ろで組んで、のびをし、そのあと、左右に体を曲げて、こわばりをほぐしていると、ホワイトハウスの屋上にも黒衣のエージェントたちがいるのが見えた。スナイパー・チーム。重大な時局というわけだ。

「なにがあった？　ケン、話を始めてくれ」

ウェアリング国務長官は、興奮を隠しきれない目をしていた。礼儀正しい態度を保ってはいるものの、その足が草をほじくっている。

「大統領、よき知らせがあります」

「それで？」

ウェアリングが話しはじめる。

「サラディンがらみの案件は完全に決着がついたようです。シュパッと」彼はステージのマジシャンのように、ぱちんと指を鳴らした。「消えてなくなったというわけで」

「それはいったいなんの話だ？」

「数日前、パリで発砲事件が発生し、ある一党の首魁《しゅかい》が頭部に一、二発、弾を撃ちこまれて死亡しました。そのボディガード二名も同様です。現地の警察が指紋を照合したところ、アルジェリアのムスリムのリーダーで、多数のテロリストと関わりを持つ富裕な男であることが判明しまして」

「なぜ、それが重要なことだと？」

「真の身元の確認には多少の時間を要しましたが、その死んだ首魁というのは、ほかならぬサラディンだったのです！」

大統領は、タイガー・ウッズが二十フィートのパットを決めてイーグルを取ったときのように、こぶしを突きあげた。

「すばらしい！」スワンソンがやってのけたのだ。

「なにより好都合なのは、われわれがそれになんの関与もしなかったことです」ハンソンが言った。「フランスの警察は、その発砲事件はアルカイダの仕業と見なしておりましてね。捜査員たちが、街路の反対側真正面にあたる下水道のなかに、スナイパーが潜伏していた痕跡を発見し、その格子状の排水口のところに、偽造のクレジットカードと運転免許証を用いて借りだされたレンタカーが遺棄されていたというわけです」

「敵の敵は味方と……」国務長官が言った。「しかし、この件における、われわれの真の敵はだれなのでしょう？」

「われわれの敵は、残存するテロリストの全員だ。われわれは特定の個人や集団ではなく、すべてのテロとの戦いを継続する」

大統領は決意をみなぎらせた足どりでオーヴァル・オフィスにひきかえし、ソファに腰をおろした。

国務長官がウィングバック・チェア（背もたれが翼のように左右にひろがっている安楽椅子）にすわって、脚を組み、きっちりとプレスされたスラックスのしわをのばす。

「本件は、ひとりの狂信者がきわめつけに致死性の高い兵器を入手することによって勃発し」彼が言った。「いま、その張本人が死亡したというわけです」

「しかし、その毒ガスはどこにある？　われわれの知らない個人もしくは集団の手に落ちたのではないか？」大統領はいかめしい顔つきになり、肘を膝に置いて身をのりだした。スワンソンはそれに関わる文書を発見したのか？　なぜ彼はなにも伝えてこないのか？「われわれは、その残虐なガスをアメリカに持ちこませないようにしなくてはならない。ミスター・サラディンがらみの事件に政治的に利用できる要素があるとするならば、ただちに、そこに予算を投入する必要がある」

「それなら、テレビを通じて全国民に呼びかけましょう」ハンソンはすでに頭のなかで、その詳細の段取りに取りかかっていた。「政策論議は抜き、うるさい評論家たちへの反論も抜きで、すべてのアメリカ人に直接、協力と支援を訴えるのです。毒ガスの脅威が取りのぞかれるまでは、他の各国においても危険な状態が継続するわけですから、全世界に訴えるようにすれば、なおよいでしょう」

国務長官がうなずいて、同意を示した。

「演壇にのぼる時だな」大統領は言った。「過度な警告にならないように心がけつつ、全国民に警告を送る必要がある」

「そのとおりです」とハンソンが応じた。

「ケン」大統領は問いかけた。「国際社会は、いまどう動いている？　なにか変わりはあるか？」

「いまのところ、どの国も平静を保っています、大統領。ロンドンでテロ攻撃があったことで、すべての国が不平を言いたてるのをやめています。どの国も、本件に関しては、敵対する立場にまわりたくないと考えているのです。毒ガス兵器の所在が突きとめられるまで、どの国も問題を起こそうとはしないでしょう。もしつぎのターゲットに選ばれたならば、どの国であれ、近隣諸国に大規模な支援を求める必要が出てくるでしょうからね」

「サラディンの仕掛けたオークションに関して、なにか新たな知らせは？」

「凍結状態になっているのは明らかです。競りに応募した国家あるいは集団はいずれも、ごく内密に行動を継続してはいますが、指揮者がいなくなったいま、だれがオーケストラに演奏をさせるのでしょう？　サラディンの死をもって、オークションもまた終焉《しゅうえん》したということです」

「希望的観測だな」と大統領。「組織にはつねにナンバー・ツーがいて、それがナンバー・ワンとなる。もしその男が計画を持っていれば、あとを引き継いで、ショーを取りしきるだけのことだ。ほかのだれかが後釜《あとがま》にすわる可能性は、どれほどのものと考える？」

「率直に申しあげて、大統領、必ずそうなるだろうという感触があります」

大統領はうなずき、自分のデスクにひきかえして、椅子に腰をおろした。

「うむ。プレッシャーを加えつづけよう。アメリカ合衆国が標的にされるのは好ましくない」

「可能なかぎり、あらゆる手段を講じます、大統領。このあと、国家安全保障会議において、経緯のすべてを詳細に説明します。そのころまでには、フランス側からリークがあって、サラディンの死を伝えるニュースが報じられているでしょう。記者会見室は大騒ぎになるでしょうね」

大統領は眼鏡をかけなおして、ペンを手に取った。例によって、書類仕事が待ち受けていた。

「立ち寄ってくれて、ありがとう、ケン。しばらくしたら、また下で会おう」

ドアが閉じると、大統領はインターコムのボタンを押し、このあと十五分はだれも通さないようにと、そして、出入口を守っているすべてのボディガードにこの指示を伝えるようにと、秘書に告げた。

ハンソンが大きなデスクの前に立った。

「ついさっき、ミドルトン将軍から事後報告がありました。カイル・スワンソンは現地に入って、職務を果たしましたが、彼が書類を確保する前に、その邸宅が爆破されたとのことです。その後、彼はわが国の合同特捜班に拉致《らち》されて、連れ帰られ、水責めを含むつらい尋問にあいました。しかし、〈トライデント〉に救出されるまで、彼は口をつぐみとおしたとのことです。彼はぶじで、作戦の機密性も保持されました」

「わが国の人間が同胞の男を拷問した？」

「カイル・スワンソンはだいじょうぶです。彼はパリの邸宅で、ちょっとした撃ち合いをしましてね。そのとき、相手の素生を識別したのですが、邸内で爆弾を起爆させるタイマーの音がしていたため、追跡することはできなかった。その後、尋問を受けているときに、数枚の写真を見せられ、その識別を裏づけることができた。それは、サラディンの右腕であった男、ジューバなる名で通っている、熟練の元イギリス軍スナイパーであるようです。軍事関係の裏社会では伝説的な男です」

「では、その男が例の兵器を所有しているであろうと？」

「はい、そうです。少なくとも、管理下には置いているでしょう」ひと息入れて、ハンソンがつづける。「われわれはその男の発見に総力をふりむけることになるでしょうから、〈トライデント〉も動かしつづけるべきでしょうね？」

「むろん。それと、フランスではよくやってくれたと、彼らに伝えておいてくれ」

そのあと、オーヴァル・オフィスにひとりきりになると、大統領は、明るいクリーム色の壁に掲げられている肖像画に目をやった。確信に満ちたフランクリン・ローズヴェルト、いかめしいエイブラハム・リンカーン、優雅なジョージ・ワシントン。彼らはみな、危機の時代を乗りこえて、この国に明るい未来をもたらした。あの男たちの話を聞きたいものだ、と彼は思った。困ったことに、この職に当てはまるトレーニング・マニュアルは存在しない。

彼は肩を落とした。書類をわきへ押しやって、また眼鏡をはずし、両手で顔を覆《おお》う。目をごしごしこすった。

毒ガス兵器がこの国に迫りつつある。その波動が感じられ、それのもたらす地獄図が見えるような気がした。アメリカは広大で、各地にきらびやかな大都市を擁し、世界のどの国とくらべても、個人がより自由に動きまわることができるとあって、セキュリティ網には大穴が開いている。思えば、過去の政権も、何百万もの貧しい労働者たちがつぎつぎに、察知されることなく、南部の国境を越えて密入国してくるのを阻止することができなかったし、それよりは安全と見なされている、北のカナダとの国境もやはり厳重に守られているわけではなく、しかも国境線はもっと長い。海岸や港からも、危険な人間や荷物が入りこんでくる。実際のところ、決意の固い熟練したテロリスト・チームを向こうにまわして、どれほどの勝ち目があるのか？　9・11の悲劇は、問題の深刻さを証明するものにほかならない。大統領という職は、三億四百万の男女、そして子どもたちの生命をあずかる立場だが、自分がその全員を守ってやることができないのはたしかなのだ。

アメリカは、そこに害をなそうとする連中を完全に食いとめることはできない。それができると考えるのは、不可能を夢見るようなものだ。

サンフランシスコ

ジューバはAT&Tパークのグランドスタンドにすわって、ソルト・ピーナッツをつまみ、よく冷えたビールを飲みながら、湾からチャイナベイズン公園を越えて絶えず吹き寄せてくるそよ風を楽しんでいた。マコヴィー湾に多数のカヌーやカヤックが浮かんで、場外ホームランになった球がそこの海面に落ちてくるのを待ち受けている。サンフランシスコ・ジャイアンツはいま、アリゾナから来たチームとゲームをしていたが、肝心なのはその点ではなかった。彼がそこに来たのは、ターゲット・ゾーンとしての可能性を偵察するためだった。さっき球場に入り、ばかでかい旧式な四つのベースボール・グローヴのそばにある、やはり巨大な、二十五度傾いた骨組みだけのコカ・コーラ・ボトルの前を通りすぎるなり、絶好の場所が見つかったとわかった。この中二階の観客席からだと、サンフランシスコのダウンタウンと、サンフランシスコ湾に架かる長大な橋が見渡せた。わずか十マイル向こうに、オークランドの街があった。この晩の客の入りは中程度で、二万五千人ほどのものだったが、二日後にはニューヨーク・ヤンキーズがやってきて、四万一千五百三席を数えるスタジアムは満員になるだろう。決定を下したところで、彼は携帯電話を使って、メキシコのノガレス市のある番号に電話を入れ、電話に出た男に短いメッセージを伝えた。

ゲームが終わると、ジューバはチャイナタウンに出かけて、スパイスの効いたガーリックチキンの夕食をとったのち、ホテルにひきかえして、部屋に置かれている三十二インチの高解像度液晶テレビでワールド・ニュースを見た。アナウンサーはいまもロンドンの事件と、パリにおけるサラディンの死を報じていた。まもなく、もっと新鮮なネタが彼らに届くだろう。AT&Tパークという、良好なキル・ゾーンが設定されたのだ。

そのあと、彼はノートPCを起動させ、内密の仕事や背景の調査のためにときおり雇ってきた、コネティカット州在住の私立探偵の口座に、依頼料をふりこんだ。その私立探偵は、このクライアントは最大の機密性を必要とする大手コンピュータ企業だと信じているのだ。料金の電送が確認できたところで、ジューバはその探偵に、元合衆国海兵隊員カイル・スワンソンの所在を突きとめるようにとのEメールを送信した。

同じ日の夜、ザビエル・サンドバルは、メキシコのノガレス市郊外の丘陵地にある小さな教会の告解室にいた。信仰上の悩みは、この三年ずっとつきまとってきた問題で、目新しいものではなかった。彼はムスリムではないどころか、どんな宗教組織も信じてはいないのだが、それでも、古代からひとびとを引きつけてきたローマ・カトリック教会に吸い寄せられてしまうのだ。人生の導きとなるものを捨て去るのは、むずかしい。

もっと若かったころ、彼は仕事を求めてアメリカに入りこんだが、テキサスのバーでけんかをして、逮捕され、メキシコに送還されて、密入国に失敗したほかの囚人たちとともに刑務所に放りこまれる結果となった。やがてアメリカで9・11同時テロが勃発し、その直後から、メキシコ政府は、テロに対する共通の利害の表明に躍起《やっき》となった。ザビエル・サンドバルを含め多数の囚人がテロリストの嫌疑をかけられ、神への祈りなど届きようのない場所で激烈な尋問にあった。そして、釈放されたときには、彼はまぎれもないテロリストになっていた。またもや国境を越えて、こんどはミシガン州に入りこみ、刑務所で知りあった友だちの友だちがいる、ムスリム・エリアに住みついた。アメリカ合衆国への根深い憎悪が彼らを結びつけたのだ。

ある日、ひとりのイギリス人が現われて、そこの住民たちのなかから彼を拾いあげ、そのときから、ザビエル・サンドバルは、だれもが敬意をこめてジューバと呼ぶその男のために働くことになった。その男は親切で、気前がよく、非凡な殺人の能力を備えていた。

　そんななりゆきではあっても、ザビエルのなかにはまだ多少の良心が残っていたから、その晩、サンフランシスコからジューバが電話をかけてきたあと、彼は身を清めて、髪を梳《と》かし、一張羅《いっちょうら》のダークスーツとそれにそぐわしい地味なネクタイ、そしてブルーのオックスフォード・シャツを身に着けて、ミサに出かけたのだった。礼拝と伝統的儀式に心の奥底を揺さぶられ、罪の意識にとらわれて、つぎの段階へ引き寄せられ、ミサが終わったあともそこに残って、告解室に入った。司祭は、この信徒は明らかに大きな悩みをかかえているのに、肉欲その他のささいな罪のあいまいな告白しかしないことに当惑したが、ザビエルは、どこまで話していいかを心得ていた。罪の赦《ゆる》しを期待してはいなかった。最後にもう一度、司祭の穏やかな声が聞きたかっただけなのだ。そのあと、彼は静かに教会を出て、晩夏の暖かな夜の闇に姿を消した。

　翌朝、彼は最後の祈りをし、神よ、もしあなたがほんとうにそこにいるのなら、おれに勇気と赦しを与えてくれと願った。これから何千人もの人間を殺そうとしているのだから、それはあつかましい願いではあった。小柄な男、ザビエルは、カーキ色のパンツと黄色のシャツを着て、ディアブロ・グルメ・シーズニング・カンパニーのトラック・ドライヴァーとしての仕事をするために家を出た。

　ディアブロ・グルメは、マキラドーラ（アメリカとの国境沿いに設けられた関税が免除される工業団地）におけるサクセスストーリーの一例に挙げられる企業で、アメリカ人が所有し、メキシコ人が事業の運営を任されている。中南米の全体に存在するスパイスやシーズニングの供給者たちが、原料をきれいに洗って加工してからノガレスに送り、そこでディアブロがそれらのブレンドとパッケージをおこなって、商品化し、アメリカの南西部にある最高のレストランのいくつかに急送するという仕組みだ。

ディアブロは、二十年以上も前に、サダム・フセインのユニット99が北アメリカにおいておこなう工作の重要な要素のひとつとして設立された、フロント企業だった。所有者に結びつくものは、ひとりの弁護士の名前と、ケイマン諸島にあるダミー会社の郵便物用住所しかない。長年、合法的な事業を継続するなかで、ディアブロ・グルメの四角い建物はノガレス市に利益をもたらすものとして好意的に受けとめられるようになり、ユニット99はその気になれば、ほぼあらゆるものを国境の向こうへ密輸できるまでになっていた。

正午ごろ、週日はいつもそうであるように、三台の黄色いトラックが、できたてのメキシコ製スパイスとハーブの荷物を積みこんで、荷捌場《にさばきじょう》をあとにした。換気式の貨物室から、甘いシナモンやアンチョチリ、ピリッとくるエパゾート、魅惑的なヴァニラやチリネグロ、世界でもっともホットなチリと見なされている刺激的なハバネロなどの芳香が強烈に吹きだしているために、国境を守る警備員たちは、それがやってくるのをにおいで嗅《か》ぎつける。すべてのスパイスが、ビニール袋かガラス瓶か金属容器におさめられたうえ、段ボール箱に詰めて出荷されるのだが、そのにおいを完全に封じこめるのは不可能だった。スパイス・トラックの到着は、ランチの時刻になったことを税関検査官と警備員に思いださせ、ヴェテランのドライヴァーたちはいつもサンプル品を警備員たちに渡していく。うまいメキシコ料理は万人の愛好物であり、黄色の地に赤で描かれた小さな悪魔《ディアブロ》の企業ロゴは、国境の南から来る、品質の高い本物のホットなスパイスの代名詞となっていた。

正午には、三台の黄色いトラックが、毎日毎日、毎年毎年、そこにやってくる。

トラックはなじみのもので、ドライヴァーたちは検査官と顔なじみ、おまけに企業の所有者はアメリカ人とあって、考えられるかぎりのありとあらゆるセキュリティ機器が備えられた国境に三台のトラックが到着したときに、税関の通過が大幅に遅れることはけっしてなかった。税関に並んだ車輛の列の左右に、大きなフェンス、新型の監視カメラ、何ダースものコンピュータが設置され、探知犬と熟練の検査官たちがいた。とはいうものの、黄色いトラックから成る小さなコンヴォイがやってくると、犬たちは、ペッパーやチリのきついにおいを吸いこみ、敏感な鼻をゆがめて苦悶することになるので、役に立たない。犬たちは鼻を鳴らし、すすり泣くように目を潤《うる》ませ、前足で鼻面をかきむしって、くしゃみをしだす。そんなわけで、親切にも、先頭のトラックのドライヴァーが、国境まであと半マイルとなったところで、調教師《ハンドラー》たちが犬たちをかなり遠くまで連れだして、耐えがたいにおいから守ってやれるように、携帯電話を使って接近を知らせる。毎日毎日だ。

きょうは、そのトラックの一台、十四号車が、密閉性の高いシリンダー状の貯蔵タンクを何本も積みこんでいて、それらが、スパイスのボックスや容器がおさめられている後部の貨物室から、運転席背後のパネルのところまで突きだしていた。タンクの二個が、運転席の屋根の上に設置された細いパイプに接続され、ドライヴァーがダッシュボードのスイッチをひねると、タンクの内容物が二本の排気ファンから噴出するという仕掛けだった。残りのタンクは、後日の使用のために密閉したまま取り置かれる。すべてのタンクに、イランの研究所で完成した毒ガスが満たされていた。ジューバがパリから、ディアブロ・グルメの工場に付属する研究所へ〝フォーミュラ〟の最終データを送り、小規模の生産がおこなわれたのだ。

ちょうど正午、三台の黄色いトラックのすべてが、わずらわされることなく税関を通過し、ディアブロのロゴを踊らせて走りだした。十四号車はその最後尾にあって、ザビエル・サンドバルが運転をしていた。国境から三マイル離れ、インターステート《I》・ハイウェイ-19の出入口を通過したとき、ザビエルはサンフランシスコに電話を入れて、そちらに向かっていることを伝えた。

21

ボルティモア

シベール・サマーズは、隠れ家《セーフハウス》からミドルトン将軍にセキュア・フォンで連絡を入れて、簡潔に報告し、状況はこちらの掌握下にあって、自分たちふたりは明日、職場に復帰すると伝えた。今夜は、カイルを休ませる必要があった。ミドルトンは、怠け者めと彼をこきおろしたが、それでも、この日の残りは仕事をせず、休んでよいと許可してくれた。彼らを含め、政府の全職員が〝文明の地〟に復帰して、いつものにぎわいを見せるボルティモアの街に入り、臨海地区《ウォーターフロント》にある快適なホテルに落ち着いたときには、あたりはすでに暗くなっていた。

シャワーを浴びたあと、ふたりはバーで落ちあった。嵐が東から近づいていて、大きな窓の向こうにひろがる、歩行者と自動車がおかしな戦闘をくりひろげている歓楽街に雨が降りしきり、その先にある埠頭では小さな船舶が押し寄せる波に揺られていた。

「つぎはどうする？」マイルドなスコッチの水割りを楽しみながらシベールは問いかけた。

「再度、ジューバを見つけだしにかかる」とカイルは答えた。

　彼はとうに地元産のライトエールを一本空け、二本めを飲んでいた。水責めの対症治療をされたために、脱水気味になっていたのだ。

「そういう意味じゃないの」シベールが彼の目をじっと見つめる。「こういう状況がつづいているせいで、わたしは自分を抑えきれなくなってるの、カイル。行動、危惧《きぐ》、暴力の連続、そして、わたしたちのだれもが、あすは生きているのかどうかもわからないというのが現状でしょ」

「おれたちは生きてるさ。少なくとも、あすはね。そのあとは保証できないが」

「どうしてわかるの？」

「もしジューバがパリでガス攻撃の実証試験をする気になっていたら、もうとっくにやっていたはずだ。なぜ待つのか？　場所を移そうとしているからだ。おそらくは、こっちにやってくるだろう」

「そう、それを言いたかったの。われわれがあいつを阻止しないかぎり、あすはきょうと同じぐらい悪い日になってしまう。何千ものひとびとが、死の危険にさらされることになるわ。そして、あなたとわたしはそいつを阻止するために、新たな爆心地《グラウンド・ゼロ》のどまんなかへ飛びこんでいくことになるのよ」彼女はテーブルごしに両手をのばし、カイルの両手を握りしめた。「いまだけは、フォース・リーコンの海兵隊員であることをやめて、ほんの二時間ほどでいいから、ひとりの女でいたい。男の腕のなかに包まれていたい。意味のない甘いことばを耳元でささやいてほしいの」

「言いたいことはわかるんだが、シベール、おれはそういう男じゃないんでね」

「あ、それはわかってる。なんにせよ、わたしはあなたより階級が上でも、軍人であることは同じだから、あなたと寝るのは近親相姦みたいなことになっちゃうし。ただ、わたしがこのあと何時間か外出しても、心配はしないでほしいの。どこかで、すてきな男とうまく話がついて、その気になってもらえたら、アパートへ送ってもらうつもり。あなたも同じようにしたらどうかしら」

「どこかで男をひっかける?」

「ばか言わないで。コール・〝レンタブロンド〟でもいいし、どこかのバーでかわいい黒髪《ブルネット》の女に一杯おごるってのでもいいし。とにかく、今夜はひとりきりにならないほうがいいわ」

シベールが彼の腕をぎゅっと握ってから、立ちあがって、ブースを離れ、どこかでだれかが待っているかもしれないアップタウンの喧騒にまぎれこむべく、ホテルの外へ足を向ける。出口のところで、ちょっと立ちどまり、レインコートを着て、ベルトをしっかりと締めた。彼女を拾った男は、その足首のホルスターやガーバーのナイフを見てどう思うだろう、とカイルはいぶかしんだ。

そのとき、シベールが出ていくのを見ていたブルネットが、視線をこちらに転じた。繊細な中国風の絵柄があるシルクのブラウスと、それによく合う茶色のスカートに靴、ゴールドのアクセサリーという姿だった。中西部によくいる、顎の尖《とが》った美女で、黒髪をレイヤードにして、肩までのばしていた。茶色の目が、問いかけるようにこちらを見ている。

カイルはビールの追加を注文して、椅子にもたれこみ、心を自由にさまよわせた。ジューバの正体がわかったとなれば、つぎの問題は、どうやってやつを発見するかだ。やつはなにを探しているのか？　どうすれば、やつに網をかけて、殺すことができるのか？　彼は目を閉じて、さらに思いをめぐらし、ジューバに関する記憶を逐一よみがえらせたり、以前、〈トライデント〉の面々と論議した、かつて自分がイラクの〝懲罰者〟だったときに、どうやって敵のスナイパーを仕留めていたかを思いだしたりした。

「ごいっしょしてもいいかしら？」

控えめな問いかけの声が聞こえて、彼は目を開けた。

「いいとも。だめだ。いや、いまのはそういう意味じゃない」カイルは頭をすっきりさせた。「どうぞ、すわって。こんな夜だから、だれだってひとりきりじゃないほうがいい」

シベールが濡れたレインコートを脱いで、するりと彼のかたわらに腰かけ、ドリンクを注文した。

コネティカット州ギルフォード

クリストファー・ラウリーは、見つけだせない人間などいるわけがないと固く信じていた。

アメリカ人であるかぎり、完全に姿をくらましてしまうというのは不可能だと。一万ドルの依頼料がふりこまれて、所在発見の要請が来たとき、私立探偵はコーヒーのおかわりをカップに注いで、《クーリエ》紙をわきに起き、すぐさま仕事に取りかかった。彼には妻と五人の子、そして二匹の犬がいて、住まいは、サッチャムヘッド埠頭に隣接する、道路の曲がりくねった住宅地に数多い傾いた家のひとつとあって、絶えずなんらかの支払いに追われていたのだ。

合衆国海兵隊一等軍曹、カイル・スワンソン。まずは明らかな線を当たってみようと、彼はその名をキーワードにして、いくつかのサーチエンジンで検索したが、ヒットしたのは屑ばかりだったので、これではうまくいかないだろうと判断した。検索の方向を絞りこんでみても、結果は同じだった。そこで、限定された軍関係のデータベースに検索の対象を切り換えたが、やはり同じ情報しか得られず、その男の軍歴はアーリントン国立墓地に埋葬されたところで終わっていた。《ワシントン・ポスト》や《ニューヨーク・タイムズ》を含めて、いくつかの主要紙のアーカイヴを調べてみたが、その葬儀と、名誉勲章が海兵隊員に授与されたことを伝える記事があっただけだった。彼は州警に勤務する友人に頼んで、その名をキーワードに、NCICのデータベースを検索してもらった。

スワンソンなる男は、死去して、埋葬された。ラウリーはまたコーヒーのおかわりを飲み、犬たちを散歩に連れだした。犬たちが栗鼠《りす》を追いかけて、鬱蒼《うっそう》とした木立のなかを駆けまわり、丈高い蒲《かば》が生い茂る浅い水につっこんで、しぶきを撒《ま》き散らす。ラウリーは足をひきずって、その後ろを歩きながら、さまざまな思いが湧きあがるにまかせた。彼は十五年にわたってニューヨーク市警に勤め、刑事として経歴を積みあげてきたが、クラック中毒者に撃たれて、左膝のほとんどを失い、退職を余儀なくされたのだった。ラウリーには、このクライアントが、会社に雇い入れようとしている男はしばらく前に死んで、アーリントンに葬られたという新聞記事に満足してくれるとは考えられなかった。

〃よし〃、と彼は思った。〃それなら、大本から始めよう〃。記事によれば、その男はサウス・ボストンの出となっていた。正午ごろ、彼は愛車の青いトヨタを駆って、コネティカット・ターンパイクに乗り入れ、南をめざした。

ボルティモア

「スワンソン！　あのくそ野郎と毒ガスはどうなった？」

その電話の声には権威がみなぎっていた。カイルはまばたきをして目を覚ますと、シベールのむきだしの肩をゆさぶり、口のかたちだけで、「ミドルトン」と伝えた。

彼女がベッドカヴァーを跳ねのけて、裸で駆けだし、将軍がワシントンとニューヨークのあいだのどこかからここを見ていると思ったような調子で、ふたりの部屋を結ぶ開け放たれた戸口に飛びこんでいく。隠しごとは、とりわけ、リザードが関わっているとなれば、なにも許されないと考えているのだろう。リザードの目と耳は、どこにでも入りこんでいくのだ。

「将軍？　くそ、いま何時だと思ってるんです？」

「ほぼ〇六〇〇時。ウルフ・ブリッツァー（情報通として知られるCNNのヴェテラン・アンカー）がまだ知らないなにかを報告してくれ」

「それはむりです。ずっと眠ってましたからね。まる一日、拷問にあってたことはご承知でしょう？」

「たわごとを。新兵訓練所《ブート・キャンプ》では、もっときつい経験をしたはずだ。われわれは〇九〇〇時に、アルファベットの略称で呼ばれるあれこれの機関と協議を持つ予定だが、そこから車でやってくると時間がかかりすぎるので、リザードにヘリコプターを手配させて、きみとサマーズをこちらに運ばせることにした。ところで、彼女はどこにいる？　部屋の電話にかけてみたが、彼女は出なかったぞ」

カイルはあくびをして時間を稼ぎ、眠そうな声で答えた。

「知りませんね、将軍。おおかた、ランニングに出かけたんでしょう。おれは彼女のお守役じゃないんで」

「おおいにけっこう。わたしは三マイルのランニングをしてから、朝食をとり、五時にはこのデスクに就いていた。彼女をつかまえて、迎えのヘリに乗りこむように」

「朝食の前に、三マイルとは。まったく、あなたはたいした海兵隊員ですね、将軍」カイルは言った。

「フーア（アメリカ軍将兵がよく使う間投詞で、状況によりさまざまな意味を持つ）」と声を発して、将軍は電話を切った。シベールが、白いタオルを体に巻き、片手にポケットベル《ビーパー》を持って、隣室との戸口にもたれて立っていた。

「彼に電話するようにとのメッセージが入っている」

「そんなのはうっちゃってしまえ」カイルは片肘をついて身を起こし、彼女を見つめた。

「彼はもう、おれたちをペンタゴンに連れ帰るためのヘリコプターを送りだしてる」

「あのね、カイル、ゆうべ、わたしはストレスでまいりかけてるみたいなことを言ったときは、こんなふうにするつもりはなかったのよ。ストレスはいつものことだし。昨夜はすばらしい一夜になったけど、わたしたちはどちらも、それが将来もつづくわけはないとわかってる。将来には仕事のための時間しかないし、わたしはあなたとセックスしたことで、裏切り者になったような気分にさせられてるの」

「ああ。つづけたら、ものごとがややこしくなるだけだろうね」彼にとって、シャリ・タウンの死後、まともな性的関係を持ったのはこれが初めてだった。「だけど、昨夜のことはありがたく思ってる。いろんな意味で、きみはおれを救ってくれた」

彼女はタオルを床に落とし、その上にビーパーを放りだして、言った。

「フーア」

○八四五時きっかりに、黒光りする政府のSUVがペンタゴンの前に乗りつけられ、〈タスクフォース・トライデント〉に所属する四人のメンバーがそれに乗りこんだ。

「ジョンソン軍曹！　われわれを行政府ビル《オールド・エグゼク》に運んで、そこのゲートを通りぬけろ。ホワイトハウスの隣だ。場所はちゃんとわかってるだろうな」

「将軍の無愛想な態度は大目に見てやってくれ、軍曹」カイルは言った。「朝食の前に三マイルも走り、そのあとコーヒーを飲みすぎたってことらしい」

ドライヴァーが笑みを浮かべる。ＳＵＶはすでに駐車場を出て、車の流れに入りこんでいた。

「速いのと、中っくらいに速いのと、どっちがよろしい、将軍？」

「速いのだ」

将軍が答えると、軍曹はサイレンとライトのスイッチを入れ、クラクションを立てつづけに鳴らしながら、二台のタクシーの間隙にＳＵＶをつっこませていった。

後部シートでは、リザードが奇妙な薄ら笑いを浮かべて、シベールを見つめていた。

「なに？」彼女が問いかけた。〝この覗き見男、あのことを知ってるんだ！〟

「あ、べつになんでもない。ちょっと考えごとをしてただけで」リザードが顔を赤くして、目をそむけた。

行政府ビルの二階に、内々の安全な会議室が彼らのために設けられており、ミドルトンがチームを引き連れて、合衆国シークレット・サーヴィスの制服職員が途中を警護しているチエッカーボード・タイルの廊下を歩いて、その会議室に入ると、なかは無人だった。外部からでは、その場所は、この多忙なオフィスビルのどこともちがっているようには見えないが、古めかしい木のドアを開くと、そこにはエアロックがあり、そのすぐ内側に、訪問者を上の隠しフロアへ導く階段があり、それをのぼると、低い天井と防音ガラスにかこまれた、やや狭い部屋があった。室内の音は外へいっさい漏れないようになっていた。

「彼らをよこしてくれ」そこに入室し、まず〈トライデント〉の一団がテーブルをかこむ椅子についたところで、ミドルトン将軍が言った。

シークレット・サーヴィスのエージェントがふたたびドアを開け、さらに二名の人間を入室させる。

キャロリン・ウォーカー捜査官は、襟まできちっと糊《のり》のきいた白のブラウスに、男仕立てのグレイのピンストライプ・スラックスという姿で、すっかり元気を取りもどしているように見えた。自宅で一夜をすごせたのがよかったのだろう。FBIのディヴィッド・ハントは、いまも不機嫌に見えたが、スーツは別のものに着替えていた。彼らが、そこで待ち受けていた四人を目にとめて、当惑を絵に描いたような顔になった。なにしろ、この前日、彼らはその四人のうちのひとりを絞りあげ、別のひとりに、いまにも殺されそうになったのだ。

「どうぞ、すわって」ミドルトンが言って、空席のほうへ手をふった。笑みを浮かべている。

「直前の通知であったのに、ここに来てくれたことをおふたりに感謝したい」

「将軍、これはどういうことです？」キャロリンが尋ねた。

この会議に出席するようにとの命令はぎりぎりに来たとあって、彼女は気分を害していた。この行政府ビルは、ペンタゴンの軍人にも政府の文民にも属さない中立地帯だ。つねにいがみあっている各機関のどれであれ、ここでは本拠の優位性は保証されない。

「簡潔に言えば、きみたちふたりはゲームに復帰したということだ」ミドルトンはぶしつけな目でふたりを見やったが、声を荒らげはしなかった。

「で、そのゲームとは、実際のところ、どういうもの？」ハントが問いかけた。

「おそらくは、きみたちのキャリアにおける最大のものだ」将軍はファイルを開いて、ジューバの写真を外へ滑らせた。「これは、きみたちがパリで撮ったものだな？　この対象者のコードネームは、ジューバ。強い動機を持ち、テロ工作にきわめて熟練した男だ。この男は、ロンドンで用いられたものよりはるかに強力な毒ガス兵器で、合衆国に攻撃を加えようとしていると思われる。われわれは彼を阻止しなくてはならない」

キャロリンはうなずいたが、写真はわきへよけた。

「協力したいのは山々ですが、あなたから命令を受けることはできません、将軍」

「わたしも同様」うなるような小声で、ハントが言った。「わたしはＦＢＩ、彼女は国土安全保障省。どちらも、異なる命令系統に属しています。きのうは、その女性が書状をふりかざして、一時的に最上位からの命令に従わせましたが、それはそのときだけのことであって、現在は事情がまったくちがっています」

ミドルトンは平然としていた。

「この早朝、双方の長官が、きみたちを一時的任務に就かせるための許可証にサインをした。きみたちはもう、こちらの命令系統に組みこまれているんだ」それが事実であることを証明するために、彼はそれぞれに対する書類をテーブルの上に滑らせた。「きみたちは経験豊かなヴェテラン捜査官であり、最高機密に、いやそれ以上の機密にアクセスする許可が与えられているので、さっそく、その件に取りかかろう。いまからわたしが話すことは、最高機密をこえるものだ」

「この上の」リザードが天井を指さして、そう付け足し、ノートPCを開いた。「さらに上ってわけです」

将軍がそちらに目を向ける。

「こっちはベントン・フリードマン少佐。エレクトロニクスとコミュニケイションに関しては万能の将校だ。その隣にいるのは、きのう、きみたちが会った海兵隊大尉、シベール・サマーズ。最後のひとりは、きみたちが捕獲した、やはり合衆国海兵隊の一等軍曹、カイル・スワンソンだ。われわれ四人は〈タスクフォース・トライデント〉に所属し、きみたちはいまそのチームに組みこまれた」

「では、そのチームは軍の秘密工作部隊ということですか？」

「スワンソンは暗殺者？　われわれは、彼がサラディンを撃つのを目撃しています」

「彼については、スペシャリストとだけ言っておこう」よどみなくミドルトンは答えた。

「それと、いや、われわれは真の意味での軍事部隊ではまったくない。われわれは、スワンソンのために荷運びをしているだけでね。じつは、きのう、きみたちが彼の身元を確認できなかったのには理由があるんだ。彼は公式には死者であり、アーリントンの墓石がそのことを証明している。すべての記録が、二年前に消去された。それ以前のスワンソンは、海兵隊最高のスカウト・スナイパーで、秘密工作を専門にしていた。死者とされたのはユニークな部署を創設するためであり、彼はその部署に属することによって、もっとも厳重な身元の隠《いん》蔽《ぺい》工作のもとに、いまも特殊作戦に従事できる。彼は存在しない人間、〝見えない男〟というわけだ」

「ちょっとよろしいですか、将軍」リザードが小さな声で呼びかけた。

ミドルトンはそれを無視して、前口上を続行した。

「〈トライデント〉は、スワンソンを支援するために編成された。彼には特殊化した支援が必要なので、われわれが彼のために働き、職務に無関係と見なされる農務省の所管に彼を配している。これは、予算に計上されないというだけの、完全に合法的な仕事なので、心配は無用だ」

キャロリンが目をごしごしこすった。

「めんくらっています。あなたはペンタゴンの諸資源を自由に使える立場なのに、なぜわれわれを巻きこもうとなさるのでしょう?」

そこでようやく、カイルが口を開いた。

「おれを感心させたからさ。あんたらは、おれをフランスの街中で拉致《らち》して、かっさらっただけじゃなく、必要な答えを引きだすために、進んで職務上のルールも曲げた。この仕事には、そういうたぐいの支援がほしいんだ」

「ミドルトン将軍」またリザードが声をかけたが、今回も無視された。

カイルがつづける。

「あんたらは、規定にのっとったあらゆる術策を使って、通常の業務を続行してくれ。そして、つかんだあらゆる情報をこちらに渡し、われわれが特殊な必要性に迫られた場合には、それを押し進めるための支援をしてもらいたい。〈トライデント〉を知ってる人間はいないが、FBIや国土安全保障省《DHS》が玄関に姿を現わしたら、だれもがぎょっとするからね。あんたらふたりには、この仕事に大きな役割を果たしてもらえるだろう」

「その男を殺すつもりですか？　また暗殺をするということなら、われわれは同調できません。サラディンの射殺は明らかに違法ではあったにしても、あれは外国でのできごとです」

「もちろん」ミドルトンはまた笑みを向けた。「もし議員に喚問を受けることになれば、きみたちと同様、われわれもジューバの逮捕を狙っていると答える。そのことについては、わたしが最後まで面倒を見よう」

デイヴィッド・ハントがうなるように言う。

「そういうことならお受けできますが、ちょっと反対側からこの状況を見てもらえませんでしょうか。そこのスワンソンが、われわれは職務の遂行に有能であることを認める発言をしましたね。では、逆に、われわれが〈トライデント〉を必要とする理由はどこにあるのでしょう？」

カイルが、木のデスクトップに両手を置いた。

「礼を失するつもりは毛頭ないが、ハント捜査官、あんたらの局がジューバを捕まえるのは、やつが捕まりたくないと思っているかぎり、ぜったいにむりなんだ。やつはこの種の仕事に関しては名人級だし、おそらくいまは心理的な一線を越えて、殺すことをなんとも感じないところまでいっているだろう。おれは、やつを見つけだし、やつの注意を引きつけて、その殺しリストのトップにおれが持ってこられるようにしたい。おれとやつには過去にちょっとした因縁があるから、これはやつにとって、プロフェッショナルの誇りを懸けた事柄になるだろう。私怨《しえん》さ。やつは、致命的な一発を撃ちこんで、おれが倒れるのを見ないと、満足がいかないはずだ」

キャロリンがスワンソンに目を向けた。

「その男との決闘を設定したいってこと？　あなたは、そこまでひとを怒り狂わせる人間なの？」

シベールとミドルトンがそろって、きっぱりとうなずいた。

「忘れたの？　きのう、彼があなたたちをどれほど怒り狂わせたことか」シベールが言った。

「たぶん、彼のいちばんの得意技は、ひとをかんかんに怒らせることでしょうね」

「将軍！」フリードマンがまた、こんどは切迫感のこもった声で呼びかけ、ようやく三度めにして、無視されずにすんだ。

「どうした？」ぶっきらぼうにミドルトンが応じた。

フリードマンのコンピュータ画面の隅で、赤い警告ライトが点滅していた。

「ついさっき、コネティカット州警が、ＮＣＩＣに対してスワンソンに関するあらゆる情報を求めるピングがあったことをつかみました」

ボストン

私立探偵クリストファー・ラウリーは、その午後いっぱいをふりむけて、カイル・スワンソンのめざましい人生に関する情報を収集した。出生記録、家系、教育、相続関係、社会保障番号、職歴、警察との二度の悶着の前歴、運転免許証、そして海兵隊入隊。すべてが明々白々に記載され、サウス・ボストン・ハイスクールの卒業記念アルバム用に撮影された若いころの写真まであった。海兵隊での軍歴は綿密に記され、すべての日付が合致していた。軍隊は通常、部外者には軍歴を公開しないという鉄の掟を持っているのに、進んでそれをしているというのは、妙な話だ。そのすべてを黄色い法律用箋《ようせん》に箇条書きにしてみると、なにもかもが、パズルのピースがきちんとはまりこむように、みごとに一致した。書記は書き損じをするものだ。書類はファイルミスが起こるものだ。記憶はよく混乱する。情報はつねに不一致を生じる。これは、意図的にそうされたかのように、あまりにきれいすぎた。好ましくない箇所が削除されたのだ。

データをノートPCにおさめると、彼は周辺の調査に取りかかり、過去にスワンソンとのつながりを持っていたひとびとの名前を探していった。好都合なことに、サウス・ボストンには何世代にもわたってそこで暮らしてきた家族が多く、そのひとびとの足跡をたどるのは容易だった。表向き、自分は雑誌のリポーターで、真のアメリカン・ヒーローにまつわる事柄をひとつにまとめたいと考えていて、そのために個人的な逸話を必要としているのだということにしておいた。ほとんどのひとびとがよろこんで思い出を語り、カイルの学校時代の親友、マイケル・マクラフリンの住まいを教えてくれた。

向こうっ気の強い小柄な男、マクラフリンは、カイル・スワンソンとはハイスクール時代の親友で、ベースボール部のチームメイトでもあった。カイルとマイケルは長年の友だちで、カイルはいつも、自分がピッチャーをして、マイケルには後ろでショートを守らせたがったという。マイケルは機敏で、足が速く、運動神経が抜群によかったので、長身の内野手でも手が届かない痛烈な打球に追いついて、ダブルプレーを取ることができた。マイケルはまた、たんなる競争心をはるかに越える、戦闘的な激しい気性の持ち主でもあった。当時、多数のハイスクールが靴底のスパイクをゴム製のものに変える方向に動いていたが、マイケルは、金属スパイクのほうが足さばきがいいからとコーチたちを説得して、それをつづけたという。マイケルが自分のロッカーの前にすわり、見られないようにそのなかに手をつっこんで、スパイクを磨いていると、カイルがのぞきこんでくることがよくあった。カイルはいつも、その日の調子をたしかめるために、ゲームの序盤にわざと相手チームのバッターにヒットを打たせた。一塁にランナーを置き、そのランナーがつぎのバッターのゴロで二塁に滑りこんで、ショートに前回の仕返しをしてやろうとすると、マイケルがその選手の脚をハンバーガーのように引き裂いて返り討ちにするという作戦だった。カイルはいつも、マイケルにスパイクされた選手の数を数えていたという。

ハイスクールを卒業したあとも、ふたりは連絡をとりあっていたが、やがてカイルは海兵隊に入隊し、マイケルはマイナーリーグのチーム入りをめざしてがんばったが、二、三年後にはあきらめて、サウス・ボストンの自宅に戻った。そのころには、カイルはサウス・ボストンのひとびとと徐々に距離を置くようになっていて、帰郷したときも、自分がどこにいて、なにをしていたかをだれにも話そうとしなくなっていた。それでもカイルは、遠く離れた国から葉書を送ってきたり、自分が名付け親になったマイケルの娘、メアリ－エリザベスに誕生日とクリスマスのプレゼントを送ってきたりと、かすかなつながりは残していた。九歳になった娘は、カイルおじさんが生きていたころのことをよく思いだし、彼がいなくなったことをひどく悲しんでいる、とマイケルは語った。

探偵はマイケルに、インタビューを受けてくれたことへの礼を言って、立ち去った。まる一日、ハイテクとローテク両方の手法を使って調査をしても、報告に値するようなことはろくにつかめなかった。彼は、Ｗｉｆｉスポットのあるインターネット・カフェに入って、報告書を書き、ドキュメントファイルのコピーと、聞き込みをしたひとびとの氏名、電話番号、住所、そしてそれぞれの話の概要を一覧表にしたものを添付した。当該の海兵隊員はシリアにおいて致命傷を負い、アーリントンに埋葬されたという結論に達するように、なにものかが手を打ったものと思われると、自分の意見も書き添えた。アーリントンに出かけて、墓を掘り起こすわけにもいかないので、これ以上の調査は不可能であると探偵は記した。そして、Eメールを送信し、ギルフォードにひきかえそうと車を走らせた。ラッシュアワーの最中だったが、ボストンから出ていく方角はすいていた。

彼が自宅に帰りつくと、FBI捜査官のチームが待ち構えていた。

「これは、なまやさしい事態じゃないぞ」とラウリーはつぶやいて、車を降り、両手を体から離して相手からよく見えるようにしながら、そちらへ近づいていった。

22

ワシントンDC

フーヴァー・ビルディングに指揮統制センターが設置され、国家安全保障に関わる各機関から来たエージェントたちが、コンピュータや電話を使って業務に励んでいた。絶え間なくペーパーを吐きだす、プリンターとファックス。電子機器の艦隊に電力を供給する無数の電線が、床をくねっていた。壁に掲げられたいくつものコルクボードに地図が留めつけられ、別の壁にはホワイトボードが端と端を接して、ずらりと並んでいる。だれもが忙しく働いていることを、室内に響く騒音が明瞭に示していた。全員が、ジューバの居どころを探しているのだ。

カイルはその民間人の軍団には加わらず、〈トライデント〉チームとともに隣室にいたが、そこに置かれているモニター群の画面を通して仕事ぶりを観察していた。使用されている機器が古すぎるとリザードがぼやいたが、カイルは、デイヴィッド・ハントとキャロリン・ウォーカーがこれほどすばやく、それぞれの機関の膨大な諸資源を業務に投入し、稼働させたのはたいしたものだと思った。いまはすべてが迅速に動くようになり、関係する全員が同じ関係する全員が同じ船に乗って、同じものを探している。

カイルがパリで取り逃がした男の正体が明らかになったことで、イギリスの警察がすみやかに動き、アレン・オズマンド医師とその妻、マーサ・グッドリング・オズマンドを彼らの自宅で逮捕した。夫妻の息子、ジェレミーの合成写真《モンタージュ》が、スポーツに熱中していた学校時代のものから、イギリス海兵隊員時代のもの、そしてパリの邸宅に現われた際に撮影された不鮮明なものに至るまで、すべての写真を素材にして作成された。コンピュータで細部が修正され、要所要所が比較、検討されて、精密な近年の顔写真ができあがった。

それが、顔認識ソフトウェアのデータベースに送りこまれて、全空港の監視カメラの映像と照合され、この数日間に合衆国に入国したすべての人物が調査された。コンピュータは電光石火のスピードで仕事をしていたが、それでも、数万におよぶ入国者のデジタル写真をチェックするにはかなりの時間を要する。

その間に、武装していると思われる危険な既知のテロリストとして、ジェレミー・オズマンドに関する警報がアメリカの全土に出されていた。国土安全保障省の作成した写真が、すべてのテレビ・ネットワークに配布された。

「ひとつヒットした」デイヴィッド・ハント捜査官が〈トライデント〉の待機室に入ってきて、ドアを閉じてから、言った。「やつは三日前、オランダのパスポートを持つビジネスマンとして、ダラスに入った。このあと、税関職員と旅客機クルーの事情聴取がおこなわれるだろうが、やつがなにか注意を引くような行動をしていないかぎり、彼らの記憶に残ることはないだろうし、やつがそんなことをするのはありそうにない」ジューバがその空港のゲートを通るときに防犯カメラで撮影された写真を、リザードがコンピュータの画面に表示させる。

「ありきたりの男に見える」彼が言った。

「そこがポイントだ」カイルは言った。「やつは背景にまぎれこんだ。だれも、それがやつだとは気づかないだろう」

「いま、われわれはコンピュータの捜索対象を国内便に切り換えて、やつの行き先を探している」

「それには運が必要だろうな」カイルは言った。

ハントが気分を害した。

「われわれはきみを捕まえた。そうじゃないか？」

「いや、捕まえる相手をまちがったんだ」

ハントが口のなかでなにかをつぶやきながら、部屋を出ていく。

ミドルトン将軍が首をふった。

「仲良くしてやれよ、ガニー。きみはなにを考えてるんだ？」

カイルはテーブルをまわりこんで、ひとつしかない窓から外に目をやり、日常の仕事に就いてワシントンの中心街を行き来している市民たちをながめた。背後では、三台のモニター画面がいまもジューバの顔写真を表示していた。

「ジェイムズ・ボンドの映画に出てくるなにかのシーンにそっくりだ。隣室にいる連中はありとあらゆるおもちゃを持ってるが、向こうにまわしているやつの実態がどういうものかは、まだわかっちゃいない。ジューバは凄腕のスナイパーだ。捕まらないように、うまく逃げのびる。猛スピードで移動して、狙うべき対象を検討しているだろう」

「そして、ターゲットに忍び寄る」シベールが付け足した。

「しかも、やつはおれに追われていることを知っていて、そうであるからこそ、コネティカットの探偵を雇って、おれの記録をチェックさせた」

カイルは、FBIの徹底的な事情聴取に全面的に協力した私立探偵、クリストファー・ラウリーの供述書コピーを取りあげた。その探偵にすれば、クライアントに関する守秘義務を選択する手もあっただろうが、FBIに喚問されたとなれば事情はまったく異なってくる。彼は、知っていることを洗いざらいしゃべっていた。

「ラウリーが報告書を送った〝クライアント〟は、また別の隠れ蓑《みの》を使ったジューバだったと読める。ラウリーは、その日に話を聞いた全員の氏名や、会話の概要をリストにして、添付した。おれのハイスクール時代の友だち、マイケル・マクラフリンは、探偵のインタビューを受けたとき、おれが彼の九歳になった娘、メアリ－エリザベスの名付け親だってこともしゃべっていた。ジューバはEメールを返送して、探偵に謝意を示し、自分が直接、マイケルとその娘、メアリ－エリザベスの話を聞きに行くと付け加えている」カイルはコピーをテーブルに落とした。「さて、やつはなぜそんなことをしようとするのか？」

国土安全保障省のキャロリン・ウォーカーは、それまで口をはさまずに話に耳をかたむけているだけだったが、そこでようやく口を開いた。

「そもそも、やつは返事を出す必要はなかったし、実際、そのメールを送ったあと、Ｅメールのリンクを完全に遮断してしまった。やつはあなたを表にひっぱりだすために、その少女を襲おうとしているというのが結論ね」

「で、あんたらはその脅威にどんな対応をしているんだ？」カイルは問いかけた。

「ボストンに多数のエージェントを増援して、そのエリアの防備を固めさせ、人質《H》救出《R》チーム《T》のカウンタースナイパー・チームを待機させてる。やつが彼女に近づくのはむりでしょう」

キャロリンが、テーブルごしにじっと見つめてくる。彼女は所定の配備を完了させ、問題の地点に圧倒的な兵力を集中させて、ターゲットの周囲に防護の網を張りめぐらしたのだ。

「そんなのは、時間とカネ、そして資源のむだ遣いだ、ウォーカー捜査官」カイルは言った。「ジューバはおれの名付け娘を狙う計画などしてはいないし、もしそうしたとしてもあの子に接近することはできないだろう。あんたらは、マイケルに関するやたらとぶあついファイルを持っているくせに、肝心なことはなにも言っていない。彼のおじ、ティムは、ギャンブルや娼婦や麻薬、はてはアイルランド共和国軍の残党への武器の供給まで、違法すれすれのいろんな事業をボストンでやってる。マイケルは、そのティムの用心棒がしらでね。だから、メアリ＝エリザベスは完璧に安全なんだ」

「では、そういう現状だとすれば、なぜやつはそんなメールを送ったのか？」

「陽動。追跡者に自分をではなく、別のだれかを追わせるようにするのは、スナイパーの習性だ。小さな危険を伴う行動をとって、あんたらに大がかりな対応行動をとらせるようにしたんだ」

デイヴィッド・ハントが、また部屋に入ってきた。

「いま、国内航空網のシステムが、やつの姿をとらえた。やつはワシントンからタンパに飛んだ」

サンフランシスコ

ジューバの警告アンテナが震えだした。彼はすでに、サンフランシスコの街はずれにある、設備一式の整った広大な自動車ガレージを借りていて、そこで、作業台に置いた小さな白黒テレビを片目で見ながら、仕事をしていた。その画面の一部に彼の写真が映しだされたので、彼はそちらへ歩き、グリースまみれの布で手を拭いてから、テレビの音量をあげた。ニュースを報じる女性アナウンサーの下に、仰々《ぎょうぎょう》しく〈**特報**〉の文字が表示されていた。国家安全保障に関わる各当局が全国民に対し、この写真の男、合衆国のどこかにいまもいると思われる既知のテロリスト、ジェレミー・オズマンドへの警戒を要請している。ひとりでその男に近づかないように、とアナウンサーは言った。警察に通報するように、と。

ジューバは、合衆国で生産されたものとしてはもっとも大型のSUV、二〇〇四年型のフォード・エクスカージョンを、二割引きの現金払いで購入し、多数の書類に自分のサインをした。ガレージの天井照明を浴びて、その車が鈍いシルヴァーに輝いていた。ここで、その車の前部シートより後ろにあるものをすべて取りはらって、長いフラットデッキに改造してある。彼はそれに乗りこむと、表側の巨大なシャッターをあげ、投宿している手ごろな料金のモーテルへ車を走らせた。二ブロック手前に駐車し、よごれたフォーティーナイナーズの帽子を斜めに深くかぶって、狭い横丁を歩いていく。角のところで、ヘルスフードの店に立ち寄って、カップ売りのヴァニラ味チャイを買い、それを飲みながら、あたりのようすをうかがった。

そのモーテルには二泊しているが、まだ夜勤のフロント係にしか姿は見られていない。あの若い男はすでにテレビの顔写真を見て、当局に通報しただろうか？　近辺には、覆面パトカーも、ティントガラスのヴァンも、仕事をしているふりをしているたくましい若者たちも見当たらないから、それはありそうになかった。まだ、警察は来ていない。だが、遅かれ早かれ、この場所は突きとめられるだろう。その危険は冒すしかなかった。

だぶだぶのTシャツの下、ジーンズのウエストバンドの内側に拳銃をつっこんではいるが、いま必要なものは、バスルームに置いてあるポリ袋の中身と、部屋のエアコン送風口の内側に隠してある大型銃だった。

〝ピープルズ・リパブリック〟と呼ばれるサンフランシスコで高性能の銃を購入するのは、いまではむずかしいことだが、一九八〇年代には、アメリカの法執行機関は、アルカイダの代理人が全土のあちこちで開かれる銃の展示会でおおっぴらに多数の銃を買いこむことを黙認していた。それらの銃はアフガニスタンに密輸されて、ソ連との戦いに用いられると考えられていたからだが、実際には、その多くが、ジューバの銃と同様、カリフォルニアの北部に秘蔵された。彼が選んだのは、その当時、サクラメントの銃展示会で購入されたもので、有名な五〇口径バレットが民間に転用された、アーマライト・ライフルだった。ほかに、二二口径のブッシュマスターもあったが、ジューバは強力な銃がほしかったのだ。

彼はチャイを捨てると、そのブロックをまわりこんで、フロント係からは見えない別の方角からモーテルに近づいていき、階段をのぼって、すばやく角の部屋に入りこんだ。昼間のうちに、客室係が部屋の掃除とベッドのかたづけをしてくれていて、新しいタオルがかけられ、松の木のアロマのエアロゾルがふりまかれたにおいが漂っていた。彼はタオルをくすねて、クレイロールのヘアカラー、ナイスンイージーの箱といっしょにビニール袋につっこみ、そのあと、アーミーナイフについている小さなスクリュードライヴァーを使って、壁のエアコンの換気口を開き、アーマライトを取りだして、キャリングケースにおさめた。そして、部屋に入ってから四分後には、そこをあとにしていた。いまは時間が重要であって、やらなくてはならない雑用がまだいろいろと残っているのだ。

ベースボール・スタジアムから二十マイルのところに、一般には〝ザ・セインツ〟と呼ばれている病院があった。もとは、末日聖徒《ラターデイ・セインツ》教会、すなわちモルモン教会がビジネスとチャリティーを兼ねて設立したもので、それが一九九三年にカトリック教会に売却されて、聖マリア病院と改称されたのだ。病人たちは、医師と看護師がちゃんと治療をしてくれるかぎり、どちらの聖人が責務を担《にな》っているかなどは気にかけない。ザ・セインツは四階建ての近代的な建物で、第一級の外傷センターとして名を馳せていた。

前日のうちに、ザ・セインツから二百ヤードほど離れた地点にあるアパートに目星をつけておいたジューバは、いまそこへ車を転がしていき、その低層アパートの裏手にあるがらんとしたスペースに駐車した。内部階段をのぼっていき、わずか二十秒で、一室のドアのロックをピッキングで解除した。うららかな午後のなかばとあって、そこに住む若い母親は、本締め錠《デッドボルト》のほうはロックせずに、テレビを観ていた。ドアが開かれる音が聞こえたとき、彼女には驚く時間しか残されていなかった。悲鳴をあげる前に、撃ち殺されたからだ。そのあと、ジューバが慎重にアパートの室内を調べていくと、寝室で幼い男の子が遊んでいる姿が見えた。幼児が目をあげた直後、引き金が引かれた。ジューバは母親の死体を、デイジーのにおいがするライトブルーのバスルームへひきずっていき、白いバスタブのなかに放りこんだ。四歳の息子の死体が、その上に置かれた。ふたりを射殺した男は、洗面タオルに男の子の血を染みこませ、その血でタイルに自分の名を書いた——**ジューバ**と。

冷蔵庫を当たってみると、蓋《ふた》をしたボウルのなかに食べ残しのチキンがあったので、それを電子レンジで温め、皿に盛った冷たいポテトサラダといっしょにリヴィングルームに持っていく。遅いランチを食べながら、窓の外に目をやって、さえぎるもののない景色をながめた。青色で大きく〈救命室〉の文字が記されている大きな白の表示板があり、救急車のドライヴァーがバックでそこに乗り入れて、よどみなく担架を降ろし、外傷治療室に直行できるようにするためのコンクリートの傾斜路が、駐車場から内部へのびていた。

そろそろ、あのガレージにひきかえす時間だった。

ワシントンDC

「昨年、合衆国各地の空港から出発した便の数は一千百万ほどで、運ばれた乗客の数は約七億五千万」インターネットを検索しながら、フリードマン少佐が言った。「コンピュータが調べなくてはならない顔の数はこれほど膨大だし、もしやつがレンタカーを使って移動していたら、いくら調べても、なにも発見できないだろう」

「なによ、リズ。そんなふうに考えるのはやめて」シベール・サマーズが言った。

〈トライデント〉の面々は退屈していた。彼らはみな、迅速、明快に答えが出てくるのが好みなのだ。コーヒーは冷め、部屋の空気もすえた感じになっていた。

「フロリダにうちの人員を派遣するとか」キャロリン・ウォーカーが言った。「そこにやつがいれば、彼らが発見してくれるでしょう」

「それをすれば、ジューバがまたもや、おれたちの捜索資源をよそへ浪費させたことになる」カイルは言った。「まずはボストン、こんどはタンパ——セントピーターズバーグへ」

「まあ、あそこにはたいしたものはないことだし」とキャロリン。

ミドルトンが新聞をテーブルからはらいのけて、立ちあがる。

「やつがまた移動した。タンパからデンヴァーへ飛んだ」

ドアノブがまわって、特別捜査官デイヴィッド・ハントが部屋に入ってきた。

「しかり。なにもない。陽光と、マクディル空軍基地、そしてイラクおよびアフガニスタンにおける戦争を統括する司令部があるだけだ。あの地域には、軍が最大限の警備態勢を敷いている」

《ニューヨーク・タイムズ》紙のクロスワード・パズルを解いていたミドルトン将軍が、目をあげた。

「おっと、くそ」うなり声を出した。「あそこにはシャイアン・マウンテンがある。リザード、あそこの施設を密閉させなくてはならないから、ペンタゴンの統合参謀本部にセキュアフォンでつないでくれ」

キャロリンも、その山には国防の電子的中枢を担う、途方もなく重要なシステム——北《N》アメ《O》リカ航《R》空宇宙防《A》衛司令部《D》の地下司令部——が存在することは知っていた。

「あの施設は二千フィートの地中に設置されています。厳重に警備され、完全に密閉することができるようになっています。あそこのひとびとは、いかなる毒ガス攻撃に対しても完璧に安全です」

カイルは顔をしかめた。

「その家族はそうじゃない。ではあっても、あそこが攻撃地点になるとは思えない。人口がそれほど多くないし、あのエリアには常時、最高度の警備態勢が敷かれているからね」

「では、やつはどこを攻撃するつもりなのか？」キャロリンが問いかけた。「やつが各地を移動しているのは、なんのため？」

「どこをターゲットにしようかと考えてるんだろう」カイルは答えた。「ジューバがもくろんでいるのは、巨大な一撃、ロンドンよりでかい一撃だ。それがどういうところかは、おれたちにはまだ見えていないが、やつには見えている。やつは、でたらめに動きまわってるわけじゃない」

サンフランシスコ

ザビエル・サンドバルは、教えられた住所のガレージをなんなく見つけだし、黄色いディアブロ・グルメのトラックをその前に着けて、クラクションを鳴らした。ジューバが内側のボタンを押し、ガレージの表シャッターがあがっていく。ザビエルはトラックのハンドルを切って、なかへ乗り入れ、大きなSUVのそばに駐車した。

「ようこそ、兄弟《ブラザー》」とジューバが言って、友人のように男を抱擁する。「気分はどうだ？　なにしろ、長い距離を走ってきたんだからな」

「疲れたけど、それほどでもない。ラジオのトーク番組を嫌うような育ちかたをしたから、退屈だったがね」ザビエルは笑い、ジューバがさしだしたボトルを受けとって、冷たい水を飲んだ。「警察があんたを指名手配して、名前と人相書を公表したことは知ってるかい？」

ジューバは小さなテレビを指さした。

「ほとんどずっと、あれを観ていた。おれの両親が逮捕されたが、〝十字軍〟連中はまだ、これからなにが起こるかは察知していない。主導権はいまもこっちにあるが、それでも急がなくてはならない。おまえがあと二、三時間、仕事をつづけられる余力を残しているようならいいんだが」

「そのために、おれはここに来たんだしね、ブラザー」

ふたりはつなぎの作業服《カヴァーオール》を着こみ、一トンの重量に耐えられるSUVの広い荷台に、重さ五十ポンドの硝酸アンモニウム肥料の袋を四個、積みこんだ。それから、小型フォークリフトを使って、液体ニトロメタンが詰められている重い五十五ガロン・ドラム缶を一個だけ持ちあげ、四個の袋でつくった障壁のすぐ前方の部分に、慎重に押しこんでいった。すばやく、静かに作業をすませたあと、ふたりは怯《ひる》むことなく行動をつづけて、エクスカージョンの荷台にのぼり、爆発物を構成する化合物の危険きわまりないピラミッドを強靭《きょうじん》な素材のストラップで縛りつけて、固定した。SUVのテールゲート・パーティでよく使われる、青白縞の日除けテントを積荷の上にかぶせ、ピクニック用のプラスティック製クーラーボックスとローンチェアを何個か、そして折りたたみ式のテーブルを一個、テントの重しとして周囲に置いていく。ガソリンを五ガロン缶で何度もすくって、四十四ガロン入るガソリン・タンクを満タンにした。そのあと、ふたりは手早くシャワーを浴びて、体についたにおいや、危険な化合物のかすを洗い流した。

身をきれいにしたところで、ジューバとザビエルは真新しい服に着替え、小さな事務エリアから敷物を一枚ひっぱりだして、ガレージの床にひろげると、東を向いて、その上にひざまずき、アラーに祈りをささげた。ゲーム開始まで、あと二時間。

ジューバは、デジタル式起爆装置の回路をテストしてから、タイマーを四時間に設定し、ひとまとめに縛った四個のC－4爆薬のかたまりに起爆装置を挿入した。

「よし、球場《ボールパーク》へ出発だ」

大きなシャッターがあがり、ジューバはエクスカージョンを運転して、ディアブロ・グルメのトラックのあとにつづいた。SUV内のにおいは、エアコンをつねに最大にして動かしておかなくてはならないほど強烈だった。彼は肩ごしに二度、消臭スプレーを背後に噴射した。それでもまだ、そのにおいは消えず、彼はやむなく換気のためにフロント・シートの窓を開けたが、風が吹きこんでリア・ドアの窓をよごすことのないように心がけておいた。

スタジアムに着き、駐車場に入る車列のひとつに並ぶと、十九歳ぐらいの女性料金係が、大きなSUVから漂ってくるにおいを嗅《か》ぎつけて、鼻をひくつかせた。

「うわ、これ、なんのにおいなんです！」

「あ、そうか。おれは芝生の手入れが仕事でね」ジューバは言った。「ふだんは掃除をしてくるんだが、きょうはここに早めに来て、自分の席に陣取りたいと思ったんだ。おれと相棒は、ヤンキーズのダッグアウトの真上にあたるシートを取ってるんでね」彼女にほほえみかける。「ヘイ、別の仕事を探してないかい？　毎日、このトラックに乗るようにしたら、ずっといい給料がもらえるぞ」

彼女が料金を受けとり、チケットを、車のダッシュボードに置くようにと言って、渡してきた。

「いやですよ。そんなにおいがする車なんて。それに、そんなに儲《もう》かってるようにも見えないし。ゲームを楽しんで」

彼は区画分けされた駐車場の通路を進んでいき、AT&Aパークの端に近い地点に駐車スペースを見つけだした。車を降りて、ドアを閉じ、ロックする。そのSUVには、暗いティントガラスにアメリカ国旗のステッカーが貼られ、バンパーには、〈わたしの娘はターナー・ミドルスクールの優等生だ〉の文字が誇らしげに記されたグリーンのステッカーが貼りつけられていた。街中ではこういうステッカー類がカムフラージュになると、ジューバは考えたのだ。エクスカージョンは、重量七千ポンド、全長は約十九フィート、車高は六フィートと一インチ半ほどもある車だが、これならどこの駐車場にあっても、わざわざふりかえって見る人間はいないだろう。

まだ、ピッチャーが第一球を投じるまでには、一時間が残っていた。心地よい夕暮れ。満員札止めの観客。

ジューバはスタジアムには入らずに、駐車場を横切っていき、客を降ろして走り去ろうとしていたタクシーをつかまえた。指示した行き先は、ザ・セインツを見渡せるあのアパートだった。そこに着いて、予定の位置に就いたところで、球場から一マイルほど離れた場所にトラックを駐車しているザビエル・サンドバルに、彼は電話を入れた。そろそろゲームが始まる時間だった。

「つぎの攻撃！　そのために、やつは各地を転々と飛びまわってるんだ」デイヴィッド・ハントが言った。「やつはデンヴァーを飛び立って、サンフランシスコに向かった。あそこになにか重要な軍事施設はありましたか、将軍？」

「いや、なにもない」

「われわれは西海岸の人員をせきたてて、ホテルやモーテルをチェックさせ、現地の各警察は、やつがあの地域にいることを示す手がかりをつかもうと動いている。だが、ことによると、やつはまた、たんにそこを通過するだけかもしれない」

「やつが狙っているのは、たとえば、かつてオクラホマ連邦地方庁舎爆破テロがあったように、どこかの庁舎だとか？」シベールはそうと信じているわけではなく、思いついたことを口にしただけだった。

「どの都市にも、連邦政府の建物はある。それが攻撃の標的なら、こんなにあちこちと動きまわる必要はないだろう」

「大規模ショッピングモールかも？　あるいは、テーマパークとか」

「そういう施設は合衆国のどこにでもあるが、これまでの三都市には、並はずれたものや特筆すべきものはない」

カイルは、ほとんど聞き役にまわっていた。いま自分にできるのは、ターゲットに忍び寄るスナイパーの立場になって考えながら、ひたすら待つことだけだ。彼は《ニューヨーク・タイムズ》紙を取りあげて、スポーツ面を開いた。この新聞は、全世界のほとんどあらゆる事柄を網羅しているが、ことスポーツに関しては地元志向に走っている。スポーツ面の最初の記事は、地元のヤンキーズのゲーム日程で、その相手は……タンパ――つまり、セントピーターズバーグ。デンヴァー。サンフランシスコ。その三つの都市が、カップのなかでふられるダイスのように、頭のなかを転がった。ふられたダイスがテーブルに落ちたとき、それはおのずとひとつのパターンを形成するものだ。

ターゲットに忍び寄る。軍事施設への攻撃というのは、その話が出たとたん、警備が厳重になるわけだから、無視してしまおう。タンパ――セントピーターズバーグ。デンヴァー。

サンフランシスコ。それらに共通するのはなにか？　大きなコンヴェンションが開かれるわけではない。大統領の訪問もない。夏休みの時期とあって、ひとびとはのんびりモードに入っている。フロリダは老人天国、デンヴァーは現代的な牧畜町《カウタウン》、サンフランシスコはいかれた反戦論者の根城。それらを結びつける要素はろくにない。アメリカンフットボールのチームは、デンヴァーにはブロンコス、サンフランシスコにはフォーティナイナーズ、タンパにはタンパベイ・バッカニアーズがあるが、NFLのチームは全米に散らばっていて、その三つはカンファランスや地区が別々だ。メジャーリーグ・ベースボールのチームは、レイズ、ロッキーズ、そしてジャイアンツ。どのスタジアムもでかい。ターゲットをはずすはずはない。それだ。おれなら、そうするだろう。

カイルは、その新聞記事に指を押しあてた。

「このベースボール・ゲーム。やつはヤンキーズとジャイアンツのゲームを狙うつもりなのにちがいない。四万を越える観客がそこに集まって、列になった座席にのほほんとすわり、身の安全を守る警備はろくにないまま、殺されるのを待つことになるんだ」

ほかの面々が目を見交わし、脈が三つほど打つあいだ、部屋が静まりかえった。そのあと、キャロリン・ウォーカーとデイヴィッド・ハントが猛然と部屋を飛びだして、それぞれの同僚たちに大声で指示を出しはじめた。

エクスカージョンに仕掛けられた爆弾が、第三イニングの途中で爆発し、爆風が駐車場を押し渡って、街中に位置する球場の広大な壁面に襲いかかり、壁をかたちづくっている煉瓦《れんが》の一部を粉砕した。そこに集っていたサンフランシスコの住民たちは、ほんの一瞬、揺れを感じただけだったので、まず、これは地震だと思ったが、まもなく、その何人かが爆発に気がついて、叫びだした。

「テロだ！」

選手たちがフィールドから逃げだし、観客たちがシートを飛びこえ、階段を上り下りし、動きの鈍い者や力の弱い者や体の小さな者を押しのけ、踏みにじりながら、出口へ殺到する。逃げ惑う群衆は、スタジアムの破壊された側から離れる方向へいっせいに動きだしたが、そんなことは、球場の外で、湾の向こうの街に帰るために船足の遅いフェリーボートの到着をぶらぶらと待っていたひとびとの知るところではなかった。逃げろ！　観客たちが緑なすフィールドにもあふれだして、そこを駆けぬけ、出口を探して、コンクリートのトンネルをくぐりぬけ、押しあいへしあいするひとかたまりの群集と化して、表側の出入口へ押し寄せ、パニックをさらに募らせていく。

警察の警告は無視された。言い争いが昂《こう》じ、こぶしや肘がふりまわされ、数度の発砲があって、何人かが倒れたが、ひとびとはそれを無視して走りつづけた。トンネルの向こうに、安全が待っている。スタジアムの外に出れば、すべてオーケイだ。彼らの背後のスタンドでは、悲鳴と怒号が渦巻いていた。

車の大爆発があった二分後、ザビエル・サンドバルが、スタジアムの荷捌場《にさばきじょう》から黄色いトラックを出し、逃げだしてくる観客たちの通り道にあたる場所に駐車した。イグニションのコードを引きちぎり、屋根の換気弁とファンを作動させて、運転席から飛びおり、街路へと走る。シューッとエアロゾル・スプレーの音がしたが、それは喧騒にまぎれてだれの耳にも届かず、トラックの荷台に置かれた容器から、毒ガスが大気中に噴出し、かすかなそよ風に乗って、ゆるいアーチを描きつつ、怯えあがった観客たちに襲いかかっていく。逃げてきたひとびとは、男も女も子どももみな、キル・ゾーンをゆるやかにかたちづくっていくそのぼうっとした靄《もや》のなかへ頭からつっこんでいった。

23

ザビエルは、指示されたアパートに着いたころには、ひどく神経をとがらせていた。あのあと、背後で持ちあがる大混乱は無視して、数ブロックを全力で駆けぬけていき、しまいには息が切れ、足がふらつくほどになった。車の流れが緩慢《かんまん》になり、ドライヴァーたちが球場の爆発現場から立ち昇る煙に驚いて、息をのみ、つぎつぎに車を停めた。彼はその一台を襲って、ドライヴァーを外へ放りだし、運転席に飛び乗って、車をハイジャックした。急ハンドルを切って、横丁に入り、アクセルを踏みこんで、シャツを汗で濡らしながら、危険地帯から逃げだしたのだった。

アパートの駐車場に車を駐めると、彼はしばらく運手席にすわったまま深呼吸をして、自分は毒ガスから逃げのびたんだと信じこもうとした。指示されたとおり、キーをイグニションに残して車を降り、コンクリートの階段をよろめきのぼって、ジューバに教えられた部屋のドアを見つけだす。ドアが開いたとき、そこにいたのは、ほとんど見憶えのない男だった。ジューバはシャワーを浴び、髪の色を真っ黒に染め変えていた。もとの髪の毛自体、イランを離れて以来のびほうだいにしていたので、不揃いになっており、合衆国に入ってからは、ひげ剃《そ》りもしていなかったとあって、数日分の顎ひげがたくわえられて、まったく別人のような顔つきになっていたのだ。そのうえ、金縁の丸眼鏡をかけている。警察は容疑者の人相書をもとに怪しい中東の男を見つけだそうとしていたが、ジューバはそのイメージに当てはまらないだろう。

ザビエルがなかに入って、ドアをロックし、椅子にすわって、目をあげる。

「パッケージは配達した。おれはぜったい、この日を忘れないだろうよ」

「完璧な仕事をしてくれた」ジューバは言って、相手の肩をぽんとたたいた。〝この男は勇気を失いかけている〟。「これで、仕事はほぼ完了だ」

隅にテレビが置かれていて、ヘリコプターから送られてくる虐殺現場の広角映像が映しだされ、安全な放送局にいるリポーターたちが、球場周辺に近寄るのは避けるようにと全住民に警告を送っていた。これは毒ガス攻撃であり、当局によれば、まだそのガスは空気中に残っている。警察が交通規制をして、観客たちを大至急、避難させている。上空のカメラが、警告灯を点滅させた救急車やパトカー、そして、ボディが上、中、下と別の色に塗り分けられていてよく目立つ消防車の群れをとらえていた。奇妙な格好で倒れているひとびとのあいだに、救助に駆けつけて、わが身に毒のゲルをつけることになった、第一対応者たちの制服姿が見えた。救急要員は全員がハズマット・スーツを装着せよという命令が出たせいで、救助活動全体がひどく緩慢になっていた。

アパートの室内にいるジューバにも、ザ・セインツに近づいてくるサイレンの音が聞こえるようになった。

「準備はいいか？」

ザビエルが息をのむ。

「はい」

「おまえのために、慎重にこの場所を選びだした。このライフルは装塡《そうてん》ずみで、すぐに撃てるし、おまえには現場が明瞭に見通せる。救急車が到着したら、狙うのは病院の職員や患者でも、警察でも、野次馬でも……だれでもいいから、発砲しろ。だれもが安全と考えているあの場所を修羅場《しゅらば》に変えてやろう。弾倉が空《から》になるまで撃ちまくり、弾が切れたら、二個め、そして三個めの弾倉を再装塡をして、撃つんだ。そんな猛攻をかける人間に近寄ってこようとするやつはいないだろうから、じっくり時間をかけて撃て。撃ち終えたら、ライフルを捨て、車に乗りこんで、立ち去るんだ」

「で、あんたは、ブラザー？　スナイパーをやるってはどんなものか、おれはよく知らないが、あんたはよく知ってるんだよな」

「おれはもっと高い地点に行き、おまえが撃ち終えるまで待機する。やつらが、危険はなくなったようだから、仕事を再開しようと考えるようになるまで待つ。そこで、おれが攻撃をかける。痛烈な攻撃になるぞ」サイレンの音がさらに近づいてくるなか、彼は部屋の戸口へ移動した。「またすぐに連絡を入れる。うまく撃つんだぞ、ブラザー。さっきは上首尾だったしな」

ザビエルが見守るなか、パトカーがライトを点滅させて病院に到着し、その後ろに、あざやかな緑色の救急車がサイレンを鳴りやませながら、バンパーを接して停止する。彼は室内の影のなかに身をひそめて、その異様な光景をながめた。だれもが、色はちがっても、かさばるハズマット・スーツを着用し、顔のないゴーストのようなぎこちない動きで、災害現場から搬送されてきた負傷者たちの運びこみに手を貸している。似たような防護服を着用した職員たちがいっせいに外傷センターから出てきて、負傷者に触れずになかへ運び入れるというむずかしい作業に取りくみはじめた。

さらに二台の救急車が急ブレーキの音とともに到着したが、救命室《ER》につづくドアの前に乗りつけたために、そこへの通り道を狭めることになってしまい、つかのま、全員の動きが停止した。そのときには、ザビエルはすでに、キッチンとリヴィングのあいだにある小さな台に枕を積みあげて、その上にライフルを据え、片目でスコープをのぞいていた。

看護師が三人、雑用係がひとり、医師がひとり。その全員が防護服を着用して、救急車の後方に集まったところで、随行の救命士が救急車から降りて、リア・ドアを開いた。ストレッチャーがひっぱりだされて、車輪がふりだされ、その上に身をのりだした医師が、車の爆発で負傷し、血まみれになっているその患者の治療優先順位判定《トリアージ》をおこなう。救急車の後部から、もうひとりの患者が引きだされ、第二のチームがそこに向かった。遠くから、別のサイレンの音がザビエルの耳に届いてくる。

彼は引き金を引いた。一発めの銃弾は、後方から女性看護師の肩に食いこんで、体内で進路を変え、心臓を引き裂いて、外に出ていった。看護師の体がストレッチャーにぶつかって、地面に崩れ落ちる。二発めは医師のこめかみに命中して、脳組織をばらまき、負傷者をさらに血まみれにした。

彼はちょっと手をとめた。こんなにかんたんだとは。撃ち損じないように、ジューバが段取りをしてくれていたのだ！　彼は、愕然《がくぜん》としている第一対応者たちに銃口を向けなおして、救命士の喉に、そして別の看護師の胃に、弾を撃ちこんだ。

そのとき、ジューバが彼のかたわらに姿を現わし、その頭部に拳銃の銃口を向けた。ザビエル・サンドバルは、その生命を奪った銃声を聞くことなく息絶えた。

ジューバはライフルをそこに放置し、死体を発見し、ザビエルの財布と身分証明書を奪って、戸口から外に出た。いずれ警察が捜査に入って、指紋や歯の治療記録から身元を確認して、メキシコへ誤った手がかりを追うという、貴重な時間の浪費をすることになるだろう。

ジューバは階段をくだって、盗みだされた車に向かった。まもなく、彼は駐車場をあとにして、北へ、カナダへ車を走らせていた。

ワシントンDC

指揮統制センターは、国土の反対側で発生した攻撃であるにもかかわらず、じかにボディブローをくらったかのような衝撃を受けて、危機対応モードに入っていた。ついに、合衆国が再度のテロ攻撃を受けて、身の毛のよだつ結果が生じたのであり、この部屋にいる全員が、自分たちの管理下においてそれが発生したことを心得ていた。自分たちがその責任を負うことになるのだ！　ある者はそわそわと動きまわり、ある者はテレビ画面に目を釘づけにして、デスクのそばに立ちつくした。その全員が熟練の法執行官であり、彼らの思いは自動的にサンフランシスコに飛んで、その大地におり、犠牲者を助けたり、悪党を見つけだそうとしたりしていた。だが、彼らの体は麻痺《まひ》したように動かず、挫折感がいやな汗のように心をさいなむばかりだった。

「こんな事態を生じさせてしまったなんて、とても信じられない」国土安全保障省特別捜査官キャロリン・ウォーカーが言って、〈トライデント〉チーム待機室の椅子にへたりこんだ。

カイルは長テーブルの端の席にすわったまま、焦燥感に駆られて、両手を頭に持っていき、耳の後ろをかきむしった。文民のプロフェッショナルたちが、ゲームを自分たちが指揮しなくてはならないまさにそのときに、これほど動転してしまうとは、とても信じられなかった。

「おれたちが生じさせたわけじゃないし、すでに起こってしまったことはどうしようもないんだ」彼は言った。

「もしわれわれがもっと迅速に動けていたら」とキャロリン。

「くだらん」カイルは怒りを募らせて、応じた。「これが悲惨な事件なのはたしかだし、おおぜいが死ぬことになるのもたしかだが、すんでしまったことは手の打ちようがないんだから、集中を保つようにするしかない。おれたちの仕事は、ジューバがつぎの攻撃を加えるのを阻止することだ。それがおれたちの目的であることは、いまもなにも変わっちゃいないんだ」

デイヴィッド・ハントが、もともと猟犬《ハウンドドッグ》めいている顔のしわをさらに深くして、テーブルの向こうから見つめてくる。

「では、きみにはなにかの計画があるのか？」

「いや、そんなものがあるわけがない。おれにできるのは、ジューバの立場になりきり、やつのように考えようとすることだけだ」

シベールが、個人攻撃の応酬になるのを防ごうと、やりとりに割りこんできた。

「この攻撃を、戦闘の観点から見るようにしましょう、ハント捜査官。敵のスナイパー、この場合はほかでもないジューバが、ターゲットに忍び寄って、それを見つけだし、入念に攻撃計画を立てて、迅速かつ痛烈に襲撃した。これは、スナイパーの基本原則にのっとっている」

「それで、やつは、だれにも発見されないこのスーパー・スナイパーは、つぎはいったいなにをやろうとしているのか？」

「やつは惨劇の場を離れようとするだろう」ミドルトン将軍が言った。「われわれとしては、サンフランシスコは、やつがこれまでいた場所としてのみ、考えるようにしなくてはならない。やつはその地域から撤収するだろうし、合衆国の領土にとどまれば、遅かれ早かれ捕まってしまうことはわかっているはずだ。くそ、きみたちの要員がすばやくやつに迫り、やつの人相もわかっていたというのに、なんたることだ」

別のエージェントがドアをノックして、入室し、キャロリン・ウォーカーにメッセージの紙片を手渡したとき、デイヴィッド・ハントが問いかけた。

「では、どこに行くであろうと？」

カイルは両手を腰にあてて、考えこむような顔になった。

「おれなら、またどこかの外国に行くだろうな。自分を守れる場所を見つけだすことを目的として、国外へ逃げる」

ウォーカーがメッセージをミドルトン将軍にまわして、ほかの全員に声をかけた。

「そうではないかも。ついいま、患者たちが運びこまれた病院にスナイパーが攻撃をかけたとの報告が入った。また数名の死者が出たが、警察が潜伏場所を発見して、シューターのIDを確認した」

「これには、警察がやつを発見したと書かれている」将軍が言った。「ジューバの死体を見つけたと」

ブリティッシュコロンビア州ヴァンクーヴァー

ジューバは、ヴァンクーヴァー国際空港の国際線出発ターミナルの椅子にすわり、腕時計にも、壁の時計にも、ゲート上方に設置されているデジタル時刻表示板にも、目を向けないようにして、時が過ぎるのを待っていた。これが、この旅のもっとも危険な瞬間だったが、その危険は計算に入れるしかなかった。搭乗してしまえば、そのあと二十四時間は安全だろうが、それまでは、〝世界でもっとも追われる男〟として、無防備に姿をさらしていることになる。

カナダの警察と税関にも人相書がまわされて、空港にはレベル・スリーの警戒処置がなされていたが、ジューバはオランダ人ビジネスマンをよそおって合衆国に入国したイギリス人と見なされているので、出発ラウンジに入るためのセキュリティ検査は、問題なく通過できた。白人と見なされているのだ。

だが、彼は合衆国に入って以後、ひげはまったく剃《そ》らず、髪の色を変え、金縁の眼鏡をかけ、日焼けサロンに行って、肌をさらに浅黒くし、そのうえ、顔ではなく脚に注意が向けられるよう、片方の靴のなかにゴムの厚い中敷きを入れて、片脚が目立って不自由に見えるようにしていた。ダマスカス大学農学部在職の礼儀正しい温厚な大学教授という、この新たな身元には、だれもたいして注意を向けなかった。パスポートは正規のものであり、大学の身分証明カードや、それを裏づけるための、カナダにおける小麦の生産方式に関する長い研究論文なども、やはりまっとうなものだった。必要になった場合に備えて、一年以上前にこの準備をしておいたのだ。小麦の生育に関する論文は、その表紙にカナダ政府の公印が押されていて、彼が信頼の置ける学者であり、パンをつくるうえでのささいな一要素に関する研究をカナダ政府が認めたことを無言のうちに物語るものとあって、重要だった。これは、セキュリティ係の職員たちにも功を奏するだろう。

それに加え、〝テロリスト・シンドローム〟が、空港にいるおおぜいのひとびとの意識に自動的に浸透し、相当数のひとびとの下意識にも忍びこんで、彼らは、ダマスカス行きの便が満席になるほどそこに集まってきた肌の浅黒い中東のひとびとに、怪しむような目つきを向けていた。〝あいつらをできるだけ早く、ここから出ていかせろ！〟。その便に乗る予定の乗客たちのなかには、多少ともオランダ人らしく見えるような人間はひとりもいなかった。

そんなわけで、ジューバはひとりきりで静かにすわり、ニュース雑誌を読みながら、ダマスカス行きの朝の便の出発時間が来るのを待っていたのだ。

変装をしているだけでなく、予想どおり、警備態勢の強化はまだ実行されていないこともわかっていた。いずれはそうなるだろうが、自分はスナイパーとして、破壊をしたのち、逃走経路を見誤らせて、時間を稼ぐやりかたを学んでいるし、いまもっとも必要なのは時間だった。

やがて、オーストリア航空の搭乗案内が流され、ジューバは、先にファーストクラスの乗客の搭乗を促す丁寧《ていねい》なアナウンスが聞こえてくるのを待って、旅客機に乗りこんだ。ニュース雑誌をひっぱりだして、鼻がくっつきそうになるほど間近に引き寄せ、周辺視野はつねに忙しく働かせて、ありうべき脅威を探す。エコノミークラスの乗客たちがどやどやと搭乗をすませると、扉が閉じられて、旅客機が動きだした。そして十分後には、機は空中にあった。

この片道旅行にふりむける、いまからの二十四時間は安全だ。その時間が過ぎる前に、敵がこちらの策略と逃走経路を解明したとしても、シリア政府は、空港で身柄を押さえてもらいたいという虫のいい要求に応じるだろうか？　なんにせよ、逃走および回避という行動は、ステップを踏んで進めるプロセスであって、それほど先のことまで計画することはできない。つぎのステップはシリアだから、そこに着いたときのことを集中的に考えよう。

フライトアテンダントにオレンジジュースを頼むと、結露するほどよく冷やされたグラスに満たして、それが運ばれてきた。彼は数口でジュースを飲みほし、つぎはボトル入りの水を注文した。水分を補給しておかなくてはならない。任務の結果にはおおむね満足がいったが、それはもう過去のことだ。サンフランシスコでの攻撃は、サラディンの死でやきもきしていたであろう応募者たちの気をなだめはしただろうが、このあと自分が〝フォーミュラ〟の本格的オークションが再開されることを通知すれば、彼らはまた、それの獲得に血道をあげるようになるだろう。もちろん、〝フォーミュラ〟を渡すことはないが、彼らはそうとは知らない。

いまが、カネの使いみちを考えるべき時期だ。状況が混乱しているあいだに、安全で、いつでもアクセスできるところにカネを移し、姿をくらまそう。姿を隠す方法は何年もかけて学んできたし、今回は、その仕事のために使えるカネが何百万ドルもあるから、容易なことだ。

唯一の未決事項は、カイル・スワンソン。シェイクはけっしてあきらめないだろうし、あの海兵隊員を殺してしまうまで、自分は枕を高くして眠ることはできないだろう。すべての関係当局が追跡の断念を決定したり、宣言したりしても、スワンソンはけっしてそうはしないだろうから、やつの殺害にふりむけることが、唯一の真に価値のあるカネの使いみちだ。

ワシントンＤＣ

「だれがそんなことを信じるもんか」カイルは言い放った。「なんで、やつが死んだとわかったんだ？」

「これには、スナイパーの潜伏場所となっていたアパートの壁に、血でやつの名が記されていたと書かれている」ミドルトンが言って、そのメッセージをまわした。「そこに住んでいた若い母親と幼い少年が殺されていたそうだ」

「わかりきってる。また陽動作戦よ」シベールがメッセージに目を通しながら、言った。カイルにそれをまわし、ウォーカーに向かって話をつづける。「死体そのものには、身元を確認できるものはない。われわれが作成したジューバの人相書と照合するために、その死体の写真を入手する必要があるわ」

カイルはうなるような笑い声を漏らした。

「これだと、だれだかわからない人間が、拳銃片手に、世界最高のスナイパーの背後に忍び寄って、頭に弾を一発たたきこんだってことになるよな？　ありえない。その死体の指紋を調べることだ。そんなのは、おれたちが追っている男じゃない」

キャロリンが両手の甲でテーブルをとんとたたき、いらだたしげにその動作をくりかえした。

「ええ。わたしも同感。これでは、あまりに都合がよすぎる。問題は、あのスタジアムでの攻撃だけでも、現地の法執行機関は手いっぱいになっていて、信じられない話でも、それで押し通そうとすること」

リザードが口をはさんできた。

「それだけじゃなく、全通信システムに不調が生じてる。このメッセージのタイム・スタンプを見ると、発信したあと、こっちに到着するのに約三分もかかってるんだ。いまはもっと時間がかかるようになってるだろうし、この遅延は、あそこの連中が使いものになるサイバースペースを躍起《やっき》になって求めているせいで、急激に悪化するだろう。まもなく回線が過負荷になって、おそらくは中継局のいくつかがシャットダウンを起こす。軍用の回線やバックアップ・ルートまでがビジーになってるんだ。カリフォルニア州知事が州軍を招集し、大統領は国家非常事態宣言を表明した。これほどの大混乱は、9・11以来のことだ」

ウォーカーがそれを受けて、言った。

「つまり、通信に遅延が生じ、現地の全警察と犯罪捜査機関がスタジアムの周辺に出動して、仕事に追われてるということね。すでに、少なくとも二千名の死者が出たことが発表され、その数は急速に増しつつある。その死体の確実な身元を割りだすために、特捜班を送りこみ、彼らに犯罪現場の処理を引き継がせて、写真をこちらに遅らせるようにするわ。ただ、それには時間がかかるでしょう」

「どれくらいかかりそうだ？」ミドルトンが問いかけた。

「わかりません、将軍。できるだけ早く動くようにはしますが、実際のところ、現地の状況がさらに悪化していくことを考えれば、かなりの時間がかかるでしょう」

カイルは、目の前に置かれている黄色い法律用箋の一枚を引きちぎって、丸め、部屋の隅に置かれたゴミ缶へ放り投げた。丸めた紙が缶の縁に当たって、床に落ちる。見切ったような顔でそれをながめて、彼は言った。

「やつは消えた」

24

ワシントンDC

ミドルトン将軍、サマーズ大尉、フリードマン少佐、そしてカイル・スワンソンが、最後にもう一度、指揮統制センターのようすを見てみると、そこは徐々に機能を回復しはじめていた。

「われわれがここでなすべきことはなくなった」将軍が言った。

「了解です」とキャロリン・ウォーカーが応じた。「ご協力に感謝します」

その口調は温かくも冷たくもなく、たんに、秘密軍事ユニットが出ていってくれることをよろこんでいるといった感じだった。状況は平常に復しつつあり、捜査官としての訓練を受けていない連中がいなくなれば、法執行機関は部外者の異論を聞かされることなく、本来の仕事に励めるようになるというわけだ。

「また、いつでも。とにかく、つねに連絡を絶やさず、なんらかの突破口が見つかるとか、ジューバと思われている死体の身元が確認されるとかした場合は、こちらに知らせてもらいたい」

そこここで握手が交わされたのち、〈トライデント〉チームは横手のドアから部屋をあとにした。

「よし、みんなにうまい朝飯をおごってやろう。アレクサンドリアに、絶品のパンケーキを食わせる店があるんだ」

だれもが疲れ、挫折を感じて、それぞれの思いに沈潜しているあいだに、車は橋を渡って、赤煉瓦《れんが》の建物が並ぶ旧市街《オールドタウン》にさしかかり、そこから西へ転じて、あまり高級ではなく、アンティーク・ショップが数軒あるだけの街並みを通りぬけ、やがて、いかがわしいというのが当たっていそうな地区に入りこんでいった。陽光がまぶしく、彼らが車を降りたころには、すでに気温があがりだしていた。そのレストランの駐車場は半分がた埋まっており、道路工事業者のあいだで人気のある店とあって、駐められている車は主としてピックアップ・トラックで、大型のトラックも二台あった。そこの、長い木製のトレッスルテーブル（架橋のように、二本の脚の上部に天板をのせて固定するテーブル）は、何世代にもわたって、腹をすかせた労働者たちの肘にこすられてきたせいで、すべすべになっていた。そのテーブルの、キッチンに近い奥の隅が空いていたので、〈トライデント〉の面々はそれぞれのベンチに尻を滑りこませた。テーブルの上には、最初からナプキンや金属製の食器類、そしてシロップのラックが置かれている。ウエイトレスが通りかかって、マジックのようにコーヒーが出現し、そのあとすぐ、大皿に盛られたパンケーキと、ソーセージにベーコン、温かいスコーンにスクランブルエッグが、家庭料理スタイルで運ばれてきた。ここのメニューはどれも美味で、全員が腹いっぱいになるまで食べた。

「さて、われわれはだれも、ジューバが死んだとは信じていない。そうだな？」将軍が言った。「では、全員一致ということでいいか？」

全員が同意した。

「ブルーベリー・シロップをまわしてもらえるかい」リザードが言った。「通信網は完全に過負荷になり、おそらくは、サンフランシスコの捜査関係者が使える回線は失われ、災害があらゆる資産をのみこんでしまうという状態になってる。国土安全保障省の捜査官たちですら現場に急行できないとなれば、ほかの機関の捜査員たちが早急に現場に行って、死体をあらためるというのはむりな相談だろう。ジューバはつねに、二段階ほど先行しているように見える」

カイルはカップにコーヒーを注ぎ足した。

「やつはもう合衆国にはいないと、おれは確信してる。航空システムは遮断されていないし、西海岸の空港からは毎時間、アジア行きの国際便が何十と出ている。ヨーロッパ行きは、さらに多い。やつは変装と新しい身分証明書のたぐいを必要とし、しかも迅速に動かなくてはならないが、おれは、やつがそういう便のどれかに乗って出ていったと考えている」

「メキシコへ？　南米のどこかか？」ミドルトンが問いかけた。

「やつは、そっちの方面は専門じゃないです。たぶん、そっちにもコネがあり、資金も隠しているにしても、いまこのとき、やつが求めるのは安心していられる場所でしょう。やつはスナイパーとして、ひとつの任務を完了し、撤収しようとしています。南米は、やつにとっては異質な土地でしょう」シベールがエッグをほおばりながら、しばらく考え、また話をつづける。「同じことが、日本からニュージーランドまで、アジアのほとんどに当てはまります。ムスリムにとっての安全地帯は、フィリピンかインドネシアしかなく、その両国は、やつに隠れ場所と保護を与えて合衆国の報復を招くという危険は冒さないでしょう。北朝鮮とイランはやつをかくまう可能性がありますが、いま現在のやつはひどく扱いのむずかしい存在《ホットポテト》なので、逆に身柄をワシントンに引き渡して、点数稼ぎに出るかもしれません」

ミドルトンが言う。

「わかってるんだろう？　わたしは、あのクレイジーな殺人鬼の最終目的地はイラクだと考えている。やつが姿を消せるところは、そこしかない」

「おれも同じ意見です、ボス。やつは戦地に潜伏しようとするだろう。おれがそこに行って、やつを見つけだす」

「オーケイ。では、やつをつかまえに行ってくれ。シベールはこれまでと同様、〈トライデント〉の極秘任務として同行し、リザードはこのオフィスにとどまって、キーボード・マジックで支援をする。必要なものはヒトでもモノでも自由に使っていいが、忘れてはならないのは、命令はなにひとつ出ておらず、あとに残る書類はなく、だれもなにも耳にしてはいないということだ。それと、これは明確に言っておこう、デッド・ガイ。わたしはジューバの頭の皮がほしい」

「アイアイ・サー」カイルは言った。すでに気がはやっていた。スナイパー対スナイパー。おれとジューバ。やばい対決になるだろう。

オーストリア航空512便

十時間経過。ほぼ道なかば。ジューバは閉所恐怖にとらわれ、機体が縮んで自分を押しつぶそうとしているように感じていた。ゆったりとしたファーストクラスのシートが狭まり、隔壁が迫《せま》り寄ってくる。だが、自分にはなすべき仕事があるというわけで、彼はブリーフケースを開いて、ノートPCと、コンドームが一枚だけ入っている密封プラスティック容器を取りだした。

あの兵器の分子設計図と〝フォーミュラ〟、そして合成のための取扱説明のたぐいは、以前はいくつものファイルにばらばらに記録されていたが、ジューバはパリに滞在していたころ、将来必要となったときのためにと、多少の時間をかけて、それらをひとつにまとめ、PCに保存しておいたのだ。今後も不測の事態は起こりうるということで、複数のフォルダーに分けておさめてある。彼はブリーフケースから小さなメモリースティックを取りだして、PCのUSBポートに接続し、イランの研究所で改良がなされた化学物質のデータ、すなわち開発プロセスの最終段階にあたるデータが収納されている最終ファイルをそれにコピーした。その統合フォルダーには、ロンドンで毒ガス兵器を用いた日のデータをおさめた〝999〟というファイルも含まれているが、その兵器が不完全であることを示唆するファイルは省かれている。あの兵器でもひとは殺せるが、サンフランシスコで用いたもののようなわけにはいかない。究極〝フォーミュラ〟のコピーが終わると、彼は安堵《あんど》のため息を漏らし、PCのハードディスクからそのデータを消去した。

つぎに、その小さなメモリースティックに、さまざまな銀行口座とアクセス・コードのデータを転送し、そのあとやはり、それらのデータのほとんどをPCから消去した。メモリースティックを抜きとって、ポケットに押しこみ、PCをブリーフケースに戻す。

立ちあがって、バスルームに行くと、頭上の収納庫に頭がぶつかった。三万フィートの空にあるその狭いバスルームのなかで、ジューバは顔と手と腋の下を洗い、鏡に自分を映してみた。変装のぐあいは、いまも良好だった。

〝つまらない恐怖は捨てろ！〟。鏡に映った顔を見ると、口の端がさがって、自分への怒りを示していた。自分はプロフェッショナルであり、これは計画の一要素にすぎない。スナイパーが穴にもぐって、身動きせず、何時間もやりすごすのを強いられるのと同じで、これは予期されていたことだ。耐えぬけ。恐怖で自制を失ったからといって、このでかい航空機が一秒でも早くダマスカスに着くということにはならない。北アメリカを離れてからまだ十時間とは考えず、思考を逆転させろ。おまえは自由に半分まで近づいているんだ！

温厚な大学教授などではないことを忘れるな。おまえはいまもスナイパー、ひとを殺す男だ。おまえはいまもジューバなんだ。これぐらいのことはできる。おまえはこれをやってのけるんだ。

彼は深呼吸をして、肉体のリズムが落ち着くのを待ってから、ベルトのバックルをはずし、スラックスを床に落とした。手早くコンドームのパッケージを破って、潤滑剤が塗布された避妊用具を抜きとり、メモリースティックをするりとそのなかへ滑りこませて、コンドームの端をしっかりと縛る。もう一度、深呼吸をして、両脚をひろげ、コンドームを肛門に押しこんだ。不快だったが、不可能ではなかった。麻薬の密輸人は始終これをやっているのだから、自分に同じことができないわけはない。

彼は身づくろいをして、ふたたび手と顔を洗ってから、ドアを開け、自分のシートにひきかえした。ティルトさせられる小さな画面に映画が流されていたので、イヤフォンをはめて、プラグを接続する。料理のトレイが運ばれてきた。ランチの時間だった。やがて映画が終了すると、彼は窓の覆《おお》いをあげて、どこまでもつづく青空をながめやった。とにかく、腕時計には目を向けないようにしていた。

道なかば。いや、まだ半分以上、残っている。

「ミドルトンは、将軍たちの痛烈な非難にさらされることになるでしょう。この任務は、国境を越えてほかの部隊が戦っている地域に入りこむことになるわけだから、通常の極秘作戦として遂行することはできない。あそこに派遣されている部隊はわれわれの正体を知らないので、極秘にやると、われわれに発砲してくる可能性があるってこと」

シベールは、ペンタゴンにある自分のデスクの椅子に腰かけ、カイルは彼女とさしむかいにすわっていた。

機密性という殻を捨てて作戦を遂行すれば、問題がいろいろと生じてくるだろうが、この仕事をやり遂げるには現地に派遣されているアメリカ軍の総力が必要となるだろうから、正体をさらすだけの価値はあるとカイルは判断した。イラクは広大な国で、自分たちはジューバが安全と感じられる場所の数を絞りこまなくてはならず、そのためには、衛星から地元の情報屋に至るまで、あらゆる情報資産を活用する必要がある。まずはあの国のなかでやつを追い、つぎに国境を越えて、どこかの都市か町か村に入りこみ、そこのどれかの街路に行って、特定の民家をめざすという段取りになるだろう。兎《うさぎ》を巣穴に追いこむのだ。

「その線で進めよう。たいした問題じゃない。現地に持ちこむ装備一式はどれくらいのものになるだろう？」

「機動性と火力のどちらかをとる？　それともその両方？」

カイルはちょっと考えこんだ。

「機動性が優先だ。小規模チームのほうが速く動けるし、あの国にはどこにでも支援の部隊がいるから、こっちは声をかけるだけでいい。その気になれば、絞りこんだ地点での航空支援も得られるだろう。とにかく、おれたちはひとりの男を追って、あちこちの隠れ穴を移動することになるし、おれが弾を撃ちこむには、相手にかなり接近する必要があることはたしかだ」

「あそこにはあなたを掩護するのにじゅうぶんな火力があり、必要になったときに、支援を求めればいいってことね？　なんなら、戦車に乗って入りこむ？」

「使える武器はなんでも使うさ、シベール。きみは、任務指揮所に残って、リアルタイムでショーを楽しんでくれ」

「ばか言わないで。いっしょに行くわ」

「ばかを言ってるのは、そっちだぞ。きみは工作員としても、だれにも証明する必要がないほどの凄腕だが、真価を発揮するのはショーの調整役としてなんだ」

彼女がじっと見つめてくる。

「わたしは悩み多き乙女なんかじゃないのよ、カイル」

「そういう話じゃない。ジューバは危険な男で、殺しをいとわない。おれが支援を求めざるをえなくなった場合、電話の向こうには、戦士としての知恵がなくて、困難な事態になんの対応もできないような人間じゃなく、きみにいてほしいんだ。銃が撃てるだけの人間なら、どこでも手に入れられる」

彼女は、メモを取っていた法律用箋をわきにやった。

「わたしはいま、なんらかの実戦に参加する必要に迫られてるの、カイル。これまでのキャリアを通してずっと、デスクに縛りつけられてきたから。わたしが選ばれたのは、軍の主要な仕事をするためで……」

カイルは口をさしはさんだ。

「つまり、物騒なところへ派遣するために選ばれた？　すごいじゃないか、シベール。おれの意見を裏づけてる。ペンタゴンでさえ、きみは特別な存在だと考えているんだ」

「ミドルトン将軍は、わたしがつぎのステップとして、ホワイトハウスの軍事顧問を歴任することを勧めてる」シベール・サマーズは、同期の仲間たちに先行するその昇進は高官の下に配属されることになるのが明らかということで、快く感じていないようだった。「けっこうなお勧めだけど、わたしはそんな仕事のために軍隊に入ったわけでも、もちろん、フォース・リーコンの訓練に耐えぬいたわけでもない。海軍兵学校に行ったわけでも、将来を見渡したら、そこに並んでるのはデスクばかりで、その向こうにあるのもまたデスクばかり！　男たちは実戦部隊に配備され、わたしはガラスの盾の内側に置かれてるってわけ」

カイルはにやっと笑いかけた。

「なるほど。実際、そいつはおぞましいな。きみのキャリアの道筋が、いつかは将軍になる方向を指し示してるってのは、じつに残念なことだ。しかし、それはきょうの問題じゃない。

おれたちはいま、大量殺人鬼のテロリスト、ジューバをつかまえようとしているんだ。思いだしたか？」

そのことばを聞いて、シベールが笑う。彼女がこういう話をできる相手は、カイルだけなのだ。

「そうよね、ガニー。この任務には、前にイランで使ったのと同じMARSOCの連中を引きこむのがいいでしょう。彼らは、この任務に対応できるだけの迅速性をたっぷり持ちあわせてるから。現場指揮官には、またニューマン大尉を起用しましょう」

「ああ。リックは優秀だしな。スポッターとしてトラヴィス・ヒューズを、シューターとしてダレン・ロールズとジョー・ティップを連れていきたい。おれを合わせて、この五人でやるのが、迅速に動くにしても、きみが掩護を送りこんでくるまでもちこたえるにしても、おれたちを悩ませてるやつを地獄へぶっとばすにしても、都合がいいだろう」

「その手配はできるけど」うなずきながら、彼女が言った。「できれば、わたしもシューターになりたい」

「ひとはみんな、なにかしら問題をかかえてるもんさ」

シリア　ダマスカス

ジューバはシートベルトをしっかりと留めて、初めて飛行機に乗った人間のように、旅客ジェットの窓から外に熱い目を向けていた。着陸を告げるアナウンスがあり、機がプロフェッショナルの操縦によって、なめらかに下降していく。低い音を伴って車輪がおろされ、所定の位置に固定された。車輪が滑走路にキスをすると同時に、機首がさがって、エンジンが吠え、ブレーキがかかる。正常、正常、正常。五感が活気づき、肛門内に押しこんだものが巨大化したように感じられた。これが最後の危険だが、なにはともあれ、自分は友好的な国に帰ってきたのだ。まあ、友好的とまではいかなくても、非友好的ではない国に。

機が停止するなり、この大きなボーイングの機内にはどこにも行き場がないにもかかわらず、彼は自由に動けるようになるために、習慣的にシートのバックルをはずしていた。機が予定の到着時刻に合わせるために、遅滞なくターミナルのほうへタキシングしていく。ダマスカス空港は、出発のために並んだ乗客に対しては厳しいが、到着者に厳しい対応をとることはめったにないのをジューバは知っていたし、ファーストクラスの航空券を購入した理由には、そうすれば最初に飛行機を離れることを許され、通関の際にも優遇されるということがあった。通関が終われば、ようやく楽に息ができるようになるだろう。

乗務員が扉のロックを解いて、開き、ターミナルの側面から、巨大な虫のように、屋根付きのボーディングブリッジがのびてくる。

「ドアが完全に開いて、安全が確認されるまで、席を離れないようにしてください」頭上から、三カ国語でアナウンスがあった。「ファーストクラスのお客様から降りていただけますので……」

ジューバは、最後までアナウンスを聞くことはできなかった。拳銃を抜きだしたスーツ姿の大男が三人と、短機関銃を携えた制服姿の兵士がふたり、機内に駆けこんできて、わきによけた乗務員たちのあいだを抜け、ファーストクラス区画に入ってきたのだ。彼らがジューバを包囲する。

「同行していただこう」そのリーダーが、威嚇《いかく》をむきだしにした声で言った。

秘密警察《ムカバラト》だ、とジューバは思った。

彼らはジューバを取りかこむ格好で護送に取りかかり、途中で、さらに四名の治安要員を加えて空港をあとにすると、外に待機していた、頑丈なランドローヴァーから成るコンヴォイの一台に乗りこんだ。白バイ警官たちがオートバイを発進させて、サイレンを鳴らしながら、十八マイル先の市街地へと先導を始め、頭上からは、ヘリコプターのローター音がかすかに聞こえてきた。水も漏らさぬ警戒ぶりだ。

護送員にはさまれて車に乗せられたジューバは、シートにもたれて、この状況を吟味した。こいつらは、逃走を防ごうとしているのか、それとも、アメリカかどこかの潜伏工作員にかっさらわれるのを警戒しているのか？　この身柄の拘束は不意打ちで、失望を招くものではあるが、やりかたは手荒ではなかった。ダマスカス国際空港は、体に縛りつけた爆薬を破裂させたり、自動車爆弾をターゲットにつっこませたりして殉死するために、他の諸国からイラクへ入りこもうとする若者たちの侵入地点として知られている。またひとりテロリストがやってきたからといって、これほど厳重な警戒態勢を引き起こすことはないだろう。いや、それはちがう、とジューバは自分に念を押した。おれはもはやただのテロリストではなく、世界中に最高指名手配をされている男なのだ。なにがあってもおかしくはない。

ランドローヴァーのコンヴォイが市街地に入りこむと、ダマスカスにはほかの各地への乗り継ぎの際に何度も訪れたことがあったので、なじみのランドマークを見分けることができ、方角がつかめてきた。コンヴォイが、醜悪な灰色のオフィスビルに乗りつけて、停止する。ビルの前は、椰子《やし》の木が二、三本生えている開けた場所になっていて、高い記念碑と小さなドーム状のモスクがあった。殉教者広場《サハト・アル・マジェ》だ。制服の護送員たちがドアを開け、車輛から飛びだして、警戒態勢を敷くと、スーツ姿の三人のエージェントたちが彼を内務省のなかへ連行し、階段を三階までのぼっていって、なんの変哲もないオフィスに連れこみ、ここにすわって待てと命令した。ジューバは水を注文したが、無視された。

それから約三十分、彼は窓の外をながめて、脈拍を平常に保つべく瞑想《めいそう》をしながら、デスクの前の椅子にじっとすわっていた。もし彼らが自分を殺すつもりなら、とっくにそうしていただろう。ここはシリアであり、シリアではいまもそういうことが珍しくない。待って、ようすを見よう。

ようやく、背後のドアが開き、愛想のいい声が呼びかけてきた。

「ジェレミー！　久しぶりに話をする機会ができたな！」

身長が五フィートもない男が入ってきて、濃い口ひげの下に白い歯をのぞかせてほほえんだが、その知的な黒い目はなんの感情も表わしていなかった。その男、シリア総合保安庁作戦部長ユーセフ・アル・シューム将軍が前にまわってきて、青い表紙のフォルダーをデスクに放りだし、椅子に腰かける。彼につづいて、白いチュニックを着た若い男が冷たいドリンクと熱いティーをのせたトレイを持って、入ってきた。トレイをテーブルに置いて、部屋を出ていく。

「さあ、ドリンクを飲んでくれ。長旅のあとだから、喉が渇いているにちがいない」アル・シュームは、外交官兼スパイとしてロンドンとニューヨークに赴任していたことがあるおかげで、非の打ちどころのない英語が話せた。

ジューバはボトルの白いキャップをねじってはずし、冷えた水を飲んだ。

「アル・シューム将軍、きょう、あんたに会うことになるとは予想外だったね」

小男が笑う。

「ダマスカスに来ておきながら、わたしを表敬訪問するつもりはなかったと？　失望したな」将軍がフォルダーを開き、インターポールから届いたメッセージのコピーを取りだす。

「きみは、ヴァンクーヴァーで旅客機に搭乗したとき、変装をしていたが、顔認識ソフトウェアは見落とさなかった。もう少しですりぬけるところだったが、それでは成功とは言いがたい」

「これはどういうことなんだ？」

「ここに運ばれてくる途中、サラディンの墓の前を通りすぎたことに気づかなかったか？　きみの元パートナーではなく、真正のサラディンの墓だ。率直に言って、ジューバの墓もここにできるということにはなってほしくないね」

アル・シュームがさらりと脅し文句を言ってのけたことはわかっていたが、ジューバは身じろぎひとつしなかった。取り引きにのるか、それとも死ぬか、と彼は言ったのだ。

「選択の余地はないに等しい。おれの計画は、イラクにひきかえして、アメリカ人どもを殺すことなんだが」

「いいかね、ジューバ、残念ながら、それはわたしの計画にはまったく入っていないんだ」

アル・シュームは椅子を傾け、背後のデスクにもたせかけて、腕を組んだ。「まもなく、きみが、サンフランシスコでやってのけたことの悪臭をひきずりながらダマスカス空港に到着した事実が、世界のすべての国に知れ渡るだろう。ちなみに、あの地における死者数は、すでに四千五百名に達している。驚くべき数だ。アメリカは、なにがなんでもきみの身柄を押さえようとしている」

「では、おれをワシントンに引き渡して、点数稼ぎに出ようと？」

ジューバは片方の眉をあげてみせた。アル・シュームは複雑な男で、いくつものゲームを同時に進めることにかけては名人の域に達している。

「それも選択肢のひとつだ」

「将軍、さっさと話をつけてしまおう。あんたの好みの選択肢はなんだ？」

「やけに急ぐじゃないか、ジェレミー。そうだな、まずはなにより、あの一千万ドルを返してほしい」

「決まりだ」ジューバは言った。「プラス、別に百万ドルをあんた個人に渡す。こんな迷惑をかけたわけだからね」

「どうしたものか。そうでなくても、あちこちから圧力を受けているんだからな」

「じゃあ、二百万でどうだ。あんたの指定した銀行口座にふりこむ」賄賂《バクシーシュ》は、中東ではもっともあてになる通貨なのだ。

アル・シュームがデスクの後ろ側へまわりこんで、椅子にすわる。さらに小さく見えるようになった将軍は、尻の下にクッションを敷いていた。

「ここで、それができるかね？」

「あんたの部下がおれのノートPCを持ってきてくれれば、まちがいなく」

「では、つぎの事柄、オークションそのものの問題に移ろう。わたしは、わが国がその競りに勝つことに決めているので、その〝フォーミュラ〟をわたしに引き渡してもらう。まさしく、カリフォルニアで用いられた強力な兵器の〝フォーミュラ〟をだ。それがほしい」

「ちょっと待った、将軍。こっちはカネを全額返済して、さらに二百万を付け足し、そのうえ〝フォーミュラ〟をただで引き渡す？」

「おおいにけっこうな決着じゃないか、ジェレミー。それをのむか、それとも逃走を試みて殺されるか……もちろん、われわれが強制的に情報を吐きださせたあとでだ」その黒い目に冷酷な光が宿っていた。「われわれは必ず、その〝フォーミュラ〟を手に入れる。自発的にか、薬物を使ってか、皮膚を切り刻んでかは、わたしにはどうでもいい。最善の選択は、友好関係を維持し、きみが生きてこの建物を出られるようにすることだ」

ジューバはしばらく、自分の手をじっと見つめた。自分の命が懸かった交渉をしている最中でも、心の内は平静だった。体内に隠し持った秘密が、自分に信号を送りだしているように感じられた。

「おれに選択の余地はないのでは？」

「そう、現実には」小柄な将軍がほほえむ。

ジューバは不承不承をよそおった。

「あんたの政府は異教徒への攻撃にその情報を用いるものと期待していいか？」

「われわれがどうするかはきみの知ったことじゃない、友よ」

「ただし、オークションにふりこまれてきたほかのカネは、おれのものとしておいていいな？」

「それと、きみの生命はだ、ジェレミー。これなら公正な取り引きだろう」とアル・シューム。「きみは生きながらえ、金持ちのまま、ぶじにこの協議の場をあとにするというわけだ」

「それでもやはり、気にくわない」

「わたしは気にしない。それを引き渡してもらおう。即刻な」

ジューバは将軍を見つめて、わざと肩を落としてみせた。

「あんたの勝ちだ、将軍。よく考えると、このプロジェクトは単独では実行が不可能なものになってきたから、それが最善の道かもしれない。おれの言いたいことはわかるだろう」

「どのようにして、それを引き渡すつもりだ？」

「ここで、いますぐ。すべての情報が暗号化されて、おれのノートPCにおさめられている。PCを使って、カネを口座にふりこみ、〝フォーミュラ〟をダウンロードしよう。データのチェックは、そっちの化学者たちにやらせればいい」

こんどは、アル・シュームが真剣に考える番だった。これでは、かんたんに行きすぎだ。ジューバは、一千万ドルを返し、〝フォーミュラ〟を引き渡し、かなりの大金をこちらの個人口座にふりこもうと言っている。戦いもせず、なにかをくれてやるというのは、この男の性格にそぐわない。

「まだなにかを隠しているんじゃないか、友よ？　引き渡しに応じたものをすべてさしだすことはせず、なおかつ、肉塊となって殉教者広場に吊るされるのを回避できるような、なにかを？　それはなんだ？」

ジューバはかすかな笑みを浮かべ、自分のなかに煮えたぎっている怒りの牙を垣間見せた。

「イラクで戦争が始まる前、サダムは多数の特殊兵器と特殊弾薬を、ユニット999の管理のもとに、あんたの国へ移送した。アメリカ軍はその記録を発見できなかったが、おれはそれらがどこにあるかを知っているんだ、将軍。なぜなら、おれのボス、サラディンとして知られていた男が、それらの移送に従事し、おれに命じて、その記録をティクリットに——つまり、サダムの本拠地に——秘蔵させたからだ。おれを拷問してその情報を引きだしたとしても、それは作りつけの金庫に保管されているから、あんたが回収することはできないだろう。それが、おれの保険だ。おれがぶじに帰還できなかった場合、それらの記録書類は自動的にアメリカへ運ばれる手はずになっている。想像してみるがいい。ワシントンがようやく、それら大量破壊兵器《WMD》の実態はどうであったかを知ったら、どれほどよろこぶことか。おれを生きてシリアから解放してくれたら、記録を完全に処分して、その証拠をあんたに送ってやろう」

アル・シュームが高笑いして、デスクをばしっとたたく。

「すばらしい！　やはり、きみはわたしを失望させない男だったな。では、それで折り合いをつけよう。ただし、ひとつ条件がある。きみは、わが国の化学者たちが〝フォーミュラ〟の吟味を終えるまで、わたしの客としてフォーシーズンズ・ホテルにとどまる。一日だ。そのあと、きみはわれわれの助けを借りて、イラクに入り、大量破壊兵器の記録を抹消する」

「そして、さらにまたアメリカ人を殺す」

「そうだ。それもやってくれ」

ジューバのコンピュータが持ちこまれ、彼がそれを使って、カネをふりこみ、さまざまな銀行口座のデータと、999ファイル——ロンドンで使った毒ガスの〝フォーミュラ〟——

をディスクにコピーした。それがすみ、ジューバがコンピュータをアル・シュームのほうへ滑らせたところで、取り引きは完了した。

25

シリア　ダマスカス

アル・シューム将軍は、ジューバとの取り引きの最後の条件を、それが将来的に重要かどうかは不明であっても、守り通した。政府の化学者たちが、血に飢えた殺人狂によってもたらされた〝フォーミュラ〟は前宣伝どおりの致死性を有するという結論に達するなり、職務はその殺人狂をひそかにシリアから追放することに切り替わった。翌日の午後、内務省のランドローヴァーが二台、ホテルに派遣されて、ジューバがその一台に乗せられ、ダマスカスからユーフラテス川に面する国境の町、アブ・カマルまでの長いドライヴを敢行した。そのルートの途中には、ジューバを殺して葬ってしまうのに好都合な場所が多数あったが、アル・シュームは大量破壊兵器の記録を、その存在に疑いを持ってはいたが、もしあるとすれば抹消したいと思っていたのだ。彼は別れのことばも告げなかった。

国境にたどり着くと、ジューバはランドローヴァーの一台を与えられ、それを運転して、荒涼とした隣国へ入っていった。彼が退去したとの知らせを受けると、抜け目のない小柄な将軍は、自分の計画をつぎの段階に移すための手を打った。ジューバとの約束は守ったが、まだやるべきことが残っていた。

彼が会議室に入ると、外交の長である、案山子《かかし》のように痩《や》せこけた外務大臣、ルストム・タラスが待っていた。情報部門の長、アル・シュームは、儀礼抜きで協議に取りかかった。ジューバのノートPCを、磨きあげられたなめらかなテーブルの上に置いて、外務大臣のほうへ滑らせる。

「これがそうだ。悪魔の爆弾を製造する方法のすべてが、ここにおさめられている」

「で、カネのほうは？」タラスが問いかけた。

「すでに、電信でふりこまれている。一千万ドルが全額、国庫に戻ってきた」

「今回のきみの決断は、アル・シューム将軍、きわめて異例ではあるが、おおいに尊重すべきものであると言えよう。わたしは外交官としてつねに、政治的交渉における力となるものを探している。この兵器に関する情報は、合衆国から実質的利益を引きだすための一助となってくれるだろう」

アル・シュームは英語に切り換えた。

「外務大臣、あなたはどうしようもないあほうだ！　わが国が〝フォーミュラ〟を入手したことがわかれば、アメリカ合衆国はそれを奪いとろうとするだろう。この兵器によって五千人近いアメリカ人の生命が失われたとあって、彼らはその責任をどこかに持っていこうとしている。合衆国は、取り引きではなく、要求をし、その結果、わが国がつぎに侵略を受ける国家となってしまうだろう！　あなたはそうなることを望んでいるのか？」

「いや、とんでもない」外務大臣は咳ばらいをした。「わたしは声明の文言を考えていただけなんだ」

「しっかり耳を澄まして、老いぼれ大臣、いまから言う表向きの説明から一歩もそれないようにするんだ。われわれは、旅客機が到着すると、ただちにジューバを拘引しようとしたが、彼は二名の護送員を殺害して、逃走した。ここまでは頭に入ったな？」

タラス大臣は、いまにも歯ぎしりをしそうになりながらも、幼い学童のように「うん」と返事をした。

「その後、われわれは捜索を開始し、彼が待ち受けていた車輛、ランドローヴァーに乗りこむようすを、空港の外に設置されている防犯カメラがとらえた。われわれは全土に警報を発令し、彼が国境を越えてイラクに入ったことを突きとめた。われわれは、その大量殺人犯がわが国の警備網をすりぬけたことを遺憾《いかん》に思うが、彼は、アメリカもすでに知ってのとおり、まさに恐るべき敵である」

「それで、わたしは例の兵器に関して、ワシントンにどう伝えればよいと？」タラスが言った。「その情報は、もし引き渡せば、きわめて大きな外交上の利益となるだろう」

「なにもしゃべるな！　〝フォーミュラ〟については、ジューバが持ち去ったので、われわれはまったく関知していない！　理解したな？　そのことは伏せておき、この情報を使って取り引きをするんだ。わが国の情報提供者たちが知らせてきたところによれば、ジューバはイラクのティクリットという都市に向かったと思われる」アル・シュームはメモに走り書きをして、タラスに手渡した。「これが、彼の運転しているランドローヴァーのナンバーだ」

「なぜティクリットへ？」

「あなたにはその理由を知る必要はない、外務大臣タラス。ワシントンには、われわれは彼らがジューバをすみやかに発見し、その極悪非道な所業に極刑でもって報いることを願っているとだけ伝えるんだ」彼は威嚇《いかく》するように身をのりだした。「そして、われわれが〝フォーミュラ〟を入手したことは、だれにも、けっして口外してはならない。あなたがこの情報を漏らしたことがわたしの耳に入ったら、あなたとあなたの家族の生命は絶たれるだろう」

アル・シュームは、外交官たちにはとうに愛想をつかせていた。うんざりさせられるだけの連中だ。彼は踵《きびす》を返して、部屋をあとにし、小声でハミングしながら自分のオフィスへひきかえしていった。自分の資産が二百万ドル増え、これまでに開発されたもっとも強力な生物化学兵器のひとつを独占したのだ。しばらくは、そのことは完全に秘密にしておこう。サラディンのオークションはアイデアとしてはよかったが、やりかたがおおっぴらすぎたし、そういうゲームを仕掛けるには時期尚早だった。では、近い将来に取り引きを持ちかけるとするならば、どういったものがよいのだろう？

イラク

そのブリーフィング担当の陸軍将校は、頭髪をきれいに剃《そ》りあげ、染みひとつないが、しわだらけの迷彩戦闘服を着て、革製のショルダーホルスターに九ミリ拳銃を携行していた。カイルは、この男のような、つねにフェンスの内側で安全に仕事をしている連中も含めて、なぜだれもかれもが戦士らしく見せかけようとするのだろうといぶかしんだ。その男が、数枚の空撮写真をホワイトボードに貼りつける。

「われわれは、ターゲットと考えられるものを確認し、このターゲットは、きみたちの任務を容易にするために提供を要請されたパラメーターを完全に満たしている」その将校が言った。

カイルは思わず、うめき声を漏らしたが、情報ばかの話を中断させるようなことはせず、傾聴をつづけた。〈トライデント〉のほかの面々も、同じような反応を示していた。

「この道筋のどこかに、イスラムの部隊が大型迫撃砲M120を据えつけている。通常、このM120迫撃砲は、M1100トレイラーに積まれて、ハムヴィーもしくはトラックもしくは無限軌道車によって牽引されるが、この反政府軍は別の適切な代替輸送法を開発したんだ」

ダレン・ロールズが、いつものミシシッピなまりで口をはさむ。

「その連中は、車のトランクにそいつを押しこむ方法を考えついたとか」

将校が咳ばらいをして、それに答える。

「まあ、そんなふうなものだ。とにかく、移動させられるようにさえなれば、その迫撃砲をどこにでも持って行け、系統だった高角の間接照準射撃によって、高性能爆弾や、照明弾や、焼夷弾《しょういだん》を広範な地域にばらまいて、火力支援をおこなうことができる。それの取り扱いに必要なクルーの人数は、四名」

カイルはM120のことをよく知っていて、すぐれた火力支援をおこなえるその能力に一目置いていた。あれは、車に積みこめるだけでなく、分解して、四名の人員がかついで運ぶこともできるのだ。ひとりめが砲身、ふたりめが基板、三人めが二脚《バイポッド》、四人めが軽量の照準器と弾薬を運ぶ。組み立て後の総重量も、三百ポンドをわずかに越える程度だ。据えつければ、毎分四発の砲弾を発射でき、応射がそこに届く前に、よそへ移動することができる。

この任務に関するカイルの観点からすれば、それはほぼ理想的な態勢だった。その四名のクルーは、いっしょに訓練を受けて、ともに戦うことになるわけだから、やられるときもいっしょだろう。カイルとしては、そいつらを全滅させたかった。ジューバにメッセージを送るには、ターゲットがひとつではなく複数であることが重要だった。

ジューバはイラクへ飛んだだろうという、ミドルトンと〈トライデント〉チームの推測は当たっていた。それが判明したのち、捜索の網は、シリアからの外交通達によって、ティクリット一帯にまで絞りこまれた。ダマスカスのだれかがジューバの動静を垂れこみ、カイルがやつを処理する機会が訪れたのだ。

「で、その地点が突きとめられたと？　まちがいなくその場所なのか？」

ブリーフィング担当の将校が調子を取りもどして、話をつづける。

「この位置に関しては、信頼性が高い」細いレーザーポインターのスイッチを入れ、壁に貼られた写真の上にその赤い点を走らせる。「あそこに車があり、あちらに、クルーの入りこんだ民家がある。ヒューミントが、写真による偵察を裏づけた」

〝ヒューミント〟とは、人的諜報活動を指す軍事用語で、これはつまり、だれかが実際にそれを目撃したことを意味する。現地で、最良の情報が得られたということだ。シベールに目をやると、彼女がこちらを見て、うなずいた。

「それは、どれくらい新しいもの？」彼女がブリーフィング担当の将校に問いかけた。

「写真は、今朝撮られたものだ」と将校。「われわれは、行動を可能とする情報だと見なしている」

見なすのはあんたの勝手さ、とカイルは思った。だが、あそこに出かけていって、やつらを殺すのは、あんたじゃないんだ。

「じゃあ、おれが動こう」彼は言った。「迅速に行動する必要があるからな」


その地域は、イラク戦争の開戦当初から、そして終戦後の騒乱状態においても、反政府勢力の温床であり、敵はいまなお常時、ティクリットの街からわずか三キロメートルの地点にあるスペイサー前進基地とその周辺の動静に目を光らせている。アメリカ陸軍第一機甲師団の〈任務部隊《タスクフォース》ハマー〉が厳重な警戒態勢を敷いている基地のなかにいても、カイルは、フェンスの外からつねに監視されているように感じていた。

警戒が厳重なら機密が保たれるというわけではないのはたしかだし、ティグリス川に面するこの街には、ここが生地であった独裁者サダム・フセインへの忠誠心が深く根づいているのだ。サダムは、ここに最大の大統領宮殿を建設し、出身部族から引きぬいたメンバーで側近サークルを形成した。そして、いまはこの近辺のどこかに葬られている。バグダッドの百マイル北西に位置するティクリットは、政府に敵対する〝スンニ派三角地帯《トライアングル》〟の拠点のひとつになっていた。

午前の一時に、〈トライデント〉急襲チームを率いてヘリコプターに乗りこんだときも、カイルには、頑強なイラク反政府軍がこちらの頭数を数えて、警報を発信しているように感じられた。チームの面々は、全員がゆったりとした現地の服を身に着け、顔に迷彩ペイントを施していた。事前警戒処置として、ヘリコプターはほんとうのターゲット・エリアとは九十度異なる別の方角に向けて飛び立った。基地からじゅうぶんに離れた時点で旋回し、襲撃経路に乗ることになっていた。

怪しい民家と自動車のある町まであと四キロメートルほどのところで、チームはヘリコプターから降り、トラヴィス・ヒューズを先頭に立てて、音もなく走りだした。六つの人影が、声を出さず、金属音を立てず、荒い息づかいをせず、月のない闇夜のなかを着実に前進していく。絶え間のない風が、彼らの体臭を家畜のいる町とは逆のほうへ吹きはらって、接近を容易にしてくれていた。

この真夜中というのに、灯りのちらついている窓がいくつかあったので、チームはそういう民家はすべて迂回し、町はずれの街路を、壁にへばりついたり、路地に身をひそめたりしながら、じりじりと慎重に進んでいった。そして、動きをとめることはほとんどせず、だれにも勘づかれることなく、目当ての男がいると推定されるごちゃごちゃした界隈《かいわい》に入りこんだ。ジョー・ティップが、肘と膝を使っての匍匐《ほふく》前進で、その民家の偵察をおこなう。警備の人間はおらず、情報部の写真に示されていたとおり、その民家を囲む低い塀にしつらえられたゲートのすぐ外に、古びた白いフォードのセダンが駐まっているだけだった。

トラヴィスがスポッターを務めるためにかたわらに来たところで、カイルは安定した射撃地点を設定するために彼を伴ってチームを離れ、その間に、リック・ニューマン大尉がほかの面々を散開させて掩護に当たらせ、チームが所定の位置に着いたことをシベールに伝えた。

「ほんとうにこのやりかたでいいのか、シェイク?」トラヴィスが問いかけた。「こんなにむきだしになるってのは、どうも気にくわない」

ふたりはいま、街路のどまんなかで腹這いになっていたのだ。

「見られるようにしたいんだ、トラヴィス。今回にかぎっては、ここでスナイパーが仕事をしているってことをだれかれなく知らせたいってわけだ」

「やっぱりな。言ってみただけさ」

「わかってる。さあ、始めるぞ。レンジ・カードを作成してくれ」

午前四時、カイルが無線の送信ボタンを二度押すと、リックとダレンが小走りに動いて、目当ての民家の前にまわりこんでいった。カイルは愛用の私物ライフル、エクスカリバーの特注銃床を頬にあてがって、スコープのなかに車のエンジンをとらえた。行動の瞬間が迫るにつれ、時の進行が緩慢《かんまん》になっていく。

ダレンが表のドアを激しく、騒々しく蹴りつけはじめ、リックが窓にライフルをたたきつけてガラスを割る。屋内からいくつかの声が聞こえた。リックが、赤い煙を噴く手榴弾を投げこむ。どちらもひとことも発さず、屋内にいる連中を裏口へ追いたてた。

彼らが赤い煙に追われて、咳きこんだり、目をこすったりしながら外に出てくる。トラヴィスがその連中を双眼鏡にとらえた。

「ひとり、ふたり、三人、四人。それで全部だ。もう出てくるやつはいない」

迫撃砲のクルーは車に直行し、カイルは、その全員が乗りこんで、ドアを閉じるのを待った。

「撃て、撃て、撃て」

引き金にかけた指をゆっくりと引くと、エクスカリバーが吠えて、五〇口径弾を街路の先へ送りこんだ。エンジン・ブロックに銃弾が食いこみ、その衝撃で車体が揺れ動く。こうなれば、狙うのは、わずか百メートル前方にある、破壊された車のなかに閉じこめられた男たちとあって、肝要なのは精度ではなく、すばやく再装塡し、撃つことだった。彼はまずドライヴァーを、そいつがハンドルから手を離す前に撃ち倒した。

「ターゲット、ダウン」トラヴィスが言った。

運転席の後ろにすわっていた男が車から飛びだして、スコープのなかに姿をさらす。カイルはそいつの胸に銃弾を撃ちこんだ。

「ターゲット、ダウン！」

カイルは車の反対側へ銃口を移し、助手席からあわてて外に出ようとしていた男を仕留めた。彼はライフルの一部となり、周囲は機械的な作用と反作用から成る白黒の世界と化し、空薬莢が排出されて、次弾が再装塡される感触だけがあった。

「ターゲット、ダウン」

まだ、あとひとり。そいつが走りだす。ふたたびエクスカリバーが吠えて、銃弾がイラク人戦士の心臓を引き裂き、男はその運動エネルギーによって中庭までふっとばされた。

「ターゲット、ダウン」トラヴィスが言った。「さあ、ここを離脱しよう、カイル」

「作戦に従え、トラヴィス。作戦どおりに動くんだ」

カイルが見守るなか、近くの闇のなかに海兵隊員たちが集結する。ダレンとリックが戻ってきて、それにトラヴィスが合流したのだ。

「ヘリがやってくる」リックが言った。

カイルは街路に立ち、凶悪なロング・ライフル、エクスカリバーを左手一本で小脇にかかえて、ためらうことなくその車へ歩いていった。あちこちで灯りがつきはじめていたが、街路に出てくる人間はまだひとりもいなかった。恐怖と混乱が、住民たちを足どめしているのだ。彼はゆっくりと足を運んでいき、運転席の後ろに乗っていた男の死体のかたわらで立ちどまった。

エクスカリバーを車に立てかけ、死体のシャツの一部をナイフで切りとって、小さく丸める。車のそばにしゃがみこみ、丸めた布に死体の血を吸いこませて、運転席のドアに、たったひとつの血文字を書きつけた——ジューバと。どこでジューバを発見するにせよ、その近辺に毒ガスの秘密が存在するはずだ。あのテロリストがその情報を自分から遠く離れたところに放置するわけはないし、その情報はあの男以上に危険なのだ。これで、対決の手はずは整った。こんどこそ、その両方をものにするのだ。

カイルはライフルを取りあげて、そこを歩き去った。闇のなかを行くその姿は、完璧なターゲットではあったが、恐怖を覚えさせるものでもあった。近隣の住民たちは、騒々しい物音は聞きつけたものの、話し声は耳にせず、そのあと、ライフルの高速弾が五発、立てつづけに発射される音を聞いた。それは〝スナイパー〟を意味するので、彼らはドアから顔を突きだそうとはせず、窓から外をながめているだけだった。

カイルが闇のなかに集結した海兵隊員たちのところにたどり着くと、ダレンが彼のシャツをひっつかみ、駆けださせようとして体を押した。ようやく、カイルの五感が正常な時間の進行に折りあってくる。

「ったくもう、クレイジーな野郎だな」ダレンが彼のそばを走りながら、耳元にささやきかけてきた。「もっと速く走りやがれ！」

26

イラク　ハルガット

ティクリット市の周囲には、小さな町や村がうすよごれたネックレスのようにぎっしりと並んでいて、そのひとつ、ハルガットと呼ばれるごちゃごちゃした小さな町では、いま緊迫した会議が進行中だった。二階建ての建物の、銃弾でガラスが失われている窓から、剃刀《かみそり》のように細い日ざしが射しこんで、一階の主室でくたびれた緑色の椅子にすわっている、ひげづらのがっしりした男を照らしている。すべての窓と屋根の上に警備兵が配置され、男の真後ろにもひとりが立っていた。その男、イラク反政府軍の地区司令官が問いかけた。

「なぜあんなことをしたんだ、ジューバ？」

「さっきも言っただろう。おれがやったんじゃない。おれを守ってくれる四人を殺さなくてはいけない理由がどこにあるというんだ？」

ジューバはティクリットに到着したあと、この男のひろびろとした居心地のいい家にずっと滞在していた。すでに新しいノートPCを入手していて、シリアでアル・シュームと取り引きをしたときに持ち帰ったディスクの全データをコピーし、それに加えて、直腸に三日間入れていたメモリースティックの死活的に重要なデータもコピーずみだった。ジューバは仕事を再開していたのだ。

「町の住民たちは、あの殺戮《さつりく》があったあと、われわれと同じ様式の服を着た男が、長いライフルを携えて、大胆に街路のどまんなかを歩いていったと、こと細かに説明している。その男は――なぜか――血文字できみの名を残し、そのあとどこかへ歩き去った。まるで町の持ち主のように、歩いていったんだ！　シーア派の野郎がそんな危険を冒すはずはないし、アメリカ人はぜったいにそんなことはしない」

「ひとり、しそうなやつがいる。そいつは、カイル・スワンソンという海兵隊スナイパーで、私的な理由でおれを殺したがっているんだ」

司令官が二、三度、呼吸をくりかえしてから、ふたたび口を開いた。

「きみはロンドンとカリフォルニアで高貴なことをやってのけたし、ジューバ、それがあったからこそ、わたしはきみに避難の場を用意した。しかし、死は疫病のようにきみを追いかけてくるらしい」

ジューバは、警備兵と窓を指さしてみせた。

「この戦争が始まって、どれくらいがたつ？　あんたにも、ティクリットの住民たちにも、死は珍しいもんじゃないだろう。おれが持ちこんだんじゃない。それはずっと、ここにあったんだ」

「なぜ、その海兵隊員スワンソンは昨夜、あんなことをやったんだ？　無鉄砲もいいところだ。その男も、われわれに捕獲されたスナイパーがどんな目にあうかは知っていただろう。ふつうなら、われわれの戦士たちがあの家の周囲に集まってきて、そいつをとらえていただろうが、その大胆不敵な行動が彼らを動転させて、反応を遅らせることになってしまった」

「スワンソンは、なんていうか、おれに伝えようとしたんだと思う。自分はここに来て、おまえを探しているぞと」

それを聞いてようやく、相手の男の目に輝きが戻った。

「では、そいつはまたやってくる？」

「そうだ。まちがいなく」

「きみは恐ろしくないのか？」

ジューバは小さく笑った。

「ああ。もちろん。やつにおれを発見させたい。そうすれば、おれがやつを殺すことになるからな」

司令官がひらめきを得て、にわかに思考をめぐらせはじめた。

「それなら、われわれが近くにおびき寄せ、そいつが仲間を連れてやってくるのを期待できる。きみがそいつを殺し、仲間のやつらはわれわれが殺す」

「気に入った」ジューバは言った。「ただし、まちがいなく、やつはおれのために取りおいてもらいたい」

スワンソンという障害物さえ取りのぞけば、自分は安息の場を見つけだして、オークションのプロセスを再開することができる。アル・シューム将軍は、いっぱいくわされたことを知って不快になるだろうが、そのころには、こちらはシリアから遠く離れたところにいるだろう。タヒチでもフィジーでも、どっちでもいい。

「なによりもまず、その海兵隊員スワンソンに、やつの所業は許されないものであることを思い知らせてやらねば」司令官がほほえんだ。「やつと連絡をつけてくれ」

スペイサー前進作戦基地

夜襲を終えたあと、カイルは基地の寝棚にもぐりこんで、すぐに眠りこんだ。〈トライデント〉チームのほかの面々も同じことをしたが、その間も、別の建物にいる合衆国陸軍の兵士たちは日常業務をつづけていた。

前進作戦基地の表側ゲートから、武装パトロール隊が巨大な戦闘車輛に分乗して出動し、数機のヘリコプターが前方の上空を飛んで、その幅の広い道路沿いに脅威の存在を探し求めた。それから少しの間をおいて、小規模のパトロール隊数個が基地を出て、それぞれが方向の異なる別の道路を進みだした。そのころには、イラクの民間人たちも日常活動を始めていて、アメリカ軍部隊が道路をふさぐように進んでくると、警戒するようなようすを見せた。

アメリカ軍の兵士たちが徒歩で町を通りぬけていくと、そこここの街角に職のない若者や子どもらが群がってきた。町の店舗が開店する。いつものとおり、商売の始まりだ。

カイルはまだ、安らかな寝息を立てていた。だが、ひとつの作戦をやり遂げ、いまこうして夢のない眠りをむさぼっているときも、彼は職務を離れているわけではなく、ターゲットの出現を待つスナイパーとしてそこに横たわっているのだ。陸軍の心理戦担当チームがあわただしくティクリットの周辺を動きまわって、ジューバの写真が掲載されたビラを配り、ラジオと車輛搭載の拡声器を使って、その男の所在を知らせた者には五百万ドルの報奨金が与えられると宣伝をしていた。

カイルは無為に時間をつぶしていたのではない。つぎはジューバが動く番だった。

ハルガット

反政府軍地区司令官とジューバは、町でいちばん高い建物の平らな屋上に立ち、周囲の警備兵たちは、上空を周回するアメリカ軍ヘリコプターに発見される可能性を考えて、その音に耳を澄ましていた。高い場所にいることには遠くまで見えるという利点があり、その場所からは、道路の先にある低い尾根が、そしてその向こうにある小さな谷間と、ティグリス川へ流れこむ運河の架橋がよく見てとれた。

「アメリカ軍は接近ルートをつねに変えているが、実際にとれるルートはそう多くはない。同一ルートの反復になるのは避けられない」司令官が尾根筋を指さした。「彼らはこの地域に接近する前に、たいていは、いまきみが見ているように、あの高くなった場所のてっぺんで停止し、ちょっと時間を取って、ここの現状を調べてから、前進を続行するんだ」

ジューバは双眼鏡を通して、その地点を観察した。ばかでかいM1A2エイブラムズ戦車が二輛、この地域を完全に制圧した一二〇ミリ滑腔砲と機関銃を見せつけて、道路の両脇に停まっていた。ほかの戦闘車輛がキャタピラか車輪を駆動して、居丈高に道路をくだり、ときおり停止して、パトロールの兵士を降ろしている。

司令官はすでにすべての解答を出していた。

「わかるな？　彼らが停止したときに、きみが撃てばいいんだ」

「了解」双眼鏡の向きを動かして、その一帯を探りながら、ジューバは言った。「坂を半分ほどくだったところに、農家があるだろう？　おれがあすの朝、使えるように、今夜のうちにそこの住民を立ち退かせておいてくれるか」

「もちろん」と司令官。「われわれはみな、きみが〝十字軍〟をみごとに打ちのめす光景を見るのを楽しみにしているんだ」

ジューバはちょっと頭をさげて、その賛辞に応えただけで、なにも言わず、司令官とともに階段をおりていって、昼食のために別の建物に入りこんだ。あの農家から発砲すれば、一瞬後には、でかいエイブラムズがこちらに嵐のような攻撃をかけてきて、そのあと、彼らがアパッチ・ヘリコプター・ガンシップに仕事を任せる気にならないかぎり、ハムヴィーと装甲兵員輸送車、そして歩兵たちが押し寄せてくるだろう。攻撃拠点をどこに設定するかは、司令官も含めて、だれにも教えるつもりはなかった。たとえ、自分の首に五百万ドルの賞金が懸かっていなくてもだ。

その午後、彼は車を借りて、ひとりで出かけた。司令官が言ったとおり、アメリカ軍がこの地域に入るのに使える道路はそう多くはなかった。殺風景にひろがる土地と民家のなかから、とある小さな交差点のところに、絶好の場所が蜃気楼《しんきろう》のように見えてきたので、ジューバはそこに二、三本生えている丈高い椰子《やし》の木の下に車を停めて、あたり一帯を歩きまわった。人里離れたその地域を目で探っていくと、単独で職務に就いているイラク政府の交通警官の姿が見えた。交差点には、そこを行き交った無数の車輛が深い轍《わだち》を刻んでいた。アメリカ軍は頻繁にそこを通っているのだ。

彼はふたたび車を動かし、望ましい第二地点を探して移動していった。これは、スワンソンの大胆な襲撃への返礼であり、あの挑戦手法には、こちらも特別なやりかたで応じなくてはならない。勝ち負けは、自分とやつ以外の人間の生命がどれだけ奪われるかに懸かっている。

日暮れ前に隠れ家に帰り着くと、彼は地図を調べ、食事は少量ですませて、数時間後に必要となる物資の買いこみに出かけた。そして、八時ごろ、自室にひきとり、反政府軍の備蓄品のなかから選びだした武器を、美しいステアー・マンリッヒャー・ライフルを、長い時間をかけてクリーニングした。ボルトアクションの、単発式だが、精度の高い、このロングレンジ・スナイパー・ライフルなら、アメリカ兵が着用している防弾チョッキを撃ちぬくことができるだろう。

真夜中を二、三時間まわったころ、彼は隠れ家をあとにした。多少の糧食とコンパクトなコンピュータをおさめた、小さなバックパックをかついでいた。

スペイサー前進作戦基地

「やつは今夜、出てくる。おれにはそれが感じとれる」

砂嚢《さのう》を積んだバンカーの上にシベールと並んで腰かけ、パラシュートにぶらさがって西の空を漂い落ちていくまばゆい二個のフレアをながめながら、カイルは言った。一瞬後、その方角から、機銃の銃声と大砲の轟音が届いてきた。

「やつはまもなく、反撃をかけてくるだろう」

「それはどうかしら、カイル。〈タスクフォース・ハマー〉は、ここの状況をしっかりと統制してるわ。毎日、パトロール隊がゲートから出動していて、周囲の各基地も異常なことはなにも報告していないし」

カイルは曲げた膝を胸に引きつけて、両手でかかえこみ、体を前後に揺さぶって、筋肉のストレッチをしていた。

「もしきみがやつだったら、それで行動を完全にやめるか？」

彼女は砂嚢のひとつに裂け目があるのを見つけて、指でほじくったが、そのなかの砂はがっちりと固まっていた。ここに置かれてから、長い時間がたっているのだろう。

「いいえ。時間をかけて、ゆっくりと動く。そして、都合のいい地点を設定する」

「うむ。それが、いまやつのやってることだ」

ふたりのそばに人影が現われ、トラヴィス・ヒューズがどんと腰をおろす。

「ヘイ」

「ヘイ」とシベールが応じた。

「きみらに知恵を貸してもらおう」カイルは言った。「ジューバは頭にきて、仕返しをしようとする。そうだろう？　だが、やつがターゲットにするのはなんであり、われわれはそれを阻止することができるのか？」

「阻止するもなにも、シェイク、あの野郎の居場所がわからないかぎり、どうしようもないだろう。ターゲットに関しては、あんたが殺した数以上にはならないかもしれないが、それと同じ数だけは殺そうとするにちがいない」トラヴィスはバンカーの向こう側へぺっと唾《つば》を吐いた。

「下品な海兵隊員《ジャーヘッド》」げんなりした声で、シベールが言った。「でも、トラヴィスは図星をついたわ。やつはかなりの死者を出そうとするでしょう。となれば、アメリカ軍兵士が集まる場所を探しにかかる」

トラヴィスが、声を立てずに笑う。

「おっと、もしかすると、やつはここに入りこもうとするかもな。ここの地下には、おおぜいの人間が集まる。士気高揚棟じゃ、ラテンダンスのレッスンまでやってるんだ。たいした戦争じゃないか」

「いや、フェンスの内側に入りこむことはできるだろうが、それは危険が大きすぎる。あの男はばかじゃない」

ダレン・ロールズがぶらぶらとやってきて、彼らに合流する。

「いま友人と会って、ビールを二杯やってきたところでね」彼が話しかけてきた。「町はどこもかしこも、あんたがゆうべやってのけたことの話で持ちきりだそうだ。おもしろいじゃないか。おれたちのチームの人間はなにもしゃべってないんだから、これはつまり、情報屋のの連中が、町に極悪なスナイパーがいるという噂を流してるってことだ」

「噂がひろまるようにさせたってわけ」シベールが言った。「それもゲームの一部。〈タスクフォース・ハマー〉がジューバを追いかけて総員出動したら、やつは逃亡して、われわれがまた世界中を探しまわることになるから、それだけは避けたいの」

「そういうことにはならないさ」カイルは言った。「忘れたか、シベール。われわれが最初のブリーフィングをしたとき、きみとおれがウィズロウ大佐に対して、ジューバと毒ガス〝フォーミュラ〟の追跡はわれわれの任務だってことを明確に言っておいただろう」

「で、やつはいったいどこにいるんだ、シェイク？」トラヴィスが尋ねた。

カイルはバンカーに寝そべって、星空を見あげた。

「わからない。だが、やつは外に出てきて、どこかそのへんにいる。おれにはそれが感じとれるんだ」

ハルガット

この日に設定した潜伏場所から七百メートルほど離れた交差点をアメリカ軍パトロール隊がほんとうに通るかどうかは、ジューバには判断がつかなかったが、無数にある轍《わだち》や路肩の傷み、そして踏みつぶされた植物のぐあいから、そこを頻繁に通行しているらしいと推測することはできた。獣どもがつねに同じルートを通って、鬱蒼《うっそう》としたジャングルのなかに踏みわけ道をつくるように、鋼鉄の獣と言っていいアメリカ軍の戦車や軍用車輛も、似たような痕跡を残す。イラク警察の交通取締官を一名しかそこに配していないのは、警備は万全だと考えているからにちがいない。なんといっても、そこはただの交差点で、アメリカ軍部隊はそこを通過するだけなのだ。

彼は、爆破されて倒壊した店舗の、木材や石の残骸《ざんがい》のなかに作戦拠点を設定した。崩れ落ちる前は壁を形成していたらしい、両面が白く塗られたコンクリート・ブロックが多数あっ

同じ場所から四発以上を撃てば、敵はこちらの居場所をピンポイントでとらえるだろう。そ集中するであろうと予想される場所だ。自分は射撃の基本原則を守って、三発しか撃たない。それに該当する二階建ての建物があった。そこが、発砲する決定的瞬間に、やつらの視線が的に、攻撃に有利な高い場所からのものと判断して、屋根の上を見あげるだろう。近辺に、か立てかけた。スナイパーがライフルを発砲すれば、ターゲット・ゾーンにいる連中は反射き、穴の広さが二フィート四方ほどになったところで、その外側にひねこびた下生えを何本っくりと残骸の石をひとつひとつわきによけて、交差点を望むぎざぎざした穴をつくっていりをしたあとは、運に任せるしかない。曙光《しょこう》の最初の一条が射してきたとき、ジューバはゆ

　夜明けが近づいていた。運がよければ、アメリカ軍がやってくるだろう。計画を立て、祈

た青白のうすよごれた帆布を裏の出入口にかけ、残骸の石を適当に置いて、重しにした。演習をし、倒壊した店舗の周囲をめぐって、残骸のぐあいを直しておく。もとは日除けだっようにしておいた。フラッシュライトを消し、何度も脱出ルートを行ったり来たりして予行るための安定した射撃台をつくる。銃口が、室内に四フィートほど入ったあたりに位置するな潜伏場所を設営した。それから、石と木を積みあげて、ステアー・マンリッヒャーを据え

　ジューバはフラッシュライトの細い光を頼りに、上方と側面全体が最大限に守られる堅固

に戻し、数時間後に装備を持ってひきかえしてきた。きによけて、交差点がよく見えるようにそれをひろげていた。彼はいったん石をもとの位置た。それまでの偵察で、店舗の貯蔵用地下室に通じる狭い穴を発見し、大きな石を何個かわ

して、射殺する。それで終わりだ《スリー・アンド・アウト》。

この前日、車で偵察をしていたとき、近所の子らがアメリカのキャンディを食べたり、ボールペンでノートに字を書いたり、安っぽいプラスティック製のおもちゃで遊んだりしている姿を見かけた。どれも、アメリカの兵士たちからのプレゼントだ。友好関係ができかけているということだ。都合がいい。

そのとき、車輛が土を踏む轟音が遠方から届き、予想したように、〝少年少女早期警戒システム〟が騒々しく作動して、十人を越える子どもたちが交差点をめざして駆けだした。ずんぐりしたM2ブラッドリー歩兵戦闘車が二輛、大きな砂埃《すなぼこり》を波しぶきのように後方へ舞いあげながら、道路をくだってきて、その後ろに、三輛の装甲兵員輸送車ハムヴィーがつづいていた。ブラッドリーの最大の脅威はブッシュマスター二五ミリ機関砲だと、ジューバは頭のなかにメモをとった。あれを発砲させる危険を冒してはならない。

子どもたちが車輛の横を、キャタピラや車輪を楽々とよけながら走って、片言《かたこと》の英語で兵士たちに声をかけている。思ったとおり、派手な包み紙の小さなキャンディが、ばらばらと子どもたちのほうへ降ってきた。コンヴォイが交差点に乗り入れて、一列に並ぶ。警官が手をふって、車輛に方向転換をさせた。全員がリラックスしている。ジューバは、アンテナを何本も突きだしていることから明らかに指揮車輛とわかる、二輛めのブラッドリーにライフルの狙いをつけた。砲塔が開いていたが、砲手たちは気楽に子どもたちとふざけあっている。やがて、兵士たちがライフルをだらしなく肩からぶらさげて車輛を降り、子どもたちと目の高さが同じになるようにしゃがみこんだ。ここでほかのコンヴォイと会合をしてから、任務を果たすためにそれぞれの方角へ動きだすということがよくあるのだろう。歩哨に立った兵士は、コンヴォイの前後に各一名と、つごう二名にすぎなかった。イラク人のおとなたちは、そことは距離を置いて家の出入口に集まるか、無視して仕事をつづけるかだった。

〝運がいい〟。ジューバの心がひとりでに作動して、外部の騒音を閉めだしていく。指揮車輛は、将校が乗りこんでいる重要な軍事的ターゲットとあって、誘惑的だった。将校を殺して、戦況を有利にしろ。だめだ。それは、きょう、やろうとしていることではない。撃ちやすい連中を仕留め、やつらがなにに撃たれたのかを察知しないうちに、移動しろ。やつらに忘れがたい記憶を刻ませ、怒りの炎を燃やさせて、怒りのあまり発狂しそうな状態に追いやるのだ。彼はステアー・ライフルを恋人を抱くように構え、学校時代に学んだシェイクスピアの『ジュリアス・シーザー』の一節を思い起こした。〝この非道は地上に悪臭を残すだろう〟

スコープのなかに、小さな少年の姿があった。黒い髪をした七歳ぐらいの子で、白い歯を見せて、よごれた顔をほころばせ、地面に膝をついたアメリカ兵のそばに立って、なにかを話しかけている。ライフルの銃口が動きをとめた。少年がこちらに背中を向けたところで、ジューバは四ポンドの力をこめて引き金を絞りこんだ。潜伏場所のなかでは大きく響いても、外部ではかろうじて聞きとれる程度の銃声があがって、でかい銃弾が少年に命中し、血まみれの肉塊と化した体がアメリカ兵にぶつかる。倒れてきた体を受けとめたアメリカ兵は、それ以上の被弾がないようにと少年をかばった。だが、その子はすでに死んでいた。一発！

煙草を吸っていたアメリカ兵を狙って、ジューバがふたたび引き金を引き、銃弾が防弾チョッキをつらぬいて重要な臓器を粉砕したとき、彼らが一瞬、凍りついて、危険の到来を察知した。被弾した兵士が、信じられないという表情を浮かべて、よろめき、倒れこむ。二発！

混乱が生じて、子どもらが悲鳴をあげ、兵士たちが怒声を発して銃を持ちあげ、醜悪なブッシュマスター機関砲が撃つべき相手を求めて動きだす。スナイパーだ。どこにいる？

ジューバはつぎに、この攻撃に自分の刻印を残せるようなむずかしいターゲットを求め、通信兵から受話器をむしりとるという失態をしでかした将校に狙いを定めた。その将校は、待ち伏せに対処するために応援を要請したのだろう。ブラッドリーのそばで腹這いになり、キャタピラの端からまわりを見まわして、脅威のありかを探している。ヘルメットの下から目がのぞいているだけで、ジューバにはじゅうぶんだった。そっと、なめらかに引き金が絞りこまれ、ふたたびステアーが銃弾を放つ。三発！

おおざっぱにこちらを狙っての応射が始まったが、ターゲットが見えているわけではなかった。銃弾はどれも、土を嚙《か》んだり、石をさらに砕いたりするだけだった。まもなく、兵士とブラッドリーが動きだすだろう。ジューバは、ゆったりしたローブの内側にライフルを隠してから、古びた日除けをむしりとって、朝の日ざしの下に足を踏みだし、裏道を歩いて、角をまわりこんだ。突然の銃声が、街路から人影を途絶えさせていた。彼は車に乗りこんで、走り去った。

十五分後、彼は灌漑《かんがい》用水路に沿う、高さ四フィートほどの土塀のそばへ行き、その上に並んで生えている低木の陰に身をひそめた。土塀の上からのぞきこむと、あの交差点が見てとれ、さっき彼が離脱した地点の周辺にアメリカ兵たちが殺到して、蜂の巣をつついたような騒動が生じていた。幼い少年の殺害はアメリカ人の心理に訴えるものがあるので、彼らが兵士としての規律を保持するのは困難だった。スナイパーは、人間の感情をよく理解していなくてはならない。アメリカ兵たちは子どもを射殺したシューターを追い、そいつはどこかそのあたりにいるだろうと考えている。彼らはいま、最初の潜伏場所、脅威の存在を察知した場所に対しては、防御を備えていたが、その後方にまわりこんだジューバには備えていなかった。

並べて横たえられた三名の犠牲者に、衛生兵たちが必死に処置を施し、バハリア駐屯地にある前線応急手当所へ搬送するまでのあいだ、なんとか生命をもちこたえさせようと奮闘しているさまが、はっきりと見てとれた。もはや運を頼りにする必要はない。あれは予想どおりの対応だ。脅威を鎮圧し、負傷者を後送する。部隊は町のなかにいて、待ち伏せの銃撃は途絶えているのだから、まもなく医療後送ヘリコプターが飛来するだろう。

それが見える前に、音が聞こえてきた。そのあとすぐ、ヘリコプターが低空飛行で戦闘発生地点に到着し、しばし宙にホヴァリングしたのち、ブリザードのように砂埃を舞いあげながら、着陸した。緑色の機体に、大きな白地に赤の赤十字マークが記されている。慈愛の飛行。ジューバはそれに狙いをつけた。

犠牲者のひとりを乗せたストレッチャーを、二名の兵士が持ちあげる。ヘリコプターから飛びおりた衛生兵が彼らに手を貸したとき、ジューバはその兵士の胃のあたりに銃弾を撃ちこんで、肝臓と腎臓を引き裂いた。一発！

ブラッドリーの上にいる砲手は、ブッシュマスターの砲口を町のほうへ向け、背中をこちらにさらしていた。ジューバはその男をスコープにとらえ、体の中心に銃弾をたたきこんだ。被弾の衝撃で、兵士の両手が上に持ちあがり、その体が車輌の内部へすとんと落下する。二発！

医療後送ヘリのパイロットが攻撃を受けていることに気づき、エンジンをかけて緊急離陸をしようとしたが、ジューバにはその側面の窓を通して、パイロットの顔が明瞭に見えていた。狙えるのは頭部のみ。パイロットが頭《こうべ》をめぐらした、すでに濃いサングラスをかけていたジューバは、狙いを定めて、やはりまた、そっと引き金を絞りこんだ。銃弾がパイロットのヘルメットを貫通して、頭部を粉砕する。瞬時に、ヘリコプターのエンジンが回転を落しはじめ、仰天したコ・パイロットが操縦を引き継いだ。三発！

ジューバは腰をかがめて、塀の陰から離れると、ライフルを持って車にひきかえし、ふたたびすみやかに街路に出て、姿を消した。〝おれはここにいるぞ、シェイク。つかまえに来い！〟

27

　ニューマン大尉の率いる〈トライデント〉チームが周辺を厳重に警備するなか、カイル・スワンソンとシベール・サマーズが、テレビ・ドラマで犯罪現場を調べる専門家たちのように、スナイパーが潜伏していた土塀の陰を検分していた。待ち伏せ攻撃が基地に通報されるなり、現在の地点にとどまれとの命令が下され、その周囲一マイルの地域を不穏な静寂が包みこんだ。増援部隊が可能なかぎりの火力を与えられて派遣され、〈トライデント〉チームがヘリコプターで現地に急行したのだ。

　スナイパーが潜伏していた土塀にもっとも近い地点にヘリコプターが着陸したので、彼らはまっさきに現場に駆けつけることができた。兵士のだれかが、黄色い布を結んだ棒を地面に突き刺して着陸地点を指示していて、その周囲は地味な茶色ばかりとあって、風にはためくあざやかな黄色が際立って見えた。仕掛け罠を予想して、カイルが一方から、シベールが反対側から、そこに接近したが、罠はなにも見つからなかった。スナイパーが身をあずけていた部分の低木がひしゃげ、銃が据えられていた部分の塀が浅くへこんでいた。撃ち終わって排出された、大きな五〇口径の空薬莢《からやっきょう》が三発、射撃地点の右側に転がっていた。

「ここは、すばらしい射界《フィールド・オヴ・ファイア》ね」シベールが、いまもまだ活動の中心である血塗られた交差点を塀ごしにながめて、言った。

「とりわけ、敵が反対側を見ている場合はそうだ」

カイルは地面に膝をついて、襲撃者の体があった場所を調べていた。そいつは足場をしっかりと固め、むだのない動きで発砲したのだろう。ライフルの銃口があった位置によごれた布の切れはしが残っていたので、カイルは手をのばして、それに触《さわ》ってみた。まだ濡れていて、水が土塀の上にひろがっている。それがなければ、ライフルを発砲したときに、銃口炎がひらめいて、居場所を露呈していただろう。その道をきわめたプロは、ささいなことにも注意をはらうものだ。塀のそばからつづいているブーツの足跡は、踵《かかと》より爪先のほうが深く、そいつが速足で、ただし駆け足にはならずに、移動したことを示唆している。足跡は、塀に沿ってつづく、あるかなきかの小道へと消えていた。その先に、車が置かれていたのだろう。

そのあと、チームは一団となって襲撃地点へ歩いていき、やはり黄色い布で示されている倒壊した建物に近寄って、そこでもふたたびカイルとシベールがスナイパーの潜伏場所を検分した。引き裂かれた帆布の日除けがあり、またも五〇口径の空薬莢が三個、日ざしを浴びて輝いていた。シベールがそれを取りあげて、指のあいだで転がす。

「さっきと同じもの」彼女が言った。「その一発は、防弾チョッキを貫通した。わたしの推測では、M8徹甲弾《てっこうだん》。やつは大きな打撃を与えようとしている」

カイルはそれに同意した。弾速は毎秒三千五十フィート、射程は六千四百七十ヤード。わずか七百メートル程度の射程でそれを使うのは、過剰な殺戮《さつりく》行為だ。シューターは、なにか重要なことを示そうとしたのだろうか？　部屋の中央、崩れた壁からかなり奥まった場所に、間に合わせのライフル射撃台が残っていた。そのぎざぎざした穴のそばに近寄って、のぞきこむと、まばらに立てかけられた植物が銃口炎を浴びて、折れたり焦げたりしているのがわかった。

地下の潜伏場所に、リック・ニューマンが入りこんできた。

「どう考える、シェイク？　これはジューバの仕業だろうか」

「疑いなく」とカイルは答えた。「空薬莢が残されているのは、一種のサインだ。それに、この二重待ち伏せは、並みのシューターふたりがこれほど完璧に協調して動くことはできないから、ひとりのプロフェッショナルがやったことにちがいない。三発を限度として、移動する。それは射撃の基本原則だ」

カイルは射撃台の後ろにうずくまり、スナイパーがそこから見ていたであろう光景をスコープごしにながめた。手をのばせば、交差点にいる男たちに触れそうな感じがした。

「そのうえ、そいつは、第一対応者が救助に来るのを待って、攻撃した。同じことが、サンフランシスコでもあった。そうすれば、ほかの全員に強烈な衝撃を与えることができるからだ。ここに駆けつけてきた兵士たちはだれもが、複数のスナイパーがいると考え、そのために行動の自由が失われてしまったんだ」

「なるほど。そろそろ、われわれはここを離れなくてはいけない。ついさっき、ウィズロウ大佐から無線が入ってね。至急、基地に帰還して、会議に参加してほしいとのことだった」

三人は日ざしの下に出て、チームの全員がそろったところで、草むらを歩いて、待機しているヘリコプターに向かった。

「大佐にどう説明するつもり？」シベールが問いかけた。「彼としては、やりかえしもせず、部下たちにまた同じような攻撃がかけられるのを手をこまねいて待つわけにはいかないでしょう」

「しかし、おれたちが彼にしてほしいのは、まさに待つことなんだ、シベール。ウィズロウはばかじゃないし、あのテロリストの捕獲が彼の現在の任務リストにおける最優先事項だってことは認識してる。きょうの事件はとてつもない惨事だが、ジューバがこの地域にいて、迷路のような町のどこかにひそんでいることを証明したものでもあるんだ。標的はさらに近くなり、捜索範囲が絞りこまれている。おれたちはまず、合衆国全土から、カナダへやつを追い、そのあとシリアへ飛んで、ティクリットに入った。これはつまり、イラクのほかの地域を捜索する必要はなくなったってことだ。そしていま、やつは、まちがいなく、ここにいる。これは基本的に、いまもやつとおれのあいだの戦いだ。おれが呼びかけ、やつが応えた。あとは、デートをするだけのことだ」

〈タスクフォース・ハマー〉の指揮官を務める陸軍大佐ニール・ウィズロウが、副官をかたわらに置いて、大きな透明のビニールシートで覆《おお》われたハルガットの町のグリッド地図の前に立っている。黒と赤のマーカーを使って、各事件の発生地点にチェック・マークがつけられ、ピンが刺されていた。

「二日前、この地域は平穏だった。政治的にも軍事的にも、実質的な進展が見られていた」

大佐がカイルに顔を向け、灰色を帯びたその青い目が射抜くようにスナイパーを見つめる。

「それがいまは、この基地の表ゲートの外で第三次世界大戦が勃発したようなありさまになっているんだ」

副官が地図のマークを指さした。

「ここが、けさの待ち伏せ地点だ。そのあと、二輛の車輛が手製爆弾《IED》にやられて、一名が戦死し、四名が負傷した。また、私兵団によるものと考えられる待ち伏せがあり、制圧はされたものの、二名の歩兵が負傷した。町の一カ所でスンニ派とシーア派の対立による暴動が発生し、商店街では自爆テロがあった。基地にも二発の迫撃砲弾が飛来したが、損害は出ていない。これらはすべて、白昼のできごとだ。この一帯が危険《ホット》になってきているということだ」

大佐がクルーカットにした頭を撫《な》でさすって、腕を組む。

「われわれが町に乗りこんで、事態を鎮静させねばならないし、平和を維持しようとするならば、出動は早いに越したことはない。きみたちの任務に要する時間は、あとどれほどのものと考えられる？」

カイルは、大佐の顔にジレンマを見てとった。ジューバをつかまえるという任務が、この基地の適切な職務の遂行の妨げになっているのだ。

「大佐、あと二日、行動を控えてもらいたいと申しあげるしかないですね」

ウィズロウが大きなうめき声を漏らす。

「いいかね、スワンソン、わたしはきみが持ってきた特別委任状の命令に従って、きみのチームに最大限の協力を提供してきた。だが、困ったことに、きみは火薬庫に火をつけてしまった」彼はオフィスの窓の外を指さした。「きょう、あそこでわたしの部下たちが戦死し、われわれは強大な兵力を備えているにもかかわらず、反撃ができないということで、士気が低下している。きみの任務があるために、部隊の安全を守るのが困難になっているんだ」

「イエス、サー。そのことは完全に理解していますし、人命の損失に関する話や、最良の防衛はよき攻撃であるという考えにも、強く共感しています。しかし、残念ながら、われわれの任務はいまもなお、それ以上の重要性を有している。肝要なのは、ジューバはサンフランシスコでのテロ攻撃に用いた兵器を保持しており、もしあなたがエイブラムズ戦車やブラッドリー歩兵戦闘車を出動させれば、やつはさっさと姿をくらまして、ティクリットに、あるいはバグダッドに撤収し、われわれはまたもや、その行方を見失うということです。あいにくですが、大佐、われわれはその兵器を発見せねばならず、やつを押さえないかぎり、それはできないというわけです。われわれに必要な時間は、あと二日。それが過ぎたら、〈タスクフォース・ハマー〉の力を解き放っていただきましょう」

ウィズロウが地図に目を戻す。

「そのくそ野郎はきょう、あそこで、ものの数分のうちに六名を殺したが、この地に来る前に、なんの罪もないアメリカ人を何千人も殺していた。世界一危険なテロリストが、わたしの守備範囲に入りこんできたということだ。やつを発見したら、スワンソン君、わたしのためにも、うまくかたづけてくれ。逮捕など、するんじゃないぞ」

「それはもちろんです、大佐。やつの頭をぶっとばしてやりましょう」

大佐が副官と目を見交わす。

「おおいにけっこう。われわれはあと二日、部隊の手綱を引き締めておく。その間に、なにか手助けできることはあるか？」

カイルは地図の前へ移動し、赤のマーカーを取りあげて、ハルガットの周囲に大きな輪を描いた。

「この範囲を全面封鎖してください。すべての幹線道路と二次幹線道路はもとより、家畜の通り道も通行を遮断し、草原に巡邏隊《じゅんらたい》を送りだす。いまから二日間、だれも出入りをさせず、理由のいかんにかかわらず通行を許可しない。イラクの警察と軍隊には、この特務遂行範囲内のみで業務をおこなわせる。ジューバはこの輪のなかのどこかにいるので、やつをそこから出させないようにしたいんです」

「それは了承するが……」とウィズロウ。「いまから四十八時間にかぎってだ。そのあと、われわれが戦況を再評価する。とはいっても、騒乱が激化していくようなら、部隊の出動を強いられて、ドアを蹴り破るという仕事をせざるをえなくなるだろうが」

「イエス、サー、了解です。相互連絡を絶やさないようにしましょう」

三人は、シベールとリックがカイルの左右に並ぶ格好で司令部の建物をあとにし、整備の行き届いた基地内道路を歩きはじめた。

「あとたった二日で、やってのけられるのか？」リックが問いかけた。

カイルは空を見あげ、午後の熱い日ざしを避けようと、帽子をかぶりなおした。

「どうかな。おれはなにか、彼の希望にかなうようなことを言わなくてはいけなかったし、ここのタスクフォースがいつまでもサイドラインの外にすわっているわけにはいかないという彼の考えは、まちがってはいない。おれたちとしては、やってみるだけだ。まあ、なんとかなるだろう」

ハルガット

反政府軍地区司令官は、これは絶好の機会だと感じていた。この日は小規模な攻撃がいくつかあって、数人のアメリカ兵の血が流れたのに、いつもとはちがって、彼らは反撃をしてこなかった。ジューバの存在が、状況を一変させているのだ。

もちろん、ジューバは海兵隊員スワンソンを殺したがっているだけだが、司令官にはもっと広範な計画があった。ティクリットのわずか三キロメートル南東にアメリカ軍の大部隊が駐留し、政情安定化プロセスを進行させるための時間的、地理的な余裕を生みだしていた。この一帯の町や村の住民たちは、戦車やヘリコプターや兵士たちの傘の下にいれば安全だと感じている。彼らは、平和とはどんなものだろうと想像するようになっていて、司令官にとっては、それがなによりも危険な要素となっていたのだ。

「どの民家も準備が完了したか？」計画した攻撃の一翼を担う側近の男に、彼は問いかけた。

「ほぼ。住民の立ち退きをすませ、搬入に取りかかったところです」

「あとどれくらいかかる？」

「ガソリンやプラスティック爆弾、プロパンガスのタンクや砲弾の輸送と保管には、注意と手際が必要です。それでも、あと二、三時間で終わるでしょう」側近の男が答えた。

「すんだら、すぐに知らせてくれ。あまり時間がないんだ」

これはよくできた作戦であり、ジューバの私的な復讐の妨げになることはまったくないはずだ。司令官にはなすべき戦いがあり、今夜はジューバに協力を依頼するつもりだった。

晴れた日なので、外の気温はまだ摂氏三十八度ほどあったが、夕暮れが迫るにつれ、気温はさがっていく。ジューバはどこにいるのだろうと彼はいぶかしんだ。

ジューバはその午後、たっぷりと時間をかけてステアー・マンリッヒャー・ライフルを入念にクリーニングし、体力を回復するために、一日のもっとも暑い時間帯に昼寝をしてから、ふたたび外に出て、動きはじめた。気温がさがりだしており、この朝とは町をはさんだ反対側から攻撃をかける準備はすでにできていた。ハルガットは大都市ではないが、周辺地域からひとびとがやってくることを期待できる程度の規模はあり、驚くほど良好な状態の建物が多数あった。彼はひろびろとした大通りに車を走らせ、目立たない存在として、歩行者や乗用車やトラックの群れのなかにまぎれこんでいった。張りつめた気配がみなぎり、街路に面するあちこちの店舗で、ひとびとが騒乱の拡大について話しあっていた。それでも、そこには、アメリカ軍と警察が事態を収拾してくれるだろうという確信も感じとれた。

その確信のシンボルが、広い大通りの突きあたりにそびえていた。合衆国政府からの三百四十万ドルの援助金を注ぎこんで新たに建設された、四角い警察署の建物だ。イラクの警察組織が部隊の訓練をすませて、じゅうぶんに成熟し、いつでも市民を助けられるだけの力を確立したことを誇示しようと、入念な計算に基づいてそこに配置されたのは明らかだった。それは、イラクの新政権にとっては誇らしいものであり、ジューバにすれば価値あるターゲットのひとつだ。そこをたたけば、盛りあがりつつある安全の機運を打ち砕くことができるだろう。

そこから三キロメートルほど離れた一角に、店舗や小さなオフィスの入居する三階建てのビルがあった。彼はその裏手に車を駐め、小走りにそのビルに入っていった。店主たちにすれば、仕事が第一で、客を閉めだすようなことはしたくないというわけで、どの店舗のドアもロックされていなかった。

最上階にある裁縫店《さいほうてん》は、ドアがロックされていなかっただけでなく、暑苦しい室内に風が通るようにするためか、わずかに開いていた。しわだらけの顔をした中年女が、針やピンを山ほど刺した丸いクッションを上腕部にはめて、ミシンがけをしている。ジューバは挨拶代りの笑みを浮かべて、そこに入りこむと、ドアを閉じて、身を転じ、サプレッサー付きの拳銃で女の頭部に弾を二発、撃ちこんだ。〝営業中〟の札を裏返して、〝閉店〟に変えてから、ドアをロックして、死体を見えないところへ放りこむ。そして、開かれた窓から少し離れた場所に、さまざまな色の反物を積みあげて、ライフルの射撃台をこしらえた。車にひきかえして、ステアー・ライフルを運びこみ、部屋の奥に身を落ち着けて、スコープでようすをうかがう。警察署が明瞭に見てとれた。表側にアメリカ軍のハムヴィーが何台か駐車しているのは、なかでなにかの会議、おそらくは自分を議題にした会議が、開かれているということだろう。

街路の突きあたりに位置するその建物を観察して、レンジ・カードを作成しながら、時を待つ。一時間が過ぎたころ、ちょっと水を飲んで、ふたたびスコープに目を戻すと、警察署の凝ったつくりの表玄関を何人かが出入りする光景が見えた。数名のアメリカ兵、おそらくはドライヴァー役の兵士たちが、数名のイラク人警察官と話をしていた。笑っている。なごやか。友人どうし。

その小さな集団にさざ波が走った。兵士たちが警官たちと握手をして、ハムヴィーの運転席に乗りこんでいく。玄関ドアから、男がふたり出てきて、階段のてっぺんで足をとめた。

ジューバは、ダークブルーのスラックスを穿《は》き、肩に階級章のあるライトブルーのシャツを着たイラク人警察官に、スコープの焦点を合わせた。その男は、頭にのせたブルーのベレー帽のぐあいを直していた。ジューバはもう一度、レンジ・カードをチェックして、スコープに目を戻し、引き金を絞った。狭い室内に銃声が響き渡り、大きな銃の反動が肩を打った。

その警察官の運命を見定めるという手間はかけず、なめらかにボルトを操作して、次弾を薬室に送りこみ、アメリカ陸軍将校に銃の狙いを移す。その男は防弾チョッキを着ていたが、そんなものは問題にはならない。ジューバは体の中心にスコープの照準を合わせて、発砲した。ふたつのターゲット、ダウン。

三発めを薬室に装塡《そうてん》して、もうひとつの獲物を探す。サングラスをした、あのボディガードはどうか？　警備詰所にいる、あの若い門衛は？　銃を構えて建物からなだれ出て、スナイパーの姿を探しているアメリカ軍兵士たちのひとりにするか？　ジューバは二、三秒の間をとって、暗室で写真を調べるような調子で、その光景の展開を見守った。アメリカ兵のひとりが銃から両手を離し、銃がだらんと肩からぶらさがった状態で、倒れた警察官と将校の手首をつかんで、ひっぱろうとしていた。衛生兵か？　ジューバはその男の心臓に銃弾を撃ちこんだ。

今回は、彼はライフルを部屋に放置して、立ち去った。軍と警察は怪しい武器を所持した人間を探すだろうし、このあとに使うライフルはいつでも入手できる。ジューバは、急いで家に逃げ帰ろうと走りだしたひとごみのなかに、まぎれこんでいった。

28

スペイサー前進作戦基地

陸軍兵士たちが、この地域の統制が失われかけているのを感じて、食堂で列に並ぶときも、兵舎ですごすときも、小声で不平を漏らすようになっていた。かつてバグダッドで悪名を馳せた、危険なテロリストでありスナイパーであるジューバが、でかい剣呑《けんのん》なライフルを持って、彼らの縄張りをうろついていることは、もはや秘密でもなんでもなかった。彼らは、その名と経歴は悪しき名声にそむくものではないことを思い知らされたばかりか、よりいっそう、不吉なものとして受けとめるようになっていた。その男は、そこらの屋根の上から弾をばらまくムスリムのシューターなどではなく、もとはイギリス海兵隊のマスター・スナイパーであり、上級軍曹であった兵士、やつらの一員ではなく、われわれの一員であった、真のプロフェッショナルなのだ。あの男なら、髪の毛のひと房にでも命中させられるだろう。やつは、バグダッドで仕事をやってのけ、ロンドンでもやってのけ、サンフランシスコでもやってのけ、こんどは〈タスクフォース・ハマー〉を標的にしようとしている。すべての兵士が、フェンスのなかにいても、背中をさらしたターゲットになっているような気分を味わっている。員数を数え、気を引き締めて、職務に就き、ジューバが仕掛けてきた場合に備えて、つねに手近の装甲車に片目を向けておくんだ。

とはいっても、基地にすっこんでいては、陸軍の任務を果たすことはできない。外に出ていくときは、やみくもに危険地帯をうろつくわけにはいかないので、砲塔にだれかを配置することになる。そして、兵士たちはいずれ車輌を降りて、徒歩のパトロールという、物騒きわまりないことをする。スナイパーの出現は、ただでさえ困難な状況にさらに問題を付け加えることになるのだ。

ニール・ウィズロウ大佐は、だだっぴろい基地にある自分のオフィスにこもり、緊張感をみなぎらせて、副官と情報担当主任将校を相手に内密の会議を開いていた。ブラインドはすべて、光は入っても、熱は閉めだす程度に閉じられ、室内の空気を清浄に保って、室温を外より六度以上も低い摂氏二十六度程度にしておくために、エアコンが猛烈な勢いで作動している。それでも、機械の能力が追いつかず、室内は暑かった。

大佐のデスクに新しいハルガットの地図がひろげられ、情報将校の少佐が、スライド式の台に取りつけられた大きな拡大鏡を使って、あちこちの地点を見ていた。

「われわれが時間をかけて、これらの各地点を調べた結果、ようやく解答が得られました」

少佐が言った。

地図の縮尺によれば、基地から六マイルの距離にあたる地点に、あざやかな赤で塗られた四角い住居がふたつあった。

「これらはどちらも隠れ家《セーフハウス》で、新参の外国人戦士やアルカイダ・タイプの男たちが、バグダッドへ派遣される前に参集する場として使われています。それらの戦士たちはたいていが、自爆攻撃を熱烈に求める若者です。アルカイダがもっとよく訓練された連中を送りこんで、協働を支援し、バグダッドでテロを敢行するというわけです」

副官を務める中佐が、それを受けて言う。

「きみの情報源によれば、現在はどちらの民家にも人間がぎっしりいると？」

「その情報源は複数であり、近所のだれかに恨みを持っていて、即金でカネをほしがっている町のごろつきなどではないんだろうな？」大佐は地図をながめながら、頭のなかでさまざまな選択肢を考えていた。

「情報源はひとつですが、前にも使ったことのある良好なやつで、別の情報源から裏も取っています。どちらも現地の人間です」

情報将校は、大佐に提示する前に、その情報を入念に調べていた。こんなときに、裏切った密告屋から偽の情報を仕入れることだけは、なんとしても避けたかったからだ。裏を取った情報源は、その情報を確定させただけでなく、切迫感も生じさせた。これは真正の情報であり、空撮の偵察写真にも、おおぜいの男たちがそれらの民家に出入りしているところが写っていた。

「大佐、われわれは、それぞれの民家に二十五名の戦士がいると見積もっています。そこから一度に数名が出ていき、また数名が入りこんできます。われわれの推定では、ハルガットは、反政府軍がバグダッドへ新たな戦士や武器を送りこむための秘密経路の重要な拠点となっているようです」

ウィズロウは、まだ慎重に考えていた。いまも、ジューバを追う任務が最優先なのだ。だが、これは絶好の機会だった。ジューバの問題がかたづいたあとも、彼の任務はすべて長期間にわたって継続するのであり、この二軒の民家を陥落させて、五十名にのぼるテロリストを捕獲すれば、反政府軍の主要な補給線を断ち切ることができるだろう。とはいえ、それはもうひとつの任務に抵触することになりかねない。

「よし」彼は決断した。「情報屋のネタは手に入ったわけだが、ここは、アメリカ人の目でそれを確認しておきたい。ターゲットの建物の両方を偵察するために、スカウト・スナイパー・チームを二個派遣し、報告をさせてくれ」

「ジューバを追っている、あの特殊部隊員風の連中を使わないのですか？　彼らは適任であるように思えますが」

「これは、ジューバとはなんの関係もない任務だ。もちろん、もしやつがたまたま、どちらかの民家にいれば、その始末もわれわれがやる。われわれがすることを逐一、〈タスクフォース・トライデント〉に知らせる必要はない」

「イエス、サー」

大佐は命令を下した。

「作戦将校たちに立案を急がせろ。外がじゅうぶんに暗くなりしだい、スナイパー・チームを送りだす。彼らは交戦はせず、民家の偵察だけをして、帰還報告をする。ターゲットが妥当なものと判明すれば、われわれが出動し、〇五〇〇時に両地点に襲撃をかける」

副官は、それに全面的に同意した。彼もまた、殴られっぱなしで、やりかえせない状況にうんざりしていたのだ。

「出動する兵力はどのようなものにしましょう？」

「それぞれに、完全な編成の部隊を送る。エイブラムズを先頭にして、歩兵を乗せたブラッドリーがつづき、上空にアパッチ・ヘリを飛ばす。万一まずい事態になった場合に備えて、はるか高空に、スマート爆弾を積んだ爆撃機を配して、両地点に狙いをつけさせておくようにしたい」

「〈トライデント〉については？　われわれはスワンソンに対して、つねに連絡を絶やさずにおくと約束しましたが」

「連絡は入れる。われわれが出動することになれば、その準備ができた時点で、彼らに通告するんだ。当面、われわれは、反政府軍の拠点に関する実効的情報の収集をおこなっているだけだ。それに取りかかってくれ」

地区司令官宅のキッチン・テーブルの上に、ファスナーの解かれたガン・ケースが置かれており、そのなかに合衆国海兵隊の秀逸な兵器、M40A1ライフルがあった。おもむろにそれを取りだし、機関部右側のセイフティが後方へ完全に引かれているのを確認してから、あれこれと操作をしてみる。通常の潤滑グリースと、砂漠地帯で砂粒の付着を防ぐために使われるブレイクフリー社のオイルではなく、低分子量オイルが用いられているのがわかって、ジューバは満足した。そのあと、彼はきれいな布の上でそれを分解していった。

引き金の前にあるボルト止めを押しこみながら、ボルトをまっすぐ後ろへ引いて、取りはずし、内部の表面をチェックする。よごれひとつなく、きれいだった。

「それは、道路の待ち伏せで殺された海兵隊スナイパーからぶんどったもので、われわれはいっさい手をつけていない」司令官が言った。「きみへの贈りものだ」

ちょっと見ただけで、丁寧《ていねい》な扱いを受けてきたことがわかる銃だった。つまり、三〇口径用ブラシを使って、銃口側からではなく、機関部側からクリーニングされたということだ。二十四インチ長のステンレススチール製銃身の銃口に、穴や凹凸といったものはまったくない。薬室、ボルト・アセンブリー部、機関部、改良されたレミントンM700のフロア・プレート、スリング環、弾倉受け《マガジン・フォロアー》、スプリング、引き金、用心鉄と、どれをチェックしても、やわらかな布やブラシや綿棒で手入れをされたものであることがわかった。スプリングはどれもしっかりしていて、銃床にはひび割れひとつなく、銃身はすべて布で磨きあげられ、パックマイヤーの反動軽減パッドは新品だった。ボルトを引いてみると、抵抗なく最後までなめらかに引きだすことができた。セイフティを解除し、引き金を引いて、撃鉄の落ちぐあいをチェックする。引き金にゆるみはなかった。

この七・六二ミリ・ライフルは、海兵隊の兵器係からじかに渡されたようなものだ。手作業で個別に一発ずつ装薬が詰められた真新しい実包が、たっぷりとあった。このライフルには五発を装塡《そうてん》することができるが、実戦においては、スナイパーは薬室に一発、弾倉に三発を装塡し、三発撃ったところで、発砲をやめて、再装塡をおこなう。弾倉が空《から》になるまで撃ってしまうことはないのだ。銃の上部にはウナートルの十倍率スコープが装着され、長らくケースに収納されていたあとでも、そのレンズに曇りはなかった。

ガン・ケースに収納されていても、そのライフルは、解放されて、殺しを遂行することを要求しているように見えた。兵器係の収納庫から取りだされた直後であれば、三百ヤードの射程で、五発を三インチの範囲にグルーピングできるにちがいなかった。M40A1は、世界の多数のひとびとから、一千ヤードまでの射程における最良のスナイパー・ライフルと見なされているのだ。このライフルは、ひとを殺すという仕事の遂行を熱烈に欲している。ジューバは気に入った。

「さて、きみにやってもらいたい仕事がひとつできた。その美しい新品のライフルを使ってくれ」司令官が言った。「われわれは、アメリカ軍をおびきよせる大がかりな罠の準備を終えかけているところでね。二軒の民家に大量の爆発物を搬入し、それをリモート・コントロールで起爆させるんだ。事前に、われわれは、〝十字軍〟の密告屋とわかっているふたりの男を誘導して、その二軒の民家はジハードの戦士たちがバグダッドへ向かう途中でいったん身を寄せる秘密の合流拠点だと信じこませた。イヌどもは、その知らせを持って飼い主のもとへ馳せ参じたというわけだ」

ジューバは当惑顔になった。

「その密告屋のふたりを殺せと？　それぐらいのことは、あなたの部下たちでもできるだろう。おれは、そんなちっぽけなターゲットを始末するために姿をさらすような危険は冒したくない」

司令官がくくっと笑う。

「いや、まさか。そういうことではないんだ、わが友よ。アメリカ軍がいつものように周到な作戦行動に出るとすれば、攻撃を決行する前に、知らされた情報を自分で確認しようとするだろう。前にも、そういうのを見たことがあってね。空中偵察ではうまくいかないとなれば、彼らがいちばんやりそうなのは、偵察兵を送りこんで、情報の信憑性《しんぴょうせい》をたしかめるというやつだ。あの連中は、幽霊のようにだれにも見られずに動ける」

「スカウト・スナイパー・チーム」ジューバは言った。「スポッターとシューターが、組になって行動するチームだ。おそらくは、怪しい民家のそれぞれにひとつのチームが、おそらくは今夜、送りこまれるだろう」

「そうなるだろう。きみには、その全員を発見してもらいたい。そして、全員を殺す。この武器を使ってな」司令官がM40A1に手をあてて、とんと軽くたたいた。

ジューバは顔をゆがめた。くそ、また手入れをしなくてはいけないじゃないか。

「別の案を提案させてもらえるかい、司令官？　このあたりの地域には、古来から、敗残兵のひとりを生かしておき、恐怖の体験談を敵軍に持ち帰らせるという習わしがあった。おれが三人を殺し、そのあと、あなたが女たちを使って、そいつらの体を長包丁で切り刻ませるというのはどうだろう。四人めの男にそれを見せつけてから、道路に放りだし、アメリカ軍部隊に発見させるようにする。やつらは完全に頭にくるはずだ。あなたの目的は、やつらをおびきよせて、二軒の民家を攻撃させることなんだろう。こんなふうにすれば、やつらが痛烈にたたきにかかるのはまちがいない。ただし、おれにはその戦闘に参加する意志はない」

司令官がジューバを凝視した。この男は聡明で、血に飢え、きわめつけに敏腕で、完全に狂っている。そう考えながら、彼は熱狂的に手を打ちあわせた。

「それがいい。それをやろう。まもなく、闇が降りてくるだろう」

スペイサー前進作戦基地

その四時間後、ウィズロウ大佐は、両側面に大きな赤十字マークが記されたハムヴィー救急車が病院に到着するのを待ち受けていた。医師と看護師たちはすでに処置の準備をすませていたが、手術室に運びこむために若い兵士が担架にのせられたとき、ウィズロウは片手を掲げ、「待った」とやんわりと命じた。

その兵士は、町へ送りこまれたスカウト・スナイパー・チームの唯一の生き残りであるスポッターで、全身が紫や黄色のあざだらけになるほどの過酷な体験をしたが、それをなんとか生きのびたのだ。強打されたところに、オレンジほどの大きさのこぶができて、右目がふさがれていた。問題なのは、肉体というより精神面で、その兵士はショック状態にあった。グリースペイントを塗りたくった顔に、涙が筋を刻んでいる。兵士が片方の目で上を見て、ウィズロウの姿を認めた。

「大佐、やつらは三人を切り刻みました。われわれは民家に近づくことすらできませんでした。あのくそ野郎どもは、三人を切り刻んだのです！」

ぶちのめされて、めまいを起こし、パンツとブーツだけの姿で、ふらふらと道路を歩いていたこの兵士を、パトロール隊のひとつがハルガットの郊外で発見したのだ。その胸に、煙草を押しつけられてできた丸いみみず腫《ば》れがあることに、大佐は目をとめた。腕と手首には、ロープでこすられてできた、やけどのような擦過傷《さっかしょう》があった。人さし指がへし折られている。

「なにがあったのか、話してみてくれ」

「あのいまいましいジューバの仕業です、大佐。われわれには、やつが近寄ってくるのが見えませんでした。あれは途方もない凄腕です」

「楽にしろ。詳しく話してくれるか」

大佐は顔をあげ、鎮痛薬の注射器を持って立っている医師に目を向けて、首をふった。まだだ。これはきわめて重要なことだし、この若者はしゃべりたがっているのだ。

兵士もまた、医師に首をふってみせた。報告をしなくてはならない。なんとしても。

「ジェンキンズと自分は仕事に取りかかり、大佐、町まで徒歩三十分の地点で戦車から降りたときまでは、すべてが順調でした。われわれは排水路を見つけ、そこを這って、どこにも灯りひとつないそのブロックを進んでいきました。真っ暗、真っ暗闇でした。そのあと、ジェンキンズが、水がくさくてたまらないので、やむなく息をとめて、小さな橋の下にもぐりこみ、その向こう側に出たとき、一発の銃声があがって、頭に被弾しました。自分はなんとか橋の下を這いずっていき、彼の死体をひっぱろうとしたのですが、だれかが近づいてきて、気絶させられました。ぶん殴られて、気絶したんです」

大佐は目を閉じて、偵察兵の肩を軽くたたいた。いまいましいジューバめ。

「そのあとは?」

「目覚めると、自分は街路にいて、あー、くそ、あんな恐ろしいことが」

「落ち着け。なにがあったかを知る必要があるんだ」

「三つの死体が重ねて積まれ、だれかがライトで照らしていたので、それぞれの顔の見分けがつきました。ジェンク、トニー・ホワイト、そしてイアン・グレイブル。全員が死んでいるのは明らかでした。その周囲を、たくさんの人影が、なにかを待っているような感じで動きまわっていました。そのとき、この目でジューバを見たのです！　やつはイギリス英語で、おまえが目覚めるのをみんなが待っていたんだと言いました。自分はさるぐつわをかまされていたので、悲鳴をあげることもできませんでした。ジューバが後ろにまわりこみ、つぎに起こることを自分が見ざるをえないようにするために、顔をがっちりと押さえこみました。ムスリムの部族に属する女たちがあげる喚声、あのラ・ラ・ラという、舌をまわすような声はご存じですね？　その声があがりだし、なにかの祝祭が始まるかのように、それが大きくなって、さらにライトがいくつか点灯されました」

ことばが絶え間なく、兵士の口からあふれだしてくる。語れば、その記憶を頭のなかからはらいのけられると信じこんでいるのだろうか。だが、大佐にはわかっていた。この若者はまずまちがいなく、終生、夜ごと、その光景を夢に見ることになるだろう。それでも、恐怖にとらわれているにもかかわらず、これまでの訓練がものを言って、治療を施される前に、まっとうな報告をきちんとしておこうとしているのだ。

「年配の女たちがいて、大佐、若い娘や母親たちもいました。とにかく、女ばかりでした。それが、狼の群れのように三つの死体に群がって、着衣をはぎとり、でかい鋭利な包丁で、切って、切って……」とまっていた涙が、ふたたび流れだしてくる。「女たちがジェンクの首を切りとって、自分のほうへ放り投げてきました。すべての死体の皮と肉をそぎとり、腕と脚を切りとりました。そのとき、自分はまた頭を殴られ、ありがたいことに、気絶しました。そのあとの記憶は、だれかに助けられながら、パトロール隊の後方でエンジンをうならせてるブラッドリーのほうへ歩いていたことです。気絶しているあいだに、道路まで運ばれ、放置されたようです。申しわけありません、大佐。自分が任務をしくじったために、ほかの全員が殺されてしまいました」

大佐が医師に身ぶりを送り、兵士の腕に注射針が挿入される。鎮痛薬が効いて、若い兵士のまぶたがひくついてきたとき、ウィズロウはその手を取った。

「ばかを言うんじゃない。きみにはなんの責任もないんだぞ」

負傷者が運ばれていき、大佐はその場から一歩しりぞいて、しばらく無言で立ちつくしたあと、身を転じた。そこには副官がいて、カイル・スワンソンとシベール・サマーズもいた。

「われわれは死体を回収しに行く」大佐は言った。「ろくでなしどもは、わたしの注意を引こうともくろみ、いまそれをやってのけた。わたしの部下たちがこんな目にあわされて、黙っているわけにはいかない」

カイルも、いまの若い兵士の話はしっかりと耳にとめていた。我慢の限界に達したのは、彼も同じだった。

29

ウィズロウ大佐は決断を下し、その決断を変えようとはしなかった。ハルガットの騒乱が激化したとなれば、カイル・スワンソンと約束した四十八時間の猶予という取り引きは無効となる。この流血の惨事をハルガットで食いとめなければ、それはおそらくティクリットへ拡大し、この国の全土がかつての惨憺《さんたん》たる状態に戻って、住民たちの信頼が失われ、アメリカがその責任を負うことになってしまう。ファルージャの戦い（二〇〇四年に勃発したアメリカ軍とイラク反政府武装組織との激戦）が再燃することになるだろう。

「もはや待ってはいられない、諸君」オフィスに参集した小集団に向かって、大佐は言った。「情報の収集や分析に時間を割《さ》いてはいられない。その二軒の民家を、それぞれに完全編成の部隊を送りこんで、痛烈にたたく。戦車、ブラッドリー、そしてアパッチだ。例のくそったれスナイパーが発砲してきたら、そこへエイブラムズ戦車を突進させて、くそ野郎を踏みつぶしてしまうんだ。アパッチ・ガンシップは脱出ルートに爆撃を浴びせかけてくれ」

「かなりの付随被害が生じるでしょう、大佐」副官が念を押した。

ウィズロウ大佐は、自分のスナイパー・チームの面々が女たちに切り刻まれた話を思いだし、怒りで顔を朱に染めた。

「こうなっては、そんなことにかまってはいられない。あの地域にいまもとどまっている者は全員が敵戦闘員であると、わたしは見なす。その二軒の怪しい民家は憎悪を癌《がん》のように拡大させており、わたしは……なんとしても……それらを……たたきつぶしたいのだ！」

カイル・スワンソンは、オフィスの壁に掲げられた最新の地図を見つめながら、赤い輪で囲われた二軒の民家に対する作戦計画のなりゆきを、前もって考えていた。部隊は、四輛の巨大なM1A2エイブラムズ戦車を先頭に押し立てて街路を行き、夜明けの直前、それぞれの民家の百ヤード手前まで前進して、戦車が一二〇ミリ滑腔砲の砲火を開く。そのあと、一ダースのブラッドリー歩兵戦闘車がブッシュマスター機関砲《チェーンガン》で攻撃をかけつつ、いっせいに前進し、それぞれの戦闘車が三個歩兵小隊を降ろす、というか、機甲部隊用語で言えば、〝落馬させる〟。その地域の上空にアパッチが飛来し、地上では支援車輛群がそこに殺到する。まさに猛攻だ。

「スワンソン君？　きみは同意しないのか？」大佐が、あえてカイルをあおるような口調になって、問いかけた。

「いいえ。これはあなたの作戦です。もしやつが取り押さえられたら、そのあと、われわれがそこに行って、やつの持っている情報を引きだそうとするでしょう。しかし、そのために、やつを生かしておく必要はありません」

カイルには同意できない点が多々あったが、いまとなっては、意見をぶつけあったからといってどうにかなるものではなかった。スナイパー・チームが殺害され、むごたらしい目にあわされたことで、反撃の炎が燃えあがってしまったのだ。もはや待ってはいられないだろう。

「よろしい。きみときみのチームは、支援兵力としてわれわれに同行してもらいたい」大佐が、副官と情報将校および作戦将校のほうへ顔を向ける。「〇五〇〇時に出動する。ひとり残らず、出動するんだ」

カイルは、シベールとともに特殊作戦部隊用のエリアへひきかえし、その途中、空に出ている三日月を見あげ、ついで腕時計に目をやった。午前一時三十分。あまり時間がない。

「いっしょに来てくれるか」彼は言った。それは問いかけではなかった。

「ええ」と彼女が答える。「もちろん」

カイルとシベールは、チームのほかの面々と話しあいながら、ハルガットに入りこむための装備を整えた。ふたりはハルガットで偵察をおこない、まだほかになにか情報はないか調べだす。ほかの面々は、ふたりがいなくなったことに陸軍が気づいて、問いかけてきた場合は、その行動を隠蔽《いんぺい》するという手はずになった。このあと、リック・ニューマン大尉が夜明け前の急襲をおこなう攻撃部隊のひとつに、そして、トラヴィス・ヒューズがもうひとつの部隊に合流することになるだろう。

その十五分後、リックが運転し、トラヴィスが無線を持って助手席に乗りこんでいる真っ黒なハムヴィーが、基地の表ゲートに現われた。後部シートには、土地の衣服を着こんだカイルとシベールが、そして、顔にグリースペイントを塗り、黒の戦闘服を着て、戦闘装備をしたダレンとジョーが、外から見られないようにうずくまっていた。

「夜間に外に出るのは危険です、大尉」ゲートの検問にあたっている伍長が、警告してきた。「用心してください」

「ありがとう、伍長。われわれは幹線道路を交差点のところまで、短い偵察をしてくるだけだ。なにかが見つかるかもしれない。十五分ぐらいで戻る」

彼らがあとにした広大な基地の奥まった場所では、未明の襲撃の準備が着々と進められており、耳を澄ませば、でかい車輛が立てるキャタピラの音を聞きとることができただろう。もちろん、燃料や弾薬の搭載もおこなわれていた。

リックは一定のスピードで交差点に車を走らせ、そこで三点方向転換をして、ふたたび同じスピードで、いま来た道をひきかえした。その方向転換の際、後部にうずくまっていた四人がドアを開けて、車を降り、その場に静かに身を伏せた。ジョーとダレンが、前日、ジューバが盾にしていた土塀まで這っていき、それを乗りこえた場所で監視態勢をとって、必要となればいつでもカイルとシベールの掩護ができるようにした。

カイルとシベールは、ジューバが最初に潜伏した地点のぎざぎざした穴に入りこみ、ハムヴィーの通行にだれかが反応した気配がないかを探りながら待機した。だが、ひとが走りだす足音や銃声はなく、まぶしいライトの出現もなく、そこには重く張りつめた空気と、周辺から絶え間なく届くかすかな物音があるだけだった。夜の闇に五感が慣れてくると、ひとが動く音や小さな話し声が聞こえるようになった。ふたりは暗視ゴーグルを装着して、倒壊した民家の表口から外に足を踏みだし、町はずれの暗い影のなかに入りこんでいった。そこは、蟻塚《ありづか》が蹴りつぶされ、あわてて這いだしてきた緑色の蟻があたり一帯を動きまわっているようなありさまとなっていた。ふたりにはなじみのある、戦闘前の情景だった。町のだれもが、まもなくアメリカ軍の強大な部隊が押し寄せてくることを察知し、難民となって外へ逃げだそうとしているのだ。アメリカ軍が怒濤《どとう》の攻勢をかけてくる前に、安全と思えるティクリットに入っておこうと、男も女も子どもらも、わずかな私物を持って、悲しげに歩いていた。

それを見て、カイルとシベールはいくぶん気を楽にした。これほど大きな動きがあれば、そこにちょっとした動きが増えても、だれかに気づかれることはないだろう。さまざまな物が蹴とばされ、ひとびとは物にぶつかったり、たがいにぶつかりあったりしながら、小声でことばを交わしていたが、脱出の足をとめることはけっしてなかった。ふたりのスナイパーがそこにちょっとした音を付け足しても、べつにどうということはないだろう。ふたりはゴーグルをはずし、武器と装備を着衣の内側にたくしこんでから、ばらばらな行列の最後尾に並び、怯《おび》えきった難民たちの波にまぎれこんで、まっすぐ町の中心部に向かった。シベールは、頭にスカーフを巻いていた。

難民の行列は、この町ではもっとも家屋の立てこんでいる地区の一角に達すると、そこで右に折れ、二名の武装した警備兵が立って、わきに寄れと住民たちに手をふっているほうへ歩きはじめた。カイルとシベールは足どりを乱さず、警備兵たちに目を向けないようにしていたが、そこを通りすぎて二十ヤードほど進んだところで行列を離れて、狭い裏道に入りこみ、サプレッサー付きの拳銃を抜きだした。ふたりは、ひとつめの怪しい家に接近し、そこは反政府軍兵士であふれかえっているだろうと予想した。だが、そうではなかった。影になった場所から離れないようにしながら、手分けして、建物のまわりをめぐってみたが、やはり、表に二名の番兵がいるだけだった。

シベールが自分の目を指さし、つぎに建物を指さした。〝なかを見よう〟

彼女に掩護を任せ、カイルは低く身をかがめて、小走りに裏手の壁のところまで進んだ。そこにうずくまって、ふたたび暗視ゴーグルを装着し、それが生みだす奇妙な緑の光に目を慣らしてから、立ちあがって、壁に背中をあずけ、開かれた窓の端からゆっくりと内部をのぞきこんでみる。彼は大きく息を吸いこんで、シベールに手をふった。彼女が駆けつけてくる。

「この家にはだれもいない。だが、あれがなんのにおいかはわかるだろう?」彼はささやいた。

彼女が息を吸いこむ。

「揮発したガソリン。化学物質」

カイルは窓からなかへ身をのりだし、なかに落ちてしまわないように窓枠の上で体のバランスを取った。壁際にずらりと爆発物が積みあげられて、悪夢のコレクションを形成し、起爆を待っていた。ガソリンの缶、弾薬や榴弾《りゅうだん》の箱、C‐4爆薬のかたまり、そしてさまざまな種類の砲弾が、点火されれば、そのすべてがすぐに爆発する状態で置かれている。ドアのあたりを目で調べてみたが、そこに細いワイヤが張られて、アメリカ兵が踏みこんでくるのを待ち受けているということはなかった。窓枠の周囲にも、ワイヤはない。部屋のまんなかに、三体のアメリカ兵の死体が積みあげられていた。

彼は外に身をおろした。

「反政府軍兵士はひとりもいないが、大量の爆発物が置かれていて、起爆させる罠は仕掛けられていないようだ」シベールに説明する。「この場所にアメリカ軍部隊をおびきよせてから、爆発させるつもりなんだろう。もうひとつの民家をチェックしよう」

難民の行列がまばらになって、さっきのように街路を使うのは危険になっていたので、つぎのターゲットの建物に行き着くのは、半時間がかりの仕事になった。もっとも安全なのは、家から家へ、窓から入っては反対側の窓から出て、順に伝っていくというやりかただった。どの民家も無人になっていたので、その進みかたは、うんざりするほど面倒ではあったが、波乱を招くことはまったくなく、ふたりは屋根の上の監視者に見とがめらずに、そこにたどり着いた。

第二の民家も、やはり表に二名の番兵が立っていて、もうひとりがランダムに周囲を見まわっていた。カイルとシベールは、影の深い壁の窪《くぼ》みに身を押しこみ、見まわりの番兵が角をまわって姿を消すのを見はからって、カイルが建物に駆け寄り、なかをのぞきこんだ。予想どおり、こちらを見返してくるような人間はおらず、彼は十五秒にはシベールのそばに駆けもどっていた。

「同じだ」彼は言った。「ものすごい量の爆発物。ひきかえして、連絡を入れよう」

二軒の民家の中間にあたる安全地帯に帰り着いたときには、ふたりは汗まみれになっていた。シベールが〈トライデント〉のセキュア無線リンクを使って、ジョーのいる監視所に連絡を入れ、彼がそのメッセージをスペイサー基地に転送したのは、午前四時のことだった。

リック・ニューマン大尉の無線がそれを受信して、イヤピースが音を発したとき、彼はブラッドリーのかたわらに立って、生ぬるくなったコーヒーを飲んでいた。メッセージに耳を澄ましたあと、彼はコーヒーを投げ捨てて、指令車輛に駆けつけ、ウィズロウ大佐に短い敬礼を送った。

「大佐、いましがたサマーズ大尉とスワンソンから報告が入りまして。彼らはハルガットの町に入りこみ、怪しい二軒の建物にはいずれも、天井に届くほど大量の爆発物が積みあげられていると報告してきました。これは、われわれをおびきよせ、間近に迫ったところで建物を爆発させるという罠です。第一の民家には殺害された三名のスナイパーの死体が積みあげられていたとのことですが、おそらくそれは起爆のための仕掛け罠《ブービートラップ》でしょう」

「きみのチームの者が町に入りこんだ?」大佐が、驚きの目でリックを見る。「わたしに話を通さずに、彼らをそこに入りこませたのか?」

「ジューバに関しては、われわれに優先権がありますので、大佐。彼らは、いまが絶好の機会だと見抜いて、偵察を敢行したのです。町から逃げだしていくおおぜいの難民が、彼らの接近を隠蔽《いんぺい》してくれたというわけです」

リックの釈明はまやかしだったが、ウィズロウも、たとえ嘘であっても、それを事実として受けとめたほうがことを荒立てずにすむと判断した。

「スワンソンは、このように強く推奨しています。町への突入はしばらく控え、夜明けとともに大規模な陽動行動を開始して、町の近くまで進軍し、まだあそこに残っている敵兵どもの注意を引きつける。そうしていただければ、彼とサマーズが潜入工作を続行する助けになるであろうと」

大佐が副官に目を向け、日焼けした顔をしわだらけにして、ほほえんだ。

「そういうことなら、やらないわけにはいかないな。よおし、それをやってやろう」

静まりかえった町に、夜明けが忍び寄ってくる。街路は無人で、店舗はすべて閉まっていた。残っていた住民たちも、いまはすでに逃げだしている。反政府軍地区司令官とジューバは、司令官宅から遠く離れた建物の屋上に立って、猛攻の到来を待ち受けていた。

「やつらが迫ってくる！」司令官が言った。「予想がずばり当たったな」

強大な機甲部隊が、大地を揺るがし、背後に砂埃《すなぼこり》を舞いあげながら、ごうごうと道路を進んで、町に近づいてくる。一列縦隊をとっていた巨大なエイブラムズ戦車が、左右に大きく散開したのち、キャタピラを接して停車し、その背後にブラッドリー歩兵戦闘車が並んで、V字隊形を形成した。上空では、アパッチ・ガンシップが町の西方を周回し、いったん地面に接近したあと、より安全な高度へ上昇していった。戦闘車輛群の背後では、列をなして進んできた歩兵たちが方向を転換して、ひろがり、パレード行進に似た隊列を形成していた。タスクフォースが総力をあげて行動を開始したのだ。

「これがあなたの望んだことか？」ジューバは問いかけた。「あのすべてを阻止できると、考えている？」

「阻止するつもりはない、友よ。引きこむんだ。やつらに三つの死体の回収をさせるように仕向ける。あそこに二、三名の戦士を配してあり、アメリカ軍が二軒の民家にじゅうぶんに接近するのを見計らって、彼らが発砲する。アメリカの兵士どもが応戦して、道を切り開き、民家に入りこんだところで、二軒の民家を爆発させる。偉大な勝利となるだろう。アラーをほめたたえよ」

より熟練した軍人であるジューバの目は、司令官には見えないものを見ていた。町に突入しようとしているあの機甲部隊は、実際にはなにもせず、すさまじい騒音を立てているだけだ。エイブラムズは通常、行動計画に正確に従いはしても、荒々しく動くものだし、そのクルーは徹底した訓練を受けていて、戦車をたくみに操縦することができる。それなのに、やつらはいま、停車という面倒なことをしている。ふつうなら、やりそうにないことだ。それに、歩兵どもがあんなふうに行進をして、昔の軍隊が攻撃をかけるときのように一列横隊に並ぶというのは？　冷たい手に触れられたように、うなじの毛が逆立った。これはおそらく、どこかでスワンソンが動いているのだ。

「ビンゴ」カイルは言った。「スポッターを見つけた。街路の斜め左向こう、五軒先の建物の屋上にいる」

シベールがライフルのスコープを通してその屋上をチェックすると、双眼鏡のレンズが日ざしを反射しているのが見えた。

「ははあ。あそこなら、両地点をうまく見渡せ、攻撃ゾーンからは離れていて、安全というわけね。あれが起爆要員にちがいないわ」

「ああ。まず、あいつを始末しよう」

ふたりは、潜伏していた無人の民家の裏手から這いだして、外のようすをチェックし、壁から壁を伝って、用心深く進んでいった。無人の建物ばかりで、なんの動きもないために、町は映画のセットのように感じられた。それでも、ふたりは時間をかけ、用心を重ねて足を運んだ。停止し、観察し、評価し、前進する。

その建物はコンクリート・ブロック造りの三階建てで、三階部分は、本体よりずっとあとに造作されたものだった。わずかに右に傾いていて、ブロックのあいだに塗られた漆喰《しっくい》が、乾ききる前に外にはみだして固まっていた。一階が店舗で、上階が住居になっているようだった。ふたりは十分ほど動きをとめ、内部に動きはあるだろうかと、音を立てないようにしながら待機した。

「なかにひとり、番兵がいるにちがいない」カイルはささやいた。「姿は見えないが」

シベールが自分のライフルを彼にあずけて、現地の衣服を重ね着し、スカーフを頭に巻いて、ヴェールを顔の前に垂らした。

「わたしに任せて」

彼女が立ちあがり、建物の外壁沿いに歩いていって、大胆に戸口を抜ける。

番兵が平らな椅子にすわり、AK-47を膝に置いて、店舗の壁に背中をもたせかけていた。その男が顔をあげ、戸口に現われたシルエットに気づいて、大声で呼びかけた。

「そこの女、なにをしようと……」

シベールが体のわきからさっと拳銃を抜きだして、顔面に二発を撃ちこみ、サプレッサー付き拳銃が発した小さな咳のような銃声を聞いて、カイルがなかへ飛びこんでいく。ふたりは散らかった店内をめぐって捜索したが、ほかにはだれもいなかったので、カイルは上を指さした。シベールがちょっと時間を取って、ガウンのような動きにくい服とスカーフを脱ぎ捨ててから、カイルにつづいて階段をのぼっていく。

短い階段のてっぺんにあるドアは閉じていたが、カイルがそれを押すと、あっさりと開いた。なかに飛びこんで、彼が右へ、シベールが左へ動く。だれもいなかった。残る部屋は、あとひとつだけ。シベールの掩護のもと、カイルが閉じられていたドアを強く押すと、ドアは大きく開いたが、開きすぎて壁にぶつかるということにはならなかった。カイルは開いた戸口からすばやく二発の銃弾を撃ちこみ、ドアの陰に隠れていた番兵が苦痛と驚愕の声を小さく漏らして、床に倒れこむ。カイルは、倒れた男の頭部を撃った。

前進再開。三階は無人だったが、ふたりが屋上に這い出ると、九フィートほど離れたところに、朝の日ざしに身をさらして立ち、双眼鏡を目にあてて、〈タスクフォース・ハマー〉が轟音をあげて演じる〝余興〟をながめている起爆要員の姿があった。カイルは、そいつの両膝の裏を蹴りつけると同時に、その頭部をぐいと後ろへひっぱって、転倒させた。不意を衝《つ》かれた男が屋上に倒れこんで、街路から見えなくなったところで、カイルはその目に銃弾を撃ちこみ、死体を屋内へひきずりこみにかかった。ひきずられていく死体をシベールが飛びこえて、屋上の壁の上に並んで置かれていた二個の携帯電話をひっつかみ、あわただしく屋内にひきかえしていく。

なかに戻ると、彼女はダイヤモンドを扱うように注意深く、二個の携帯電話を調べていった。携帯電話を起爆装置として使う場合は、プリセットした番号を選んで、送信ボタンを押すだけで、爆発を引き起こすように設定するのが通常のやりかただ。

「ワオ、なんと」彼女がひとりごとを言った。「かんたんなこと」

「これを見て、カイル」彼女が呼びかけ、二個の電話機の面に黒のグリースペイントで記された、١と٢の数字を指さす。「このアラビア文字は、〝1〟と〝2〟を表わしてる。二軒の民家のことにちがいないわ」

「そんなことだろうと思った」カイルは言った。「この男の持ちものなどを調べてみたら、取るに足りないやつだとわかった。おそらく、この仕事を任せられる程度の信頼は置けても、計画の立案に参加させられるほどではない、中間レベルの兵士だったんだろう」

「じゃあ、どうすれば指揮系統の上位へたどれるのかしら？」彼女が問いかけた。

カイルはにやっと笑った。

「そいつの送信ボタンを押して、なにが起こるかをたしかめてみようぜ」

「そうするわ」とシベールが言って、ナンバー2の携帯電話を取りあげ、送信ボタンを押した。

一瞬、ミニチュアの太陽がきらめいたような、目がくらむほどまばゆい閃光があがり、そのあと、耳を聾《ろう》する爆発の音がとどろいて、町全体が宙に浮いたように見えた。地獄の炎めいた火球が出現し、民家の外にいてそれにのみこまれた三名の番兵たちが隕石のように空を飛んで、街路へ転がり、無数の破片が宙を舞って、通り道にあるすべてを切り裂いた。爆発の衝撃が大地を揺るがして、巨大なこぶしが地面を薙《な》ぐように、窓ガラスが粉砕されていく。

カイルとシベールは屋内の隅に身を押しつけて、貨物列車が通過するような激震をやりすごした。天井の梁《はり》がたわみ、漆喰《しっくい》がはがれ落ちる。おもちゃや食器や家具が床を転げまわるなか、ふたりは鼓膜にかかってくる圧力を軽減しようと、口を大きく開いて呼吸をしていた。石油ランプがシベールの頭に飛んできて、目のなかに星が見えるほどの勢いで激突し、テーブルの足がカイルの腹にパンチをくらわせてきた。

最初の爆発が終わり、小規模だが騒々しい二次爆発が起こりはじめたとき、カイルとシベールがようやく屋上へ這いだしていくと、ターゲットの建物が完全に消え失せ、そこの地面にうがたれた黒ずんだ穴から、煤《すす》けた列柱のような煙が立ち昇っているのが見えた。その周囲を、破壊の跡が円形に取り巻いていた。合衆国の部隊があの民家を襲撃していたら、何十名もの死者が出たことだろう。

そこから三ブロック離れた地点では、爆風に押し倒された反政府軍地区司令官が、さっと跳ね起き、いらだちと怒りのこもった声でどなっていた。

「起爆が早すぎる！　あいつは無知蒙昧《もうまい》のできそこないだ！　アメリカ軍はまだ町に入ってもいないというのに、これではやつらに警告を送ったも同然ではないか！　わたしがあそこに行って、この手であいつを殺してやる！」

ジューバは笑いとばした。

「ばかばかしい。いまあそこに行ったら、自分が命を落とすことになるに決まってる。あなたの粗雑な待ち伏せのくわだては失敗に終わったんだ」

司令官がいきりたって、身をひるがえす。

「わたしをばか呼ばわりするな！　あえてわたしを侮辱するようなら、この家に温かく迎えておくわけにはいかん！　いいか、ジューバ、きみがわたしの保護を受けているのであって、その逆じゃないってことを忘れるんじゃないぞ」

ひげづらの司令官が階段を駆けおりて、AK－47をつかみあげ、ボディガードをひとり引き連れて、起爆要員のいた建物へと走りだす。

ジューバは目をあげて、町はずれのさらに向こう、ここから二マイルほどのところをごうごうと移動している装甲車輌の群れを見つめた。あれは陽動作戦でしかない。シェイク、と彼は思った。迫ってきたな。

30

「男がふたり、こっちへ走ってくる。あんまり機嫌がよさそうじゃないわ」戸口の縁から外をのぞきこんで、シベールが言った。

「だろうな」カイルは二個の携帯電話のなかからバッテリーをつまみだし、二個とも床に放り投げて、ブーツの底で踏みつぶした。「ここに入りこませて、捕獲しよう」

最初に戸口を通りぬけてきたのは反政府軍地区司令官で、そちらは部屋のまんなかまで走りこむことを許されたが、つぎに敷居をまたいだボディガードのほうは、シベールのM－4の銃床で口を痛打されるはめになった。そいつが頭部をがくっとのけぞらせ、足を宙に浮かせて、転倒する。同時に、カイルが司令官に背後から襲いかかって、床に組み伏せ、耳のあたりを強く打って気絶させた。意識が戻ったときには、その口にはダクトテープが貼りつけられ、両手首にプラスティック《フレックス》手錠《カフ》がはめられ、両足首もダクトテープで拘束されていた。司令官が、まださまざまな色や影が踊っている目で周囲を見ると、ボディガードが気を失って倒れ、その体にも黒いダクトテープが巻かれて、ミイラのようなありさまになっているのがわかった。

「英語は話せるか？」とカイルは問いかけ、口の端の部分のテープを、話ができる程度にはがしてやった。

「おまえはだれだ？」葉巻をくわえてしゃべっているような、聞きとりにくい声だった。

カイルは痛烈な平手打ちをくわせた。

「質問するのはこっちだ」

司令官がぶるんと頭をゆする。深刻な状況に置かれていることを理解したのだ。アメリカ軍を罠にかけようというくわだては失敗し、敵が町に侵入し、残りの爆発物は無効化され、自分は捕虜となった。アメリカ軍をこっぴどく痛めつけて、町の抵抗運動史に名を刻もうとした計画は、灰燼《かいじん》に帰した。自分のリーダーシップが失われれば、部下の戦士たちは徐々によそへ移動していき、町は平和な状態に戻ってしまうだろう。

「話すことはない」うめくように司令官は言った。「なにもない」

「それなら、おまえにはなんの価値もない」

カイルは立ちあがると、拳銃を抜きだして、一発撃ち、男の耳たぶをふっとばした。その衝撃と痛みに、司令官が激しく身をよじる。

「もう一度だけ、チャンスをやろう」カイルは言った。

「カイル」シベールが口をはさんだ。「待って。これ以上、この男に手間をかけるのは時間のむだよ。なにかの情報は持ってるかもしれないけど、それを引きだすのは尋問官に任せればいい。こいつらは拘束したまま、ここに放置して、ジューバを見つけに行きましょう」

ふたりを奇妙な目で見つめていた司令官が、注意を引こうとして、頭を激しくゆすりだした。

カイルはふたたび、テープを少しだけはがした。

「ほう、急に話したいことができたか？」

司令官が、話はわかったと言いたげに、大きくうなずく。

「いま、その女がおまえをカイルと呼んだな。おまえが、海兵隊員スワンソンか？」

「そうらしい」口をふさいでいたテープをカイルが一気に引きはがしたので、顎ひげの一部がそれにくっついてきた。

「おまえがそうなら、おまえの敵であり、わが友である、ジューバの居どころを正確に教えてやろう。彼はおまえに見つけられることを望んでいるんだ、海兵隊員スワンソン」血でよごれた顔にうすら笑いを浮かべて、司令官は言った。自分をばか呼ばわりしたジューバに仕返しをするチャンスができたのだ。うまくいけば、両方とも死んでくれるかもしれない。

「彼はこの街路のすぐ先で待ち受けている」

ジューバは、鼠穴《マウスホール》のなかにいた。それは、この数日、地区司令官宅にいるときの暇な時間をふりむけてつくってきた、狙撃のためのユニークな潜伏場所で、もっとも可能性の高い敵の接近経路を狙えるように仕立てられている。彼はいま、そのなかにもぐりこんで、伏射の姿勢をとり、気持ちをくつろがせようとしていた。

ついに〝その時〟が迫ってきたとあって、彼は大局観を失いつつあった。カイル・スワンソンを殺したいという思いがあまりに強く、その究極の目標以外のことはなにも考えられなくなっていたのだ。賢明な行動は、ただちにここを離れ、どこか別の場所、いつか別の日に戦うことだが、彼はいま、ここで、かたをつけてしまいたかった。これにまさる機会は、二度と訪れないだろう。スワンソンは、一本しかないこの道をやってきて、この十字線《クロスヘア》にまっすぐ飛びこんでくるにちがいない。

ジューバがいま、どのような決断をしたとしても、守る側があらゆる事態に対して防御をおこなうのは不可能なので、なんらかの弱点が生じることになる。彼が設定した状況は、マウスホールの開口部が狭いために、シューターがもっと奥の暗がりに身をひそめていることはできないとあって、不完全だった。ジューバのライフルの銃口は、開口部の内側、わずか一フィートほどのところに位置していた。

ではあっても、身をさらす危険をスワンソンに冒させるためには、こちらが戦場を準備することが重要だった。こちらの最大の強みは敵を知悉《ちしつ》していること、すなわち、スナイパーの作戦概念と戦闘習性を知りつくしていることにある。敵であるスワンソンの頭のなかに入りこんで、その思考を追うことができるのだ。

ジューバは三階建ての家の窓をすべて開け放ち、カーテンを、風ではためくようにするために、ほぼ閉めきっておいた。コンクリート・ブロックを何個か積みあげて、偽装の潜伏場所をしつらえ、屋上にも、木切れのバリケードを使って見せかけの隠れ場所を造作してあった。家の一方の側には、屋根付きの家畜小屋が建っている。スワンソンはそのすべてを警戒せねばならず、偵察をしているあいだに、なにかしくじりをやらかすだろう。スナイパーはターゲットの家を上から下まで観察するのがつねであり、防御者の位置が高いか、目立つかした場合のほうが、注意を引く公算は大きくなる。このマウスホールは、コンクリート・ブロックを家の基礎部分の上に四段積んだだけのもので、目の高さより低い。スワンソンの動きを観察し、やつが家の高所に潜伏場所がある可能性が高いと読んで、ライフルのスコープをわずかにそちらに向けるのを待つのだ。それで、こちらが数マイクロセカンド、先手を取ることができるだろう。

しかも、ここには〝スパイダーホール〟という、おまけまであった。イラクでは、ほとんどの家に、屋外で銃弾が飛び交いはじめたときに家族が待避壕として使えるように、スパイダーホールと呼ばれる小さな穴蔵が用意されている。ジューバがいる場所は、そのスパイダーホールにつづくマウスホールの中だった。この穴蔵は司令官宅の地下に設けられていて、出入口は、ふだんは小さなドアと敷物で隠されている。そして、穴蔵からは、緊急避難路として用いられる狭いトンネルが、二十フィートほど先にある隣家の枯れ井戸までのびていた。

ジューバはすでに敷物をはぎとり、木のドアを取りはらって、穴蔵への出入口を開放している。コンピュータはバックパックに詰めて、穴蔵の奥に置いてあった。バックアップとしてメモリースティックに収納していた重要な情報を、ふたたびコンピュータにコピーし、その小さな記憶装置は胸ポケットにおさめていた。

これは、一発で決まる戦いになるだろうし、おそらくは先に撃ったほうが――もちろん、命中させなくてはならないが――勝つ。こちらが先に撃たなければ、ほんのわずかな利点すらも失われて、敵スナイパーを優位に立たせてしまうだろう。忍耐強く待って、致命的な一発を撃ちこみ、バックパックをひっつかんで、隣家の井戸へとつづくトンネルにもぐりこみ、離脱するのだ。撃って、逃げる《シュート・アンド・スクート》。アメリカ軍のスナイパーはそう呼んでいた。

ジューバはM40A1ライフルの薬室に一発を装填《そうてん》し、スコープをのぞきこんで、待ち受けた。

ふたりは捕虜にしたふたりの男を、ダクトテープでぐるぐる巻きにして拘束した。司令官のポケットを探ると、この地域の手書き地図があったので、カイルとシベールはそれを床にひろげ、自分たちの地図と比較しながら、ジューバが待ち受けていると聞かされた家のグリッド座標を確認した。

「映画の『真昼の決闘』みたいなやりかたは気にくわない。一対一の決闘なんて、ばかげてるわ」シベールが言った。「あの男は腕が立ちすぎるし」

「おいおい、おれは早撃ちコンテストがやりたいなどと言った憶えはないぞ。やつは、おれの頭の皮をはいで、自分が最高のスナイパーであることを証明しようという思いに凝り固まってる。そのエゴがあるために、さっさと逃げるということができず、踏みとどまらざるをえなくなってるんだ」カイルはあぐらをかき、肘を曲げた右腕にM40A1ライフルをかかえて、床にすわりこんでいた。「おれのほうは、どんなやりかたでもいいから、あのろくでなしを殺すことができたら、それでいいんだ」

片膝をついてすわっているシベールが、目の上に垂れかかった髪の毛をはらいのける。まだ朝だというのに、汗をかいていた。

「まっこうから撃ちあうつもりはないってこと？」

「ないさ。あるもんか。もちろん、一対一で撃ち殺してやりたい気持ちはたっぷりとあるが、こっちのツールボックスにはほかにもいろいろと小道具が詰まってるからね」

彼は作戦をシベールに説明し、彼女がそれを命令として、後方にいるタスクフォースに伝達した。

それまでぎこちない動きをしていた大規模機甲部隊が突然、本来の隊形を組んで、なにごともなかったようにハルガットの街路に侵攻し、町の安全確保と、もう一軒の民家に設置されていた爆発物の無力化と、兵士たちの死体回収に着手した。敵の散発的な小火器の発砲を厚い装甲板が跳ねかえし、迫撃砲や機関銃がうなりをあげて応射した。五万フィートの上空にあった、爪楊枝《つまようじ》めいた奇妙な外観の航空機が、バラード空軍基地の地上管制官から新たな命令を受けとって、低空へと急降下した。それは、MQ-9リーパーと呼ばれる追跡殺害無人機《ハンターキラー》で、そこに配置されてからすでに九時間がたっていたが、まだ燃料はたっぷりとあった。その機は、六百ポンドのGBU-12ペイヴウェイⅡレーザー誘導爆弾を二個、翼の下面に搭載していた。

「さあ、取りかかろう」カイルは言った。「きみは高いところに行って、この建物に煙幕を張り、おれは地表にとどまって、やつの注意を引きつける」

シベールがじっと見つめてくる。

「むりはしないでね、相棒さん。それと、きっかり十五分後ってことを忘れないように。あの建物に入りこむのはだめよ」そう言うと、彼女は横手の窓をまたぎこえて、姿を消した。

カイルは、先行させた彼女から一分遅れで動きだし、裏手から外に出て、左に折れ、街路を横断して、一軒の家の戸口を抜けた。接近する戦車とブラッドリーのキャタピラが周辺の街路の敷石を揺るがし、轟音を立てていたので、カイルはその音を隠れ蓑《みの》にして、窓ガラスをたき割り、隣家に飛びこんだ。ジューバの潜伏場所との距離はもう一千ヤードを切り、どちらにとっても容易な射程になっていた。

作戦どおり、ブラッドリー歩兵戦闘車の一輌がターゲットの建物に車体をこすりつけながら通過して、その向こうの角をまわったところで急停止し、またすぐに動きだして、途中に駐車している自動車を踏みつぶしながら街路を高速で進んでいった。カイルはその間に、街路の右側にある建物に駆け寄って、戸口からなかに飛びこんでいた。うまい陽動だ。ジューバは、装甲車が建物の側面に車体をぶちあてるのを感じたにちがいない。敵を驚かせろ。敵をこっちの作戦にひきずりこむのだ。

ブラッドリーが通過した直後、シベールが近辺の建物の屋上から発煙手榴弾を投下し、それは一度、路面にはずんで点火した。カイルは、灰色の煙があがって、大きくひろがるまで待ってから、ふたたび街路を駆け渡って、低い塀を乗りこえた。これで、距離は八百ヤードほどに縮まった。相当に近い。彼はそこの建物に入りこみ、一階と二階の両方の安全を確認して、腕時計で時刻をチェックした。残り時間は、あと十分たらず。

彼は食卓テーブルを奥の壁のそばまで押して、街路に面した窓に正対するように配置したのち、テーブルの上に枕を積みあげ、その向こう側に、原形をとどめないまでに破壊された家具を置いた。太陽がターゲットの建物の背面に位置していた。それは、どちらもが影になった場所にいられるという点をのぞけば、スナイパーにとって好ましい角度ではなかった。カイルはテーブルの内側に硬い木の椅子をひっぱってきて、それに腰かけ、スナイパー・ライフルを安定して据えられる位置を把握してから、ずたずたになった家具の隙間から銃口をのぞかせてみた。いったん銃を引きもどして、装塡《そうてん》を確認し、ふたたび銃口を突きだす。その目がスコープのほうへ移動した。

シベールの移動は、彼より容易だった。発煙手榴弾を投じたあと、彼女は屋根から屋根へ飛び移ったり、家から家へ通りぬけたりして、迂回ルートを進み、斜め方向からターゲット・ゾーンに入りこんでいった。二、三ブロック離れた上空をアパッチがつねに飛行して、側面と背後を守ってくれていた。発砲してくる者はいなかった。

やがて、ジューバのいる地点の左側にあたる家の屋上にたどり着くと、彼女は身を伏せて、そこの安全を確認し、新たな支援位置に就いたヘリコプターに無線を入れた。

「決行してよし」と彼女が言うと、カチカチと音が返ってきて、カイルもその交信を聞き、やはり予定の位置に就いたことが伝えられてきた。

ライフルを自分の左側に配し、右手のすぐ届くところに拳銃を置いてから、シベールはゴムでコーティングされたキャリングケースから小さな単眼鏡を取りだした。カイルのスポッターを務めるようになってから、そのレーザーレンジファインダーをつねに携行するようにしていたのだが、今回は用途が異なっていた。

屋上を取りかこんでいる低い壁の上から向こうをのぞきこむと、ターゲットの家が明瞭に見てとれた。単眼鏡を構えて、焦点を調節し、起動スイッチを押して、見えないレーザービームを照射する。ビームがターゲットの家の硬い部分に当たって、反射し、内蔵されたエレクトロニクス装置が正確な距離を表示した。単眼鏡の位置をしっかりと固定する。

「ターゲットをペイントした（ターゲットを探知して、レーザー誘導兵器を備えた同僚に目標指示をおこなうこと）」と彼女は報告し、バラード空軍基地でそれを受信した管制官が上空を周回する無人機リーパーにその情報を送信し、リーパーがさらに一万フィート下降する。シベールがその地点でレーザーを使って捕捉したデータが、リーパーの誘導システムに共有されたのだ。レーザービームで照射された地点に、爆弾が投下されることになる。

「ターゲットのペイントを確認。兵器の準備ができた」バラードから声が返ってきた。「あと三分」

ジューバはゆっくりと呼吸をし、自分の心臓が興奮で脈を速めたりはせず、平常のリズムで打っているのを感じていた。ここはわが家も同然。自分にとっては安全地帯だ。しかも、おれはジューバなのだ！　おれは預言者の剣であり、恐怖の毒ガスを製造したことによって、その刃はさらに鋭くなっている！　彼はスコープで街路をたどり、アメリカ軍の兵士と車輛が取りかこんでいる、爆発物が仕掛けられたもう一軒の民家をながめた。やつらがすでになかに入りこんでいるのに、なにも起こらなかったのは、罠が作動しなかったということだ。起爆係も司令官も、おそらくはもう死んでいるだろうが、そんなことはどうでもいい。

あそこに群がっているアメリカ軍兵士どものなかのどこかにカイル・スワンソンがいるだろうし、その何人かをここから撃ち殺すのは容易なことだが、自分がクロスヘアにとらえたいやつはただひとり、旧敵のシェイクだ。スワンソンはつねにあの部隊の行動に関わってきたから、たぶん、いまもあそこにいて、家のなかに積みあげられた奇妙な爆発物をチェックしているだろう。

そのとき、黒い着衣の男がスコープの前を通りかかり、ジューバの指が一瞬、こわばったが、それはスワンソンではなかった。彼は指の力を抜いて、捜索をつづけ、潜伏場所のなかでターゲット・ゾーンに顔を向けたまま、我慢強い蜘蛛《くも》のように餌食の到来を待ち受けた。いや、スワンソンはあそこにはいないだろう。やつはこちらへ忍び寄っているのだ。あのブラッドリーの予期せぬ騒々しい通過が、そしてそのあとの発煙手榴弾の投下が、そうであることを明白に示している。やつがいるのは、街路沿いにぎっしりと並んでいる建物や家の、こちらに面した多数の窓のどれかか？　あちこちにある残骸《ざんがい》の下の地面か？　あの戸口？　あの物陰？　彼はスコープの向きを移動させて、もっとも危険と思えるゾーンを探っていった。

カイルは、ジューバがいる建物のさまざまな開口部を観察した。あいつは仕事のやりかたをよく心得ているから、どこにいるかは知れたものではないが、ヘリコプターに捕捉されてしまう屋上だけは避けるだろう。ゆっくりと着実に、上から下へ、左から右へ、調べていく。一発撃てば、こちらの居どころがばれて、すぐさま応射の銃弾が飛んでくるだろうから、ターゲットを発見するまで発砲はできないのだ。

また、無線から声が届いた。

「あと一分」

時間切れになる。

ライフルを使うのはやめて、爆弾に処置を任せてもいいのだろうが、自分はこの死に直結した狩りにそれなりの誇りを懸けてきた。もちろん、それはばかげているし、そんなことを考えただけでも、自分が腹立たしくなる。スナイパーとして、どちらがすぐれているのか？　くだらないもいいところだ。だれも気にとめはしない。すぐれているのは、たんに生きて立ち去るほうだ。スコープを動かしつづけろ。見つからない。見つからない。

ジューバは、祈りのことばを口にしようかと考えた。いや、やめろ。集中を維持するんだ。右の頰にあてているライフルの銃床が、冷たく感じられた。祈りの時間は、あとでいくらでも取れる。もしおれがシェイクなら、おれはどこに隠れていると考えるだろう？　あの窓には、ちょっぴり気をそそられそうだ。ほかの窓はどれも、そこから見える室内は整然としている。あの窓だけは、嵐が吹きぬけたあとのように、内部が乱れて、ごちゃごちゃして見える。そこが潜伏場所か？　やつはそう考えるだろう。

カイルのヘッドセットのなかで、無個性な声が言う。

「兵器解放。兵器投下」

巨大なGBU-12レーザー誘導爆弾が投下され、突然の重量の軽減で、リーパーが一瞬、急上昇し、すぐにまた本来のコースに復帰する。その仕事をすませれば、人間のパイロットとはちがって疲労することのない無人機は、基地のコントローラーのちょっとした操作で、つぎの任務の遂行に取りかかって、別のどこかへ飛んでいくのだ。

爆弾が自由落下に入った。後部にある大きなフィンが揚力を与え、前部にある小さな四枚のフィンが誘導装置に動かされて、方向を調整する。内蔵された誘導システムが、その家の側面のシベールがペイントした点にレーザービームをロックオンし、それに制御される爆弾の進路を、単純な落下軌道から、正確な視準線誘導軌道へ変更した。爆弾が身をよじって、なめらかな旋回運動を開始し、鼻づらをターゲットに向けて、速度を増していく。

カイルは、ターゲットを発見した際に、よけいな時間を取られることのないように、引き金の遊びを絞りこんだ。そのとき、家の前に積みあげられたコンクリート・ブロックの、地面からすぐ上の部分の一個が欠けていて、そこが周囲の影よりさらに暗く見えていることに気がついた。あそこだ！　動きがある！　ライフルの銃口がこちらに向けられている！

二挺のライフルがほぼ同時に火を噴いたが、カイルのほうがわずかに速かった。

ジューバがライフルの引き金を引いたのは、カイルの放った七・六二ミリ弾がマウスホールの口を通過して、テロリストの左頰に命中した瞬間だった。その銃弾は、ジューバの顎に沿ってまっすぐに侵入し、歯列をもぎとり、顔の左側の肉を引きちぎり、下顎骨を砕いて、射出した。

被弾した瞬間にジューバのライフルから発射された銃弾は、カイルには当たらず、その頭の上の壁を砕いていた。

ジューバは、頭部がもぎとられたような激痛に襲われながらも、マウスホールのなかへ身を転がしていた。これは致命傷だと思った。スパイダーホールに入ったあと、しておかなくてはと、必死に意識を保って、木のドアをはめなおす。木のドアがもとどおりになったところで、彼はあおむけに寝そべって、破壊された顔に両手をあてがった。開いた傷口から血が噴出し、苦痛は全身におよんでいた。トンネルの奥から光が呼び招いているのが見え、彼はそれをめざして這いはじめた。

大重量の爆弾が速度を増しつつその家の屋根に落下し、天井をつらぬいたのち、キッチンで弾頭を炸裂《さくれつ》させる。猛烈な爆発が生じて、近辺にあるすべてを瞬時に気化させ、激震が周囲の壁を粉砕した。梁《はり》も内壁も砕け散り、家屋が崩壊して残骸《ざんがい》と化し、マウスホールの上に木材や土、さまざまな破片が厚く積もって、その口を完全にふさぎ、外からはまったく見えなくなった。その奥の穴蔵に、つぶれたコンピュータがあった。

その爆発で、おびただしい血を流しながら這っていたジューバは、人形のようにふっとばされて、狭いトンネルの壁に激突した。すでに重傷を負っている頭部が体から引きちぎられたように感じられ、鼓膜が破れて、耳からも出血が始まった。口にも目にも砂が入りこんでいた。まばたきをして、なんとか目が見えるようになると、トンネルのもろい壁が崩れて、あの光が見えにくくなっているのがわかった。彼は胸に手をあてて、そこのかすかなふくらみを感じとり、周囲の世界は崩壊しても、メモリースティックは安全にポケットにおさまっていることを確認した。

そこの街路の先では、爆発で椅子から放りだされたカイルが、すぐに立ちあがって、窓に取りついていた。家の残骸から火の手があがって、マウスホールの口を炎がなめ、瓦礫《がれき》のあいだから煙が立ち昇っている。これでよし。もし自分がジューバを射殺できていなくても、爆弾が完全に始末してくれただろう。そして、ジューバが死んだのであれば、例の〝フォーミュラ〟は、恐るべき毒ガスの脅威は、消えたということだ。おそらくは。そうと信じるしかない。

カイルはライフルを置き、ひとつ深呼吸をしてから、破壊の光景を見つめて、言った。

「地獄の炎に焼かれるがいい、くそ野郎」

エピローグ

ヴァガボンド船上

白いヨットが一隻、ほかには船影の見当たらない遅い午後の大西洋を、ゆったりと航行している。巨大な鯨が海面を破って出現し、大きな黒い背中の三分の一ほどをさらしたのち、ふたたび海中に潜って、その強大な力で水のカーテンを高く噴きあげるさまを、カイルは手すりに両肘をつき、畏怖の目でながめていた。鯨はやがて大洋の深みへと潜っていって、姿を消し、乱された海面が静かになって、いつもどおりの波を刻みだした。一瞬、姿を現わし、すぐにまた行方をくらます。〝おれの同類の鯨だ〟とカイルは思い、敬礼代わりにビールを掲げて、その動物に別れの挨拶《あいさつ》を送った。二週間の休暇はまだ始まったばかりで、彼は上機嫌だった。

「なにをしてるの？」

デラーラ・タブリジが、手すりの前にいる彼のそばにやってきた。海のそよ風が、その黒髪をそよがせていた。イランのホラムシャハル出身の多言語を話せる学校教師は、いまはレディ・パトリシア・コーンウェルの美しい個人秘書となって、イギリス市民となる道を歩んでいた。イギリス政府は、ロンドンでのテロ攻撃に使われた兵器の捜索に彼女が協力したことに、高い評価と配慮を示しているのだ。

「さっき、鯨が海面から飛びだすのが見えただろう？」

「ええ。航路から遠くはずれたこのあたりの海域では、鯨をよく見かけるの」彼女の声は穏やかで、イギリス風のアクセントが強まっていた。「驚嘆すべき生きものたち。あれのウォッチングを観光の目玉のひとつにしたらいいのに、どうしてだれもやらないのかしら？」

カイルは彼女に目を向けた。その茶色の目にいまは苦悩の光はなく、任務のストレスや、死に直面したことで生じたしわも、消え去っていた。スラックスにカジュアルなブラウスという姿で、メイクはほんのわずかしかしていない。メイクをする必要のない女性なんだ、と彼は思った。

「きみはもうだいじょうぶなんだね？」

「元気よ」確信に満ちた声で、彼女が答えた。「いまでも、家族のことや、かつての生徒たちのこと、そして祖国のことを考えはするわ。でも、わたしのなかのその部分は死に、新しいデラーラが生まれてきたの」

カイルは笑った。

「その感覚はわかるよ」

デラーラが顔を赤らめて、笑い、手で両目を隠すようなしぐさをした。

「あ！　忘れてた。カイル・スワンソンも死んだのよね。この感覚がよくわかるはずだわ」

「ああ。きみもクラブの仲間入りだ」

「事情は、レディ・パットとサー・ジェフから聞いてるわ、カイル。秘密厳守を約束させられたけど、おふたりはこう考えたの。あなたは頻繁に訪れるお客で、彼らの人生の重要な一部になってるから、わたしにもあなたの経歴を教えておくべきだって。シャリ・タウンのことは、とてもお気の毒に思ってるわ。すばらしい女性だったみたいだし」

「そうだったね。うん、そうだった」〝これほどの時間がたっても〟と彼は思った。〝これほどの時間がたっても〟

上のデッキでは、パットとジェフが、ドリンク片手にふたりをながめていた。

「どちらも、若くて強い。傷が癒《い》えはじめている」ジェフが言った。

「サー・ジェフリー・コーンウェル、あなたはなにも見えない老いぼれさんね」その妻が言った。彼の肩に手をかけて、顔をのぞきこむ。「そんなあなたでも、きらめく光があのふたりのあいだに飛び交っているのは見えてしかるべきなんじゃないかしら」

「なんだって？　パトリシア、ふたりはそんなにくっついて立ってもいないんだぞ。友だちとして会話を楽しんでるだけだ」

彼女がほほえむ。

「もちろんよ、あなた。いつもそんなふうに始まるものなの」

インドネシア　バリ島

新たな存在様式のイメージが生きいきと動く夢が、強力なアヘンと、絶え間なく漂う癒《いや》しの香《こう》の作用によって、いつまでもつづいた。四本の腕と第三の目、そして蛇の髪の毛を持つ破壊の神、シヴァが、追いかけてくる。と、そのシヴァが溶解して、飛びだした目と鉤爪《かぎづめ》を備え、黄金の翼ではばたくガルーダに変身し、それが、すべてを知るヴィシュヌ神を運んでくる。つかのまの痛みがあり、アヘンの追加投与があって、さらに恐ろしい夢が始まった。そのパターンがひどく長いあいだ継続し、謎の患者は持続的な幻覚と現実の境目をさまよいつづけた。その専門病院の医師たちは、彼はまだ生きているのだろうかといぶかしみ、肩をすくめて、仕事を再開するだけだった。

そして、何週間にもおよぶ大規模な顔と歯の形成術が終了したある日、その患者は、左目の光は永遠に失われはしたものの、覚醒することを許された。そのわずか一週間後には、彼はベッドをおりて、看護師たちに助けられながら、細長い窓からまばゆい陽光の射しこむ病院の、清潔な板張りのフロアを歩くようになっていた。理学療法士たちがリハビリの指導をしたが、その患者は苦痛をよく許容する男であるらしく、つねに疲労の限界まで体を動かし、限界を越えてやりすぎることもたびたびあった。ひと月もしないうちに、彼は近くのビーチまで、片脚を骨折したために跳ねるような足どりにはなったが、ひとりで歩いていくようになり、その後も強い決意に支えられて歩幅をひろげ、日一日と力を回復していった。夜は、ジャングルの獣や虫たちの騒々しいざわめきやつぶやきを聞きながら眠りに落ちた。壁を這うヤモリを飼いはじめ、それが彼の友となった。

数カ月後、彼はその病院を退院して、海までつづく棚田と森を見渡せる別荘に移り、医療専門家たちの往診を受けるようになった。世話にあたった召使いたちは、上体起こし《シットアップ》、腕立て伏せ《プッシュアップ》、腹筋引き締め運動《アブドミナル・クランチ》、ランニング、格闘技《マーシャルアーツ》、そしてナイフや銃の練習にたゆまず取りくむ、彼の修行者のような姿勢に感嘆した。食事はいつも、完全な治療食だった。

ある日、派手な薄手の半袖シャツに暗色のスラックスという姿の、医師でもなんでもない男がふたり、その別荘を訪れた。その患者は、口と顎の一部に麻痺《まひ》が残り、顔面に格子状の瘢痕《はんこん》があり、左目に黒い眼帯をしていたが、彼らはそれらに関してはなにも言わなかった。

「仕事をひとつ頼みたい」ひとりが切りだした。

「おおいにけっこう」ジューバは言った。楽園暮らしには飽きあきしていた。「準備はできている」

訳者あとがき

好評を博した『不屈の弾道』につづく、超一流のスナイパー、カイル・スワンソンを主人公とするシリーズの第二作をお届けする。

前作を読まれた方は先刻ご承知のとおり、物語の終盤において、カイルは瀕死の重傷を負い、公式には死者としてアーリントン墓地に葬られた。だが、極秘作戦をすみやかに遂行するには、公式には存在しない部隊が必要であるとの大統領の決断のもと、カイルを中心に〈タスクフォース・トライデント〉が編成される。指揮官は、前作において、謎の傭兵たちに拉致《らち》され、カイルによって救出された海兵隊少将（前作では准将）ブラッドリー・ミドルトン。その指揮下にあって、カイルを支援するメンバーは、海兵隊フォース・リーコン訓練を修了した唯一の女性である作戦将校のシベール・サマーズ大尉、カイルが海兵隊に入隊したとき以来の指導者である〝O・O〟《ダブル・オー》・ドーキンズ上級曹長（前作では曹長）、天才的コンピュータ技術者であるベントン・フリードマン（リザード）少佐の三名という、少数精鋭の編成になっている。

この部隊は、本書のなかで記述されているように、実質的には〈チーム・スワンソン〉であり、他のメンバーは、彼が任務の遂行に必要とする諸資産の提供者という役割を務める。現場の指揮官はあくまでカイルであり、カイルが報告をする相手はミドルトンのみ、そしてミドルトンはアメリカ大統領にのみ報告の義務を負い、他の部署の干渉を受けることはいっさいない。

これは、じつに心躍る設定と言っていい。なにしろ、〈タスクフォース・トライデント〉=〈チーム・スワンソン〉は、法的拘束を受けることはまったくなく──といっても、もちろん、政府および軍の指揮命令系統をうまく調整する必要はあるが──あらゆる任務を遂行することができるのだ。いわば、アメリカ大統領お墨付きの〝闇の仕事人〟。あるいは、『ミッション・インポッシブル』の海兵隊ヴァージョンと言おうか。カイルに割り当てられる任務はいずれも、正規の部隊ではなしえないものであり、本書においてその活動が本格的に開始される。そして、そこに〝運命の強敵〟が出現し──

その強敵とは、ジューバなる呼称で知られているだけで、正体はまだ判明していない凄腕スナイパー。ジューバはたくみにバグダッドのグリーン・ゾーン（バグダッド中心部の十平方キロメートルに設定されているアメリカ軍の管理区域）に入りこみ、アメリカ大使館にエスコートされてきたイラク人科学者を暗殺する。その科学者は、イランにある〈死の宮殿〉と呼ばれる研究所に勤務して、史上最悪の秘密兵器の開発にあたってきたメンバーの一員で、秘密兵器の情報の提供と引き換えに、アメリカの保護を求めたのだ。

その研究所と秘密兵器の調査をするために、すぐさま〈タスクフォース・トライデント〉が召集され、イランの〈死の宮殿〉に潜入するが、そこはすでに、破壊の痕跡があるだけの、無人の施設となっていた。カイルはこの場所で、反政府活動家と目されてイラン革命防衛隊に追われ、暴行されそうになった女性を救出し、彼女が貴重な情報源となる。

一方、ジューバはイングランドでイギリス王子の婚儀の場を狙って、無差別テロを敢行する。ちなみに、本書の原作刊行は二〇〇九年、ウィリアム王子のロイヤル・ウェディングが挙行される以前とあって、王子の結婚相手の名や婚儀の場所は、事実とは異なっている。そこのところは、フィクションとして、ご了承願いたい。

このテロは、件《くだん》の秘密兵器の〝フォーミュラ〟――分子設計や分子式など――を全世界のテロ国家やテロ組織に高値で売りつけるための〝実証試験《デモンストレーション》〟だった。その陰謀の黒幕は、サラディンと名乗る男。イスラム学者であり、かつてはイラク軍の極秘部隊ユニット999の将校でもあったサラディンは、宗教的にも実生活的にも、ジューバの絶対的指導者だ。

カイルはサラディンが一時的な本拠を置いたパリへ飛び、彼を狙撃しようとする。そのとき、そこにジューバが居合わせていた。追うカイル、逃げるジューバ。だが、ジューバはつねにカイルの動きに先行し、しかも、たんに逃げるのではなく、本来の大きな目的を達成するための標的を求めて、アメリカの本土をめざしていた。その狙いは、9・11を凌駕《りょうが》する大規模テロを決行し、アメリカを震撼《しんかん》させること。そして、ジューバとカイルのあいだには、浅からぬ因縁があった。本書の終盤において、カイルはついにその〝運命の強敵〟と対決する。

物語の舞台は、イラク、イラン、イギリス、フランス、アメリカ、そしてふたたび中東へと、めまぐるしく移動していく。追跡者は公式にはこの世に存在しない男であり、逃走者は強力な攻撃者でもある。超一流のスナイパーどうしの、相手の心理の読み合い、虚々実々の駆け引きはじつに興味深く、実際にスナイパーであった著者ならではの迫真性がみなぎっている。

ストーリー自体もよくできているが、キャラクター造形がまたすばらしい。主人公のカイルが魅力的なのはもちろんだが、瞠目《どうもく》すべきは敵役のジューバだ。使命のためとあれば、女子ども冷酷非情に殺害するその迷いのない行動には、半端でない悪の魅力が横溢《おういつ》している。カイル・スワンソン・シリーズは、本国において、一作ごとに評価をあげつつ、続編が刊行されている。今後の展開がますます楽しみなシリーズだ。

最後にひとつ、ちょっとおもしろい情報を提供しておこう。ヒストリー・チャンネルをご覧になった方はご存じかもしれないが、その局が放映した『特集：史上最高のスナイパーたち』シリーズのいくつかに、ほかでもない本書の著者のひとり、ジャック・コグリンが登場するのだ。なかでも、『孤高のスナイパー前編〜今よみがえる歴史的狙撃』では、冒頭部分に登場して、「人間を仕留めたら、すべては変わります」というコメントを述べている——ただ、Ｃｏｕｇｈｌｉｎというつづりは、コグリンともコフリンともカフリンとも読めるので、同番組の字幕は〝ジャック・カフリン〟となっているが。彼はそのあとも、同番組の要所要所で解説のコメントを語り、締めのコメントも彼が述べている。興味のある方は、再放送をお見逃しなきよう、ご注意（もちろん、訳者はぬかりなく録画している）。

二〇一二年七月

クリス・ライアン

襲撃待機

伏見威蕃訳

爆弾テロで死んだ妻の仇を討つため、SAS軍曹シャープは秘密任務を帯びて密林の奥へ

特別執行機関カーダ

伏見威蕃訳

MI6直属の秘密機関に入った元SAS隊員ニール・スレイターは、驚くべき陰謀の中へ

SAS特命潜入隊

伏見威蕃訳

フォークランド諸島の奪取に再び動き始めたアルゼンチン軍とSASの精鋭チームが激突

テロ資金根絶作戦

伏見威蕃訳

MI5の依頼でアルカイダの資金を奪った元SAS隊員たちに、強力な敵が襲いかかる。

抹殺部隊インクレメント

伏見威蕃訳

SISの任務を受けた元SAS隊員は陰謀に巻き込まれ、SAS最強の暗殺部隊の標的に

話題作

深海のYrr《イール》 上中下
フランク・シェッツィング／北川和代訳
海難事故が続発し、海の生物が牙をむく。異常現象の衝撃の真相を描くベストセラー大作

黒のトイフェル 上下
フランク・シェッツィング／北川和代訳
13世紀半ばのドイツ、ケルン。殺人を目撃した若者は殺し屋に追われ、巨大な陰謀の中へ

砂漠のゲシュペンスト 上下
フランク・シェッツィング／北川和代訳
砂漠に置き去りにした傭兵仲間たちに復讐を開始した男。女性探偵が強敵に立ち向かう。

LIMIT《リミット》 全四巻
フランク・シェッツィング／北川和代訳
二〇二五年の月と地球を舞台に展開する巨大な陰謀。最新情報を駆使して描いた超大作。

MORSE—モールス— 上下
ヨン・アイヴィデ・リンドクヴィスト／富永和子訳
スウェーデンのスティーヴン・キングの異名をとる俊英が放つ青春ヴァンパイア・ホラー

訳者略歴　1948年生，1972年同志社大学卒，英米文学翻訳家　訳書『脱出山脈』『脱出空域』ヤング，『傭兵チーム、極寒の地へ』スティール，『解雇手当』スウィアジンスキー（以上早川書房刊）他多数

HM=Hayakawa Mystery
SF=Science Fiction
JA=Japanese Author
NV=Novel
NF=Nonfiction
FT=Fantasy

運命《うんめい》の強敵《きょうてき》

〈NV1264〉

二〇一二年八月二十日　印刷
二〇一二年八月二十五日　発行
（定価はカバーに表示してあります）

著者　ジャック・コグリン　ドナルド・A・デイヴィス
訳者　公《く》手《で》成《しげ》幸《ゆき》
発行者　早川浩
発行所　株式会社早川書房
郵便番号　一〇一 - 〇〇四六
東京都千代田区神田多町二ノ二
電話　〇三 - 三二五二 - 三一一一（大代表）
振替　〇〇一六〇 - 三 - 四七七九九
http://www.hayakawa-online.co.jp
乱丁・落丁本は小社制作部宛お送り下さい。
送料小社負担にてお取りかえいたします。

印刷・株式会社精興社　製本・株式会社明光社
Printed and bound in Japan
ISBN978-4-15-041264-7 C0197

本書は活字が大きく読みやすい〈トールサイズ〉です。